Enciclopédia das Fadas

de
Emily Wilde

Heather Fawcett

Enciclopédia das Fadas de Emily Wilde

Tradução
Petê Rissatti

🜨 Planeta minotauro

Copyright © Heather Fawcett, 2023
Copyright © Editora Planeta do Brasil, 2023
Copyright da tradução © Petê Rissati
Todos os direitos reservados.
Título original: *Emily Wilde's Encyclopaedia of Faeries*

Preparação: Ligia Alves
Revisão: Andréa Bruno e Bonie Santos
Diagramação e projeto gráfico: Matheus Nagao
Capa: Vera Drmanovski
Adaptação de capa: Renata Spolidoro

DADOS INTERNACIONAIS DE CATALOGAÇÃO NA PUBLICAÇÃO (CIP)
ANGÉLICA ILACQUA CRB-8/7057

Heather, Fawcett
   Enciclopédia das fadas de Emily Wilde / Heather Fawcett; tradução de Petê Rissatti. - São Paulo: Planeta do Brasil, 2023.
   304 p.

   ISBN 978-85-422-2336-1
   Título original: Emily Wilde's Encyclopaedia of Faeries

   1. Ficção canadense I. Título II. Rissatti, Petê

23-4345   CDD 810

Índice para catálogo sistemático:
1. Ficção canadense

 Ao escolher este livro, você está apoiando o manejo responsável das florestas do mundo

2023
Todos os direitos desta edição reservados à
Editora Planeta do Brasil Ltda.
Rua Bela Cintra, 986, 4º andar – Consolação
São Paulo – SP – 01415-002
www.planetadelivros.com.br
faleconosco@editoraplaneta.com.br

20 de outubro de 1909
Hrafnsvik, Ljosland

Sombra não está muito feliz comigo. Está deitado perto da lareira enquanto o vento frio balança a porta, com a cauda inerte, olhando por baixo de seu topete desgrenhado com uma espécie de resignação acusatória peculiar aos cães, como se dissesse: *De todas as aventuras estúpidas para as quais você me arrastou, esta certamente significará a nossa morte.* Receio ter de concordar com ele, embora esse fato não me deixe menos ansiosa para iniciar minha pesquisa.

Pretendo oferecer um relato honesto de minhas atividades diárias em campo enquanto documento uma espécie enigmática de seres feéricos chamados "Ocultos". Este diário servirá a dois propósitos: ajudar minha memória quando chegar a hora de compilar formalmente minhas notas de campo e oferecer um registro para estudiosos que vierem depois de mim, caso eu seja capturada pelo Povo. *Verba volant, scripta manent.** Assim como nos diários anteriores, vou presumir que o leitor tenha um entendimento básico de driadologia, embora eu aborde algumas referências que podem não ser familiares àqueles que são novos nessa área.

Não tive motivos para visitar Ljosland antes e mentiria se dissesse que meu primeiro vislumbre nesta manhã não diminuiu meu entusiasmo. Saindo de Londres, a viagem tem a duração de cinco dias, e o único navio que chega até lá é um cargueiro semanal que transporta uma grande variedade de mercadorias e uma diversidade muito menor de passageiros. Avançamos sem parar

---

* Do latim: "As palavras voam, os escritos permanecem". (N. T.)

na direção norte, desviando de icebergs, enquanto eu caminhava de um lado para o outro no convés para controlar meus enjoos. Fui uma das primeiras a avistar os picos cobertos de neve que se erguiam do mar, a pequena vila de telhados vermelhos de Hrafnsvik encolhida embaixo deles como Chapeuzinho Vermelho enquanto o Lobo assomava atrás dela.

Avançamos com cuidado até o cais, batendo nele com força de uma vez, pois as ondas cinza eram ferozes. O passadiço foi abaixado por um guincho operado por um velho com um cigarro preso de forma despreocupada entre os dentes – como ele o mantinha aceso naquele vento era uma façanha tão impressionante que horas depois me vi pensando na brasa incandescente que atravessava os borrifos vindos do mar.

Percebi que fui a única a desembarcar. Com um baque, o capitão deixou meu baú no cais gelado, abrindo seu sorriso divertido de sempre, como se eu fosse uma piada que ele custava a entender. Ao que parecia, poucos eram meus companheiros de viagem, e estavam indo para a única cidade em Ljosland: Loabær, na parada seguinte do navio. Eu não tinha a intenção de visitar Loabær, pois não é possível encontrar o Povo nas cidades, mas apenas nos recônditos remotos e esquecidos do mundo.

Do porto consegui ver o chalé que havia alugado, o que me surpreendeu. O fazendeiro que era o dono da terra, um certo Krystjan Egilson, o descrevera para mim em nossa correspondência – uma coisinha de pedra com um telhado de turfa verde vívida nos arredores da aldeia, empoleirada na encosta da montanha perto da borda da floresta de Karrðarskogur. Era uma região tão extrema – cada detalhe, desde a confusão de chalés pintados de cores vivas até a vegetação intensa da costa e as geleiras à espreita nos picos, era tão nítido e solitário, parecido com fios bordados, que suspeito que eu poderia ter contado os corvos em suas tocas nas montanhas.

Os marinheiros mantiveram uma boa distância de Sombra quando seguimos para o cais. O velho dogue alemão é cego de um olho e não tem energia para nenhum exercício físico além de uma lenta caminhada, muito menos para rasgar a garganta de marinheiros mal-educados, mas sua aparência diz o contrário; é uma criatura enorme, preta como piche, com patas de urso e dentes muito brancos. Talvez eu devesse tê-lo deixado aos cuidados de meu irmão em Londres, mas eu não aguentaria, principalmente porque ele tem acessos de melancolia quando estou fora.

Consegui arrastar meu baú do cais e atravessar a aldeia com ele – poucos estavam por perto, provavelmente em suas terras ou barcos de pesca, mas esses poucos me encararam como apenas os aldeões no fim do mundo conhecido conseguem encarar um estranho. Nenhum daqueles que me admiravam ofereceu ajuda. Sombra, caminhando ao meu lado, olhou para eles com leve interesse, e apenas nesse momento eles se viraram, disfarçando.

Já estive em comunidades muito mais rústicas que Hrafnsvik, pois minha carreira me levou por toda a Europa e à Rússia, para aldeias grandes e pequenas e lugares inóspitos, ora belos, ora repugnantes. Estou acostumada a acomodações e pessoas humildes – certa vez, dormi no galpão de queijos de um fazendeiro na Andaluzia –, mas nunca havia chegado tão ao norte. O vento tinha sabor de neve recém-caída e puxava meu cachecol e minha capa para trás. Levei algum tempo para carregar meu baú pela estrada, mas sou perseverante ao extremo.

A paisagem que circundava a aldeia era cheia de planícies. Não eram as encostas limpas com as quais eu estava acostumada, mas crivadas de protuberâncias, rocha vulcânica em mantos cobertos de musgo. Como se isso não bastasse para desorientar o olhar, o mar continuava arremessando ondas de névoa sobre o litoral.

Cheguei ao limite do vilarejo e encontrei a pequena trilha que levava ao chalé – o terreno era tão íngreme que o caminho era uma série de zigue-zagues. A casa em si ficava precariamente em um pequeno recesso na encosta da montanha. Estava a apenas dez minutos da aldeia, mas eram dez minutos de considerável aclive, e eu estava ofegante quando cheguei à porta. Não só estava destrancada como não tinha nenhuma fechadura, e, quando a abri, encontrei uma ovelha.

Ela me encarou por um momento, mastigando alguma coisa, até que se afastou para se unir a suas companheiras enquanto eu educadamente segurava a porta. Sombra bufou, mas, tirando isso, não se mexeu – ele viu muitas ovelhas em nossos passeios no interior ao redor de Cambridge e olha para elas com o desinteresse cavalheiresco de um cachorro idoso.

Não sei como, mas dentro do chalé parecia ainda mais frio que ao ar livre. Era tão simples quanto eu o havia imaginado, com paredes de pedra sólida e reconfortantes e o cheiro de algo que imaginei ser esterco de papagaio-do-mar, embora também pudesse ser o cheiro da ovelha. Uma mesa e cadeiras empoeiradas, uma pequena cozinha nos fundos com várias panelas penduradas na parede, muito empoeiradas. Junto à lareira, com seu fogão a lenha, havia uma poltrona antiga que cheirava a mofo.

Eu tremia, apesar de ter arrastado o baú morro acima, e percebi que não tinha lenha nem fósforos para aquecer aquele lugar sombrio. O mais alarmante era o fato de que talvez eu nem sequer soubesse acender uma lareira se quisesse – nunca tinha feito isso antes. Infelizmente, por acaso, olhei pela janela naquele momento e vi que havia começado a nevar.

Foi então que, enquanto olhava para a lareira vazia, com fome e frio, comecei a imaginar que morreria ali.

Para que não pensem que sou uma novata no trabalho de campo no estrangeiro, deixem-me dizer que não é o caso. Passei meses estudando uma espécie ribeirinha do Povo, *les lutins des rivières*, em uma parte tão rural da Provença que os aldeões nunca tinham visto sequer uma câmera. E antes disso houve uma longa estada nas florestas dos Apeninos com algumas *fate* com cara de cervo e seis meses em uma região deserta da Croácia como assistente de um professor que passou toda a sua carreira analisando a música do Povo da montanha. No entanto, em cada um desses casos eu sabia no que estava me metendo e tinha um ou dois alunos para cuidar da logística.

E não havia neve.

Ljosland é o mais isolado dos territórios escandinavos, uma ilha situada nos mares selvagens do continente norueguês cujo litoral norte resvala o Círculo Polar Ártico. Eu havia contado com as dificuldades para chegar a tal lugar – a longa e desconfortável viagem até o norte –, mas estava percebendo que dera pouca atenção às dificuldades que poderia enfrentar para sair dele se algo desse errado, especialmente assim que a barreira de gelo se fechasse.

Uma batida na porta provocou em mim tamanho sobressalto que me levantei. Mas o visitante já estava entrando sem se importar com minha permissão, batendo as botas com ar de quem entra na própria casa depois de um longo dia.

— Professora Wilde — disse ele, estendendo a mão. Era grande, pois ele era um homem avantajado, tanto em altura quanto em volta dos ombros e no ventre. Seu cabelo era preto e desgrenhado, o rosto quadrado com um nariz quebrado que se encaixava ali de um jeito bastante adequado, embora totalmente desagradável. — Trouxe seu cachorro, pelo que vejo. Belo cão.

— Senhor Egilson? — perguntei educadamente, apertando sua mão.

— Ora, quem mais seria? — respondeu meu anfitrião. Não soube ao certo se aquela era uma resposta rude ou se o padrão de seu comportamento carregava uma leve hostilidade. Devo mencionar aqui que sou péssima em ler as pessoas, uma falha que já me trouxe muitos inconvenientes. Bambleby saberia exatamente o que fazer com aquele grandalhão, provavelmente já arrancaria risadas dele com alguma piada de charme discreto.

Maldito Bambleby, pensei. Eu mesma não tenho muito senso de humor, algo que gostaria bastante de poder usar nessas situações.

— A senhora enfrentou uma jornada e tanto — comentou Egilson, encarando-me de um jeito desconcertante. — De Londres até aqui. Ficou mareada?

— De Cambridge, na verdade. O navio estava bastante...

— Aposto que os aldeões ficaram encarando enquanto a senhora subia a estrada, certo? Eles pensaram: *Quem é aquela ratinha subindo a estrada? Não pode ser aquela estudiosa chique de Londres de quem ouvimos falar. Até parece que ela sobreviveria à viagem.*

— Não saberia dizer o que pensaram sobre mim — respondi, buscando uma forma de mudar a conversa para assuntos mais urgentes.

— Bem, foram eles que me contaram — disse ele.

— Entendi.

— Encontrei o velho Sam e sua esposa, Hilde, no caminho até aqui. Estamos todos muito curiosos com sua pesquisa. Me conte, como está planejando pegar o Povo? Com uma rede de caçar borboletas?

Até eu consegui perceber que era uma zombaria, por isso respondi com frieza:

— Fique tranquilo. Minha intenção não é *pegar* um exemplar de seu povo feérico. Meu objetivo é simplesmente estudá-los. É a primeira investigação desse tipo em Ljosland. Receio que até pouco tempo atrás o restante do mundo

via seus Ocultos como mais do que um mito, ao contrário das várias espécies de Povo que habitam as Ilhas Britânicas e o continente, noventa por cento das quais foram substancialmente documentadas.

— Provavelmente é melhor que, para todos os envolvidos, continue assim.

Não foi uma declaração encorajadora.

— Entendo que vocês têm várias espécies de fadas em Ljosland, muitas das quais podem ser encontradas nesta parte das Montanhas Suðerfjoll. Tenho histórias de Povos que vão desde o tipo de duende doméstico até feéricas nobres para investigar.

— Não sei o que nada disso significa — disse ele, com voz monótona. — Mas seria melhor a senhora limitar suas investigações aos pequeninos. Se a senhora provocar os outros, o resultado não será bom, nem para a senhora nem para nós.

Fiquei imediatamente intrigada com aquilo, embora, é claro, tivesse ouvido indícios da natureza temível das fadas nobres de Ljosland – ou seja, aquelas fadas que assumem uma forma quase humana. Entretanto, minhas perguntas foram cortadas pelo vento, que abriu a porta e cuspiu um grande jorro de flocos de neve para dentro do chalé. Egilson empurrou-a com o ombro para voltar a fechá-la.

— Está nevando — disse eu, com uma imbecilidade atípica. Lamento dizer que a visão da neve caindo dentro da lareira me levou mais uma vez a um desespero mórbido.

— Acontece de vez em quando — respondeu Egilson, com um toque de humor sombrio que achei preferível à falsa simpatia, o que não é o mesmo que dizer que me agradou. — Mas não se preocupe. O inverno ainda não chegou, é apenas uma amostra dele. Em algum momento essas nuvens vão se abrir.

— E quando chegará o inverno? — perguntei, fechando a cara.

— Vai saber quando chegar — respondeu ele, uma espécie de esquiva com a qual logo eu me acostumaria, pois Krystjan é o tipo de homem esquivo. — A senhora é jovem para ser professora.

— Em certo sentido — comentei, esperando dissuadi-lo dessa linha de questionamento com a imprecisão. Aos trinta anos, não sou realmente jovem para ser professora, ou pelo menos não sou jovem o suficiente para surpreender ninguém; embora oito anos atrás eu fosse de fato a professora mais jovem que Cambridge já havia contratado.

Ele soltou um grunhido satisfeito.

— Preciso ir cuidar da fazenda. Posso ajudar a senhora com alguma coisa?

Ele falou com indiferença e parecia prestes a escapar pela porta, mesmo quando respondi rapidamente:

— Um chá seria ótimo. E a lenha... onde fica guardada?

— Na caixa de madeira — respondeu ele, intrigado. — Ao lado da lareira.

Eu me virei e imediatamente vi a caixa mencionada – havia pensado que fosse algum tipo de armário rudimentar.

— Tem mais no barracão de lenha lá atrás — continuou ele.

— Barracão de madeira — respirei com alívio. Minhas fantasias de congelar até a morte haviam sido precipitadas.

Ele deve ter notado a maneira como falei aquilo, que infelizmente teve a cadência distinta de uma palavra que nunca havia sido dita antes, pois comentou:

— A senhora é do tipo que não sai muito de casa, não é? Receio que pessoas assim sejam bem raras por aqui. Vou pedir ao Finn para trazer o chá. É meu filho. E, antes que pergunte, os fósforos estão na caixa de fósforos.

— Claro — retruquei, como se já tivesse notado a caixa de fósforos. Graças a meu maldito orgulho, não consegui perguntar sobre o paradeiro da caixa de fósforos depois da humilhação da caixa de madeira. — Obrigada, senhor Egilson.

Ele me lançou um olhar e piscou devagar, em seguida tirou uma caixinha do bolso e a deixou sobre a mesa. Em seguida, foi embora em um redemoinho de ar gelado.

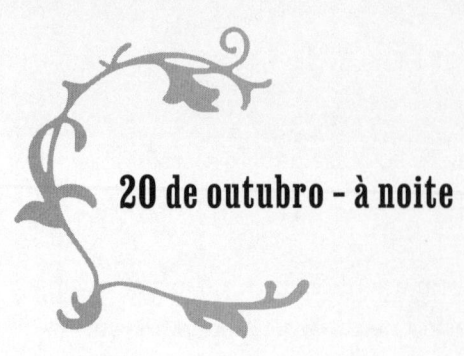

20 de outubro - à noite

Depois que Krystjan saiu, tranquei a porta com a tábua que devia ter sido colocada contra a parede para esse propósito e que, como a maldita caixa de madeira, eu não havia notado antes. Então, passei vinte minutos totalmente improdutivos tentando trabalhar com a lenha e os fósforos, até que ouvi outra batida.

Abri a porta, rezando para que a relativa polidez desse visitante fosse um bom presságio para minha sobrevivência.

— Professora Wilde — disse o jovem na soleira, naquele tom um tanto admirado que presenciei antes em aldeias do interior, e quase derreti de alívio. Finn Krystjanson era uma figura idêntica à do pai, embora mais estreito no ventre e com uma expressão agradável na boca.

Apertou minha mão com ansiedade e entrou no chalé na ponta dos pés, assustando-se um pouco ao ver Sombra.

— Que animal bonito — disse Finn. Seu inglês tinha um sotaque mais forte que o de seu pai, embora ainda fosse fluente à perfeição. — Ele vai fazer os lobos pensarem duas vezes.

— Hum — eu disse. Sombra tem pouco interesse em lobos e, ao que parece, os coloca na mesma categoria dos gatos. Não consigo imaginar o que ele faria se um lobo o desafiasse, além de bocejar e dar uma pancada com uma de suas patas grandes como um prato.

Finn contemplou a lareira fria e a quantidade de fósforos riscados sem surpresa, e nesse momento suspeitei que seu pai já lhe avisara de minhas capacidades. As palavras *do tipo que não sai muito de casa* ainda incomodavam.

Em poucos momentos, ele fez um fogo forte crepitar e botou uma panela de água para ferver. Tagarelava enquanto trabalhava, instruindo-me sobre o riacho atrás do chalé – que entendi ser minha única fonte de água, já que a construção não tinha encanamento –, sobre a latrina ao ar livre e uma loja na cidade onde eu poderia comprar suprimentos. Meu anfitrião forneceria o café da manhã, e eu poderia jantar na taverna local. Teria que me arranjar apenas no almoço, o que não me causava problema, já que estou acostumada a passar os dias no campo fazendo pesquisas e carregar uma refeição leve comigo.

— Meu pai falou que a senhora está escrevendo um livro — disse ele, amontoando lenha perto do fogo. — Sobre nossos Ocultos.

— Não só sobre os Ocultos — comentei. — O livro é sobre todas as espécies conhecidas do Povo. Aprendemos muito sobre sua espécie desde o início desta era da ciência, mas ninguém ainda se aventurou a reunir essas informações em uma enciclopédia abrangente.[1]

Ele me lançou um olhar que era ao mesmo tempo suspeitoso e impressionado.

— Nossa, mas parece ser muito trabalhoso.

— É mesmo. — Nove anos de trabalho, para ser específica. Tenho trabalhado na minha enciclopédia desde que obtive meu título de doutorado. — Espero concluir meu trabalho de campo aqui na primavera... O capítulo sobre seus Ocultos é a última parte. Meu editor está aguardando o manuscrito ansiosamente.

A menção de um editor pareceu impressioná-lo de novo, embora a testa enrugada continuasse como estava.

— Bem. Temos muitas histórias. Só não sei se serão úteis para a senhora.

— Histórias são de grande utilidade — afirmei. — Na verdade, elas são a base da driadologia. Sem elas, estaríamos perdidos, como os astrônomos sem acesso ao céu.

---

1 Claro, existem compêndios detalhados pertencentes a regiões específicas, por exemplo, o *Guia do folclore russo*, de Vladimir Foley. E também há *Seguirei a estrada de ferro: uma jornada ferroviária por Outros Mundos*, de Windermere Scott, mas é um relato narrativo de suas viagens e de natureza altamente seletiva (Scott também mina sua credibilidade ao incluir relatos ridículos de fantasmas).

— Só que não são todas verdadeiras. — Ele franziu a testa. — Nem podem ser. Todos os contadores de histórias as embelezam. A senhora deveria ouvir minha avó quando começa... Ela nos mantém atentos a cada palavra, sim, mas um visitante da aldeia vizinha sempre dirá que não conhece aquela história, embora seja a mesma que sua *amma* conta aos pés da lareira.

— Essa variação é comum. No entanto, quando se trata do Povo, há algo de verdadeiro em todas as histórias, mesmo nas falsas.

Eu poderia ter continuado a falar sobre histórias de fadas – já escrevi vários artigos sobre o assunto –, mas não sabia como falar para ele sobre minha bolsa de estudos, se o que eu diria seria um absurdo para seus ouvidos. A verdade é que, para o Povo, as histórias são tudo. As histórias fazem parte deles e de seu mundo de uma maneira fundamental que os mortais têm dificuldade de compreender; uma história pode ser um evento singular do passado, mas, de um jeito crucial, também forma um padrão que molda o comportamento deles e prevê eventos futuros. O Povo não tem um sistema de leis e, embora eu não esteja dizendo que as histórias são uma lei para eles, apresentam-se como a coisa mais próxima que seu mundo conhece de uma espécie de ordem.[2]

Acabei dizendo simplesmente:

— Minha pesquisa geralmente consiste em uma combinação de relatos orais e investigações práticas. Rastreamento, observação de campo, esse tipo de coisa.

Na verdade, os sulcos na testa do rapaz haviam se aprofundado.

— E a senhora... já fez isso antes? Digo, a senhora encontrou? O Povo?

— Muitas vezes. Eu diria que seus Ocultos seriam incapazes de me surpreender, mas esse é um talento universalmente mantido pelo Povo, não é? A capacidade de surpreender?

Ele sorriu. Acredito que tenha me achado meio parecida com o Povo naquele momento, uma mulher estranha e mágica conjurada no meio de sua vila distante, afastada do mundo exterior.

---

2 Os *Ensaios sobre metafolclore,* de Esther May Halliwell, incluem uma visão geral de como nosso pensamento evoluiu sobre esse assunto, desde o ceticismo do Iluminismo, no qual as histórias de fadas eram vistas como secundárias em relação à evidência empírica na compreensão do Povo – se não completamente irrelevantes –, até a visão moderna de tais contos como elementares para o próprio Reino das Fadas.

— Isso eu não saberia dizer — respondeu ele. — Só conheço o nosso Povo. É o suficiente para um homem, sempre pensei. Mais do que o suficiente.

Seu tom havia ficado um pouco obscuro, mas de uma forma mais sombria que ameaçadora, o tipo de voz que se usa quando se fala das dificuldades que são um fato da vida. Ele deixou um pedaço de pão preto sobre a mesa, que me informou casualmente ter sido assado no chão por meio de calor geotérmico, junto com queijo e peixe curado suficientes para dois. Ficou bastante animado com tudo isso e parecia decidido a se juntar a mim para o humilde banquete.

— Obrigada — agradeci, e nos olhamos sem jeito. Suspeitei que deveria dizer alguma coisa, talvez perguntar sobre a vida dele ou seus deveres, ou brincar sobre meu despreparo, mas sempre fui péssima com esse tipo de bate-papo amável, e minha vida como estudiosa me oferece poucas oportunidades de praticar.

— Sua mãe está por perto? — finalmente falei. — Gostaria de agradecer pelo pão.

Posso ser uma péssima juíza dos sentimentos humanos, mas já tive bastante experiência em errar para saber que aquela era a pior coisa possível a dizer. Seu belo rosto se fechou, e ele respondeu:

— Fui eu que fiz. Minha mãe faleceu faz pouco mais de um ano.

— Me perdoe — falei, fingindo surpresa na tentativa de encobrir o fato de Egilson ter incluído essa informação em uma de nossas primeiras cartas. *Foi se esquecer logo disso, idiota.* — Bem, você é bastante talentoso — acrescentei. — Espero que seu pai esteja orgulhoso de sua habilidade.

Infelizmente, essa fraca réplica foi recebida com um estremecimento, e imaginei que o pai dele não estivesse de fato orgulhoso da habilidade de seu filho na cozinha, talvez podendo encarar o fato como uma diminuição de sua masculinidade. Felizmente, Finn parecia bondoso e disse com alguma formalidade:

— Espero que goste. Se precisar de mais alguma coisa, pode mandar um recado para a casa principal. Café da manhã às sete e meia?

— Sim — respondi, lamentando a mudança da conversa leve de antes. — Obrigada.

— Ah, e isto chegou para a senhora faz dois dias — avisou ele, tirando um envelope do bolso. — Recebemos correspondência toda semana.

Pela maneira como disse aquilo, encarava o fato como uma fonte de orgulho local, então forcei um sorriso ao agradecê-lo. Ele sorriu de volta e partiu, murmurando algo sobre galinhas.

Olhei para a carta e me deparei com uma caligrafia floreada que dizia *Escritório do dr. Wendell Bambleby, Cambridge* no canto superior esquerdo, e, no meio, *Dra. Emily Wilde, Residência de Krystjan Egilson, Fazendeiro, Aldeia de Hrafnsvik, Ljosland.*

— Bambleby, seu desgraçado.

Deixei a carta de lado, com fome demais para me irritar naquele momento. Antes de me servir, reservei um tempo para preparar a comida de Sombra, como era nosso costume. Peguei um bife de carneiro no porão – local que Finn havia me indicado – e coloquei em um prato ao lado de uma tigela de água. Meu querido animal devorou sua refeição sem reclamar, enquanto me sentei perto do fogo crepitante com meu chá, que era forte e fumegante, mas bom.

Senti um tanto de arrependimento por ter retribuído mal a gentileza de Finn, mas não lamentei a ausência de sua companhia – não esperava por ela.

Olhei pela janela. A floresta era visível, começando um pouco mais alto na encosta e dando a impressão nada auspiciosa de uma onda escura prestes a se precipitar sobre mim. Ljosland tem poucas árvores, já que seus habitantes mortais desnudaram grande parte da paisagem subártica. No entanto, algumas florestas permanecem – aquelas reivindicadas, ou que se acredita terem sido reivindicadas, por seus Ocultos. São em grande parte compostas da humilde bétula felpuda, juntamente com algumas sorveiras e salgueiros baixos. Nada cresce muito em um lugar tão frio, e as árvores que eu via eram atrofiadas, escondendo-se ameaçadoramente à sombra da encosta da montanha. A aparência delas era hipnotizante. O Povo está tão imerso em seus ambientes quanto as raízes principais mais profundas, e eu estava ainda mais ansiosa para conhecer as criaturas que chamavam de lar um lugar tão inóspito.[3]

---

3 Aqui, claro, refiro-me à Teoria do Povo Selvagem, de Wilson Blythe, amplamente aceita pelos driadologistas e frequentemente mencionada como a escola de pensamento blythiana. Diversos guias foram escritos sobre o assunto, mas Blythe vê o Povo essencialmente como elementos do mundo natural que ganharam consciência por meio de processos desconhecidos. Então, de acordo com o pensamento

 A enciclopédia das fadas de Emily Wilde

A carta de Bambleby estava sobre a mesa, de alguma forma conspirando para transmitir uma espécie de tranquilidade negligente, e, por fim, depois que terminei o pão (bom, com gosto de fumaça) e o queijo (também bom, também com gosto de fumaça), peguei-a e deslizei a unha pelo canto do envelope.

Ela começava com:

Minha querida Emily, espero que esteja confortavelmente acomodada em sua solidez coberta de neve e que esteja feliz enquanto se debruça sobre seus livros e coleciona uma variedade de manchas de tinta em seu corpo, ou o mais próximo que puder chegar disso, minha amiga. Embora tenha partido apenas alguns dias atrás, confesso que sinto falta do som de sua máquina de escrever estalando no corredor enquanto se curvava com as cortinas fechadas como um troll ruminando alguma vingança terrível embaixo de uma ponte. Fico tão triste sem a sua companhia que desenhei um pequeno retrato seu – anexo.

Olhei para o desenho. Mostrava o que eu considerava uma representação altamente infiel de mim em meu escritório em Cambridge: meu cabelo escuro preso no alto da cabeça, mas terrivelmente desgrenhado (essa parte, admito, é verdade – tenho o péssimo hábito de bagunçar o cabelo enquanto trabalho), e uma expressão diabólica em meu rosto enquanto fazia uma careta para minha máquina de escrever. Bambleby teve a ousadia de me deixar bonita, aumentando meus olhos fundos e dando ao meu rosto redondo uma aparência de inteligência concentrada que aguçou seu perfil nada excepcional. Sem dúvida, não tinha a capacidade de imaginar uma mulher que achasse pouco atraente, mesmo que a tivesse visto antes.

Obviamente não achei graça na caricatura. Não, nem um pouco.

Então, Bambleby discorreu longamente sobre a última reunião do corpo docente do departamento de driadologia, para a qual eu não fora convidada por ser mera professora adjunta e não efetiva, incluindo muitas observações divertidas sobre como a luz batia lindamente sobre a nova peruca do

---

blythiano, eles estão ligados a seus ambientes de maneiras que nós, humanos, mal conseguimos compreender.

Professor Thornthwaite e perguntando se eu concordaria com sua teoria de que o silêncio relativo do Professor Eddington em tais reuniões sugeria um domínio do cochilo de olhos abertos. Flagrei-me abrindo um leve sorriso enquanto ele divagava – é difícil não se divertir com Bambleby. É uma das coisas de que mais me ressinto dele. Isso e o fato de ele se considerar meu amigo mais querido, o que só é verdade no sentido de que ele é meu único amigo.

Parte do motivo para eu escrever, minha querida, é para lembrá-la de que estou preocupado com sua segurança. Não falo de qualquer espécie incomum de fada incrustada de gelo que você possa encontrar, pois sei que consegue lidar com elas, mas do clima implacável. Embora deva confessar um motivo secundário para escrever – um fascínio pelas lendas que você descobriu sobre esses Ocultos. Peço que escreva para mim com suas descobertas – embora, se certos planos que coloquei em ação se concretizarem, possa ser redundante.

Fiquei paralisada na cadeira. Minha nossa! Sem dúvida ele não estava pensando em se juntar a mim aqui, certo? Mas o que mais poderia querer dizer com tal observação?

Meu medo diminuiu um pouco, porém, quando me recostei e imaginei Bambleby realmente se aventurando em um lugar como este. Ah, Bambleby fez um trabalho de campo extenso, com certeza, mais recentemente organizando uma expedição para investigar relatos de uma espécie em miniatura do Povo no Cáucaso, mas o método de trabalho de campo dele é de delegação mais que qualquer outra coisa; ele se instala no lugar mais próximo que possa se passar por um hotel e de lá fornece diretrizes para o pequeno exército de estudantes de pós-graduação que o segue o tempo todo. Ele é muito elogiado em Cambridge por se dignar a dar crédito de coautoria a seus alunos em suas muitas publicações, mas sei o que esses alunos aguentam, e a verdade é que seria monstruoso se ele não oferecesse esses créditos.

Não consegui convencer nenhum dos meus alunos a me acompanhar até Hrafnsvik e duvido muito que Bambleby, apesar de seus encantos, tivesse uma sorte melhor que essa. E por isso ele não virá.

O restante da carta consistia em garantias de sua intenção de escrever o prefácio do meu livro, e eu me senti um pouco mal com isso – uma combinação de alívio e ressentimento –, porque, embora não queira a ajuda dele, especialmente depois que ele me passou para trás na descoberta da criança trocada do *gean-cánach*, não posso negar seu valor. Wendell Bambleby é um dos principais driadologistas de Cambridge, o que significa que é um dos principais do mundo. Nosso único artigo em coautoria, uma metanálise simples, mas abrangente, da dieta das fadas dos rios que desembocam no Mar Báltico, me rendeu convites para duas conferências nacionais e continua sendo meu trabalho mais citado.

Lancei a carta no fogo, determinada a não pensar mais em Bambleby até a chegada de sua próxima carta, o que sem dúvida seria rápido se eu não respondesse com agilidade suficiente para a autoestima dele.

Virei-me para Sombra, enrodilhado aos meus pés. O bicho estava me observando com seus solenes olhos escuros, preocupado com meu bem-estar, pois havia percebido meu pânico. Descobri outra frieira em sua pata e fui buscar a pomada que havia comprado especialmente para ele. Também tirei um tempo para pentear seus pelos longos até que seus olhos se fechassem de prazer.

Tirei o manuscrito da mala, abri cuidadosamente o invólucro protetor e o deixei sobre a mesa. Folheei as páginas, saboreando o som nítido do papel com muita tinta, garantindo que ainda estavam em ordem.

É um volume pesado, atualmente totalizando cerca de quinhentas páginas, sem incluir os apêndices, que provavelmente serão extensos. No entanto, nessas páginas, como os espécimes pregados com alfinetes e presos atrás do vidro em uma exibição de museu, estão todas as espécies de fadas já encontradas pelo homem, desde aquelas que assombram as Órcades escocesas e moram em meio às névoas até a ladra macabra conhecida como *l'hibou noir* por aqueles que habitam o país mediterrâneo de Miarelle. Foram dispostas em ordem alfabética, com referências cruzadas e ladeadas por figuras, quando disponíveis, bem como um guia fonético para a pronúncia.

Deixei minha mão descansar brevemente sobre a pilha de páginas; em seguida, coloquei sobre o manuscrito um peso de papel, uma de minhas

pedras feéricas[4] – agora desprovida de magia, claro. Ao lado dela, em ângulo reto, deixei minha caneta favorita – ela ostenta o brasão de Cambridge, um presente da universidade quando fui contratada –, régua e tinteiro. Observei a imagem com satisfação.

Neste momento, com o mundo envolto na escuridão total das aldeias provincianas e minhas pálpebras já ficando pesadas, decido ir para a cama.

---

4 As pedras feéricas podem ser encontradas em várias regiões, sendo especialmente comuns na Cornualha e na Ilha de Man. São inexpressivas na aparência e difíceis de reconhecer para o olho destreinado; sua característica mais distintiva é a forma redonda perfeita. Parecem ser usadas principalmente para armazenar encantamentos para uso posterior, ou talvez como um presente. O *Guia de pedras élficas da Europa Ocidental*, de Danielle de Grey, escrito em 1850, é o recurso definitivo sobre o assunto. (Tenho ciência de que muitos driadologistas hoje ignoram a pesquisa feita por de Grey por causa de seus muitos escândalos, mas, seja lá o que tiver sido, eu a considero uma estudiosa meticulosa.) Uma pedra feérica com uma fissura já foi usada, então é inofensiva. Uma pedra intacta deve ser deixada intacta e relatada ao CIAD, o Conselho Internacional de Arcanologistas e Driadologistas.

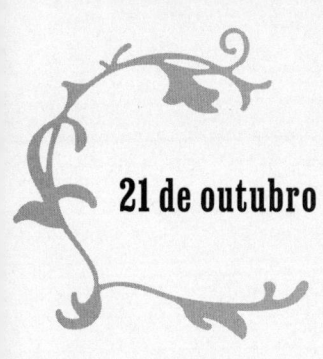

21 de outubro

Normalmente eu durmo mal em acomodações estrangeiras, mas me surpreendi por ter feito um descanso profundo até ser despertada por Finn, como prometido, às sete e meia.

Levantei-me da cama, com um colchão estofado com palha que ocupava quase todo o quartinho, tremendo de frio. A única lareira ficava na sala de estar, e nela só havia brasas. Joguei um robe por cima da camisola e fui até a porta com Sombra atrás de mim.

Finn cumprimentou-me com a mesma formalidade com que havia se retirado ontem, deixando sobre a mesa uma bandeja de pão – ainda quente, apesar da caminhada em meio ao frio, vindo da casa da fazenda –, bem como uma tigela de algum tipo de iogurte e um enorme ovo cozido.

— Ganso — respondeu ele quando questionei. — A senhora não cercou o fogo ontem à noite?

Confessei que não tinha ideia do que aquilo significava, e ele gentilmente demonstrou um método específico de empilhar a lenha e reunir as brasas dentro da lareira, o que garantiria uma liberação longa e contínua de calor, bem como tornaria mais fácil reacendê-la na manhã seguinte. Agradeci, talvez com entusiasmo exagerado, e ele sorriu da forma calorosa de antes.

Perguntou sobre meus planos para o dia, e eu confirmei minha intenção de me familiarizar com os arredores.

— Seu pai me informou nas cartas que dentro de Karrðarskogur pode ser encontrada uma variedade de duendes domésticos, bem como fadas em bando — comentei. — Entendo, com base na minha pesquisa nos escassos relatos do seu Povo, que as fadas nobres são mais aptas a viajar com a neve, por isso deduzo que avistamentos de sua estirpe ainda sejam improváveis por alguns dias.

Finn parecia surpreso.

— Meu pai usou essas palavras?

— Não. Duendes domésticos e fadas são as duas maiores subcategorias de fadas comuns inventadas por estudiosos... A sua gente, acredito, se refere às fadas comuns como "pequeninos" ou "povo pequenino" quando faz a distinção. Como você sabe, eles geralmente são bem pequenos, do tamanho de uma criança ou menores. Os duendes domésticos são solitários, e em geral eles são as fadas que se envolvem em assuntos dos mortais, como roubos, pequenas maldições, bênçãos. As fadas de bando viajam em grupos, e na maior parte do tempo ficam apenas na própria companhia.

Finn fez um aceno lento de cabeça.

— Então, suponho que a senhora tenha outra palavra para os altos?

— Sim, colocamos todas as fadas humanoides na categoria de fadas nobres... Você sabe que existem dois grupos principais de Povo, nobres e comuns. No que diz respeito às fadas nobres, existem muitas subcategorias para listar, e não tenho ideia se alguma delas se aplica àqueles que você chama de "altos".

— Raramente damos nomes para eles — revelou Finn. — Isso dá azar.

— Uma crença bastante comum. Os maltestes são muito parecidos, embora suas fadas nobres sejam mais problemáticas que a média, tendo o infeliz hábito de entrar nas casas à noite para se banquetear com os órgãos vitais dos adormecidos.

Ele mostrou pouca surpresa com esse detalhe horrendo, o que me deixou perplexa e intrigada. O Povo maltês é singularmente perverso – nesse quesito, não há nenhum paralelo entre as fadas. Que tipo de Povo habitaria este país ameaçador?

— Pensei que a senhora gostaria de se instalar primeiro — disse ele, lançando um olhar duvidoso ao redor do chalé. — Termine de desfazer as malas, compre algumas provisões, cumprimente os vizinhos. Ficará aqui por um tempo.

A última frase da sequência me fez estremecer.

— Não tanto, do ponto de vista acadêmico — expliquei. — Minha passagem de volta está reservada para um cargueiro que parte no dia primeiro de abril. Estarei muito ocupada. Alguns driadologistas passam anos em campo. — E acrescentei, com o objetivo de inculcar na mente de Finn a sensação da distância educada que costumo manter entre mim e os locais: — E, quanto aos vizinhos, sem dúvida os encontrarei na taverna esta noite.

O rosto de Finn abriu-se em um sorriso.

— Sem dúvida. Depois da colheita, alguns raramente saem daqui. Vou avisar Aud que a senhora estará lá... e Ulfar. É o marido dela, ele que comanda as coisas. É um tipo bastante legal, embora um pouco frio. Não vai ouvi-lo falar muito.

Esse fato me deixou mais com vontade de conhecer Ulfar do que Aud, embora eu não tenha dito.

— E deduzo, pelo que seu pai me disse, que Aud é a... goði, não é? — Gaguejei um pouco na palavra desconhecida, que entendi indicar uma espécie de mulher chefe do vilarejo.

Finn assentiu com a cabeça.

— Hoje em dia é mais uma coisa cerimonial, mas gostamos de manter as antigas tradições. Aud certamente poderá lhe fornecer histórias dos Ocultos. E sei que ela vai gostar de qualquer história que a senhora tenha sobre Londres. Por aqui, gostamos de histórias do mundo exterior.

— Bem, ótimo. Veremos o que a noite trará. Talvez minha visita seja curta, dependendo do cansaço após os esforços de hoje.

Ele não pareceu desanimado.

— Se estiver cansada, a cerveja de Ulfar vai deixar a senhora bem. Algumas pessoas dizem que é um gosto adquirido, mas vai aquecer o estômago e untar a língua melhor que qualquer coisa no mundo.

Forcei um pequeno sorriso. Esperava que ele fosse embora, mas ele simplesmente ficou ali, parado, me encarando. Reconheci aquela expressão, pois já a tinha visto antes: a de um homem tentando, sem sucesso, me encaixar em uma das categorias de feminilidade com as quais está familiarizado.

— De onde a senhora é, professora? — perguntou ele, com um toque de sua antiga simpatia. Acho que é do tipo que nunca consegue manter a frieza com alguém por muito tempo.

— Moro em Cambridge.

— Sim, mas de onde vêm os seus antepassados?

Segurei um suspiro.

— Eu cresci em Londres. Meu irmão ainda mora lá.

— Ah. — A expressão dele se iluminou. — A senhora é órfã?

— Não.

Não foi a primeira vez que alguém achou isso de mim. Acredito que as pessoas sempre procuram uma maneira de me explicar, e uma infância de negligência ou privação é uma maneira tão boa como qualquer outra. Na verdade, meus pais são perfeitamente comuns e estão vivíssimos, embora não sejamos próximos. Nunca souberam lidar comigo. Quando li todos os livros da biblioteca de meu avô – eu devia ter oito anos, mais ou menos – e cheguei até eles com certas passagens espinhosas memorizadas, esperava que minha mãe e meu pai me esclarecessem – em vez disso, eles me encararam como se eu tivesse me distanciado muito. Nunca conheci meu avô – ele não se interessava por crianças, nem por qualquer coisa além de sua sociedade de folcloristas amadores –, mas, depois que ele morreu e herdamos sua casa e seus bens, seus livros viraram meus melhores amigos. Havia algo sobre as histórias encadernadas entre aquelas capas, e as inúmeras espécies de Povo entravam e saíam delas, cada uma delas um mistério implorando para ser resolvido. Acredito que a maioria das crianças se apaixone por fadas em algum momento, mas meu fascínio nunca se resumiu à magia ou à realização de desejos. O Povo era de outro mundo, com regras e costumes próprios – e, para uma criança que sempre se sentiu inadequada em seu mundo, a atração foi irresistível.

— Estou em Cambridge desde os quinze anos — expliquei. — Foi quando comecei meus estudos. É um lar para mim, mais que qualquer outro.

— Entendo — disse ele, embora eu percebesse que não entendia.

Depois que Finn partiu, desfiz o restante da minha bagagem, o que, como eu esperava, levou pouquíssimo tempo – trouxe apenas quatro vestidos e alguns livros. O cheiro familiar da Biblioteca de Driadologia de Cambridge veio com eles, e senti um arrepio de saudade daquele lugar mofado e antigo, um refúgio de quietude e solidão no qual já passei muitas horas.

Dei uma olhada no chalé, que ainda cheirava a ovelha e abrigava muitas aranhas que teciam teias, mas tenho pouca paciência para tarefas domésticas e logo desisti da ideia. Uma casa é apenas um teto sobre a cabeça de uma pessoa, e esta me serviria adequadamente como estava.

Sombra e eu terminamos nosso café da manhã (dei a ele a maior parte do ovo de ganso), enchi meu cantil com água do riacho e enfiei na mochila, junto com o restante do pão, minha câmera, uma fita métrica e meu caderno de anotações. Assim, preparada para um dia no campo, voltei minha atenção para cercar o fogo de acordo com as instruções de Finn.

Puxei as brasas com o atiçador e parei. Empurrei para o lado a casca de um pedaço de lenha, estiquei o braço para dentro da lareira e tirei a carta de Bambleby. Soprei as cinzas e passei os olhos pela elegante letra cursiva. Estava ilesa.

Acrescentei lenha à lareira, atiçando as chamas, e joguei a carta de volta nas labaredas. Não queimava. O fogo cuspiu fumaça, como se a carta fosse um obstáculo desagradável preso em sua garganta.

— Maldito — murmurei, estreitando os olhos para o pesado papel de carta que me encarava despreocupadamente lá das chamas. — Preciso manter essa porcaria embaixo do meu travesseiro?

Suponho que devo mencionar aqui que tenho noventa e cinco por cento de certeza de que Wendell Bambleby não é humano.

Aquele não é o produto de mero desdém profissional; a carta impossível de Bambleby não é minha primeira evidência de sua verdadeira natureza. Minhas suspeitas surgiram em nosso primeiro encontro, alguns anos atrás, quando notei as diversas maneiras como evitava os objetos de metal na sala, inclusive fingindo ser destro para evitar o contato com alianças de casamento (o Povo é, sem exceção, canhoto). Mas ele não conseguia evitar o metal por completo: o evento incluía um jantar, que invariavelmente envolvia talheres, molheiras e coisas do gênero. Ele controlou bem o desconforto, o que indicava que minhas suspeitas eram infundadas ou que ele era de ascendência real... Eles são o único Povo capaz de suportar o toque de tais traquitanas humanas.

Para não parecer crédula, posso atestar que isso não foi suficiente para me convencer. Nos encontros seguintes, observei diversas qualidades suspeitas, entre as quais sua maneira de falar. Bambleby supostamente nasceu no Condado de Leane e foi criado em Dublin, e, embora eu não seja uma estudiosa do sotaque irlandês, sou especialista na língua do Povo, que é uma com muitos dialetos, mas que possui certa ressonância e timbre universal, e da qual ouço sussurros na voz de Bambleby em momentos ocasionais, de guarda baixa. Passamos bastante tempo na companhia um do outro.

Se ele for do Povo, provavelmente está vivendo entre nós como exilado, um destino bastante comum para a aristocracia das fadas irlandesas – sua espécie raramente fica sem um tio assassino ou um regente sedento por poder durante muito tempo. Existem muitos contos de pessoas exiladas; às vezes dizem que seus poderes são restritos por um encantamento lançado pelo monarca exilado, o que explicaria a necessidade de Bambleby de resignar sua existência entre nós, humildes mortais. Sua escolha de profissão talvez faça parte de algum desígnio feérico que não consigo vislumbrar, ou pode ser uma expressão comum da natureza de Bambleby, que precisa se concentrar em adquirir afirmações externas da própria experiência.

Ainda é possível que eu esteja enganada. Uma estudiosa deve estar sempre pronta para admitir isso. Nenhum dos meus colegas parece partilhar de minhas suspeitas, o que me faz hesitar; nem mesmo o venerável Treharne, que vem fazendo trabalho de campo há tanto tempo que gosta de contar a piada de que as fadas comuns já não se escondem mais quando ele chega, vendo pouca diferença entre ele e alguma peça de mobília velha e volumosa. E, apesar de todas as histórias do Povo exilado, nenhum deles jamais foi descoberto entre nós. O que leva a uma de duas conclusões: ou esse Povo é excepcionalmente habilidoso na arte da camuflagem, ou as histórias são todas falsas.

Retirei a carta, ainda intacta, e a rasguei em pedaços, depois a joguei de volta nas cinzas. Então, afastei Bambleby da minha mente, prendi o cabelo em um coque no alto da cabeça – de onde começou a se soltar quase imediatamente – e vesti meu casaco.

A beleza da vista lá fora me fez estacar para admirar os campos com mais cuidado. A montanha caía diante de mim, um carpete verde que ficava ainda mais verde pela luminosa aurora que manchava as nuvens com tons de rosa e dourado. As próprias montanhas estavam levemente cobertas de neve, embora não houvesse ameaça de mais precipitação com aquele dossel cerúleo. Nas entranhas daquela paisagem, erguia-se a grande fera do mar com sua pele irregular de blocos de gelo.

Retomei um passo leve, muito animada. Sempre adorei o trabalho de campo e senti aquela onda familiar de empolgação ao contemplar o campo em questão: diante de mim havia um território científico desconhecido, e eu era a única exploradora em quilômetros. É em momentos como esse que me reapaixono pela minha profissão.

Sombra caminhava ao meu lado enquanto subíamos a encosta da montanha, farejando cogumelos ou a geada derretida. Ovelhas me encaravam com sua expressão característica de ansiedade desinteressada. Sapatearam um pouco ao ver Sombra, mas como ele somente arrastava seu corpanzil alegremente, o focinho mais envolvido pela terra do que pelos pedregulhos lanosos que pontilhavam os campos de seu território no interior de Cambridgeshire, elas logo o ignoraram.

Devagar, a floresta lentamente me abraçou. As árvores não eram todas atrofiadas, e em alguns lugares formavam uma copa densa e escura sobre o caminho estreito.

Passei a maior parte da manhã esquadrinhando o perímetro, entrando e saindo dos bosques. Observei anéis de cogumelos e padrões incomuns de musgo, os sulcos na terra onde as flores cresciam e os lugares onde passavam de uma cor para outra, e aquelas árvores que pareciam mais escuras e rústicas que as outras, como se tivessem bebido de uma substância que não fosse água. Uma estranha névoa elevava-se de uma pequena cavidade escavada no terreno acidentado, o que descobri ser uma fonte termal. Acima dela, em uma saliência rochosa, havia várias estatuetas de madeira, algumas meio cobertas de musgo. Havia também uma pequena pilha do que reconheci como pedrinhas de caramelos, doces com sal de Ljosland que vários dos marinheiros adoravam.

Depois de tirar algumas fotos, mergulhei a mão na fonte e achei agradavelmente quente. Logo a tentação surgiu, pois eu não tomava banho direito desde que havia saído de Cambridge e ainda sentia o sal da viagem sobre mim como uma segunda pele. No entanto, a ideia foi descartada rapidamente; não estava prestes a sair por aí me divertindo nua em um país desconhecido.

Um ruído baixo veio da floresta atrás de mim, uma espécie de tamborilar não muito diferente do gotejamento contínuo da umidade dos galhos da floresta. Instantaneamente, fiquei alerta, embora não tenha dado nenhum sinal. Sombra ergueu a cabeça da nascente para farejar o ar, mas sabia o que se esperava dele. Ele se sentou e me observou. Algumas pessoas pensam que o Povo se anuncia com sinos ou canções, mas o fato é que você nunca os ouvirá, a menos que desejem ser ouvidos. Se você for abordado por um animal, provavelmente notará o farfalhar das folhas, o estalar dos galhos. Se estiver diante da abordagem de uma fada, talvez não ouça nada, ou apenas as mais sutis variações na paisagem sonora natural. Um estudioso leva anos para dominar os poderes necessários de observação.

Adotando a apreciação da paisagem por uma viajante entediada, que não exigia muito esforço, e vendo que o tempo continuava bom, corri o olhar ao longo das margens da floresta. Não fiquei surpresa ao não encontrar nenhuma evidência de qualquer observador além do chiado de um esquilo e da dispersão rúnica de pegadas de pássaros.

Para continuar naquela personagem, tirei os pés das botas e os mergulhei na fonte d'água. Levei alguns momentos para repassar meu catálogo mental de duendes alpinos, em especial aqueles que viviam perto de nascentes, de olho nos padrões de comportamento.

Enfiei a mão na mochila, onde guardo uma variedade de bugigangas que juntei ao longo dos anos. Mas o que escolher neste caso? Alguns presentes são adorados pelo Povo de diferentes regiões, enquanto outros significam uma ofensa. Conheço um driadologista francês que enlouqueceu com seus objetos de pesquisa depois de presenteá-los com um pão que, sem que ele soubesse, havia começado a mofar. Sua malevolência quando insultados é quase tão universal quanto seu capricho.

Escolhi uma caixinha de porcelana que contina uma variedade de docinhos turcos. Os gostos variam muito entre o Povo, mas sei de apenas um caso registrado de uma oferta de doces que deu errado. Coloquei a caixa na saliência de pedra; além disso, coloquei sobre ela uma de minhas poucas joias, um diamante de um colar que herdei com a morte de minha avó. Esses presentes reservo apenas para casos muito especiais – alguns dos feéricos comuns cobiçam joias; outros nem sabem o que fazer com elas.

Comecei a murmurar uma canção.

Eles são a noite e o dia,
São o vento e a folha,
Colocam a neve sobre o telhado
   e a geada no patamar.
Recolhem suas pegadas e as carregam
   nas costas.
Que presente é maior que a amizade deles?
Que lâmina corta mais fundo que sua inimizade?

Minha tradução é desajeitada; não tenho jeito para poesia. Cantei na língua em que foi composta, a do Povo, que os estudiosos prosaicos chamam simplesmente de faie. É uma fala ondulante e circular que leva o dobro do tempo para expressar a metade do conteúdo em inglês, com muitas regras contrárias, mas não há linguagem mais adorável falada por mortais em qualquer lugar do mundo. Por alguma peculiaridade curiosa – uma que causou muita consternação entre os adeptos da Teoria das Cem Ilhas[5] –, o Povo fala a mesma língua em todos os países e regiões onde é conhecido, e, embora os sotaques e as expressões sejam diferentes, seus dialetos nunca variam tanto a ponto de dificultar o entendimento.

Repassei duas vezes a canção, que aprendera com um hobgoblin em Somerset, depois deixei minha voz desaparecer no vento. Fiz as apresentações necessárias, em seguida calcei meus sapatos e parti.

---

5 A teoria de que cada Reino das Fadas existe em um plano físico totalmente separado. O Povo consegue viajar de um reino para outro em raras ocasiões, mas, fora isso, os estudiosos alegam que os reinos tiveram historicamente pouco a ver um com o outro. Eu mesma vejo isso como um absurdo tacanho, mas a teoria continua popular entre a geração mais velha de driadologistas, aqueles que tendem a ocupar o lugar de chefes de departamento e a escrever os livros didáticos mais referenciados, portanto essa teoria provavelmente nos acompanhará por algum tempo.

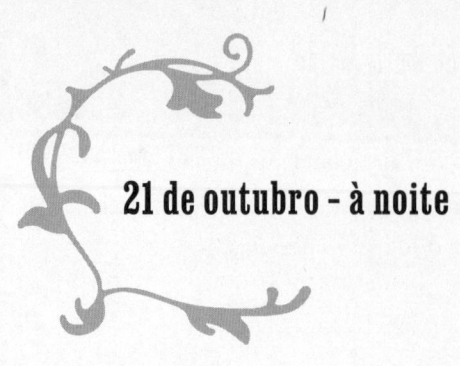

21 de outubro - à noite

Sombra e eu deixamos o Karrðarskogur para trás e seguimos para as colinas. Uma estrada esburacada serpenteava pelas montanhas ao norte da aldeia, e eu a segui até ela desaparecer – provavelmente era apenas uma trilha usada por criadores de ovelhas. Continuei, embora o terreno fosse pantanoso em alguns lugares devido à neve que derretia. Por fim, minha determinação foi recompensada quando cheguei ao cume de uma das montanhas mais baixas.

Mais além, minha visão era amplamente obstruída por outra cordilheira muito mais alta, um grande conjunto de montanhas projetando-se desordenadamente da terra verde, ostentando suas vestes glaciais. Ljosland é um labirinto de montanhas, pelo que você verá, assim como de fiordes e geleiras e todas as outras formações pontiagudas mais hostis ao ser humano. Entre os picos, a paisagem se comprimia no que eu supus serem vales, sulcados e recobertos de pedregulhos.

Fiz uma pausa no cume – em parte para aproveitar a sensação de dever cumprido – para escrever em meu diário. O Povo não se limita às florestas, e sei, por minha correspondência com Krystjan, que muitos ljoslandeses acreditam que as rochas vulcânicas que se projetam de sua paisagem servem como portas para seu reino. Registrei as maiores delas e também as que me despertaram interesse por diversos motivos, seja por força de seus picos elaborados, seja pela presença reveladora de água corrente ou fungos.

O dia acabou. Estava enlameada, gelada e completamente feliz. Havia estabelecido o que considerava um limite útil dentro do qual conduziria minha pesquisa e fiz contato com um ou mais dos feéricos comuns. Claro que era possível que os duendes de Ljosland subsistissem inteiramente de sal marinho e folhas, achassem a visão de joias tão ofensiva quanto o ferro e odiassem a música com todo o seu âmago. Mas teorizei que era improvável; além disso, compartilhavam pontos em comum com o Povo de outras latitudes do norte – o *alver* montanhês da Noruega, por exemplo. Bambleby era cético nesse quesito. Bem, veremos qual de nós está com a razão.

Eu teria enviado minhas desculpas de bom grado para Finn e a chefe do vilarejo, mas minhas divagações me deixaram com muita fome. E assim, com a felicidade diminuindo aos poucos, desviei meus passos em direção à aldeia.

A taverna estava bem situada no coração da vila, embora essa caracterização fosse discutível, dada a natureza confusa de Hrafnsvik e sua dispersão desordenada de casas e lojas. Havia um grupo de homens do lado de fora, fumando. Dois deles eram Krystjan e Finn.

— *Voilà!* — disse Krystjan, o que arrancou risadas de seus compatriotas. — Boa noite, professora Wilde. Saiu para caçar hoje, não é? Onde está sua rede de caçar borboletas?

Mais risadas. Finn lançou ao pai um olhar sombrio. Ele abriu um sorriso para mim e me guiou através das portas.

A vila inteira de Hrafnsvik parecia ter se espremido dentro da taverna. Crianças irrompiam pelo estabelecimento, reprimendas indiferentes seguiam em seu rastro, enquanto idosos se aglomeravam em torno da enorme lareira. Era aconchegante à maneira de todos os estabelecimentos rurais, da Inglaterra à Rússia, uma onda de sombras e luz do fogo, lotado de corpos e cheiros de comida, o teto sustentado pelo que pareciam ser troncos de madeira flutuante. Acima da viga transversal, onde se podia encontrar um par de chifres no continente, pendia, em vez disso, a enorme mandíbula de uma baleia.

Finn deu uma volta pela taverna, apresentando-me, o que foi feito facilmente, já que a maioria dos rostos se desviou de suas conversas para olhar para mim no momento em que entrei. De súbito, fiquei grata pela presença de Finn – detesto o constrangimento de ter que abordar estranhos, mesmo sem barreiras linguísticas. Eu tinha, claro, aprendido bastante sobre os ljoslandeses ao longo do último ano, mas só é possível progredir até certo ponto sem a tutela de um falante nativo.

— Esta é Lilja Johannasdottir — disse Finn. — Nossa lenhadora. Ela tem um *alfurrokk* atrás de casa... uma porta para o mundo das fadas. Vários dos pequeninos foram vistos entrando e saindo de lá.

A donzela sorriu para mim. Tinha ombros largos e era bonita, com bochechas redondas e vermelhas e uma cascata de cabelo loiro claro.

— Prazer em conhecê-la, professora.

Apertamos as mãos. A dela era grande e coberta de inúmeros calos. Perguntei onde ficava sua residência para que eu pudesse investigar o acontecido.

Ela pareceu assustada.

— Não acho que Aud se oponha — interveio Finn rapidamente.

Fiquei intrigada.

— Certamente não há nenhuma razão para ela se opor, certo?

— Tudo bem, Finn — cedeu Lilja. — Terei prazer em recebê-la em minha casa, professora.

Encontrei reticência semelhante de vários outros aldeões, embora, em cada caso, Finn, sorridente e educado, suavizasse a situação. Perguntei-me se os habitantes locais não haviam entendido completamente o propósito da minha visita, embora estivesse claro que Krystjan não havia escondido os detalhes de nossa correspondência.

Por fim, chegamos à mesa da goði, Aud Hallasdottir, que ergueu os olhos da conversa com duas mulheres de aparência grosseira para sorrir para mim. Vi-me, de forma abrupta, presa em um abraço apertado. Aud deu um passo para trás com as mãos ainda em meus ombros e me informou que eu jantaria em sua casa assim que possível. Concordei, dizendo a ela que Finn havia me notificado sobre sua experiência com os Ocultos e expressando minha gratidão por qualquer informação que ela pudesse compartilhar.

O sorriso de Finn ficou paralisado, e Aud piscou. Era uma mulher baixa e larga com duas linhas profundas entre os olhos, o único sinal visível de sua idade. Tive apenas um momento para imaginar onde havia errado, quando ela assentiu e disse:

— Claro, professora Wilde. Por favor, sente-se e permita que meu marido a sirva. Ele faz um vinho quente excelente... A senhora precisa levar uma garrafa para casa. Estive naquele chalé do Krystjan e achei muito frio.

Eu disse a ela educadamente que era muito gentil de sua parte, mas que eu insistia em pagar por minhas bebidas. Como regra, evito aceitar favores dos locais durante o trabalho de campo, pois não gosto do potencial de parcialidade que isso produz. Cada aldeia tem sua parcela de escândalos no que diz respeito ao Povo, gravidezes misteriosas e coisas do gênero, e meu trabalho como estudiosa não é censurar, mas decidir sobre a inclusão de tais relatos em minha pesquisa – com nomes alterados, claro – com base no mérito científico.

Aud assentiu e pediu licença para discutir algo com seu marido, Ulfar. Eu ainda não havia sido apresentada a ele, embora estivesse ciente de sua presença nos fundos da taverna o tempo todo. Ele não era um homem alto, mas algo nas sobrancelhas grossas e na agudeza do semblante criava pequenos picos e vales sombrios e lhe conferia a qualidade de uma montanha taciturna. A princípio pensei que estivesse olhando para mim enquanto se movia pela taverna, servindo travessas de peixe e pão ou um ensopado escuro quase sólido, até que percebi que olhava assim para todos.

Finn parecia estranhamente perturbado depois da minha conversa com a chefe do vilarejo, e comecei a me preocupar com alguma ofensa que pudesse ter cometido. No entanto, Aud reapareceu com um sorriso e uma mesa preparada para mim – perto da lareira, posição da qual ela precisou expulsar um trio de marinheiros, que obedeceram sem objeções perceptíveis. Uma mulher permaneceu à mesa, e senti que nenhum comando, de uma chefe ou não, poderia movê-la de seu lugar preferido. Quando me sentei diante dela, ela sorriu para mim.

Eu sorri de volta. Era uma mulher de idade avançada – tão avançada que me senti por um instante como se nunca tivesse conhecido a velhice de verdade. Seus olhos eram como fendas dentro daquele semblante enrugado; suas mãos, um rio de manchas senis. Mas seus olhos eram de um verde vívido, as mãos se moviam com agilidade pela lã enrolada nos dedos, que ela parecia tricotar sem o auxílio de agulhas.

— Thora Gudridsdottir — disse Finn, antes de recuar em direção ao bar. Sombra enfiou-se embaixo da mesa e comeu com satisfação uma costeleta de carneiro.

— Estão rindo de você — comentou a velha. — Nunca fariam isso na sua cara. Bem, Krystjan talvez. Eles te chamam de... vocês não têm uma palavra para isso em inglês. Significa algo como *rato de biblioteca*.

Meu rosto esquentou, embora eu tenha mantido a voz calma.

— Suponho que existam apelidos piores.

— Também dizem que você é uma mocinha estrangeira boba que perdeu a cabeça por causa de uma fada na sua terra e agora anda pelo mundo com o dinheiro de seus pais procurando um caminho de volta para o mundo dessa fada. Não conseguem imaginar outro motivo para você estar fazendo isso. Faz tanto sentido para eles quanto uma ovelha pensando em caçar lobos. Se você sobreviver uma semana, vai surpreendê-los. Já fizeram até apostas.

Concluída a fala, ela voltou a tricotar.

Eu não tinha a menor ideia de como responder. Meu ensopado fumegava diante de mim, e minha colher estava presa de um jeito estúpido na mão. Eu a deixei de lado.

— A senhora concorda com eles?

O olhar brilhante de Thora Gudridsdottir estava totalmente focado em seu tricô. Quase não acreditei que ela tivesse falado, de tão concentrada que estava em seu trabalho, seu perfil frágil como uma borboleta, mas notavelmente bem cuidada, como se fosse a foto de uma avó amada em sua senilidade. Ela não ergueu os olhos enquanto soltava um som grosseiro de descrença.

— Se eu concordo? Por que estaria lhe contando tudo isso se concordasse?

Gosto de pessoas contundentes. Essa postura elimina suposições advindas de conversas e, como alguém que é péssimo em supor coisas e sempre erra, isso é inestimável. Só pude dizer com perfeita sinceridade:

— Não sei o que pensar da senhora.

Ela assentiu com aprovação.

— Você é inteligente. E como eu sei? — Ela se inclinou para a frente, e descobri que também precisava fazê-lo, toda a minha suposta esperteza enfeitiçada por aquela estranha velhota. — Porque você os viu e sobreviveu.

Olhei para ela, atordoada.

— Como sabe?

Ela fez aquele ruído grosseiro de novo.

— Tenho uma sobrinha-neta na universidade em Londres. Quando Krystjan nos disse que você viria, escrevi para ela, e ela me enviou alguns de seus artigos.

Concordei com a cabeça.

— Bem, meu sucesso com outros do Povo pode ter pouca influência em meu destino aqui.

Ela me lançou um olhar compassivo, como se estivesse imaginando por que eu havia me incomodado em dizer algo tão óbvio. Por algum motivo, senti necessidade de continuar falando para me justificar ou talvez validar minha presença.

— E, claro, a maioria das minhas interações foi confinada aos feéricos comuns. Estudei os encantamentos deixados pelas fadas nobres, as altas, bem como numerosos relatos de primeira mão, mas nunca encontrei nenhuma. — Além de, talvez, Bambleby. — Posso perguntar se a senhora encontrou os Ocultos?

Ela retomou seu tricô.

— Minha aposta foi um mês. Krystjan me arranjou cotações muito baixas. Por favor, não me decepcione. Preciso de um telhado novo.

— E lá vamos nós — disse Finn, colocando uma garrafa de vinho quente na mesa. — Espero que isso sirva, *Amma*.

— Idiota — rosnou Thora. — As beberagens de Ulfar têm gosto de mijo. Quantas vezes já te disse?

Finn se limitou a suspirar e se virar para mim.

— Aud pediu para perguntar se tudo está do seu agrado.

— Está, sim. Obrigada — respondi, embora ainda não tivesse provado o ensopado. — Thora é sua avó?

— Mais ou menos. Ela é avó de metade da aldeia.

Thora soltou aquele som rude novamente.

A porta se abriu, deixando entrar um redemoinho de frio, e uma figura desgrenhada surgiu emoldurada pela escuridão. Parecia mais ou menos uma forma feminina, mas era difícil dizer, dadas as muitas camadas de casacos e xales. A figura não avançou, simplesmente ficou parada na soleira com a noite ondulando atrás dela.

— Auður — chamou Aud, indo para o lado da figura estranha e murmurando algo. A luz do fogo caiu sobre o rosto dela, revelando uma jovem de vinte e poucos anos, boquiaberta, os olhos lançando-se de um lado para o outro o tempo todo sem parecer enxergar. Ela agarrou o braço de Aud com força e, quando Aud a dirigiu para uma cadeira, sentou-se de uma vez, como um corpo sem ossos.

Curiosa, aproximei-me da mulher.

— Ela está bem?

Aud se empertigou.

— Tão bem quanto se pode esperar.

Ulfar deixou uma tigela de ensopado diante da garota. Auður não olhou para a tigela nem para ele.

— Coma — ordenou Aud no dialeto ljoslandês. Auður pegou a colher e encheu a boca mecanicamente, mastigou e engoliu.

— Beba — disse Aud, e Auður obedeceu.

Eu as observei com crescente confusão. Havia algo estranho e abominável na maneira como Auður reagia às ordens de Aud, como uma marionete presa em cordas. Aud percebeu que eu a observava, e seu rosto ficou sombrio.

— Gostaria de pedir que evite incluir minha sobrinha em seu livro — disse ela.

Entendi e dei um leve aceno de cabeça.

— Claro.

Conheço várias espécies de Povo que têm o hábito de abduzir mortais pela emoção de destruí-los. Na verdade, é algo que a maioria das fadas nobres costuma fazer de vez em quando. Certa vez, conheci um homem da Ilha de Man cuja filha havia tirado a própria vida depois de morar, por um período de um ano e um dia, em um terrível reino das fadas, onde a beleza era tão encantadora que se tornou tão viciante quanto os opiáceos. Outros suportaram tormentos e voltaram tão mudados que suas famílias mal os reconheceram. Mas, nas maneiras e expressões de Auður, em sua qualidade imaculada, descobri algo que nunca havia encontrado antes. E, apesar de toda a minha experiência, senti um arrepio de mau presságio, uma sensação de que talvez, pela primeira vez em minha carreira, eu estivesse em uma situação que excedia meus conhecimentos.

— Ela mora sozinha? — perguntei.

— Ela mora com os pais, como sempre.

Concordei com a cabeça.

— Posso visitá-la?

— Você é nossa convidada aqui e bem-vinda em qualquer lugar — disse sua tia, de forma leve e automática, mas havia uma fragilidade no sorriso que até eu consegui reconhecer, então me afastei e fui até a lareira. Auður continuou a comer e beber apenas quando instruída a fazê-lo, e, quando a refeição terminou, ficou sentada com a cabeça caída e o cabelo sobre o rosto até que sua tia a levou para casa.

— Ela é sempre assim? — perguntei.

Thora lançou-me um olhar rápido e penetrante e, em seguida, assentiu.

— Essa criança arrancaria o próprio coração se alguém mandasse.

Suor frio brotou em minha testa.

— O que fizeram com ela?

— O que fizeram? — repetiu Thora. — Você não viu? Ela está oca. Há menos substância ali do que a sombra de um fantasma. Mas pelo menos ela voltou.

As palavras tinham uma ênfase que me fez engolir em seco.

— E quantos não voltaram?

Thora não olhou para mim.

— Seu jantar está esfriando — disse ela, e havia algo por trás da gentileza em sua voz que não ousei desafiar.

Quando Sombra e eu voltamos ao chalé, encontramos as brasas ainda quentes no fogão a lenha, fato que me encheu de um orgulho agourento. Decidi que leria por um tempo ao lado da lareira, nem que fosse para tirar Auður da cabeça, pois ela havia me perturbado mais do que eu gostaria de admitir. No entanto, mexer na caixa de lenha me trouxe rapidamente de volta à terra, pois encontrei apenas duas toras restantes.

Mordi o lábio, tremendo levemente. Lembrei-me da referência de Krystjan ao depósito de lenha e desejei, de repente, ter seguido o conselho de Finn e me "instalado" em vez de passar o dia perambulando de um lado para o outro no campo. Há momentos em que meu entusiasmo acadêmico acaba comigo, mas nunca tive motivos para me arrepender tanto dele antes.

Bem, não havia mais nada a fazer. Acendi a lanterna e voltei para a neve. Felizmente, localizei com facilidade o depósito de lenha, escondido embaixo do beiral. No entanto, meu coração ficou pesado quando olhei para dentro dele. A madeira não havia sido cortada em lenha, mas empilhada em pedaços enormes que jamais caberiam em meu humilde fogão.

Nesse momento, eu estava tremendo de verdade. Sombra, perfeitamente confortável em sua pelagem de urso, ficou ansioso com minha angústia. Intuindo corretamente o depósito de lenha como fonte da minha ansiedade, ele começou a atacar a porta.

— Pare com isso, meu amor — adverti.

Ergui o que parecia ser um segmento inteiro de um tronco e me pus a trabalhar com o rosto franzido. Peguei o machado deixado no topo da pilha de lenha e coloquei o tronco sobre um toco. Então, bati.

Na primeira vez, errei. Na segunda, também. Na terceira, enterrei o machado na madeira. O machado ficou preso e a madeira não se abriu.

Puxei o machado. Prendi o pé no toco e puxei de novo. E embora eu geralmente não seja do tipo que solta imprecações, não tenho dúvidas de que sequei algumas ervas daninhas com a torrente de palavras sujas que saiu de meus lábios.

Por fim, cansada, com frio e dolorida no ombro por causa da reverberação do machado, desisti. Deixei o machado no galpão, cravado fundo na madeira, projetando o que imaginei ser uma espécie de triunfo sádico. Entrei no chalé frio, acrescentei as toras restantes ao fogo e estendi todos os cobertores que pude encontrar sobre a cama. Não queria terminar o registro do dia, mas o hábito me deu a força necessária. Agora, dormir.

22 de outubro

Acordei aquecida o suficiente esta manhã, mas apenas porque estava completamente enrolada em meus cobertores e com Sombra roncando encostado em mim. No entanto, no momento em que estendi o pé para fora das cobertas, puxei-o de volta. O frio parecia ter garras.

Mas não consegui ignorar a batida, que começou previsivelmente às sete e meia. Forcei-me a sair da cama, mas me enrolei nos cobertores e, sem nenhuma dignidade, deixei Finn entrar no chalé.

Ele lançou um olhar para o fogão, estremeceu, mas não fez nenhum comentário, e deixou meu café da manhã sobre a mesa.

— O que é isso? — perguntei, incrédula.

O pão era uma casca enegrecida. Não havia ovo de ganso, nem ovo de nenhuma espécie, nem manteiga, mas uma tigelinha com uma coisa gelatinosa e verde-acinzentada.

— *Ðangssaus* — Finn disse. — Meu pai achou que a senhora pudesse gostar. É uma espécie de... — Ele procurou as palavras. — Conserva? Feita de algas marinhas. Para as torradas.

— Certamente se qualifica assim.

Ele ficou sem graça.

— Sinto muito, professora. Meu pai preparou o café esta manhã. E, de alguma forma, sem que eu percebesse, o pão caiu no fogo.

Sentei-me de uma vez.

— Bem, pelo menos o chá está quente.

Ele sorriu.

— Garanti que estivesse.

Apoiei a cabeça, que latejava por causa do vinho, na minha mão.

— Posso perguntar o que fiz para desagradar tanto seu pai?

— Nem é meu pai que está descontente. É Aud. — Ele acrescentou rapidamente: — Meu pai é antiquado. Ele não reage bem a um insulto à sua *goði*.

— Como assim? Eu não disse nada para ofendê-la. — Analisei os acontecimentos da noite anterior. — Claro que deve ter havido um mal-entendido.

Finn olhou para a caixa de madeira.

— Deixe-me pelo menos ajudá-la com isso.

— Está tudo bem. — Uma raiva dura e fria estava se formando em meu estômago. — Eu estava prestes a fazer isso sozinha.

Ele ergueu as sobrancelhas e não fez nenhum comentário. Segundos depois de ele sair, ouvi o som de um machado rachando lenha no quintal.

Confesso que fico desanimada com essa notícia. Minha pesquisa requer a ajuda dos aldeões – confio tanto no conhecimento local quanto nas provas reunidas com meus olhos e instrumentos para formar uma imagem precisa do Povo. O fato de eu já ter ofendido a chefe de Hrafnsvik não é um bom presságio.

Acho que consigo adivinhar a origem da raiva de Aud – claramente, ela é protetora de sua sobrinha e ficou preocupada que eu publicasse a aflição da garota e a constrangesse. Estou determinada a me encontrar com ela na taverna hoje para me defender.

Ou talvez amanhã.

23 de outubro

Mal consigo segurar a caneta no papel de tanto que minha mão treme. O chalé está frio como um túmulo, claro, mas não é esse o motivo. Eu encontrei um.

Não esperava sucesso ao sair para o campo hoje – tive pouco êxito ontem e voltei para casa depois de um longo passeio exploratório, cansada demais para fazer outra coisa senão comer um pouco de queijo e cair na cama. Pela manhã, obtive de Finn um mapa detalhado do Karrðarskogur e das montanhas próximas e o dividi em seções de dois quilômetros e meio, estendendo-se por dezesseis quilômetros em cada direção (trinta e dois quilômetros sendo o limite do que estimei que poderia andar em um dia). Porém, antes de iniciar minha busca sistemática, desejei me familiarizar ainda mais com o terreno e desenvolver uma intuição para o local. Com essa intenção, parti em direção à fonte sulfúrica que havia explorado anteriormente.

Localizei-a sem muita dificuldade, fumegando em seu abrigo na floresta, um ponto de referência útil. Fiquei encantada ao ver que minhas oferendas haviam sumido. Quando me virei para examinar casualmente a floresta, captei um lampejo de luz. Lá, em uma protuberância de rocha vulcânica que se projetava do chão, estava o diamante, pressionado na pedra como uma maçanetinha.

Acomodei-me ao lado da fonte, tirando minhas botas mais uma vez. Previ uma longa espera antes que meu amigo notasse minha presença.

No entanto, eu tinha passado apenas um momento lá quando senti um ínfimo puxão em meu casaco.

Um feérico agachou-se ao meu lado. Era muito pequeno. Sua estrutura esquelética apresentava um rosto cheio de dentes e duas pedras pretas afiadas no lugar dos olhos, enfiados sob uma pele de corvo que ele parecia usar como uma espécie de manto. No entanto, a pele estava suja e os olhos, ausentes. Tinha toda a substância de teias de aranha e estava e não estava lá ao mesmo tempo; visto de certos ângulos, era apenas a sombra de uma pedra, e, de outros, um corvo vivo. Estava fuçando meus bolsos com unhas do comprimento de seus braços finos e afiados o suficiente para cortar minha garganta sem que eu percebesse o ferimento de imediato.

Não fiquei surpresa com a aparência da criatura, apesar de sua feiura, mas não esperava por isso. Não gritei nem me afastei, claro, mas fiquei um pouco tensa.

Logo o feérico desapareceu. Acompanhei seu avanço entre os pássaros, que ficaram em silêncio na árvore à minha esquerda.

— Está tudo bem — eu disse de forma persuasiva em faie, pois estava claro que o feérico era jovem. Pela minha experiência, apenas os jovens se assustam com facilidade, enquanto os adultos têm mais confiança, principalmente os que têm essa aparência. — Vim barganhar.

— Pelo quê? — veio uma vozinha da floresta, mais próxima do que eu imaginava.

— Pelo que você quiser — respondi —, se estiver ao meu alcance lhe dar.

Era uma resposta boa que já me livrou de muitas situações difíceis, pois tudo o que prometer a um feérico você deve entregar, ou perderá tudo.

— Eu gosto de peles — disse o feérico. — Você vai me dar uma pele de urso?

— E como você sabe o que são ursos? — Não há nenhum em Ljosland.

— Como você acha que eu sei? — retrucou ele. — Das histórias. Eu também gosto delas.

Pensei naquela resposta.

— Vou lhe dar uma pele de castor. — Ai, eu ia sentir falta daquele chapéu. — Quanto ao urso, veremos. Agora, você vai ouvir o que quero em troca?

— Eu já sei. — A fada estava sentada na beirada da fonte... Eu não saberia se ela não tivesse falado, pois era como um sulco no chão. — Você é uma bisbilhoteira. Vive enfiando o nariz em tudo. Quer saber coisas sobre mim, mas não vou lhe contar nada.

— Por que não?

Ele – era um ele, acho – parecia não esperar a pergunta.

— Não gosto de falar de mim.

Tentei não deixar transparecer minha alegria. As fadas de Ljosland não deveriam saber nada sobre estudiosos – *bisbilhoteiros* é como as fadas comuns nos chamam no continente. A menos que os reinos das fadas se sobreponham, como argumentei em várias ocasiões. O Povo pode deslizar por portas trancadas e desaparecer dentro das árvores. Por que um oceano ou cadeia de montanhas os manteria separados um do outro?

— Então, parece que estamos em um impasse — comentei, fingindo perplexidade. — Por que pedir qualquer coisa se você já sabia o que eu queria e que não o concederia?

O feérico olhou para as próprias mãos, corando e resmungando para si mesmo. Enfiei a mão na mochila e tirei os restos do pão queimado de Finn. Suspirando fundo, quebrei-o ao meio e comecei a mastigar.

— Isso parece nojento — disse o feérico. Ele estava ao meu lado agora, seus dedos longos de agulha curvados sobre a borda de uma rocha.

Cuspi um pedaço da crosta.

— Meu anfitrião é um péssimo cozinheiro.

— Eu sou um ótimo cozinheiro — disse o feérico assim que a frase saiu de meus lábios. Reprimi um sorriso. Muitas das fadas comuns precisam de pouco convencimento para ajudar os mortais e, de fato, gostam dos combinados.

— É mesmo?

Ele assentiu com a cabeça, em uma solenidade repentina.

— Não vou te contar meus segredos. Mas trarei pão para você se eu puder ficar com a pele.

Fingi refletir sobre aquilo.

— Muito bem.

Vasculhei minha mochila e tirei outra vasilha de delícias turcas. Coloquei um doce na boca e estendi um punhado para o feérico. Seus olhos pretos se arregalaram.

— Apenas uma oferenda — falei. — Não faz parte da nossa barganha.

Ele se encheu de orgulho. Os ljoslandeses regularmente deixam oferendas para as fadas comuns, mas me perguntei se aquele pequeno feérico já havia recebido algo deixado especificamente para ele. Ele espetou o doce na ponta dos dedos e sumiu, em alguma direção que não consegui perceber; parecia entrar na paisagem como se houvesse uma porta. Eu me recompus e continuei minha caminhada, já elaborando uma descrição do feérico para minha enciclopédia, tão encantada com meu progresso quanto o feérico com seus docinhos.

28 de outubro

O **tempo** havia virado. Alguns dias se mostraram muito ruins para eu colocar os pés fora de casa, uma combinação de granizo e chuva com neve. Pude explorar outra parte da floresta, onde encontrei uma fonte termal menor e – bem acima da aldeia – a borda de uma geleira. Espiei várias fissuras cavernosas entre o gelo, onde os aldeões deixaram oferendas de comida muito tempo atrás. Imaginei qual feérico ou quais feéricos haviam abandonado o lugar.

Eu não estava preocupada em perder meu novo amigo, pois o Povo não se limita ao tempo como nós, mortais. Ele viria com meu pão se eu visitasse na próxima semana ou no próximo mês. Enviei uma carta ao meu irmão com recursos suficientes para comprar uma pele de urso. Ele vai resmungar e escrever para mim reclamando que está muito ocupado com sua loja e sua esposa, sem mencionar seus quatro filhos, e que não tem tempo para ajudar nas minhas aventuras feéricas, mas vai enviar o que pedi do mesmo jeito.

Meu café da manhã continuou a vir queimado. Certa manhã, minha manteiga apresentava pequenas espinhas de peixe. No entanto, não consegui nenhuma explicação de Aud sobre como a havia ofendido. Quando tentei me desculpar por questioná-la sobre Auður, ela me abriu um sorriso perplexo e me garantiu que não era necessário pedir desculpas. Eu estava começando a concluir que a coisa toda era uma fantasia maluca de Krystjan, até que visitei a única loja de Hrafnsvik. Foi quando o medo de morrer congelada foi substituído pelo medo de morrer de fome.

Tomei o caminho mais longo, navegando pelas curvas íngremes abaixo da casa de campo e passando pela fazenda dos Egilson. Krystjan e Finn têm uma bela casa, rústica, mas grande, com mais janelas do que é comum na aldeia. Fica afastada da estrada no final de uma via sinuosa ladeada por muitos anexos – gado, feno, implementos agrícolas. Ovelhas pastavam ao pé das altas montanhas azuis.

O tempo havia parado de enviar suas tempestades tormentosas e se firmado em um padrão chuvoso, com nuvens escuras se aglomerando sobre as montanhas. Eu me perguntei se algum dia me acostumaria com aquelas nuvens subindo da terra como uma onda terrível, cuspindo cachoeiras gigantescas.

A loja, uma estrutura frágil pintada de um vermelho vibrante, estava fechada sem motivo aparente. Então, esperei do lado de fora enquanto a garoa se transformava em uma chuva fria e forte.

Do outro lado da estrada havia outra fazenda, muito menor que a de Krystjan. Uma cabra esquálida pastava na grama entre um bando de galinhas. No final da estradinha do fazendeiro havia uma casa que um dia fora azul; a tinta havia descascado em grande parte e o telhado estava cedendo. Havia algo na casa que me fez querer desviar o olhar. Se não fosse pelos animais, eu teria pensado que o lugar estava abandonado.

Uma mão magra puxou para trás uma cortina desbotada no andar de cima, e alguma coisa naquela mão estava terrivelmente errada, embora eu não soubesse identificar o quê. Talvez tenha sido a maneira como se movia, uma espécie de espasmo aracnídeo. Por um momento, um rosto me encarou de longe. Era tão branco que pensei que devia ter sido pintado, encimado por uma mecha de cabelo escuro. Tinha o tamanho do rosto de uma criança, e, embora eu não conseguisse distinguir nenhuma característica, senti que estava sorrindo. A mão apertou-se contra o vidro como se fosse uma saudação, e eu me assustei. A mão estava coberta de sangue.

A figura desapareceu tão de repente quanto apareceu, deixando a marca da mão ensanguentada para trás. O hábito me fez desconsiderar meu coração palpitante e desviar o olhar, e contei até dez. Quando olhei novamente, não havia nenhum sinal de sangue.

— Hum — resmunguei em voz alta. Eu teria que fazer perguntas sobre os donos da fazenda. Perguntei a mim mesma se sabiam que tinham um feérico vivendo dentro de suas paredes. Minhas indagações teriam que ser discretas, pois não gostei da aparência da criatura.[6]

Fui interrompida pela aparição de Groa, a lojista. Rechonchuda e sorridente, ela proferiu uma grande quantidade de desculpas ao me deixar entrar na loja. O inglês dela não era fluente, mas, com meu conhecimento de ljoslandês, conseguimos chegar a um entendimento.

A loja era alegre e acolhedora, atulhada com uma coleção impressionante de mercadorias, desde alimentos até implementos agrícolas e de pesca. Quase tropecei em uma máquina de costura a caminho do balcão. Pedi farinha, leite, manteiga, peixe defumado e chá, e Groa também me incentivou a levar algumas linguiças de carneiro e uma caixa de cenouras frescas, alho-poró e repolho.

Cantarolando, ela embrulhou meus pedidos em papel. Senti-me aquecida apenas por estar na presença da mulher, e, embora não tenha muito talento para conversa fiada, me senti compelida a fazer algumas perguntas sobre ela. Era mais velha do que eu havia imaginado e administrava a loja sozinha havia vinte anos, desde a morte do marido. Ela me informou que a casa azul pertencia a um jovem casal chamado Aslaug e Mord, que morava com o filho, Ari. Seu ânimo diminuiu um pouco quando abordei esse assunto e não a pressionei.

— Quanto lhe devo? — perguntei, e ela alegremente mencionou uma quantia exorbitante, dez vezes maior do que tais suprimentos custariam em Cambridge.

Tive que pedir a ela que repetisse. Ela o fez, com a mesma alegria, parecendo não notar minha consternação. Ela se movimentava pela loja, tagarelando distraidamente sobre os pãezinhos que deixava do lado de fora para os pequeninos – eu deveria ter insistido sobre isso, mas estava muito nervosa.

Esvaziei meus bolsos – literalmente. Nesse ritmo, gastaria todos os meus recursos em menos de um mês.

---

6 A comunidade acadêmica ultrapassou faz muito tempo distinções datadas como *seilie* ou *unseilie*, claro ou obscuro, em referência ao Povo, reconhecendo a tendência geral para a malevolência que existe mesmo dentro de fadas aparentemente benéficas (veja *Espíritos protetores*, de Eichorn e de Grey). Mas certamente há aqueles cujo esporte escolhido é assustar e espalhar a desgraça por onde passam.

— Espere! — disse Groa. Ela me ofereceu um de seus pequenos bolos de cobertura, envolto em um pano, sobre o embrulho em meus braços, e pousou o dedo sobre os lábios. — Aud disse que você não quer ser tratada como uma visitante, e sim pagar as taxas de estrangeiros por tudo. Mas não consigo resistir. O *svortkag* da minha mãe é para todos e não tem preço. Por favor, aceite.

Concordei com a cabeça enquanto a raiva se instalava dentro de mim. Sombra e eu voltamos para o chalé, onde deixei nossos suprimentos. Então, tendo o cachorro se acomodado para um cochilo vespertino em minha cama, fui sozinha para a fonte.

Como antes, me sentei perto da água e tirei as botas. Admito que estou cada vez mais tentada a fazer mais que isso. Continuo tendo dificuldade com a lenha, conseguindo cortar apenas alguns pedaços quando tenho sorte e contando com Finn para o restante. Mas Finn nem sempre está disponível, por isso, para racionar meu combustível, hesito em usar o fogo para qualquer coisa que não seja manter um mínimo de calor. Assim, esquentei água para banho apenas uma vez, e em pequena quantidade. Ainda me sinto como se tivesse uma fina camada de sal da viagem para o norte, como uma estante de livros que não foi espanada.

Meu amigo chegou rápido. Eu estava com a pele de castor, e ele ficou maravilhado com ela por muito tempo. Embaixo da horrível pele de corvo, ele parecia muito com um galho coberto de musgo outonal. Descartou o corvo e, depois de puxar e cutucar a pele de castor, dobrou-a sobre os ombros.

Percebendo que eu o observava admirar a si mesmo, ele enrubesceu. Empurrou a grama para o lado e envolveu com seus dedos afiados um bom filão de pão. Cheirava a enxofre, mas era perfeitamente dourado e macio.

— Obrigada — disse eu, baixinho. Certamente não pretendia depender do Povo para me sustentar – meu acordo com o pequeno feérico deveria ter sido apenas para fins de criar laços de confiança.

Bem. Não havia mais nada a fazer. Guardei o pão, sentindo-me deprimida. Não pude deixar de me preocupar por estar prejudicando minha objetividade científica com esse arranjo, e isso foi a cereja do bolo em um dia de frustrações. Ou foi o que pensei naquele momento.

— Quando ficar sem, trago mais — disse o feérico, virando-se da fonte, na qual estava se admirando.

— Em troca de?

— De quase nada — respondeu. — Apenas abra caminho da minha árvore até a fonte quando a neve chegar.

— E qual é a sua árvore? — perguntei, embora já tivesse adivinhado. O feérico apontou um lindo álamo branco, coberto de musgo como ele, o único que eu havia notado naquela parte da floresta. Pensando no pão que Finn havia me servido no café da manhã, que era puro fermento e sal, não tive escolha a não ser concordar.

Corri de volta para o chalé, pretendendo passar o resto do dia fazendo anotações. Naquela manhã, Finn havia apontado várias rochas feéricas espalhadas pela fazenda, e eu tinha a intenção de mapear e investigar cada uma delas.

A chuva recomeçou enquanto eu caminhava. Minhas botas afundavam na lama até os tornozelos, e rapidamente fiquei ensopada e trêmula. Quase corri de volta para o chalé, uma decisão imprudente, pois a encosta era traiçoeira mesmo quando o tempo estava bom. Escorreguei e acabei caindo de costas na lama.

Por fim, assim que subi os degraus do chalé como um monstro desajeitado das montanhas, quase não notei que a porta estava entreaberta. Pensei primeiro em Finn e então me lembrei, estranhamente, do rosto pálido e da mão ensanguentada. Com a respiração acelerada, empurrei a porta.

Uma ovelha olhou para mim.

Não, duas ovelhas. Uma estava em pé sobre o tapete, aproveitando o calor das brasas, enquanto a outra vagava de um lado para o outro, mastigando algo verde.

Verde. Meu repolho!

A mesa onde eu havia deixado minhas compras estava tombada, a jarra de leite quebrada no chão e o *svortkag* de Groa partido em pedaços que pareciam estar espalhados onde não havia leite. A ovelha também havia derrubado uma pilha de livros, e páginas meio mastigadas e com pegadas decoravam as lajotas – não era o *meu* livro, graças a Deus; eu o tinha guardado cuidadosamente no meu baú. Sombra estava sentado na porta do quarto, com uma educação perplexa enquanto observava os folgados moradores do campo abrirem caminho por sua casa. Bom cachorro que era, não tinha pensado em obstruir a invasão das ovelhas, tendo sido advertido muitas vezes a não as ameaçar.

Irrompi em gritos, uma mistura de comandos em inglês e ljoslandês junto a várias exclamações distorcidas sem nenhum significado. Atirei-me sobre a ovelha mais próxima, com a intenção de arrancar-lhe da boca os restos do repolho – que valia mais que a própria ovelha –, mas as criaturas apenas se assustaram e correram em círculos pelo chalé. Quando eu conseguia forçar uma em direção à porta, sua companheira batia em sua cabeça para correr na direção oposta. Mais livros foram pisoteados, a frigideira e várias panelas caíram dos ganchos com um estrondo, a caixa de madeira tombou para o lado e a poltrona caiu sobre uma das ovelhas, desencadeando uma tempestade de balidos horrorizados que foram rapidamente ecoados por sua cúmplice. Sombra, notando minha aflição, saltou para a briga, mas, como não podia fazer nada com as ovelhas, simplesmente correu sem rumo, uivando, o que teve um efeito previsível sobre os intrusos. Em meio ao caos, não ouvi as batidas na porta, cada vez mais fortes, nem o rangido ao abri-la.

— Pela graça de Deus, Em — veio uma voz melodiosa da soleira. — Eu nunca ouvi tal... Ah! Para fora, ratos de lã!

As últimas palavras foram dirigidas às ovelhas, que, fartas dos gritos da mulher louca no chalé, agora buscavam a relativa paz de sua morada encharcada pela chuva. Juntas, elas se lançaram contra a figura alta e vestida de preto que obstruía sua saída, fazendo-a recuar e cair para trás pelas escadas.

Sombra seguiu-as porta afora, ainda latindo (pois ele havia determinado que, pelo menos, tinha permissão para latir para as ovelhas), e se chocou contra a figura que estava se recuperando de sua queda na grama, derrubando-a mais uma vez.

A figura levantou a cabeça, revelando ser ninguém menos que Wendell Bambleby.

— Tem mais? — gritou ele de sua posição caída ao pé da escada.

— O quê? — perguntei com um grito. Acho que fiquei um pouco surda.

— Mais alguma de suas feras dementes à espreita lá dentro? Devo simplesmente ficar aqui deitado até que elas partam?

— Não são minhas — senti a necessidade de dizer. — Bem, uma delas é.

Bambleby não estava sozinho. Em seu rastro vinham dois jovens que reconheci como seus alunos, embora não conseguisse lembrar o nome de nenhum deles – Bambleby é regularmente seguido por alunos, sabe? A jovem – ruiva e de olhos arregalados de uma forma que lhe conferia um olhar perplexo – abaixou-se e o ajudou a se levantar.

Enquanto ele se limpava, comecei a compreender que Wendell Bambleby estava do lado de fora do meu chalé. Era de se imaginar que eu tivesse percebido antes, mas não havia espaço para isso em meio ao pandemônio.

— Querida Emily — disse Bambleby enquanto tirava uma folha do cabelo. O cabelo era dourado e totalmente perfeito, como o restante dele. — Sempre uma surpresa.

Ele lançou à garota que o ajudara um sorriso tão lindo que ela pareceu por um momento incapaz de se mover até ele voltar os alegres olhos pretos para mim novamente. Seu corpo esguio estava vestido com os trajes pretos habituais, perfeitamente cortados desde a linha de seu manto – que tinha a gola levantada – até as dobras de seu cachecol. Eu não achava que um cachecol podia ser feito sob medida até conhecer Bambleby. Era difícil saber a sua idade, embora eu soubesse que era vinte e nove, pois ele havia me contado.

— Eu, uma surpresa? — finalmente consegui falar. — Inferno, o que você está fazendo aqui, Wendell?

— O que estou fazendo aqui? — repetiu, com um arfar risonho. — Bem, pensei comigo mesmo, por que pegar uma carruagem de primeira classe para o sul da França para um ano sabático quando apenas cinco dias de enjoo podem lhe garantir o luxo de uma vila de pescadores em um deserto gelado? O que acha que estou fazendo aqui, Em?

Ele apontou para os alunos e em seguida subiu as escadas e passou por mim para entrar no chalé. Os alunos abaixaram-se para pegar uma grande quantidade de bagagem – várias malas cada um e um baú. Eles também entraram no chalé.

— Ai, Deus — falei para ninguém em particular. E pensei que estivesse perdendo o juízo com as ovelhas.

— Este lugar parece estar sendo ocupado por guaxinins — observou Bambleby, olhando ao redor. Seu gracioso sotaque irlandês formava um contraste bizarro com a recente confusão de vozes, que ainda ecoava em meus ouvidos. — E por que o fogo não está aceso? Gosta do frio, não é, Em?

Bem, eu nunca sugeri que ele me chamasse de Em, e na verdade estou acostumada a responder ao apelido com um olhar gélido.

— O fogo não está aceso porque estou quase sem lenha — respondi. Acomodei-me na cadeira em uma tentativa de recompor meu juízo disperso. — Talvez você queira corrigir isso, não?

Ele franziu a testa para a lareira. Era tão bonito em seus esplêndidos trajes pretos (com gola levantada), emoldurado contra a negligência empoeirada do chalé, que tive de rir; era uma visão tão provável quanto um príncipe em um estábulo. Sei que Bambleby esteve em campo e suspeito que tenha estado em algum outro lugar antes disso, mas só o reconheço em seu escritório revestido de carvalho em Cambridge, na cálida catedral da biblioteca, na folhagem bem cuidada do terreno da universidade com suas fontes de pedra e estátuas.

— Henry vai cuidar de tudo isso... não vai, querido? — pediu Bambleby. O mais leve alarme apareceu no rosto dele com minha sugestão... ou não tinha a menor ideia de como acender uma lareira ou estava com medo de sujar as mangas.

O infeliz Henry, que tinha as proporções angulosas de um homem de menos de vinte anos, concordou com a cabeça de um jeito ansioso e começou a cutucar as toras úmidas e escuras com um dos castiçais. Eu não era inimiga do pobre Henry e não deveria ter me divertido com sua inaptidão, mas devo admitir que assisti a essa performance por vários minutos sem fazer comentários. Wendell afastou-se pelo corredor com seu admirador não identificado e igualmente infeliz, certo de que seu dever fora cumprido.

— Há apenas dois quartos adicionais — informou ele a Henry ao retornar. — Vocês ficarão com o maior. Cuide de tudo isso mais tarde — ele instruiu Lady Infeliz, que começou a erguer o baú novamente. — Precisamos primeiro deixar este lugar habitável. Emily, devo alertá-la para ficar longe do seu quarto temporariamente. Se ainda não percebeu, as ovelhas também estiveram lá e deixaram um cheiro e tanto. Em?

Ele parecia olhar para mim com atenção.

— O que você fez consigo mesma? É algum tipo de camuflagem para enganar o Povo, fazendo-o pensar que você faz parte do bando? Ai, não me olhe assim, foi você que transformou nosso chalé em um estábulo.

— *Nosso* chalé?!

Ele me ignorou. Estalando a língua sobre o caldeirão vazio, disse:

— Henry, vamos buscar água. Notei um riacho nos fundos. Lizzie, e se recolhermos o lixo?

No espaço de alguns minutos, Henry estava com a água borbulhando sobre o fogo (começou com as páginas de meus livros arruinadas), e eu tinha uma xícara de chá na mão. Os dois estavam varrendo e esfregando a bagunça enquanto Wendell se recostava na outra poltrona, que havia arrastado para perto do fogo, oferecendo orientações ocasionais formuladas como sugestões. Eu havia trocado de roupa e feito o que podia para me limpar no riacho dos fundos, o que não foi muito, para ser sincera. Ainda conseguia sentir a lama grudada no meu cabelo.

— Isso é muito bom — disse Bambleby, servindo-se de outro pedaço de torrada. Era o pão do feérico, aquecido no fogo. Ele parecia perfeitamente confortável sentado em sua cadeira daquele jeito graciosamente informe dele, vestido com um cardigã novo. — Você disse que a criatura é um duende?

— Sim... das árvores. Embora também pareça agir como um guardião da fonte, o que é incomum. — Não gosto de admitir, mas fiquei de bom humor, e não apenas por causa do chá. Por mais indesejável que fosse sua presença, Bambleby era parte de Cambridge, e eu me sentia mais eu mesma com ele ali sentado.

Bambleby espreguiçou-se, entrelaçando as mãos atrás da cabeça.

— Dunne observou um fenômeno semelhante entre os *keiju* finlandeses. Como ela chamou? Desacoplamento de elemental?

Eu bufei.

— Dunne inventa teorias para esconder sua metodologia ruim. Não se pode generalizar sobre essas coisas com o volume das amostras dela.

Bambleby murmurou sua concordância. Percebi que estava sorrindo para mim de um jeito sonolento. Lizzie teria ficado corada com aquele sorriso, mas eu estava bastante acostumada com ele. Simplesmente devolvi o olhar, firme, esperando que ele explicasse essa última atrocidade.

— Senti sua falta, Em — disse ele. — Era estranho não ter você do outro lado do corredor, olhando feio para mim.

— Imagino como você consegue detectar minhas caras feias através da parede. Seus sentidos são aguçados de outras maneiras?

Eu o estava alfinetando, faço isso às vezes. Acredito que Bambleby saiba de minhas suspeitas sobre ele.

— Você tem o talento único de fechar a cara em voz alta. Muitas vezes me perguntei como consegue. — Ele se virou para Henry. — Convoque nosso anfitrião. Estou pensando em fazer uma refeição quente antes de me recolher. E pergunte sobre a possibilidade de uma sobremesa. Nada elaborado... uma torta de maçã ou pudim de pão está de bom tamanho. Deus do céu, como estou cansado de ensopado de peixe e pão do mar.

Não conseguia imaginar tal mensagem provocando uma resposta favorável de Krystjan Egilson, então, claro, não disse uma palavra sequer. Bambleby inclinou-se para a frente e tomou minha mão.

— Suponho que você tenha adivinhado por que estou aqui. Deixe-me garantir que não é o que você pensa.

— É mesmo? — Eu sabia exatamente por que ele estava aqui. Para receber o crédito pela minha pesquisa.

— Tenho o maior respeito por suas capacidades, Emily. Por favor, não interprete minha presença como se eu achasse que você estragaria esta oportunidade. Nada poderia estar mais longe da verdade.

Retirei a mão, fechando-a em uma bola de raiva.

— Ah, maravilhoso.

— Estou aqui para ajudar — garantiu ele, completamente distraído.

— E tenho certeza de que esse desejo de ser útil não tem nada a ver com o medo de que alguém além de você possa receber o crédito por conduzir a primeira investigação abrangente de uma espécie ainda não comprovada de Povo.

Ele me lançou um olhar arregalado de surpresa.

— Não seria muito cortês. Gosto de acreditar que sempre fui um bom amigo para você. Por que outro motivo eu teria me oferecido para escrever o prefácio de sua enciclopédia?

Eu bateria na cabeça dele com minha enciclopédia quando ela fosse lançada. Era realmente necessário que ele sempre me lembrasse de que eu precisava dele?

— Na verdade, minhas descobertas estão bem avançadas — respondi. — Então, você descobrirá que qualquer pesquisa que fizer aqui servirá apenas para corroborar minhas conclusões.

— É mesmo? — Para meu desgosto, ele parecia mais animado que ressentido, e percebi que realmente nos via como colegas, e não como concorrentes. O problema com Bambleby, eu sempre soube, é que ele consegue inspirar uma forte inclinação para a antipatia sem a satisfação da evidência empírica para reforçar o sentimento. — Você vai me mostrar os dados que coletou até agora? — Seu entusiasmo foi interrompido por um bocejo. — Amanhã, talvez?

Dei batidinhas na borda da minha caneca, observando-o.

— Qual forma você espera que esse auxílio tome, exatamente?

Ele abriu um tipo diferente de sorriso, e eu senti um arrepio percorrer minha espinha. Há algo que Bambleby faz que seria perceptível apenas para aqueles que passam muito tempo com o Povo. É a maneira como suas emoções parecem deslizar por ele como água, uma dando lugar à outra de forma tão abrupta quanto as ondas na praia. Essa mutabilidade pareceria desconcertante ou falsa em um rosto humano, mas é assim que o Povo se comporta.

Ele se inclinou para a frente.

— Você está familiarizada com a Conferência Internacional de Driadologia e Folclore Experimental?

Sua voz tinha um tom de provocação, pois é claro que eu estava familiarizada. A CIDFE é a conferência de maior prestígio em nosso campo, realizada anualmente em Paris, para a qual eu não havia sido convidada nenhuma vez. Bambleby comparecia todos os anos, maldito.

— Sou orador convidado este ano — disse ele. — Há um patrocinador em particular que desejo impressionar. Há muito dinheiro envolvido, o que pode significar o financiamento não de uma, mas de várias expedições de pesquisa que venho adiando por falta de recursos. Poucas coisas seriam mais impressionantes do que um artigo apresentando descobertas preliminares de um Povo até então desconhecido. Como você diz, esses Ocultos são vistos com ceticismo até mesmo pelos estudiosos de mente mais aberta. Mas, como sempre argumentei, o fato de o Povo estar ausente em outras regiões do Ártico e da Europa subártica não pode ser tomado como prova de sua ausência em todos os países invernais.

Estreitei os olhos.

— Não fui convidada para a CIDFE este ano. Você vai me creditar em uma nota de rodapé?

— Apresentaremos nossas descobertas juntos. Vou impressionar meu patrocinador. Você mostrará seu nome e fará a comunidade científica clamar por seu livro, que pelo visto será lançado no próximo ano.

Ele afundou em sua postura desleixada, parecendo alegre, totalmente convencido de que eu ficaria encantada. Mantive minha expressão indiferente, ao menos para negar a ele esse prazer, mas é claro que não havia opção além de concordar.

Bambleby estava sendo modesto – sem dúvida um descuido pela fadiga. Ele não era apenas orador convidado na CIDFE deste ano; provavelmente era o único de quem as pessoas estariam falando, embora eu duvidasse que os motivos fossem inteiramente de seu agrado.

— Eu planejei passar o inverno aqui — comentei. — Participar da CIDFE significaria sair de Hrafnsvik...

— Em primeiro de fevereiro — interrompeu ele. — No mais tardar. A plenária é no dia dez. E, bem, precisamos de um ou dois dias para nos instalarmos, não é? Já prometi a meia dúzia de nossos colegas do continente que jantaria com eles na Champs-Élysées... você vem comigo, claro... entre eles Leroux e Zielinski. Ela recebeu algum tipo de medalha da rainha polonesa e tem se mostrado bastante arrogante quanto a isso... desprezou três quartos de seu antigo círculo, embora eu tenha conseguido ficar em suas boas graças... Dizem que até o rei de Paris pode aparecer este ano; se assim for, tenho certeza de que posso convencer Leroux a fazer as apresentações...

Meu coração palpitou de nervoso. Aquilo reduziria drasticamente a duração do meu estudo de campo. Eu teria apenas três meses – três meses! – para realizar o que a maioria dos estudiosos levaria um ano ou mais para realizar. Eu seria capaz de fazer isso?

Em vez de responder, tomei um gole do meu chá e disse:

— Estou um pouco surpresa por você ter sido convidado este ano. Mas suponho que o furor sobre a expedição da Floresta Negra tenha diminuído um pouco.

Ele afundou mais e se concentrou na manga do casaco.

— Um mal-entendido, isso. Não tenho dúvidas de que estudos futuros validarão minhas descobertas.

— Claro. — Não tenho dúvidas de que fariam o contrário. Eu suspeitava que o artigo de Bambleby sobre as teceduras de neve das fadas de bando da Floresta Negra não fosse o primeiro dele a conter evidências exageradas ou irregulares, mas provavelmente foi o primeiro que ele falsificou por inteiro.

Naturalmente, a pesquisa de Wendell Bambleby é toda brilhante e deslumbrante, e ele tem um talento especial para descobrir novos rituais e encantamentos bizarros que transformam grande parte dos estudos relacionados – um talento que muitas vezes considero menos estranho que suspeito.

Sombra deitou a cabeça no joelho de Bambleby, e este estendeu seus longos dedos para baixo para acariciar a cabeça do cachorro. Nos primeiros dias de nossa amizade, Bambleby ficava inseguro perto de Sombra, muitas vezes parecendo ter pouca ideia do que fazer com ele, tanto que em alguns momentos eu me perguntava se ele já tinha visto um cachorro antes. Mas Sombra não teve essa hesitação. Desde o primeiro encontro, olhou para Bambleby com um ardor impensado e totalmente imerecido, que teria me enchido de ciúme se eu já não estivesse tão segura do afeto do cãozinho. Com o passar do tempo, Bambleby se acostumou a oferecer tapinhas hesitantes em troca, e agora – para meu desgosto – eles são bons amigos.

— Este livro é importante para você, não é? — perguntou ele. Depois enfiou a mão na pasta e tirou uma pilha de páginas cuidadosamente datilografadas. Reconheci o trecho que enviara a ele no mês passado, abrangendo as primeiras cinquenta páginas ou mais.

— Você leu? — questionei.

— Claro. — Ele folheou as páginas, que estavam marcadas com seus elegantes rabiscos. — É bastante notável. Gostaria de ver o restante depois que você o datilografar.

Fiquei assustada com o rubor que subiu pelo meu pescoço com as palavras dele. Nunca dei importância particular à opinião de Bambleby sobre meu trabalho, mas suponho que não se tratava apenas da opinião dele. A enciclopédia tem sido apenas minha por quase uma década. Uma coisa é ter sua pesquisa em alta conta; outra, bem diferente, é ouvir essa opinião ser corroborada.

— Notável? — repeti.

— Bem... isso nunca foi feito antes, não é? Uma enciclopédia de feéricos? Será a pedra angular de todos os estudos sobre o assunto nos próximos anos. Provavelmente levará à formação de novas metodologias que aprimorarão nossa compreensão central do Povo.

Ele disse aquilo sem qualquer indício de lisonja. Só pude responder com sinceridade, um pouco assoberbada:

— Sim, essa era a intenção.

Ele sorriu.

— Foi o que pensei. Você não precisa do capítulo sobre os Ocultos, sabe?

— Ficará menos impressionante sem ele.

— E quem você deseja impressionar? Ah. — Ele se recostou na cadeira. — Você quer a vaga no corpo docente. É isso, não é?

— E se for? — Eu não conseguia interpretar a expressão em seu rosto. — Não acha que tenho chance?

— Bem, você é um pouco jovem...

— E você, não é? — Cambridge dera o cargo para o desgraçado fazia dois anos.

— Sou uma exceção — disse ele, distraidamente, olhando para as páginas, e um sorriso apareceu em seu rosto. — Quando o velho Sutherland vai se aposentar?

— No outono. — Eu estava inclinada para a frente, retorcendo meus dedos. — Pretendo apresentar meu nome quando voltar. Isso me traria dinheiro. Recursos. Eu não precisaria economizar para uma expedição de um mês;

poderia realizar vários estudos de campo ao mesmo tempo, se quisesse. Pense nas descobertas que poderia fazer, nos mistérios que eu poderia resolver. E...

— E eu quase disse que nunca mais teria que deixar Cambridge.

— Isso. — Ele virou outra página. — E você se trancará para sempre naquelas velhas muralhas com seus livros e seus mistérios como um dragão com seu tesouro, tendo o mínimo de associação possível com os vivos e emergindo apenas para cuspir fogo em seus alunos.

Ele tem um jeito irritante de me entender, pelo menos em parte, o que é mais do que qualquer outra pessoa – sem dúvida algum dom feérico dele.

— Você pretende ficar aqui, não é? — perguntei para mudar de assunto.

— Onde mais? Não é o tipo de lugar que tem um hotel, certo? Recebi o consentimento de seu anfitrião para meu pedido um dia depois de ter escrito para você e parti de Cambridge imediatamente depois disso. Achei que ele tivesse te contado.

Eu estremeci.

— Egilson e eu não estamos nos dando muito bem.

— Como assim? — Ele mostrou uma reação exagerada na surpresa. — Querida Emily. Não me diga que teve problemas para fazer amigos.

Minha cara feia foi interrompida pelo rangido da porta. Como antes, Krystjan entrou no chalé sem bater. Pela expressão dele, percebi que a mensagem de Bambleby fora tão bem recebida quanto eu imaginava. Lizzie seguia atrás dele, parecendo pedir desculpas em vão.

— Senhor Egilson! — Bambleby ficou de pé imediatamente, seu sorriso se alargando. — Vejo que não se importa com formalidades, meu bom homem. Que reconfortante. Preciso lhe dizer o quanto agradeço por sua hospitalidade com meu aviso tão repentino. Tinha ouvido histórias sobre o carinho e a generosidade de seus compatriotas, mas o senhor foi além.

Ele disse tudo isso em ljoslandês com sotaque, mas fluente. Aquilo fez Egilson estacar, mas apenas por um momento.

— Professor — disse Egilson, com cautela, aceitando a mão estendida. Consegui enxergar sua frieza derreter um pouco com a exposição ao ataque de charme de Bambleby, mas era um homem resistente e seu sorriso era tenso.

— Houve um mal-entendido. O senhor é bem-vindo aqui, mas infelizmente não conseguimos fornecer refeições... além do essencial no café da manhã, claro. Eu administro uma grande fazenda, o senhor entende.

Ele respondeu em inglês, o que Bambleby reconheceu com um sorriso agradecido que de alguma forma conseguiu transmitir admiração pela fluência de Egilson. Vislumbrei uma pitada distinta de diversão em seu olhar que, felizmente, parecia escapar da atenção de Krystjan.

— Entendo perfeitamente. Espero que o senhor não pense que eu esperava que preparasse nossa refeição. Eu estava, é claro, me oferecendo para cozinhar para sua família.

Egilson piscou, suas reservas se dissolvendo em espanto.

— Estava?

— Ai, Deus — murmurei. — Por favor, diga que sim.

Bambleby deu um tapinha no ombro de Egilson.

— Claro. É costume na Irlanda que os convidados preparem pelo menos uma refeição para seus anfitriões. Como sinal de agradecimento. O que vocês preferem? Temos alguns suprimentos aqui.

Ele correu pelo chalé, recolhendo os restos esmagados de repolho e cenoura junto com o peixe defumado que eu havia comprado, conseguindo transmitir uma energia alegre, mas enlouquecida. Pude ver no rosto de Egilson que ele já imaginava Bambleby solto em sua cozinha.

— Eu... eu agradeço, mas... — começou Krystjan.

— Não diga nada. Tenho uma receita de bolo de especiarias bem picante. É assim que gostamos na Irlanda. E quanto à casa principal...

— Acredite, professor, está tudo bem. — Krystjan estava sorrindo, um sorriso relutante, mas muito real, não seu sorriso habitual, enquanto Bambleby andava de um lado para o outro, irradiando bom humor. — O senhor acabou de chegar. Eu não deveria incomodá-lo deixando o senhor cozinhar para mim e meu filho. Não que eu não goste da ideia.

Bambleby parou, piscando. Folhas de repolho rodopiavam em seu rastro como se levadas por um vento contrário.

— Verdade? Bem, se o senhor...

— Finn está fazendo um ensopado. Enviaremos um pouco para o chalé, se concordar.

— Claro, meu amigo — disse Bambleby. Então, para minha surpresa, ele acrescentou: — E não tenho preferência entre pudim de pão e torta de maçã. — Ele estalou os dedos. — Que grosseiro da minha parte. Emily, querida, qual você prefere?

Eu me flagrei reprimindo uma risada.

— Torta de maçã seria ótimo.

— Então, é isso. — Bambleby sorriu para Krystjan, que piscou como se tentasse clarear a visão. — E nós conversaremos amanhã, certo? É meu costume entrevistar os habitantes da cidade... os de estatura, o senhor entende... no início dessas investigações. É bom averiguar as condições do terreno. Não tenho dúvidas de que o senhor deseja ser útil, certo?

Enquanto falava, ele se aproximou de Egilson, pegando a mão do homem novamente.

— Claro — murmurou Egilson, encarando-o com uma expressão impotente.

Os olhos de Bambleby não são realmente pretos, mas verdes como uma floresta ao entardecer, algo que apenas se percebe quando se está muito perto dele. Vi pessoas se perderem naquele olhar, vagando de um jeito tolo e se enredando em espinhos e Deus sabe o que mais; Krystjan certamente não foi o primeiro. Devia ter desviado o olhar, contando até dez ou se concentrando em sua respiração ou outra distração mundana, mas claro que ele não tem experiência em fugir dos truques do Povo.

Eu pigarreei. Krystjan piscou para mim como se tivesse visto apenas nesse instante que eu estava ali.

— Obrigada, Krystjan — disse eu. E suponho que algumas das travessuras de Bambleby devem ter me contagiado contra a minha vontade, pois acrescentei: — E vamos querer meia dúzia de ovos de ganso no café da manhã.

Krystjan assentiu como um homem atingido na cabeça e saiu do chalé, fechando a porta educadamente.

— Bolo de especiarias? — perguntei.

Bambleby caiu de volta em sua poltrona.

— Não deve ser tão difícil.

— Você já fez um bolo de especiarias?

— Certamente já comi um.

— Você já fez *alguma* coisa?

— Irrelevante.

Bufei. Meu estômago roncou tanto que Bambleby torceu o nariz. Percebi que fazia dias que não comia direito.

— Podemos acender a lareira? — perguntou Bambleby, indicando, por meio da primeira pessoa do plural, Henry e Lizzie.

Henry caminhou de forma galante até a caixa de madeira, onde franziu a testa.

— Está vazia.

Wendell pareceu alarmado. Eu disse:

— Tem mais lá atrás. Há um depósito de madeira. Meu machado está no jardim.

Ainda enterrado em um toco da minha última tentativa, mas não vi necessidade de esclarecer.

— Ah — disse Bambleby —, o depósito de madeira. — Exatamente no mesmo tom que eu havia usado ao chegar. E assim iniciamos nossa parceria.

29 de outubro

Egilson preparou prontamente nosso jantar, que veio acompanhado de uma dúzia de pãezinhos e, talvez, como forma de desculpa pela falta da torta de maçã, uma cesta de frutas azul-acinzentadas apropriadamente batizadas de cerejas-do-gelo. Finn entregou o lote, junto com suas desculpas – não havia maçãs em Hrafnsvik, e ele não tinha experiência com pudim de pão, mas esperava que gostássemos de seu briðsupa, que ele e Krystjan achavam ser a versão ljoslandesa mais próxima. Era feito com pão de centeio e bastante canela, creme e passas, e tinha um cheiro divino. Bambleby soltava exclamações por tudo, e ele e Finn logo estavam conversando com uma animação tempestuosa, pois Finn, ao que parecia, nutria um desejo secreto de visitar a Irlanda desde a infância. Ele era uma presa fácil, um desafio insignificante para a aljava de encantos de Bambleby, e, de fato, Finn acabou puxando uma cadeira e se juntando a nós. O chalé ecoava com os sons da alegria dos dois, com comentários ocasionais lançados por Lizzie ou Henry. Quanto a mim, fiquei feliz em comer uma refeição quente sem o peso da conversa, como Bambleby bem sabia, e ele fez a gentileza de me ignorar. E não sei como ele conseguiu, mas, de alguma forma, a noite terminou com Bambleby se recolhendo mais cedo, enquanto Lizzie, Henry e Finn esquentavam água e lavavam a louça. Com apenas uma leve pontada de culpa, também me recolhi para meu quarto. Minha ausência não se destacou e, suspeito, mal foi percebida.

Quando recebi Finn com nosso desjejum nesta manhã, ele parecia previsivelmente decepcionado por não ter sido recebido por Bambleby.

— Ele ainda está dormindo — comentei, enquanto meu estômago roncava ao ver o café da manhã, que consistia em dois pães perfeitos, a meia dúzia de ovos solicitada, uma variedade de geleias sem algas à vista, peixe defumado e linguiças de cordeiro. — Vocês têm café?

Finn ficou boquiaberto.

— Ele toma café?

— Sim, e quanto mais forte melhor.

— Ulfar talvez tenha um pouco — disse Finn, pensativo. — Não é comum por aqui.

— Sinto muito — falei. — Ele é muito rigoroso quanto ao café da manhã. — Eu me senti um pouco culpada, mas era eu quem ouviria as reclamações de Wendell, não Finn.

Claro que Finn achou aquilo encantador, em vez de irritante, e sorriu.

— Não é uma coisa ruim ser rigoroso.

Lizzie e Henry levantaram-se logo depois e comeram até se fartar, depois vagaram sem rumo, procurando algo para fazer. Eu já estava cansada de ter tantas pessoas por ali, então mandei os dois cortarem mais lenha. Lamentei não ter algo mais educativo para eles fazerem, mas, se ficaram incomodados por uma tarefa tão servil, não deram nenhuma indicação, o que me disse tudo o que eu precisava saber sobre quão acostumados estavam com Bambleby.

Ele apareceu algum tempo depois, muito depois de eu ter começado a pensar seriamente em partir sem ele, mandando às favas nosso acordo e a CIDFE. Eu tinha pedido a ele que viesse até aqui? Não. Eu precisava da ajuda dele? Claro que não.

— Bom dia — bocejou ele ao sair do quarto, parecendo resplandecente em um robe preto que de alguma forma conseguia sugerir as vestes que um rei usaria para um baile de máscaras, embora o efeito fosse um tanto arruinado por seu cabelo dourado, que caía em todas as direções.

— Finalmente — disse eu, mas, antes que pudesse continuar, ele levantou a mão.

— Não antes do café da manhã, Em — retrucou ele. — Por favor.

— Eu estava apenas mostrando o café — respondi.

Bambleby era alérgico a conversas sérias – ou a qualquer trabalho – que acontecesse antes do desjejum. Comíamos juntos em Cambridge sempre que estávamos no campus, e fazíamos isso desde que ele descobriu que eu normalmente não me importava. Ele reagiu com um horror condizente com uma confissão de assassinato e me arrastou de pronto do meu escritório para seu café favorito dentro da universidade, que era quase escondido por um conclave de carvalhos e dava para o rio Cam. Uma hora inteira mais tarde – depois do que ele chamou de café da manhã "magro" com ovos, tomates fritos, várias fatias de bacon, torradas com manteiga, geleia de mirtilo e aveia assada com peras, juntamente com grandes quantidades de café preto, que ele bebeu tão adoçado que era de doer os dentes –, ele se declarou satisfeito. Pensei que talvez tivesse alguma filosofia sobre isso do mesmo jeito que as pessoas têm sobre o chá, como deixar cada problema menos sombrio ou fazer o dia parecer mais brilhante ou algo assim, mas Bambleby apenas piscou para mim quando questionei e respondeu:

— Ah, Em. O que *não é* tão importante no café da manhã?

Bem, é verdade que não tenho mais dores de cabeça pela manhã desde que adquiri o hábito do desjejum – suponho que minha resistência tenha melhorado –, mas, falando sério, é dar muita importância para uma refeição.

— Você disse que isso é café? — perguntou ele, abrindo a panelinha de lata que Finn havia deixado em uma placa sobre o fogo, junto com a chaleira e torradas, para manter aquecido.

— Sim. Ao que parece, Ulfar tinha alguns grãos. Embora Finn tenha dado a entender que são de procedência duvidosa.

— Vai ser um longo inverno — comentou ele, e se serviu do chá. Comi também, passando geleia na torrada e experimentando um dos ovos de ganso, pois, apesar da fome, eu havia comido um pouco mais cedo, preocupada com os pensamentos do dia, já que não é incomum que eu me esqueça de comer quando estou enterrada em algum mistério acadêmico. Bambleby provou tudo, inclusive o peixe defumado, que eu não considerava um alimento de café da manhã, declarando-o de alto padrão.

— Acho que vou até a fonte termal que Finn estava descrevendo — disse ele, com um espreguiçar satisfeito, depois de terminar sua terceira xícara de chá. — Lavar um pouco do que ficou da balsa.

— Achei que poderíamos repassar o plano do dia — disse eu, com calma. — Estou esperando faz mais de uma hora.

— É mesmo? Bem, você pode muito bem se juntar a mim.

— Estou bem, obrigada.

Ele estendeu a mão e arrancou uma folha de grama do meu cabelo – que, como sempre, já estava meio solto do coque.

— Claro que está.

— Ainda nem estabelecemos nosso projeto de pesquisa. Temos *três meses*, Wendell. Como vamos trabalhar juntos desse jeito? Esse é o nosso acordo, certo?

— Não me lembro de nenhum acordo formal. Lembro-me de muitas caras feias e de algumas tentativas de atacar meu caráter, mas isso pode caracterizar muitas de nossas conversas.

Cruzei os braços.

— Minha pesquisa tende a ter certa flexibilidade — continuou ele, engolindo um pedaço de torrada. — Não gosto de ser muito rígido na minha abordagem do trabalho de campo.

Imaginei que ele diria isso.

— Nesse caso, minha preferência é pela observação naturalística como método primário de coleta de dados. Já fiz um mapa aproximado da área de estudo, cerca de quarenta quilômetros quadrados de natureza selvagem, anotando características feéricas suspeitas. Pretendo retornar ao maior número possível para tentar observar as fadas comuns em seu ambiente nativo. É improvável que tenhamos a chance de fazer o mesmo com as fadas nobres, dada sua habilidade de evitar a detecção humana; portanto, teremos que basear nossa análise de seus modos e hábitos em entrevistas etnográficas com os aldeões. Há uma mulher em Hrafnsvik que foi maltratada pelas fadas nobres: Auður Hildsdottir. Se eu tiver tempo, pretendo visitá-la hoje, junto com outra casa que acredito ser o lar de um duende doméstico. Isso por si só seria uma descoberta significativa, já que a literatura sugere que os Ocultos habitam apenas a paisagem natural.[7] — Fiz uma pausa — Desejo atingir dois objetivos: primeiro,

---

[7] Bran Eichorn, cuja mãe era ljoslandesa, escreveu um dos poucos artigos sobre o Povo de Ljosland, embora sua pesquisa seja baseada inteiramente em relatos orais – não

identificar as espécies de Povo que habitam aqui e, segundo, descrever suas interações com os habitantes mortais.

Bambleby ajoelhou-se para coçar as orelhas de Sombra.

— Por que não dá seu mapa para Lizzie e Henry? Deixe-os vagar pelas ruínas, eles são muito bons nisso. Quanto a esta Auður, entendo por suas anotações de campo que ela é muda. O que está esperando tirar dela?

Eu pisquei.

— Você leu minhas anotações?

— A noite passada. Como você caracterizaria o duende que viu na casa?

— Suspeito que seja algum tipo de inumano — respondi.[8]

— Que enfadonho — disse ele. — Detesto inumanos... criaturas tediosas. Talvez devêssemos dividir nossos esforços. Você pode ir investigar a casa mal-assombrada enquanto eu me apresento à líder. Se vamos entrevistar os moradores, a etiqueta sugere que comecemos com quem está no comando.

— Vamos à taberna à noite, certo? — afirmei, sabendo que, se ele fosse lá agora, não voltaria antes da meia-noite, e não porque Bambleby bebe muito, mas porque encontraria muitos alvos para suas conversas.

Ele sorriu.

— Como quiser. Eu aprovo seu plano, Em. Afinal, este estudo de campo foi iniciativa sua.

— Isso significa que meu nome será o primeiro no artigo que apresentaremos na conferência, certo?

— Claro — disse ele com tranquilidade, como se nunca tivesse havido qualquer dúvida em sua mente. Talvez não tenha havido. Sua expressão era perfeitamente franca, daquela maneira desconcertante que ele tem de passar

---

está claro se ele visitou Ljosland pessoalmente. Não citarei o artigo aqui, pois é um exemplo pobre de erudição, sendo sobretudo uma ladainha disfarçada de refutação contra "A importância das fadas da lareira nas latitudes do norte" (*Driadologia moderna*, primavera de 1848), de Danielle de Grey. Eichorn passou grande parte do início de sua carreira obcecado por de Grey.

8   Nas últimas duas ou três décadas, a palavra "inumano" evoluiu no discurso acadêmico para se referir a todos os duendes domésticos cujo comportamento em relação ao hospedeiro se tornou centrado na malevolência.

da travessura à inocência em um estalo de dedos. Bambleby nunca tenta me encantar da maneira que fez com Krystjan. Não funcionaria se o fizesse, e suspeito que ele saiba disso.

Ele engoliu o restante do chá, deu outro tapinha em Sombra e saiu pela porta.

— Aonde você vai? — questionei.

— Eu já disse. Não vou me demorar. Reserve um tempo para rabiscar naquele seu diário.

— E vai vagar pelo campo desse jeito? — perguntei, apontando para o robe.

Via-se que ele estava se divertindo.

— Não precisa se preocupar comigo, Em.

— Me preocupar? — zombei, mas a bainha de seu robe já havia desaparecido pela porta.

29 de outubro - à noite

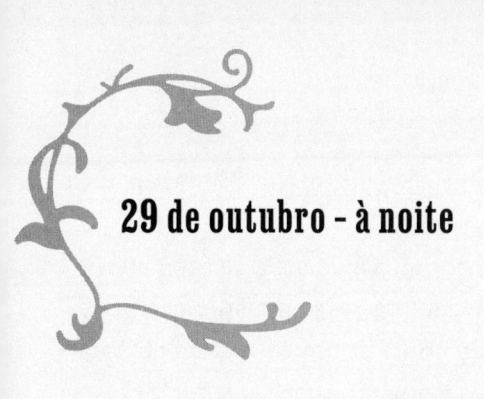

Ele estava mentindo, claro. Depois que terminei de fazer minhas anotações da manhã no diário, ele ainda não havia retornado, então decidi partir por conta própria, como originalmente havia planejado. Enviei Henry e Lizzie com meu mapa para investigar uma série de características vulcânicas, como Wendell havia sugerido. Eles pareciam entender bem minhas diretrizes, embora eu não pudesse deixar de sentir falta dos meus alunos. Eu confiava neles, pois tinham sido escolhidos com base em suas qualificações e sua diligência, não em sua capacidade de tolerar bobagens.

O céu tinha aquele tom de azul peculiarmente vivo que assume no outono, e o mar estava pontilhado de pequenos barcos de pesca. Groa acenou alegremente para mim quando passei pela loja – como deveria, já que eu provavelmente havia dobrado seus ganhos mensais. Basta dizer que não parei para bater papo.

Ninguém atendeu quando bati na porta da casa azul. As duas cabras ficaram de olho em mim, balindo sua desaprovação por trás da cerca.

— Olá? — chamei em ljoslandês, batendo de novo.

Pensei ter vislumbrado uma das cortinas tremelicando. Segundos depois, a casa se encheu de gritos.

Minhas mãos ergueram-se de uma vez para tapar os ouvidos, ação que se mostrou totalmente ineficaz para abafar os gritos, que continuaram sem parar. Era impossível precisar se a voz era masculina ou feminina – certos apenas eram o desespero e o tormento. Os gritos tinham a cadência de um vendaval de inverno, e consegui sentir o frio irradiando das frestas da porta.

Maravilhoso, pensei. O inumano estava brincando comigo.

Abaixei as mãos. Enquanto os gritos me golpeavam, bati educadamente de novo.

Aos poucos, como eu não mostrava nenhuma evidência de estar aterrorizada, os gritos diminuíram. Eu não estava interessada em nenhum truque terrível que a criatura inventaria a seguir, então fiz um gesto para Sombra – que não tinha ouvido nada de errado – e caminhamos pela lateral da casa.

Ali, vi ao longe duas figuras: um homem ordenhando uma cabra e, muito mais longe, onde o terreno descia para a praia, uma mulher caminhando sozinha. Ela estava emoldurada pelas ondas azuis nítidas e parecia muito solitária. A cabra deu um balido preocupado, e o homem se virou e me viu. Ele terminou sua tarefa e se aproximou.

— Suponho que a senhora seja a professora. — Era um homem pequeno de pele escura com um rosto envelhecido coberto por uma barba espessa. — Aud contou para a senhora sobre nosso filho.

Instantaneamente, entendi. A criatura que eu tinha visto na janela não era um inumano. Ele era um *changeling*, uma criança trocada.[9] Eu nunca havia conhecido uma criança trocada tão *parecida* com um inumano, nem durante minha pesquisa nem na literatura. Crianças trocadas são descendentes monstruosos produzidos pelas fadas nobres, criaturas fracas e doentias que trazem infortúnio para uma família enquanto permanecem lá, mas não são cruéis ou malévolas. Meu interesse por aquele lugar crescia a cada momento. Fiquei satisfeita por ter trazido meu caderno.

Estendi a mão.

— Meu nome é Emily Wilde. Quando seu filho foi levado?

Ele fez uma pausa, então apertou minha mão.

— Mord Samson. Minha esposa é Aslaug... Ela está em uma de suas caminhadas. Achei que Aud havia contado para a senhora.

— Aud não me disse nada. Foi uma inferência simples.

---

9 A criança trocada está presente no folclore europeu em muitas lendas. Conta-se que, por maldade ou pelo desejo de escravizá-las ou simplesmente de tê-las em seu poder, entidades fantásticas como fadas, duendes ou *trolls* sequestram crianças humanas e deixam em seu lugar um de seus filhos ou filhas. Segundo dizem, crianças não batizadas correm maior risco de serem levadas para longe de suas famílias.

— Entendi. — Ele olhou para mim por um momento. — Ela não gosta da senhora.

Algo naquele homem, talvez nas linhas sombrias de seu rosto, que tinham a opacidade de uma vidraça, me levou a concordar:

— Ela não gosta de mim.

Ele abriu um sorriso esmaecido. Tive a impressão de que mesmo esse sorriso era uma ocorrência rara.

— Faz cinco invernos. Ari era um bebê, não tinha nem um ano de idade.

Nesse momento, fiquei realmente muito interessada. O comportamento do Povo de Ljosland já estava se distanciando do que eu conhecia.

— Um ano é bastante incomum. O Povo rapta recém-nascidos... Nunca ouvi falar de um que se interessasse por crianças mais velhas. Além dos bichos-papões da Escócia, claro, mas eles não deixam um filho-papão no lugar do que foi roubado.

Percebi que parecia empolgada e que Mord me observava com as sobrancelhas erguidas.

— Sinto muito — lamentei, mas soou superficial aos meus ouvidos. Por algum motivo, porém, Mord sorriu de novo.

— Isso não importa nem um pouco para mim — comentou ele. — Quer dizer, se a senhora sente muito ou não, se vai nos colocar em suas orações. Recebemos muitas orações e lamentos quando Ari foi levado, e tivemos muitas desde então. A senhora pode nos ajudar?

— Isso é... — Eu parei. Algo nele me fez não ter medo de ser sincera. — Não é por isso que estou aqui. Vim catalogar seu Povo para fins científicos.

Ele apenas assentiu com a cabeça.

— E, ainda assim, a senhora está aqui, e está claro que é mais astuta quanto aos jeitos do Povo do que qualquer padre, e isso me dá esperança. Convidaria a senhora para entrar, mas temo que a hospitalidade que encontrará sob meu teto não seja do seu agrado. E não gostaria de assustar seu companheiro bonitão.

Ele deu um tapinha na cabeça de Sombra, e o cachorro cheirou-o, dando sua aprovação.

— Tudo bem, senhor Samson — tranquilizei. — Ele está acostumado com o Povo. Assim como eu.

Mord pareceu suspeitar, mas não me impediu quando entrei na casa.

Não havia nada de errado. Uma sala de estar humilde com lareira se abria para uma cozinha ainda mais parca, com panelas de ferro penduradas na parede. Os gritos não recomeçaram, nem observei marcas de mãos ensanguentadas. No entanto, Sombra farejou o ar e soltou um grunhido.

— Exato — confirmei. — Fique perto de mim, querido. — Para Mord, eu disse: — Sua esposa vai demorar muito?

— Um pouco. Caminhar alivia a mente. Ela faz isso todos os dias, até a neve chegar. — Ele olhou pela janela, e, claramente, estava escrita em seu rosto a certeza exausta de que a neve não demoraria a chegar. — Suspeito que Aslaug vai gostar da senhora. Ela e Aud nunca se deram bem.

Um sorriso involuntário surgiu em meu rosto. Mord fez um gesto com a mão.

— Ari está no sótão.

— Certo — falei, estremecendo um pouco quando me lembrei do comentário de Bambleby sobre casas mal-assombradas. — Está sentindo frio, senhor Samson?

Ele olhou para si mesmo. Havia tirado o casaco, revelando outro por baixo.

— Aslaug e eu estamos sempre com frio. Ele nunca nos deixa, nem mesmo em pleno verão.

Peguei meu caderno e comecei a rabiscar minhas observações iniciais. Parte de mim estava ciente de como devo ter parecido insensível, mas estava muito envolvida em meu interesse científico para me preocupar com isso, e, de qualquer modo, Mord não pareceu se ofender comigo.

Dei um passo em direção à escada. Imediatamente, ela se transformou. Cada degrau virou uma boca escancarada, com dentes reluzentes e forrada com a densa pele de um lobo. Um vento cortante passou pela sala, cheirando a neve e pinheiros. Os lobos rosnaram e morderam a bainha do meu casaco.

Eu me virei para Mord. Ele recuou horrorizado, mas havia certo embotamento nisso, e ele não se encolheu por muito tempo.

— O senhor tem essas visões com frequência? — perguntei.

Ele piscou. Um aborrecimento surgiu em seus olhos, e ele franziu a testa para mim como se esperasse pena. Seu rosto suavizou-se quando viu apenas um interesse desapaixonado.

— Sei que não são reais — disse ele.

— Entendi. — Pensei em como devia ser viver num lugar assim, assolado por ilusões tão violentas. Dia após dia, ano após ano.

— Senhor Samson, o senhor poderia me trazer um prego de ferro e um pouco de sal?

Ele piscou, mas foi buscar o que eu havia pedido. Quando voltou, perguntei se o casaquinho que eu avistara pendurado num cabide da porta era de seu filho. Ele assentiu com a cabeça.

— Obrigada — agradeci e coloquei o casaco na minha mochila. — Eu devolvo, prometo.

Subi as escadas. Mord respirou fundo. Ele não me seguiu, o que foi bom, pois eu o teria impedido.

Sombra caminhava ao meu lado enquanto os lobos mordiam meus tornozelos. Eu conseguia ver as escadas através da ilusão, e Sombra não via nenhuma ilusão – pelo menos, acho que não consegue ver ilusões feéricas. Talvez até as veja, mas fique indiferente.

No sótão, encontrei uma caminha e um aconchegante tapete de lã crua. Sobre a cama estava sentado um menino, pálido como o luar na neve recém-caída. Parei, pois a criatura não era nada parecida com as crianças trocadas que eu encontrara antes – em geral, coisas feias e esguias com cérebro de animais. O cabelo comprido do menino era azulado e translúcido, e sobre sua pele havia um brilho como o da geada. Era lindo, com uma graça misteriosa e olhos afiados com inteligência.

Uma parte distante de mim ficou impressionada com o quanto ele lembrava Bambleby. Embora não fossem nada parecidos, havia um parentesco que eu não conseguia identificar, que talvez fosse mais ausência que característica, uma falta de algo grosseiro e mundano que caracteriza todos os mortais.

Meu estômago revirou ao perceber que aquela criatura era a primeira fada nobre que eu questionava. Não tinha certeza se o sentimento era de empolgação ou terror.

— Você me enganou — disse a criança trocada, com irritação.

— Você está equivocado — comentei, ajustando as mangas do meu casaco. Eu o tinha virado do avesso antes de entrar na casa, permitindo-me ver através de qualquer ilusão que o feérico decidisse me mostrar. — Eu só evitei sua tentativa de trapaça. Sua mãe de verdade ficaria satisfeita em saber como você recebe um convidado, não?

— Cai fora! — Ele estava com raiva, e não apenas por eu ter desviado de seu encantamento. Não gostou que eu mencionasse sua mãe feérica.

— Vou fazer algumas perguntas — falei. — Eu recomendaria respostas prontas. Sei da crueldade que você está infligindo a seus pais adotivos, e isso não me deixa inclinada a ser generosa com você.

Outra rajada de vento de inverno saudou essa declaração. As vigas chacoalhavam no teto.

— Você está feliz por ser a causa do sofrimento?

— Eu não ligo — retrucou a criança. Pois era uma criança, apesar de todo o seu poder, e olhava para mim com a teimosia de uma criança. — Não quero estar aqui. Quero minha floresta. Quero minha família.

— E o que aconteceu com sua família? Por que o mandaram viver entre os mortais?

Eu estava particularmente interessada na resposta a essa pergunta, pois a maior parte do que sabemos sobre crianças trocadas é suposição. É um hábito das fadas nobres deixar crianças trocadas nas mãos de pais mortais por um período de meses ou anos, e depois trocá-las novamente sem cerimônia (se a criança trocada não tiver morrido nesse ínterim, o que é bem comum), mas não se sabe precisamente por que elas têm esse comportamento. A principal teoria sugere como motivo o divertimento para aplacar o ócio.

O adorável rosto da criança trocada se contorceu. Ele se inclinou para a frente.

— Se você não for embora, vou encher os pensamentos de Mord com tantos horrores que ele desejará morrer. Vou dar para Aslaug sonhos de se queimar e se rasgar e gritos de todos que ela ama ecoando na noite.

Um arrepio percorreu meu corpo, mas mantive a postura tranquila. Sem dizer nada, retirei o punhado de sal e comecei a espalhá-lo pela sala.

— O que é isso? — perguntou ele, o interesse substituindo a fúria no espaço de um piscar de olhos. Ele pegou um pouco entre a ponta dos dedos e cheirou. — Sal? Por que está fazendo isso?

Parei, praguejando silenciosamente. O sal prende as fadas, mas talvez em Ljosland funcione apenas em fadas comuns, ou nem funcione. Retirei o prego de ferro.

— Você não pode me matar — disse ele.

— Não — concordei. Matar uma criança trocada é matar a criança que ela substituiu. Estão sempre unidas por um poderoso encantamento que nem o tempo nem a distância podem dissipar. — Mas eu posso machucá-lo.

Fiz um sinal para Sombra, e ele agarrou o pé da criança, distraindo-a. Enfiei o prego no peito da criança trocada.

Quase no peito. O feérico se moveu, e o prego acabou cravado na lateral do corpo. Os gritos que se seguiram foram piores que os anteriores, como a voz que se dá ao inverno. A fada pareceu se dissolver, virando uma criatura de sombra e gelo, com olhos que cintilavam como o coração azul de uma chama. Há a crença de que todas as fadas nobres são assim por baixo; suas formas humanas são apenas um disfarce que assumem. Embora matá-las seja um negócio complicado, um ferimento desferido com metal pode forçá-las a se tornarem mais fracas e insubstanciais.

Eu sabia de tudo isso, mas apenas na teoria. Ver a verdadeira face da fada, apesar de toda a minha determinação, me deixou completamente paralisada. Foi um momento antes de eu recuperar meus sentidos.

Enquanto a fada continuava a lamentar, tirei o casaco da mochila.

— Vou lhe dar isto se me responder. — Fiquei satisfeita porque, enquanto minha mão tremia, a voz estava firme.

— Dar! — gritou a criança trocada. Estava encolhido no canto. Acho que ainda poderia ter me ferido, mas estava muito contrariado para pensar nisso. Claro, se ele tentasse, eu poderia ter segurado o casaco.

O Povo está sujeito a muitas leis antigas, e algumas delas dão aos mortais muito poder sobre seu bem-estar. Presentes ofertados pelos mortais fortalecem as fadas, sejam alimentos ou joias, mas as roupas têm um poder particular, pois ajudam o Povo a se conectar ao mundo mortal e, no caso das fadas nobres, a seus disfarces mortais.

— Você está prestando atenção agora — falei, enquanto os gritos da criança trocada diminuíam até virarem soluços. — Vamos começar com seus pais.

No fim das contas, a fada me contou pouca coisa. Apenas lamentou sobre sua floresta e seu amado salgueiro, e os muitos caminhos que o Povo construiu no subsolo e através das neves profundas, iluminados de alguma forma pelo luar. Tudo aquilo era bastante interessante, mas logo ficou cansativo; ao final de uma hora eu sabia o número de galhos do salgueiro e quantas estrelas a fada conseguia ver de sua janela, mas pouco mais que isso. Era uma visão míope da fada nobre, filtrada pelos olhos de uma criança egocêntrica, portanto não era especialmente útil.

Ou a criança trocada não sabia ou não conseguia se lembrar por que havia sido trazida para Hrafnsvik, embora acreditasse que seria levada novamente e tenha jurado muitas vinganças terríveis contra mim quando isso acontecesse. Assim que me cansei de seus gemidos, entreguei-lhe o casaco. Ele o vestiu e o puxou ao redor do corpo e se encolheu no canto, estremecendo, enquanto lentamente ganhava peso e substância de novo.

Claro que não deixei Mord e Aslaug totalmente desprotegidos. Contei a eles sobre o truque do avesso que usara com minhas roupas – isso não impediria as visões, claro, mas diminuiria o domínio delas sobre eles. Aslaug, voltando de sua caminhada, me recebeu com uma ternura que eu não esperava, mas era uma visão perturbadora – muito magra, os olhos fundos e o cabelo escorrido. Cantarolava quase o tempo todo e às vezes parecia se perder em si mesma, alheia à conversa, até que Mord parava ao lado dela e lhe apertava o ombro. Embora eu seja acima de tudo uma cientista e valorize minha objetividade, eu os teria ajudado se pudesse, mas não vi maneira de fazê-lo.

Voltei ao chalé para compilar minhas anotações. Estava vazio, mas pude ver duas pequenas manchas em uma montanha distante e reconheci, pela cor das capas, Lizzie e Henry. Captei o brilho de uma luneta e imaginei que estivessem observando as formações rochosas abaixo. Quanto a Bambleby, não fazia ideia de onde estava. Talvez tivesse se afogado na fonte.

Decidi me aventurar indo até lá. Queria cumprimentar meu novo amigo; nunca se podem prever os efeitos de ser gentil com as fadas comuns, e eu ainda esperava ouvir suas confidências.

A fonte estava deserta, mas me contentei em tirar as botas e esperar. Joguei água no rosto e, depois de uma rápida olhada para trás, mergulhei a cabeça.

Esfreguei o cabelo pela primeira vez desde que chegara a Hrafnsvik, tirando a sujeira e as folhas que eu nem sabia que estavam lá. Quando terminei, eu o torci e o amarrei de novo, sentindo-me infinitamente melhor. Era como se tivesse lavado um pouco da escuridão da casa da fazenda.

A tarde mantinha uma espécie de calor emprestado e efêmero que às vezes interrompe o avanço do inverno. Peguei-me imaginando como seria o verão naquele lugar. Com o sol brilhando por entre as árvores, eu me senti bastante contente. Almocei enquanto esperava, depois de reabastecer o estoque de doces feéricos. Ele não havia gostado nem um pouco dos caramelos, reclamando que grudavam nos dentes. Os chocolates, porém, havia adorado no mesmo instante. Eu teria que escrever para meu irmão pedindo mais; sem dúvida, os doces da loja de Groa me custariam seu peso em ouro.

O duende – que passei a chamar de Poe na minha cabeça, em homenagem à pele de corvo esfarrapada que ele usava – demorou mais do que o normal para aparecer. Quando apareceu, estava na margem oposta da fonte, e sua forma se misturava tanto com o chão da floresta que eu só conseguia enxergá-lo quando se movia.

— Bom dia — cumprimentei, educada. — Aconteceu alguma coisa?

— Seu amigo esteve aqui — respondeu ele, hesitante.

— Bambleby? Ele foi rude com você? — Maldito fosse se tivesse sido rude. Não passei dias ganhando a confiança dessa criatura apenas para que ele arruinasse tudo.

Poe fez que não com a cabeça.

— Ele me trouxe balas de menta. Eu gosto de balas de menta.

— Então, o que houve?

Poe continuou me lançando olhares ansiosos. Seus dedos de agulha tamborilavam como chuva na grama úmida. Por fim, ele soltou:

— Não quero vê-lo de novo!

— Então não vai vê-lo — afirmei. — Vou mandar que fique longe. — *Ah, se não mandaria...*

Os olhos do feérico arregalaram-se.

— Você consegue mandar em um príncipe? — Ele se apressou a falar antes que eu pudesse me pronunciar. — Não quero deixá-lo zangado. Ele foi gentil, mas tenho medo dele. Minha mãe sempre disse para ficar fora do caminho deles. Os altos, as rainhas, os reis e grandes lordes. *Eles pisam em você como cogumelos, pequenino*, ela sempre me disse. Mantenha a discrição. Fique na sua árvore. Quando ele me faz perguntas, eu preciso respondê-las. Não gosto das perguntas dele.

Eu havia ficado bem quieta. O duende usara uma palavra na língua das fadas que tem várias definições – pode significar *lorde* ou *senhor*, ou outra simples marca de respeito. Mas eu sabia, dito dessa maneira, com uma leve cadência no meio como uma dobra, que significava apenas uma coisa.

— Você disse que ele é um príncipe — repeti, enunciando com clareza. — Tem certeza?

O feérico assentiu. Ele chegou muito perto, o suficiente para eu sentir o cheiro da seiva em sua pele, que se misturava estranhamente com o cheiro familiar do meu velho chapéu de castor – que ele havia rasgado e cerzido em um casaco desajeitado. Baixinho, ele disse:

— Ele queria saber sobre as portas.

Pequenos arrepios correram pela minha espinha.

— As portas feéricas? Que levam ao seu mundo?[10]

Ele assentiu com a cabeça. Minha mente girava, e eu me recostei. Há muito tempo suspeito que Bambleby faz parte da aristocracia feérica. Que ele está – ou estava – na linha de sucessão a um de seus tronos é algo que eu não havia imaginado, embora não fosse isso que me alarmava.

O que ele quer com as portas feéricas? Suas perguntas são mera curiosidade acadêmica?

— Ele perguntou mais alguma coisa?

Poe fez que não com a cabeça, e minha suspeita aumentou.

— O que você disse para ele?

---

10 Todos os driadologistas aceitam a existência dessas portas que levam a casas e vilas feéricas individuais, como aquelas habitadas por fadas comuns. As teorias sobre uma segunda classe de portas são mais controversas, mas eu mesma penso que são altamente críveis, dadas as histórias que temos das fadas nobres. Acredita-se que sejam portas que levam às profundezas do Reino das Fadas, a um mundo totalmente apartado do nosso.

O feérico estava quase sentado no meu colo agora, com seus longos dedos curvados possessivamente sobre minha capa.

— Que não há portas aqui, nesta floresta. Eu nunca vi uma. Talvez as portas se movam com as neves, com as altas. Talvez elas as carreguem de um lado para o outro conforme o vento sopra do Norte. — Ele franziu a testa. — Elas vão chegar aqui em breve.

Minhas mãos seguraram a grama.

— Como meu amigo reagiu a essa informação?

— Não sei. Ele foi embora logo depois. Fico feliz que ele tenha ido.

Como o duende parecia aflito, lembrei-lhe dos chocolates que tinha dado a ele. Na verdade, minha gentileza se devia em parte à preocupação com minha capa – agora esburacada pelo toque de Poe – e também com a perna por baixo dela. Ele se apressou em verificar seu pequeno tesouro e depois desapareceu na floresta, voltando com um pão ainda quente ao toque. Parecia tranquilizado pelo ritual e pelo meu apreço por ele. Prometi voltar no dia seguinte – sozinha.

Passei a hora seguinte vagando pela floresta. Disse a mim mesma que estava conduzindo uma pesquisa sobre os possíveis caminhos feéricos que havia anotado durante uma peregrinação anterior; mas, na verdade, precisava caminhar. O que eu deveria fazer com essa revelação sobre Bambleby? Nem todos os do Povo têm grandes projetos em suas interações com os mortais, e eu passara a considerá-lo um diletante aristocrático. No entanto, ele tinha outras razões para cultivar uma carreira indo atrás de histórias do seu clã?

Antes de mais nada, o que isso importava? Eu precisava me preocupar com meu livro, um livro que poderia impulsionar minha carreira, e por que eu deveria me importar com as intenções de Bambleby, desde que ele não me atrapalhasse?

Estava vagamente ciente de que a maioria das pessoas teria uma reação diferente à descoberta de um príncipe feérico em seu meio, mas eu dava pouca atenção a isso.

Sombra estava à minha frente – a cabeça baixa enquanto cheirava um emaranhado de cogumelos. Ao consultar meu mapa, observei que estes pareciam ter mudado sua localização anterior para alguns metros de distância. Bem, era possível que tivessem se formado durante o dilúvio mais recente, mas eu achava que não. Tinham uma forma que meu olho treinado reconheceu, algo distorcido de seu padrão e propósito naturais. Talvez fosse um ponto de encontro.

Fiquei cada vez mais calma à medida que me concentrava no meu trabalho, e os próximos quilômetros passaram de forma bastante agradável. Não acreditaria se alguém reivindicasse maior felicidade em sua carreira do que eu ao vasculhar florestas iluminadas pelo sol em busca de pegadas de fadas.

De repente, Sombra surgiu à frente, sua cauda aparecendo entre a vegetação rasteira. Eu o segui até uma clareira, onde encontrei, caído contra uma árvore ao sol, com as longas pernas esticadas e o chapéu cobrindo o rosto, ninguém menos que Bambleby. Ele parecia ter encontrado a parte mais verde da floresta, que ainda tinha pouca vegetação – um pequeno bosque de coníferas.

Não acordou de seu cochilo quando Sombra se jogou ao lado dele, mas abriu os olhos quando chutei a árvore, que fez cair sobre ele uma chuva de agulhas.

— É isso que você fica fazendo? — questionei.

— Querida Emily — disse ele, espreguiçando-se como um gato e acariciando as orelhas de Sombra. — Como foi seu dia?

— Delicioso. — Como ele não deu sinais de se mexer, sentei-me de má vontade na grama. — Nosso amigo na aldeia não era um inumano, mas uma criança trocada de uma fada nobre. Tive que interrogar a criatura com ferro. Sem assistência.

— Tenho certeza de que você aguentou firme, como sempre faz.

O chapéu deslizou de volta por sua testa. Eu o tirei dele, e ele piscou diante da luz do sol repentina.

— Ai, céus! O que fiz para merecer esse olhar de basilisco?

— Nós combinamos de trabalhar juntos. Mas agora ouvi dizer que você achou por bem atropelar minha pesquisa. O duende da fonte, cuja confiança passei dias cultivando, mal falou comigo depois da sua visita.

— O quê? — Ele parecia genuinamente perplexo. — Eu levei balas de menta para o pequeno e fiz algumas perguntas. Nada mais que isso.

— Ele pareceu ter medo de você. — Acrescentei rapidamente: — Embora não tenha dito o motivo. De todo modo, você não pode ir lá novamente.

— Seu desejo é uma ordem, Em. — Ele me olhou com uma expressão de divertimento. — Foi isso que a aborreceu? Certamente há outros duendes nesta floresta para você incomodar se aquele estiver azedo com você.

Pensei rapidamente, escondendo essa reflexão atrás de uma cara feia. Ficou claro para mim, de uma forma que nunca havia acontecido antes, que seria sensato ter medo de Bambleby. E, se eu não conseguisse sentir medo – uma proposição duvidosa, com certeza –, deveria pelo menos tentar ser cautelosa, ao menos porque ele é do Povo. Minha suspeita não é mais uma suspeita, mas um fato.

— Você não fez nada desde a sua chegada, só se entregou à preguiça — falei para ele. — Além de comprometer a única conexão significativa que estabeleci com os Ocultos. Não entende o quanto tenho trabalhado, Wendell, ou quão importante isso é para mim.

— Eu entendo, sim — retrucou ele, e fiquei alarmada com o quanto se tornou sério. — Sinto muito, Em, se dei motivos para você pensar o contrário. Garanto que estou trabalhando bastante hoje. — Ele olhou para si mesmo, esparramado no chão. — Mais ou menos. Caminhei bastante por Karrðarskogur. Até descobri um laguinho no alto da montanha com evidências de habitação de *kelpies*. Bem, seja lá como chamam essas criaturas neste país gelado.

— Kelpie? — Eu estava boquiaberta. — Que lago? Não vi lago nenhum.

Ele parecia muito satisfeito consigo mesmo.

— Isso porque você o ignorou, minha querida. Estava cerca de um quilômetro além da extensão do seu mapa.

— Mostre para mim.

Ele gemeu.

— Mas acabei de chegar de lá. Você é enérgica demais para ser uma estudiosa. Outro dia, por favor. Por que não me conta sobre sua entrevista com nossa nova amiga, a criança trocada?

Ele estava mudando de assunto, mas admito que me restava pouca energia para escalar os picos depois do dia que havia tido, por isso fiz um resumo para ele do meu interrogatório na casa da fazenda.

— Ele está aterrorizando o casal, Wendell — concluí.

— É o que parece — concordou ele, embora não aparentasse estar particularmente interessado. — E ele não contou nada sobre os pais?

Fiz que não com a cabeça.

— Os motivos das fadas nobres para roubar crianças nunca se afastaram do reino da especulação acadêmica. Se ao menos pudéssemos perguntar a uma delas.

— Não seria ótimo? — disse ele, com suavidade.

Cerrei os dentes.

— Se não for assim, não sei como descobriremos o propósito delas neste caso.

— Propósito? Ou propósitos? O Povo é diverso em muitos aspectos; sem dúvida esse é um deles.

Não consegui detectar nenhum significado oculto em suas palavras, portanto decidi tomá-las pelo que ouvira. Talvez ele realmente não tivesse ideia de por que o Povo de Ljosland roubava crianças. Na verdade, estava tão indiferente a toda a questão que senti uma lasca de dúvida dentro de mim. No entanto, que motivo Poe teria para mentir sobre a identidade de Bambleby?

— Gostaria de pelo menos tentar ajudar.

— Ajudar quem?

Eu queria sacudi-lo.

— Mord e Aslaug!

— Ah. Como você pretende fazer isso? O filho deles vai morrer se a criança trocada for morta. Se de alguma forma o expulsarmos de sua morada, ele vai morrer e, dessa forma, o resultado será o mesmo. — Ele se recostou contra a árvore, seus olhos se fechando novamente. — Além disso, seria muito pouco profissional. Estamos aqui para examinar, não para interferir.

Eu o observei com cuidado.

— Talvez você possa visitá-los.

Seus olhos se entreabriram.

— E no que isso vai resultar?

Sua voz estava mais entediada do que nunca, mas havia algo oculto que me fez sentir como se eu estivesse entrando em um terreno perigoso. Mas eu não dava a mínima. Sabia que, se deixasse Mord e Aslaug com a criança trocada sem envidar todos os esforços para libertá-los de suas maldades, me arrependeria até o fim dos meus dias.

— Eu não sei — confessei, encontrando seu olhar tranquilo. Era verdade. Não sei que poderes ele tem ou do que é capaz. — Talvez você possa obter mais informações da criatura do que eu. O Povo de Ljosland claramente acha sua companhia desagradável, por razões inimagináveis para mim.

Ele riu. Seus olhos ficam muito verdes quando ele ri; dá para se perguntar se a cor se derramará deles como seiva.

— Quase não reconheço você, Em. Nunca teria pensado que você se importaria com qualquer um desses aldeões. Não são meras variáveis em sua pesquisa?

— Não é que eu me *importe* com eles — falei, de um jeito acalorado, antes de perceber que minha ofensa confirmou seu ponto de vista. Pude ver pelo seu sorriso que ele também sabia disso.

— Farei uma visita aos seus horticultores aflitos amanhã — disse ele. — Pode ser?

— Obrigada. — Levantei, sentindo-me desequilibrada e desejando fugir da conversa. — Talvez possamos voltar para o chalé. Gostaria de revisar suas anotações e ouvir o que seus alunos descobriram.

— Muito bem. — Ele me olhou com tristeza, como se esperasse que eu o ajudasse a se levantar. Cruzei os braços. Com um gemido dramático, ele se levantou com sua graça habitual, e partimos de Karrðarskogur.

30 de outubro

Bambleby insistiu em visitarmos a taverna ontem à noite, óbvio, uma diversão extremamente aceitável para nossos dois ajudantes, que estavam cansados de seu trabalho em campo. Lizzie e Henry, os dois embaixadores atraentes, embora insípidos, da comunidade científica, foram recebidos com alegria tanto por rústicos quanto por nobres, e sem demora se uniram aos jovens da vila por causa de seu entusiasmo por experimentar a cerveja local. Bambleby, claro, estava à vontade. Com uma velocidade que suspeitei ser um recorde mesmo em seus registros, ele logo fez metade da taverna explodir em gargalhadas com uma de suas muitas histórias de desventuras estrangeiras, contada em ljoslandês com sotaque encantador, enquanto a outra metade fofocava sobre ele a certa distância, incluindo várias senhoras que ouvi tramando convites particulares de natureza sem dúvida não acadêmica. O resultado foi de longe a noite mais agradável que passei em Hrafnsvik, já que os aldeões se esqueceram da minha existência em meio aos ventos fortes da personalidade de Bambleby. Fiquei muito feliz por me sentar num canto com minha comida e um livro e não falar com ninguém.

Bambleby parecia especialmente atraído pela bela lenhadora Lilja e passou boa parte da noite – quando não estava ocupando sua proverbial hora de palco – cortejando-a ao lado da lareira. Receio que uma das fontes do meu prazer estivesse na contínua delicadeza com que ela recebia as atenções dele, que nunca ultrapassava a tepidez. Parecia que Bambleby nunca havia encontrado tal resultado antes, dada a perplexidade em seu olhar, que se desviava na direção de Lilja do outro lado da sala. Esse olhar também era recebido com uma amável muralha de indiferença.

A única pessoa que conversou comigo foi a velha Thora Gudridsdottir, que se jogou na outra cadeira da mesa do canto.

— Não há muito o que fazer por aqui, hein? — disse ela.

Fiz um gesto para o tomo acadêmico em minhas mãos.

— Isto aqui é muito mais divertido que histórias às quais fui submetida mais de uma vez.

— Quanta hostilidade você carrega, não? — Ao contrário de Finn, Thora não quis que isso soasse como um insulto. — Não se encanta com um rostinho bonito, hein? Mas que coisa é essa aí que você está lendo?

Expliquei que era um tratado sobre a fada da floresta russa, a *leshy*, que alguns estudiosos teorizam ser prima dos Ocultos de Ljosland (aqueles influenciados a considerar a ideia dos Ocultos). Thora pareceu intrigada e fez muitas perguntas.

— Você pode me emprestar? — perguntou ela.

— Claro — respondi com alguma surpresa e lhe entreguei o livro. — Talvez depois de ler a senhora possa dar sua opinião sobre os méritos da teoria de Wilkie.

Ela bufou, folheando as páginas.

— Não preciso ler isto aqui para saber que é um absurdo. Não há ninguém como nossos habitantes da neve, nem neste mundo nem no outro.

Eu pisquei.

— A senhora encontrou outro Povo?

— Eu encontrei *eles*. E basta!

— Encontrou? — Eu tinha tantas perguntas que não conseguia decidir qual fazer primeiro. Ela pareceu reconhecer meu alvoroço e bufou outra vez.

— Não vou falar deles aqui — disse ela. — Também não devo falar deles em lugar nenhum, porque está muito perto do inverno, mas, se você visitar minha casa ao meio-dia, quando o sol estiver brilhando e o vento, agradável, responderei às suas perguntas. Tenho essas respostas.

Concordei, ansiosa. Ela voltou ao livro, de vez em quando soprando ar pelo nariz em rajadas fortes, embora seu olhar não raro se desviasse para Bambleby. Perguntei se ela desejava se aproximar para ouvir as histórias dele.

— Ah, prefiro apreciar a vista — respondeu ela com uma gargalhada, e não pude deixar de sorrir. Ela fez um gesto para Sombra, encolhido aos meus pés embaixo da mesa, com seus grandes olhos pretos acompanhando a conversa das pessoas, mas sempre voltando para mim, regulares como um relógio. — É um cão bastante singular. Faz tempo que está com ele?

— Alguns anos — respondi. Thora fez várias perguntas sobre Sombra, e contei a ela a história que inventei sobre nosso encontro, que tento não variar. Descobri que é mais fácil ter apenas uma história para lembrar.

Devo ter me divertido na taverna, pois dormi meia hora a mais do que o habitual na manhã seguinte. Quando me levantei, encontrei o chalé vazio e Sombra cochilando satisfeito ao lado da lareira, já tendo comido seu café da manhã. A capa de Bambleby havia sumido, assim como as de seus alunos, e os restos do café da manhã estavam espalhados sobre a mesa.

Fiquei surpresa. Minha bronca havia realmente entrado na cabeça de Bambleby? Ou ele estava interrogando o feérico comum sobre portas feéricas de novo? De qualquer forma, fiquei feliz por ter alguns momentos de paz e me sentei à mesa com minhas anotações e uma xícara de chá.

A porta de Bambleby se abriu, e eu quase pulei para fora do meu corpo. Uma jovem sardenta e ruiva pôs a cabeça para fora.

— Ai! — Ela deu uma risadinha, ajustando o lençol enrolado em volta do corpo. — Pensei que estivesse sozinha.

— Digo o mesmo.

Ela pareceu não notar o tom da minha voz, mas se esgueirou para a sala de estar, sorrindo, com uma malícia no rosto que parecia indicar que eu participaria daquilo.

— Ele já foi embora?

— Milagrosamente, sim.

A moça – uma das muitas netas de Thora, creio eu – acomodou-se, com lençol e tudo, à minha frente na mesa e se serviu de um jeito indolente dos restos do café da manhã. Começou a me questionar sobre o passado de Bambleby, especialmente em referência a seus flertes, um assunto sobre o qual eu poderia ter falado muito se tivesse escolhido deixar meu juízo de lado. Respondi com palavras tão gaguejadas que ela logo começou a sorrir para mim de um jeito afetado, imaginando-me rejeitada, ciumenta ou ambos. Felizmente, Sombra a assustou quando se aproximou da mesa, esperando por migalhas, e ela saiu do chalé logo em seguida.

A manhã estava cinzenta e ventava muito com intervalos que alternavam neve e chuva, a face mais miserável que um céu poderia assumir, então me aventurei caminhando até a fonte para minha, agora, habitual visita a Poe. Passei o restante da manhã com minhas anotações e as de Bambleby, que eram exatamente tão superficiais quanto eu esperava que fossem. Trechos de céu azul apareceram por volta do meio-dia. Assim, coloquei chapéu e casaco e arrumei minha câmera, com a intenção de me aventurar nas montanhas para caçar o suposto *kelpie* de Bambleby, que Thora havia informado ser conhecido como o *nykur* em Ljosland.

No entanto, quando eu passava pela porta, Bambleby veio caminhando pela estradinha, com o colarinho notavelmente torto, parecendo irritado. Assustou-se um pouco ao me ver, depois desviou o olhar com culpa.

— O que aconteceu? — perguntei, já temendo a resposta. — E onde esteve?

— Parece que devo despedir-me do campo — respondeu ele. — Desagrado você quando durmo tarde. Desagrado quando me levanto cedo. Desagrado quando faço exatamente o que me manda fazer, quando me manda fazer. É impossível agradar você, Em.

— Sim, já chega disso. — Estreitei os olhos. — Você visitou a criança trocada.

— Visitei. Embora tenha conseguido poucas informações dele, e isso porque ele não tem nenhuma para dar. Não sabe quando seus pais vão voltar, nem por que o abandonaram aqui.

Examinei o caminho enquanto ele passava por mim e entrava no chalé.

— Onde estão nossos ajudantes?

— Achei melhor deixá-los na taverna com os bolsos cheios de moedas.

Não gostei nem um pouco do tom dele.

— E qual foi a causa de toda essa generosidade de sua parte?

Ele demorou a responder, usando Sombra como desculpa enquanto cumprimentava o cachorro com uma generosa demonstração de afeto.

— Eu os levei até a fazenda.

— Ai, meu Deus. — Eu o encarei. — Por que você faria uma coisa dessas? Não é uma criatura para ser tratada por amadores!

— Sou responsável pela formação deles. Uma oportunidade de estudar uma criança trocada pessoalmente é inestimável para qualquer estudioso iniciante. Além disso, você fez parecer que a criatura era quase *inofensiva*, Em.

— Eu nunca disse isso! Se está achando...

— Bom, você insinuou isso. E dominou aquela coisa com um pedacinho de ferro! Cada centímetro seu é tão assustador quanto sempre imaginei que fosse.

— O ferro foi menos importante que o conhecimento dos costumes do Povo, obtido por meio de extensas leituras e experiência em campo. Esse conhecimento leva anos para ser construído.

Ele me lançou um olhar que achei difícil de interpretar.

— Se eu soubesse o que era aquela criança trocada, o poder que ela possui, não teria deixado você ir lá sozinha. Não sou um amigo tão mau assim.

— Eu não precisava da sua ajuda — retruquei. — Lidei com a situação de maneira adequada.

Ele levou as mãos ao rosto.

— Ontem você estava com raiva da minha falta de assistência. Hoje, arranca minha cabeça por ajudar. Você é a pessoa mais contraditória que já conheci.

Aquilo me deixou sem fôlego. Ser rotulada como contraditória por Wendell Bambleby faria qualquer pessoa sensata estacar.

— Acho que eu poderia ter sido mais direta — falei, de má vontade. Sentei-me à mesa. — Bem, o que faremos?

— Não sei. — Ele se sentou à minha frente, dobrando um joelho e apoiando o braço nele. Com a outra mão, girou uma das xícaras de chá vazias. — Não sei que visões a criatura mostrou a eles. Só sei que eram horríveis, considerando suas reações. No entanto, os dois pareceram mais calmos com um pouco de comida e vinho. Vou lhes dar folga amanhã.

Senti uma pontada de culpa.

— Acho que deveria ter mencionado que não deixei a criatura de bom humor ontem.

Ele inclinou a cabeça para mim com um olhar de exasperação sem palavras.

— Bem, que visões foram mostradas para *você*? — perguntei, para redirecionar sua atenção.

— Ah, não importa. Frio, gelo e lobos desgraçados uivando. — A xícara de chá chacoalhou contra a mesa enquanto girava. — Basta dizer que já encontrei um Povo pior que aquela criatura. Mord e Aslaug pareceram decepcionados por você não ter me acompanhado. Percebeu que foi capaz de inspirar afeto nos outros?

— Pensei que fossem apenas narcisistas e preguiçosos.

Ele se recostou enquanto um sorriso surgia em sua boca.

— Sabe, Em, você poderia facilitar muito mais sua vida se se deixasse ser amada de vez em quando.

— Eu tento — falei em voz alta. As palavras dele me feriram mais do que ele poderia ter imaginado. Eu tentava, tentava muito, ou, pelo menos, costumava tentar, e nada resultou dessas tentativas.

— Bom, de qualquer forma, dessa vez você se superou. Como você convenceu quase uma vila inteira a odiá-la no espaço curto de uma semana está além da minha compreensão. Isso não vai facilitar nossa pesquisa aqui, considerando a necessidade de *conversar* com esses aldeões.

Emiti um som de frustração sem palavras, passando a mão pelo cabelo e deslocando ainda mais dele do coque. Ele tinha razão, e eu odiava isso.

— Não fiz nada para que ficassem contra mim. Só que, de algum jeito, ofendi Aud, e parece que os outros se ofenderam por ela.

— Não diga — falou ele, usando o joelho para equilibrar a cadeira sobre os pés traseiros dela.

Franzindo o cenho, contei a ele sobre minha malfadada visita à taverna. Quando terminei, ele estava fazendo cara feia e balançando a cabeça.

— Ai, Em — disse ele. — *Em*. Você não fez nenhuma pesquisa antes de vir para cá?

Aquilo me irritou.

— Nenhuma pesquisa?! O que você...

— Não me refiro aos Ocultos. Não tenho dúvidas de que você vasculhou Cambridge inteira em busca de qualquer referência passageira a eles. Posso imaginá-la aterrorizando os pobres bibliotecários agora. Estava me referindo aos habitantes mortais deste delicioso deserto invernal.

Ele abriu a mochila e tirou um livro, que jogou para mim.

— O que é isso? — Parecia estar escrito em ljoslandês.

— Um romance — respondeu ele. Ele puxou outro livro, que mal consegui pegar. — Um pouco indecente, receio... não é do seu gosto. Esse é o relato de uma guerra comercial muito monótona. Aqui. — Ele puxou um terceiro livro, também em ljoslandês. — Uma biografia de sua última rainha. Esse não é ruim... ela atirou no pé de um de seus pretendentes. Por acidente, é claro.

Eu cruzei os braços.

— Obrigada, mas não precisa continuar. Já entendi.

— Entendeu? Consegue ler em ljoslandês?

— Bem o suficiente para sobreviver — menti, pois não tinha intenção de ouvi-lo se gabar. Bambleby é irritantemente hábil em idiomas. Não é de admirar, já que o Povo consegue falar qualquer idioma mortal que encontre. Assim como atravessam as barreiras físicas erguidas por mortais, também escapam às nossas barreiras culturais.

— A hospitalidade é importante para essas pessoas — comentou ele. — Você saberia disso se tivesse se dado ao trabalho de aprender alguma coisa sobre eles. Você ofendeu Aud ao insistir em pagar por seu jantar.

Fiquei boquiaberta.

— Então é por isso? Por isso ela me odeia?

Ele suspirou.

— Talvez, se você não fosse tão espinhosa, ela já a tivesse perdoado. Mas, se existe alguém que consegue incentivar os outros a buscar desculpas para se ofender, esse alguém é você. E você agravou o erro invadindo a aldeia dela com suas perguntas sem antes pedir permissão.

— Não consigo acreditar que os aldeões precisam da permissão dela para falar comigo.

— Claro que não. De qualquer forma, você deveria tê-la procurado.

Coloquei as mãos na cabeça. Bambleby estava certo, que maldito.

— Então, o que faremos?

— Você vai ter que permitir que ela seja gentil com você — respondeu ele. — Que a receba como convidada. E fazer isso de uma forma que ela não pense que eu disse a você o que fazer.

— Não tenho absolutamente nenhuma ideia de como vou conseguir fazer isso.

— Eu sei.

Ele se ajeitou na cadeira abruptamente e me lançou um olhar pensativo.

— Eu não disse que não a ajudaria, apenas que não devemos revelar a Aud que ajudei. Precisamos trabalhar nisso antes de avançarmos em nossa pesquisa. Os aldeões foram evasivos comigo ontem à noite sempre que o assunto se voltava para os Ocultos. Minha amizade por você significa que também não vou conseguir muito deles.

Suspirei.

— Você não pode encantá-los para que lhe deem o que deseja, como costuma fazer?

— Provavelmente, mas pode demorar. Temos tempo para desperdiçar? Como você adora me lembrar, são apenas algumas semanas.

Olhei para minhas mãos. Thora falaria comigo, mas eu não poderia basear minha pesquisa no testemunho de uma única pessoa.

Sempre odiei esse tipo de coisa. Preferiria entrevistar uma dúzia de malditas crianças trocadas a navegar por esse emaranhado de convenções sociais. Ponderei que talvez devesse simplesmente evitar a conversa, visto que sempre meto os pés pelas mãos.

— Minha querida Emily. Nunca a vi tão abatida. — Ele estava me olhando com afeto e alguma coisa a mais, mas aquela expressão desapareceu antes que eu pudesse nomeá-la. — Por que não vamos dar uma volta? Você pode me entreter com uma lista de suas exigências. Então, posso encontrar um bom lugar para tirar uma soneca enquanto você caça algum feérico comum para assediar.

— Gostaria de ver o lago — disse eu, já de pé. Queria mais que tudo tirar aquela conversa da minha cabeça. — Você disse que encontrou uma trilha?

Ele suspirou um pouco, mas eu já havia saído pela porta, então ele vestiu o casaco e me seguiu.

31 de outubro

Levantei na escuridão e no silêncio. O entusiasmo de Bambleby por acordar cedo, ao que parece, durou pouco – bom, tudo bem. Terei bastante paz para escrever em meu diário. Acabei de abrir as venezianas. Uma paisagem de branco e sombra me encara enquanto escrevo estas palavras.

Bambleby e eu chegamos ao lago ontem depois de uma subida íngreme. Foi uma daquelas cenas que me paralisam: uma pequena depressão de um azul aveludado entre torres de pedra. Atrás de nós estava o furioso mar ártico, com seu gelo espesso, visível demais daquela altura. *Demais* resumia bastante o lugar, pensei enquanto corria atrás de Bambleby, que, além de dar alguns chutes inconstantes nas pedras vulcânicas espalhadas aqui e ali, mal parecia consciente da natureza selvagem dos arredores. O vento desfez meu coque e jogou as mechas soltas contra meu rosto.

Embora tenhamos encontrado apenas evidências tênues do *nykur* – e impressões disformes na lama congelada à beira da água, que fotografei –, voltei com o ânimo melhorado. Como Finn havia nos informado que o tempo estava mudando, o que era evidenciado pela nuvem iminente no horizonte, decidi aproveitar ao máximo o sol e parti em outra pesquisa nos picos do leste, enquanto Bambleby, apesar de não mostrar quaisquer sinais de fadiga, alegou cansaço e se retirou para o chalé.

Vagando sozinha, calculei mal a distância e voltei no escuro sob as estrelas brilhando como moedas de um tesouro derramado. Não consegui evitar e parei para observar as estrelas, um passatempo que raramente me permito em Cambridge, pois as noites lá são borradas pela luz a gás e cercadas por árvores e torres. Quando subi o pequeno caminho da montanha até o chalé, nossos alunos já haviam retornado do pub bastante exaustos e ido para a cama mais cedo para se recuperar.

Quase não reconheci o chalé onde entrei nessa noite ventosa. O fogo crepitava alegremente, e todo o espaço estava iluminado por lâmpadas a óleo estrategicamente colocadas que não existiam antes. Tapetes de lã espalhavam-se pelo chão e as janelas estavam adereçadas com cortinas. E havia algumas *coisas* em cima da lareira: coisas bonitas que pareciam não ter propósito algum. Reconheci uma delas do escritório de Bambleby, um espelhinho encrustado com joias que brilhava de forma vívida à luz do fogo, mas outras pareciam ser artefatos de Hrafnsvik, incluindo uma Madona esculpida em osso de baleia e uma pequena paisagem marítima pintada em um pedaço de madeira de naufrágio.

O próprio Bambleby estava sentado perto do fogo, remendando uma cortina. Ele me explicou que havia pegado emprestada a maior parte da mobília de Krystjan, incluindo a cortina que estava consertando e que pretendia pendurar na cozinha.

Quase não consegui ouvir nada disso por conta do meu espanto.

— Você está cerzindo cortinas? Você?

— Trabalhar com bordado é tradição na minha família — disse ele apenas, enquanto seus dedos se moviam com uma destreza improvável.

Informei-lhe que o chalé estava perfeitamente satisfatório do jeito que estava antes, ao que ele respondeu que o lugar era tão úmido e triste que seria adequado apenas para morcegos e gárgulas inamistosos debruçados sobre seus livros, e ele preferiria arrancar os olhos a suportar semanas em tal ambiente miserável. Pensei em lançar Sombra e suas patas enlameadas sobre a criação de Bambleby, mas a verdade é que até eu consegui ver que nossa humilde morada estava bem melhor, com uma sensação não apenas de cordialidade, mas também de segurança, um aconchego envolvente cuja origem eu não pude identificar totalmente. Resolvi me debruçar sobre meus livros pelo restante da noite, ignorando-o completamente, o que ele odeia mais do que qualquer outra coisa.

Temo que, desde a última coisa que escrevi aqui, as coisas tenham virado de cabeça para baixo.

Finn estava atrasado para o café da manhã, o que, a princípio, dadas as condições, não me assustou. Puxei uma cadeira para perto da janela e observei a neve cair enquanto preparava o chá. Não havia esquecido minha promessa a Poe e não estava ansiosa para mergulhar naquela nevasca, embora estimasse que a neve não excedesse trinta centímetros.

Enquanto me sentava, uma espécie de pavor inexplicável cresceu dentro de mim, uma sensação de que eu era a única pessoa em quilômetros. Levantei de repente e abri a porta de Bambleby, batendo-a na parede.

Da cama veio uma espécie de murmúrio confuso e um brilho de cabelo dourado. No entanto, meu alívio foi passageiro, e eu já estava passando pelo corredor quando Bambleby resmungou:

— Em? Mas o que é que está fazendo?

O quarto dos alunos estava vazio. De alguma forma, eu sabia que estaria. Não apenas isso, mas seus baús e suas capas já não estavam lá. Corri de volta para o quarto de Bambleby, batendo a porta de novo e abrindo as cortinas.

— Meu bom Deus — murmurou ele entre os travesseiros. — Se esta é sua maneira de disparar um alarme, vou pedir a Krystjan que instale uma fechadura.

— Eles foram embora.

— O quê?

Momentos depois, bateram à porta. Bambleby atendeu, finalmente despertando. Eu sabia que não seriam eles, e não eram. O rosto preocupado de Finn nos fitou.

— Graças a Deus — disse ele. — Correm rumores na cidade de que o senhor teria partido esta manhã no barco de Bjorn Gudmunson, com destino a Loabær. O tempo está ruim para navegar.

Troquei um olhar com Bambleby.

— Os rumores são um tanto verdadeiros. Nossos alunos, ao que parece, fugiram. Mas quais serão os planos deles em Loabær?

Finn mudou sua expressão, parecendo culpado.

— De Loabær, há navios mercantes para Londres que partem dia sim, dia não. Talvez estejam pensando em embarcar em um deles.

Bambleby lançou a ele um olhar direto.

— Talvez?

— Talvez eu tenha ouvido os dois discutindo isso com Bjorn ontem na taverna — respondeu Finn, acrescentando rapidamente: — Não tinha ideia de que pretendiam partir hoje.

— Obrigada, Finn — falei, com raiva. Pegamos nosso café da manhã com ele, somente pão e queijo nesta manhã, pois ele não tivera tempo para mais nada, com o fardo que a tempestade acrescentava a suas tarefas. Várias ovelhas estavam desaparecidas, ao que parecia, e o peso da neve havia causado o colapso do telhado de um anexo.

Bambleby andava de um lado para o outro. Enquanto eu me acalmava um pouco, ele parecia ficar cada vez mais agitado.

— Isso é bom. Estamos quase sem lenha.

É típico dele se preocupar com o próprio conforto quando seus alunos poderiam naquele exato momento estar afogados em um mar gelado. Falei isso para ele, que fez um gesto com a mão.

— Conheci Bjorn. É um homem que domina seus negócios. Não teria assumido uma missão suicida.

Eu o observei por um tempo – não acredito que eu já o tivesse visto tão confuso.

— Você já viajou para o exterior sem criados? Desculpe, alunos.

Ele estreitou os olhos para mim.

— Nunca houve necessidade.

— Entendo. — Se não estivesse preocupada com nossa pesquisa, eu poderia estar me divertindo. — Então, o que faremos? Temos um tempo curto e agora estamos sem nossos assistentes para ajudar na coleta de dados.

— Tenho certeza de que vamos conseguir — disse ele, distraidamente. Eu poderia dizer que ele não estava nem um pouco preocupado com a coleta de dados... bem, por que deveria estar, se estava acostumado a fabricar tais dados? Não, ele estava se perguntando quem prepararia seu chá e lavaria sua roupa.

— Nós teremos que arregaçar as mangas de agora em diante — comentei, colocando forte ênfase na primeira palavra.

Bambleby desabou em uma das poltronas, parecendo fraco.

Não havia sobrado água para lavar a louça do café da manhã, então calcei minhas botas e saí para buscar no riacho. A neve havia cessado, e o céu tinha uma cor suave de casca de ovo – as montanhas sonhadoras embaixo de seus cobertores de lã. Havia uma beleza na ausência de cor da floresta, cuja escuridão assombrada era emoldurada por galhos branco-acinzentados, como se a neve a tivesse peneirado até a essência do que é uma floresta.

Minha sensação de paz durou pouco. O riacho estava coberto de gelo espesso demais para ser perfurado. Escorreguei enquanto tentava, me cobrindo de neve. Em uma explosão de inspiração, enchi a panela com neve e coloquei sobre o fogo. Bambleby estava do lado de fora do depósito de madeira, parecendo tentar resolver uma equação matemática. Por alguma razão, ele afastou a neve com a bota para poder ficar de pé na grama gelada. Na verdade, senti um pouco de pena dele, tremendo apesar do peso da capa, pois me lembrava uma árvore ou um arbusto de regiões temperadas, transplantado e forçado a crescer no jardim de algum habitante do Norte contra sua vontade. Ergui o machado e coloquei um tronco no toco.

— Talvez devêssemos chamar Finn — sugeriu Bambleby.

— Sou perfeitamente capaz de fazer isso — respondi, embora o machado tivesse um design ljoslandês irritante e quase chegasse à altura do meu ombro.

Desferi o golpe. A lâmina cega resvalou no tronco, que bateu em uma árvore, fazendo despencar uma pequena avalanche de neve. Meu machado enterrou-se no toco, e, desequilibrada, caí.

Ele pareceu chocado.

— Meu Deus, que processo violento.

Arrastei-me para ficar em pé, com as bochechas em chamas enquanto limpava a neve do meu traseiro.

— Não é para ser assim.

— Não vou ser de grande ajuda. — Ele recuou um passo, erguendo as mãos elegantes. — Vou cortar meu pé fora. Ou você vai.

— Ora, deixe disso. — Eu não estava ansiosa para tentar uma segunda vez e, em minha raiva, não pude deixar de provocá-lo. Importunando um príncipe feérico! Esse foi um hábito infeliz para o qual descambei. — Vocês não aquecem suas casas com lenha — perguntei, toda inocente — no lugar de onde você veio?

Ele me lançou um olhar fulminante.

— Fico muito feliz em dizer que, em Dublin, temos criados para lidar com essas coisas.

— Bem, aqui não é Dublin, e eu não vou a lugar nenhum. Você tem que ajudar.

— Não tenho. Mostre para a madeira uma de suas caras feias e ela se partirá em duas.

— Meu Deus! — Frustrada, enterrei o machado no chão. Infelizmente, Bambleby, criatura teimosa que é, tinha acabado de se adiantar para retirá-lo das minhas mãos. Redirecionei meu golpe bem a tempo de evitar deixá-lo sem braço, mas não rápido o suficiente para salvar a manga de sua capa.

— Maldição. — Ele pressionou a mão contra o braço e, a princípio, pensei que fosse um melodrama, mas depois a neve embaixo dele começou a ficar vermelha. — Eu sabia — ele ralhou enquanto o sangue escorria por entre seus dedos. — Eu tinha certeza de que a razão da minha morte seria você. Preferia que tivesse escolhido meu pé. Esta é minha capa favorita.

— Dane-se a capa! — Eu o empurrei em direção ao chalé. — Entre! Você está sangrando!

— Não vou sangrar menos dentro de casa, sua doida.

Mas ele me permitiu empurrá-lo para dentro, deixando para trás um rastro de pequenas pegadas vermelhas feitas de sangue. Para meu espanto, a panela de neve que eu havia colocado sobre o fogo tinha se desequilibrado durante o derretimento, caindo para o lado e apagando quase todas as brasas. Sombra, tendo sido acordado de seu cochilo ao lado da lareira, estava sentado, espirrando na fumaça.

Quando removemos a capa de Bambleby, descobrimos que o ferro do machado havia penetrado profundamente até o osso. Um pedaço de carne estava pendurado como um horrível retalho de pano. Como não havia água para lavar a ferida, resolvi fazer um curativo provisório com retalhos do meu cachecol. Quando terminei, o braço de Bambleby estava encharcado de sangue e seu rosto estava lívido.

— Não saia daí — ordenei.

— Ah, será vou que sair? Vamos subir as colinas novamente.

— Quieto! — Eu era uma tempestade de ansiedade... os alunos desaparecidos, o chalé que esfriava rapidamente, a panela de água, o sangue por toda parte. Levei o dobro do tempo normal para reacender o fogo e fui forçada a usar a última lenha que tínhamos. Depois, havia a tarefa de aquecer mais neve na panela, que agora eu tinha medo de derrubar. Fiquei igualmente preocupada com a falta de gracejos vindos de Wendell. Fui examinar novamente a ferida e fiquei preocupada ao encontrar uma poça de sangue no chão.

— Por que você ainda está sangrando? — questionei, absurdamente ofendida.

Ele soltou uma gargalhada. Wendell estava descansando a cabeça sobre o braço ileso.

— Em. Você quase cortou minha mão fora.

Eu o sacudi.

— Me diga o que fazer!

— Não faço ideia. — A voz dele estava fraca. — Nunca me machuquei antes. Nunca me preocupei muito com isso.

Soltei uma série de palavrões. Minha mente repassou tudo o que eu sabia sobre o Povo irlandês, folheando as histórias na cabeça como as páginas de um livro. Havia a história de um lorde feérico ferido em batalha que fora cuidado por uma garota mortal, cujo cabelo ele transformou em ouro; ela viveu como uma rainha, comprando uma nova casa para si mesma com cada novo centímetro de cabelo que crescia. Outra história era a de uma fada donzela transformada em uma árvore que um lenhador cortou pela metade, apenas para perceber que havia errado quando a árvore começou a choramingar. Havia muitas histórias do Povo curado por mortais, mas nenhuma explicava *como*; elas eram contadas porque as pessoas adoravam ouvir que o Povo sempre precisou da ajuda dos mortais e sobre as generosas recompensas que concedia depois.

— Acho que preciso levar pontos — disse ele.

— Você consegue fazer isso sozinho?

— Não.

Ele parecia tão certo que não pensei em questioná-lo. Apertei o cachecol e o ajudei a ir para a cama, depois saí às pressas.

Fui primeiro à porta de Krystjan, mas ninguém respondeu às minhas frenéticas batidas, então fui levada a supor que estavam em algum redil caçando suas ovelhas errantes. Então, corri para a aldeia e devo ter tomado um tremendo susto quando entrei pela porta da taverna, pois Aud, parada ao lado do balcão com seu marido carrancudo, exclamou:

— Meu Deus, Emily! Quem fez isto com você?

Ela me agarrou pelos ombros. Fiquei tão surpresa que só consegui olhar para ela, o que pareceu assustá-la ainda mais. Percebendo que ela estava se referindo ao sangue em minhas mãos, me recompus e expliquei a situação.

Aud ouvia com uma quietude que me lembrava as montanhas. Em ljoslandês, ela disse:

— Ulfar, Thora, Lilja, venham comigo.

— *Já* — disse Thora, pegando sua bengala e pondo-se de pé. — Finalmente.

Não me lembro muito da caminhada de volta para o chalé. Lembro-me de Aud segurando meu braço e murmurando:

— Ele vai ficar bem, não se preocupe. Ele vai ficar bem.

Em seguida, estávamos ao lado da cama de Wendell e dos lençóis encharcados de sangue. Sua pele estava da cor de cinzas velhas, seus olhos estavam fechados, e seu cabelo dourado brilhava chamejante contra a palidez.

Ulfar jogou ervas na água, e Aud lavou o braço de Wendell. Ela costurou a ferida com a mesma firmeza e terminou antes que Thora chegasse à porta. A velha pôs a mão na testa de Wendell e estalou a língua.

— O quê? — perguntei em voz alta. Havia um zumbido em meus ouvidos.

— Nada — disse Thora. — Você deve ter rompido uma veia dele. Ele perdeu muito sangue, mas não é uma sentença de morte. Deve se recuperar assim que comer um pouco. — Ela piscou para mim. — Wendell é mais bonito quando está dormindo, hein? Não dá para notar esta boca grande dele.

Ela se arrastou até a cozinha e começou a mexer em panelas e frigideiras. Alguém chamou Groa, pois logo ela apareceu com uma cesta de carnes, legumes e queijos, saudando-me com sua costumeira indiferença alegre. O barulho da cozinha se intensificou, mas Bambleby ainda não havia se mexido.

Minha mente começou a funcionar de novo a essa altura, e me lembrei da história de um príncipe do Povo irlandês, mantido cativo no fundo de um lago por um duende d'água, e da princesa feérica que o libertou com... com...

Com um símbolo do mundo superior. Corri porta afora, mesmo enquanto cruzava mentalmente a história com outras relacionadas a poções feéricas. Sim, poderia funcionar. Ninguém sequer notou minha saída, exceto Lilja, que estava no quintal acabando rapidamente com a pilha de lenha. Ela apoiou o machado no ombro largo e gritou alguma coisa atrás de mim, mas eu já estava na metade da encosta da montanha.

A floresta estava silenciosa enquanto eu me agachava sob os galhos, prendendo a respiração daquele jeito curioso que a floresta assume após uma nevasca. Debati-me por um tempo, pois os montes de neve eram profundos em alguns lugares, enchendo minhas botas.

Lá estava. Um salgueiro vermelho, seco e descontente, a única árvore que eu sabia que também crescia na Irlanda. Arranquei um punhado de folhas marrons e corri de volta para o chalé. Bambleby estava sozinho no quarto, ainda dormindo e muito pálido, enquanto as mulheres enchiam a cozinha de barulho.

Olhei de Bambleby para as folhas na minha mão, de repente insegura. Talvez não houvesse necessidade do meu remédio desesperado? Mas havia algo no rosto de Wendell que fez o terror se agitar dentro de mim de novo. Quando olhado de certos ângulos, parecia estar perdendo substância, como a criança trocada havia feito. Meus pensamentos emaranhados se organizaram e lembrei que a princesa feérica havia preparado um chá – sim, um chá. Pois a fraqueza do príncipe não vinha do afogamento, mas de ter sido separado de seu mundo verde. Enchi um copo com água quente da panela e levei-o para a cabeceira de Bambleby, onde esfarelei as folhas e levei o copo aos lábios dele.

Veio um barulho da porta. Virei-me e descobri que Aud estava observando o que eu fazia com uma expressão estranha no rosto.

— Por que... — ela começou, e, enquanto seu olhar se desviava para Bambleby, que sumia e reaparecia no travesseiro, como se suas bordas tivessem sido sutilmente borradas, me coloquei entre eles para bloquear a visão de Aud.

Não sei por que fiz isso; certamente o segredo dele não significa nada para mim. Mas não fui rápida o suficiente, de qualquer forma, e Aud ficou muito quieta, como um cervo percebendo o estalo de um galho. Por um momento, ficamos paralisadas, e então o rosto dela endureceu. Eu tinha certeza de que ela fugiria, ou talvez derrubaria a xícara da minha mão, mas era apenas sua determinação inata se reafirmando.

— Aqui — disse ela, dando um passo à frente. — Não é assim.

Ela inclinou a cabeça de Wendell para trás, espalhando o cabelo dele sobre os travesseiros. Sua mão tremeu levemente, então parou. Um gole de chá passou pelos lábios dele, e ele engoliu.

Eu estava olhando para ela.

— Não é que... quer dizer...

— *Você* é obviamente uma mortal. — Ela não levantou os olhos de sua tarefa. — E ele não a machucou. É uma coisa boa, acho.

— Ele não faria isso — eu disse, então parei. — Ele não sabe. Que eu sei, quero dizer.

Ela franziu os lábios por um momento e não disse nada.

— Bom, não é perfeito?

Pisquei, surpresa ao ver um sorriso se estendendo em seus lábios.

— Eles são tão cheios de si, todos eles — comentou ela. — Adoram seus jogos e truques. Esta pode ser a coisa mais engraçada que ouvi durante todo o ano. Mal conheço o homem, mas não tenho dúvidas de que essas palavras lhe cabem bem.

Uma gargalhada escapou de mim. Wendell murmurou alguma coisa. Aud devolveu-me a xícara e voltou para a cozinha sem dizer mais nada, deixando-me a fitá-la.

Dei outro gole de chá para ele antes que seus olhos se abrissem e ele empurrasse meu braço. Ele fez uma careta e limpou a boca com a manga do casaco.

— Pai do céu, o que é isso? Não conseguiu me matar com um machado, então está tentando com veneno?

Para meu horror, comecei a chorar.

Bambleby olhou para mim, mais espantado do que eu jamais o tinha visto.

— Em! Eu só estava...

Corri da sala, envergonhada demais para ficar ali mais um segundo sequer. Encostei na lareira e tentei me controlar, enquanto Sombra arranhava minha perna, angustiado.

— Qual é o problema, mocinha? — Thora gritou da cozinha.

— Nada, nada — engasguei, então saí.

No frio cortante, perdi a vontade de chorar e, assim, dei uma mãozinha a Lilja para carregar a lenha cortada. Num espaço de minutos, ela encheu nossa caixa de madeira duas vezes. Bambleby estava de pé, e na minha terceira viagem já se parecia consigo mesmo de novo, rindo na cozinha com Aud e Thora de alguma coisa.

— Onde está Ulfar? — perguntei, embora não me importasse.

— Nos fundos, consertando um buraco na parede — disse Aud. — Vou falar com Krystjan. Ele não deveria estar acomodando convidados num chalé. Me admira que vocês ainda não tenham congelado.

— Nenhum alojamento é um casebre depois que você foi colocado em uma cripta suíça anunciada como um pedacinho da serenidade alpina — disse Bambleby, todo charmoso, provocando outra rodada de risadas enquanto evitava o insulto de Aud ao nosso anfitrião. Sentamo-nos e comemos ensopado de carneiro, mexilhões e uma delicada panqueca feita de musgo moído, e, se o olhar de Aud se desviava para Bambleby com mais frequência do que o necessário, ele parecia não achar nada de estranho nisso, não me surpreendendo nem um pouco.

— Agora, não se fala mais em pagamento — disse Aud para mim depois, uma dureza surgindo em sua voz. Gaguejei minha concordância sobre o assunto, e algo em minha voz –, ou talvez o estado sujo em que eu estava –, pareceu amolecê-la, e ela apertou minha mão. — Tenha cuidado — pediu ela, e havia várias camadas de significado nisso, nenhuma das quais eu estava em estado de analisar.

Então, todos se foram, deixando para trás os ecos de suas vozes e alegria.

Bambleby virou-se para mim, perplexo, mas, antes que pudesse dizer uma palavra, anunciei minha intenção de visitar Poe na fonte, pois ainda não havia cumprido minha promessa de limpar a neve de sua casa e, na verdade, aquilo não saía da minha mente – e corri para fora com Sombra no meu encalço.

Enquanto leio, me pego tendo arrepios; normalmente tento manter esses diários em um nível profissional, mas nesta expedição me vejo lutando continuamente para manter esse padrão. Culpo Bambleby, claro. Suponho que os limites não devem ficar muito claros quando se trabalha com o Povo.

12 de novembro

Há agora duas Hrafnsvik em minha mente: aquela que existia antes do ferimento de Wendell e aquela em que nos encontramos agora. Recebemos um número constante de visitas nos últimos dias, tantas que tive pouco tempo para atualizar o diário ou me aventurar na fonte de Poe para uma visita. Elas chegam com ofertas de comida e ajuda, mas também com histórias dos Ocultos.

— Acho que é porque Aud tem pena de nós agora — comentei. — Todos eles têm. Provamos que somos inaptos para conseguir o mínimo para sobreviver neste lugar.

— Ah, Em — disse Wendell. — Não tem nada a ver com pena. Aud a perdoou porque você permitiu que ela a ajudasse.

— Ela ajudou *você* — disse eu, apontando para ele, que apenas balançou a cabeça como se eu estivesse sendo tacanha.

— Por que você a ofendeu no começo?

— Porque não pedi permissão a ela para entrevistar os aldeões.

Novamente ele balançou a cabeça.

— Talvez, mas você também se recusou a permitir que ela a tratasse como uma convidada. Se não aceita a gentileza dos outros, não pode se surpreender quando eles não a oferecem.

— Não entendo o que isso tem a ver com seu braço — murmurei, com o objetivo de encerrar a conversa rapidamente. Para minha surpresa, ele não insistiu em discutir o assunto, apenas soltou uma gargalhada e foi preparar o chá.

No espaço de um único dia, aprendi mais sobre os costumes do Povo de Ljosland do que durante toda a minha pesquisa até o momento. E em duas semanas talvez tenha reunido material suficiente não apenas para um capítulo, mas também para um livro inteiro.

Para fazer um amplo resumo: as interações dos ljoslandeses mortais com as fadas comuns seguem padrões estabelecidos vistos no continente. As oferendas são deixadas para elas, na maioria das vezes na forma de comida. Espera-se que aqueles com riqueza e status deixem bugigangas, sendo espelhos e caixas de música especialmente preferidos. Os mortais às vezes entram em barganhas com as fadas comuns – como minha barganha com Poe –, mas isso é visto como perigoso devido à sua imprevisibilidade e um caminho percorrido apenas pelos desesperados ou imprudentes. Nenhuma das fadas comuns de Ljosland mora em uma residência, essa é a principal diferença.

Quanto às fadas nobres, são totalmente únicas.

São, acima de tudo, indescritíveis. Poucos mortais tiveram a oportunidade de vê-las – dos aldeões de Hrafnsvik, apenas Thora alegou ter visto e apenas as espiou uma vez de longe e há muito tempo, enquanto brincava com seus colegas de escola na floresta. Seus palácios movem-se com a neve, e elas moram grande parte do ano no norte montanhoso e no interior do país, onde o inverno nunca descansa. Adoram música e realizam bailes elaborados na natureza selvagem, principalmente em lagos congelados, e, se a pessoa ouvir sua música flutuando no vento gelado, deve tapar os ouvidos ou começar a cantar, ou será afogada por elas e arrastada insensivelmente para o seu reino. Pois elas também têm fome.

Elas têm um carinho especial por jovens apaixonados. Aqueles que são atraídos para suas danças são invariavelmente encontrados vagando sozinhos no dia seguinte, vivos, mas vazios. Nem sempre foi assim; dizem que as fadas nobres de Ljosland já foram um povo pacífico, embora um tanto distante dos mortais. Ninguém sabe ao certo quando ocorreu a mudança, mas esse comportamento persistiu por muitas gerações.

Auður é a única vítima viva das fadas nobres em Hrafnsvik. Mas, no inverno passado, outro menino foi levado, duas meninas no inverno anterior e, três anos atrás, um adolescente de quinze anos. As vítimas desse Povo são continuamente atraídas para o deserto invernal após seu sequestro e vagam pela noite em suas camisolas ou em mangas de camisa quando seus guardiões estão distraídos, para serem encontradas congeladas a uma pequena distância da cidade. As "altas", ao que parece, não têm interesse em tomá-las de volta.

Parece claro que essas criaturas são cada vez mais atraídas por Hrafnsvik, embora não esteja claro o porquê. Até há pouco tempo, a vila não havia perdido ninguém para o vampirismo bizarro delas em mais de vinte invernos. Suas histórias refletem isso. Comentam em muitas aldeias no sul e no oeste de Ljosland que as "altas" tiram de cada geração um jovem (naturalmente, diz-se que esse jovem é de beleza e/ou talento inigualáveis, particularmente talento musical, uma característica que não surpreende os estudiosos, mesmo os superficialmente versados em folclore). No entanto, aqui em Hrafnsvik, nos últimos quatro anos, cinco foram levados.

Mencionei as histórias e vou retornar a elas agora. A maioria, sem surpresa, diz respeito a encontros com as fadas comuns. Até agora registrei cerca de uma dúzia, algumas incompletas (talvez parte de uma saga maior?) e outras preenchendo várias páginas. Resumirei aqui aquelas que considero mais intrigantes – depois escolherei uma delas para minha enciclopédia.

O lenhador e seu gato

(Note bem: fui informada de que este é o conto folclórico mais antigo de origem de Hrafnsvik, embora um aldeão argumente que veio de Bjarðorp, um vilarejo cerca de quinze quilômetros a leste. A história segue um padrão familiar no folclore: as fadas muitas vezes ajudam os mortais de maneiras indiretas, e sua generosidade é instantaneamente transformada em vingança se seus presentes não forem apreciados.)

Havia um lenhador que morava na orla da floresta em uma pequena cabana. Essa morada simples era tudo que ele podia pagar, pois mal conseguia manter corpo e alma juntos. Em sua juventude, após uma noite de bebedeira, ele se perdeu e vagou pelas montanhas. Então, perdeu a mão direita por congelamento e ficou desfigurado.

O lenhador esforçava-se muito em seu trabalho, mas, ocasionalmente, precisava pedir dinheiro emprestado ao irmão, que nunca perdia uma chance de reclamar de sua tolice, embora o irmão fosse um homem rico cuja despensa estava sempre cheia.

Perto da casa do lenhador, ao longo de um caminho que às vezes existia e às vezes não, havia uma árvore feérica. Suas folhas eram vermelhas e douradas, não importando a estação, e abundantes mesmo no inverno. Era enorme e velha, com nós como janelas para o Povo espiar. Embora adorável, era uma coisa desagradável, pois o sol nunca a tocava, e seus galhos eram frios e úmidos, com o solo encharcado de orvalho.

O sacerdote da aldeia costumava visitar o lenhador para reclamar da árvore. Isso foi na época em que a Igreja tentou se colocar contra o Povo e enviou dezenas de sacerdotes pobres em missões condenadas para matá-lo ou convertê-lo. Mas o lenhador tinha muito medo do Povo para cortá-la, e o religioso foi embora desapontado.

Numa noite de inverno, depois de uma discussão particularmente frustrante com o sacerdote, o lenhador decidiu que poderia muito bem ver se as fadas o ajudariam – caso contrário, consideraria cortar a árvore delas, apenas para silenciar o tedioso padre.

O lenhador percorreu o caminho que às vezes estava lá e às vezes não estava. A árvore feérica brilhava na escuridão, derramando sua luz dourada sobre a neve como moedas, e o lenhador ouviu o som distante de sinos e o tilintar de talheres. Ele se ajoelhou e pediu que as fadas lhe dessem uma nova mão. Então esperou muito tempo, mas não houve resposta. A música tocava, e o Povo se preocupava com seu jantar. O lenhador foi embora, decepcionado.

Pela manhã, ele acordou e encontrou um gato branco sentado ao pé de sua cama. O gato era lindo, com estranhos olhos azuis, mas não deixava o lenhador tocá-lo. O lenhador sabia que era um presente do Povo e, embora estivesse frustrado por não terem lhe dado a mão que ele pedira, sabia que era perigoso desprezar um presente feérico.

No entanto, com o passar dos dias, o lenhador foi ficando menos paciente com o gato. O animal o seguia por toda parte, até mesmo na floresta, observando-o o tempo todo com seus olhos artificiais, e comia toda a comida do lenhador. Uma noite, comeu o belo presunto que seu irmão lhe dera, deixando apenas o osso. O lenhador ficou tão frustrado que jogou pedras no gato e o perseguiu na floresta. Na manhã seguinte, ele acordou e o encontrou empoleirado no pé de sua cama, observando-o. O irmão do lenhador riu de sua situação, o sacerdote o repreendeu ainda mais por manter uma fera tão antinatural por perto, e, no geral, o gato trouxe ao lenhador nada além de tristeza.

Nesse mesmo período, a mãe do lenhador morreu após uma longa doença e lhe deixou algum dinheiro. Pouco depois, a namorada de infância do lenhador, que ele amava apesar de sua vaidade e de seus modos egoístas, decidiu que não estava mais enojada por suas cicatrizes ou pela única mão e concordou em se casar com ele. Ela e o gato não se davam bem. Ele estava sempre chiando e a arranhando, e, se ela deixasse algum tricô por perto, ele desfazia todos os pontos. Por fim, o gato enlouqueceu a mulher, que voltou correndo para sua própria aldeia, onde se escondeu na casa de seus pais e se recusou a falar com o marido.

O lenhador ficou tão furioso que pegou seu rifle e perseguiu o gato até a floresta, onde atirou nele. Na manhã seguinte, porém, ele acordou e encontrou o gato ao pé de sua cama, observando-o.

O lenhador percebeu que algo drástico precisava ser feito. Então, pegou seu machado e foi para a floresta, fingindo cuidar de seus afazeres habituais. O gato seguiu-o, como sempre fazia, ronronando. Assim que o lenhador chegou a um local tranquilo, partiu o gato em dois com seu machado.

Na manhã seguinte, não havia nenhum gato observando-o do pé da cama. Sentindo-se satisfeito consigo mesmo, o lenhador pegou seu machado e percorreu o caminho que às vezes estava lá e às vezes não estava. Então, planejou destruir a árvore feérica, assim como o Povo havia destruído sua felicidade. No entanto, assim que seu primeiro golpe ressoou pela floresta, ele ouviu uma música à distância. Não era a música do Povo simples que morava na árvore, mas a música dos altos, e eles o chamaram. Aterrorizado, o lenhador tentou tapar os ouvidos e se agarrou à árvore como um afogado, mesmo quando seus pés começaram a se mover em direção à música.

Nesse momento, o gato branco saiu da sombra da árvore e disse ao lenhador que o havia protegido o tempo todo. Quando o irmão do lenhador, cansado de caridade, envenenou sua comida, o gato a comeu. Quando a esposa pegou o dinheiro do lenhador em segredo, o gato a expulsou de casa. E, cada vez que o lenhador entrava na mata, o gato o protegia dos altos, abafando o canto deles com seu ronronar. Mas agora o gato estava morto e não podia mais protegê-lo.

Nunca mais se ouviu falar do lenhador. Embora a árvore feérica ainda esteja de pé, o caminho que às vezes está lá e às vezes não está se fechou para os mortais e talvez nunca mais seja encontrado.

Os ossos da árvore

Um caçador de baleias de sucesso vivia sozinho à beira de uma baía. Muito de seu sucesso vinha de sua *fjolskylda*,[11] que jurou protegê-lo dos altos e de outras fadas perversas em troca da habitação de sua casa durante a lua nova. O caçador achou isso uma barganha vantajosa, pois precisava viajar para a cidade uma vez por mês para vender sua pesca.

O caminho do baleeiro até a cidade passava por uma floresta habitada por muitos membros do Povo, que nunca lhe deram problemas. Um dia, porém, quando se aproximava da metade de sua jornada, ele deparou com um estranho lobo branco, maior que qualquer outro que já vira, parado em seu caminho. O lobo deu um uivo e mais lobos apareceram, cada um maior que o anterior. Aterrorizado, o caçador montou em seu cavalo e fugiu de volta para casa. Estava com tanto medo que esqueceu tudo sobre seu acordo com sua *fjolskylda* e correu para dentro quando estavam se sentando para jantar à sua mesa. Imediatamente, as fadas desapareceram. Das sombras, uma voz o repreendeu:

---

11 Um termo encantador de Ljosland que pode ser traduzido livremente como "família", usado para descrever um vínculo formado entre mortais e duendes domésticos. Duendes domésticos em Ljosland, como em outros países, às vezes se ligam a uma família e fornecem exclusivamente serviços mágicos a seus habitantes. Frequentemente, moram em uma rocha em algum lugar da propriedade. O vínculo parece ser geracional, embora mais pesquisas sejam necessárias para determinar se isso é uma coisa variável, como costuma acontecer no continente (cf. Norte da Itália, onde os duendes domésticos escolhem um mortal favorito com quem se relacionar, mas geralmente abandonam qualquer filho após sua morte).

— Nunca mais jantaremos aqui e nunca mais você terá nossa proteção. Não precisava ter fugido dos lobos, portanto nos traiu duas vezes ao desconfiar de nossa promessa a você e ao interromper um belo banquete.

O baleeiro amaldiçoou seu erro. Adiou sua próxima visita à cidade, e depois de novo, até que teve que escolher entre pegar o caminho da floresta e passar fome. Então, partiu pelo caminho, cheio de cansaço e preocupação, e, com certeza, ao se aproximar do meio do percurso, encontrou os lobos brancos novamente. Dessa vez eles o perseguiram na floresta ao longo de um caminho feérico até chegarem a uma enorme árvore. Sua casca era tão branca quanto os lobos e estava cheia de flores e folhas verdes, embora estivesse se aproximando o início do inverno.

O baleeiro deu um grito. Pendurado nos galhos havia um conjunto horrível de cadáveres – esqueletos de outros viajantes, de alguns animais e também de pássaros. Os lobos tiraram as peles, revelando-se como Povo, e ordenaram ao caçador que trouxesse os ossos de sua próxima caça.

O baleeiro foi embora chorando. Sabia que as fadas deviam ter algum motivo terrível para o que estavam fazendo, mas, sem sua *fjolskylda*, ele ficou sem forças para negar algo a elas.

No mês seguinte, ele levou os ossos de três baleias. As fadas os penduraram na árvore ao lado dos outros ossos. O baleeiro notou que as fadas penduravam os ossos apenas de um lado da árvore. Quando os ossos de baleia foram pendurados, a árvore deu um tremendo grunhido e se inclinou um pouco para o norte. As fadas ordenaram ao caçador que trouxesse os ossos de sua próxima caça.

No mês seguinte, ele levou para as fadas os ossos de quatro baleias. Elas penduraram os ossos na árvore e, quando o fizeram, a árvore deu outro grunhido e se inclinou mais para o norte. O baleeiro ficou com medo. Percebeu que aquela árvore devia ser a prisão do rei das fadas, que havia enlouquecido muitos anos antes e fora trancado por seus súditos. As fadas ordenaram a ele que levasse os ossos de sua próxima captura.

O baleeiro implorou a sua *fjolskylda* por ajuda, mas ninguém o atendia – ninguém exceto a mais velha entre eles, uma fada cuja cabeça chegava apenas à cintura dele, com um cabelo grisalho tão longo que se arrastava atrás dela e juntava todos os tipos de folhas e lama. A fada prometeu ajudá-lo apenas se ele concordasse em se casar com ela. O baleeiro estremeceu de desgosto, mas mesmo assim deu sua palavra, pois temia o rei louco das fadas acima de tudo e sabia que haveria grande desgraça em Ljosland se ele conseguisse escapar.

A fada levou o baleeiro ao cemitério de sua família, onde desenterraram os ossos dos mortos. Então, eles se esgueiraram pela floresta até a árvore branca e enterraram os ossos embaixo dos galhos. No mês seguinte, o baleeiro levou para as fadas os ossos de sete baleias. Como antes, elas os penduraram na árvore branca, mas dessa vez a árvore não grunhiu nem se mexeu. Furiosas, as fadas ordenaram a ele que levasse os ossos de sua próxima captura, bem como os ossos do cavalo que ele tinha.

No mês seguinte, o baleeiro entregou a elas os ossos de dez baleias, bem como os ossos de um dos cavalos feéricos enterrados no cemitério. As fadas penduraram-nos na árvore, mas, de novo, a árvore não se mexeu nem se pronunciou. As fadas voltaram-se contra ele, convencidas de que um truque estava acontecendo, mas, antes que pudessem alcançá-lo, os ossos do cavalo morto relincharam. As mãos esqueléticas das fadas mortas ergueram-se da terra e estrangularam os servos do rei perverso. Estavam segurando as raízes da árvore branca, impedindo-a de cair e libertando o rei de sua prisão. O baleeiro, muito aliviado, pendurou os cadáveres dos servos do rei no lado sul da árvore.

Então, o baleeiro se casou com sua noiva feérica e, embora ela continuasse enrugada e feia como sempre, nunca quebrou sua promessa à esposa, e ela o recompensou com três filhos fortes que tiraram as baleias das profundezas com seu belo canto. E ele morreu velho, rico e bastante contente.

A árvore de marfim

(Note bem: incluo esta história em parte porque foge dos padrões usuais. Acredito que tenha sido truncada propositalmente, ou é tão nova que ainda não foi usada e alisada em uma forma mais agradável.)

Era uma vez uma jovem de beleza tão inigualável que todos os seus vizinhos sussurravam que ela tinha ascendência feérica. Seu cabelo dourado ficava branco quando o sol invernal o tocava, e ela cantava tão docemente que até o vento no topo das montanhas acalmava seus uivos para ouvi-la. Sua mãe também era adorável e, quando morreu no parto, a parteira jurou que metade de seu corpo havia simplesmente derretido, deixando apenas o esqueleto para trás. Então, ela devia ter sido meio feérica por parte de pai, pois sua identidade era desconhecida.

A moça desejava se casar com um carpinteiro, um jovem bonito e muito respeitado na aldeia, mas ele tinha medo dela. O jovem também estava com medo de ofendê-la, dada sua ascendência feérica, então lhe deu uma desculpa, dizendo que sua esposa deveria ter um dote considerável. Ele sabia que a menina, uma órfã dependente da caridade do tio, estava sem um tostão.

A garota era amiga de todo o Povo comum e frequentemente corria com eles na floresta, especialmente depois que a neve fresca caía, pois seus pés não deixavam pegadas na neve fresca, apenas naquela que havia respirado o ar do mundo mortal. Um dia, ela deparou com um feérico que nunca tinha visto antes. Ele não tinha corpo, apenas dois olhos pretos e um redemoinho de gelo onde deveria estar sua capa. Outros do Povo avisaram-na para não falar com ele, mas a garota não lhes deu atenção. O feérico sem corpo levou-a para dentro da floresta, onde encontraram uma bela árvore branca com casca lisa como osso. Ele disse a ela que tal dote agradaria muito seu amado, que certamente poderia colher tesouros maravilhosos de tronco e galho.

A garota hesitou, pois sabia que era um grande crime cortar uma árvore feérica – o que a árvore branca certamente era –, mas ela estava apaixonada demais para resistir. Então, pegou um machado e começou a cortar. Mas, antes de desferir seu terceiro golpe, um grande vento se levantou e as folhas da árvore caíram sobre ela. No momento em que a tocaram, ela enlouqueceu. Voltou para casa, vestiu o manto de pele de foca do tio e fez uma mala como se fosse para uma viagem às montanhas. O carpinteiro, um jovem vaidoso que gostava de se deliciar com o afeto de uma mulher tão bonita como ela, embora não tivesse intenção de se casar com a moça, foi visitá-la e a surpreendeu em fuga. Ele tentou impedi-la, mas ela o matou com um toque que gelou seu coração.

Quando os habitantes da cidade encontraram o corpo do carpinteiro, perseguiram a menina com cães, cavalos e trenós. Finalmente a encontraram, marchando obstinadamente para o deserto, com os olhos brilhando de loucura, e a mataram a tiros.

Reuni essas duas últimas histórias porque é uma crença comum em Hrafnsvik que a árvore branca que levou a garota à loucura é a mesma árvore do conto do caçador, que mantinha preso um rei das fadas. Além do mais, alguns dos aldeões mais velhos estão convencidos de que a árvore pode ser encontrada no Karrðarskogur. Thora jura que deparou com ela uma vez, em seus dias de caça, e se ofereceu para fornecer instruções.

Quando informei a Bambleby de minha intenção de procurar a árvore, pois desejo desesperadamente fotografá-la para minha enciclopédia, ele me encheu de argumentos. Claro, presumiu que eu o levaria comigo, o que era de fato minha intenção, já que nada poderia me divertir mais que ver Bambleby se arrastar por quilômetros de neve sem nenhuma soneca à vista, embora tivesse pouco interesse em discutir com ele sobre isso. Deixei-o com seus rompantes no chalé, onde ele deveria estar redigindo nosso resumo, mas o tempo todo se afastava para fazer chá ou ficar de pé à janela e reclamar do frio. Estou cada vez mais convencida de que ele conseguiu seu doutorado por meio do encantamento feérico, de tão difícil que é imaginá-lo se aplicando a qualquer coisa parecida com trabalho.

14 de novembro

Hoje estive na loja de Groa para buscar suprimentos para nossa jornada até a árvore. Pela estimativa de Thora, a caminhada levará cerca de três horas. A aldeia está coberta de neve, parcialmente derretida por uma tempestade que veio do mar; Krystjan me garantiu que o outono recente é apenas outro pigarro do Velho Inverno; quando ele realmente se estabelecer em Hrafnsvik, eu saberei.

Ao sair da loja com meus pacotes, não pude conter meu olhar, que se desviou para a casa da fazenda do outro lado da estrada. As cortinas estavam fechadas como de costume, e as ovelhas, amontoadas em um canto do campo. No geral, o lugar tinha um ar tão insalubre que era difícil desviar o olhar – fumaça escura saía lentamente da chaminé como uma ferida infeccionada vazando.

Mord estava passando pela frente da casa e acenou para mim antes de desaparecer lá dentro. Olhei espantada para a lateral de sua cabeça, que estava manchada de hematomas, e voltei para a loja para questionar Groa.

Pela primeira vez, a alegria esmaeceu em seus olhos claros.

— Ele foi resgatar a esposa ontem à noite — ela me contou. — Ela quase caiu no mar. Ele puxou a mulher bem a tempo.

— Entendo — respondi, e não comentamos a estranheza de um homem sofrer tais hematomas naquele cenário. De volta à casa de campo, relatei a notícia a Bambleby.

— Bem, o que você esperava? — Ele havia largado completamente suas anotações e estava sentado perto do fogo, esfregando as orelhas de Sombra.

— A criatura está claramente empenhada em deixar os dois loucos. Não sei quem o miserável imagina que cuidará de suas necessidades depois que seus guardiões se jogarem no mar. Eles deveriam matá-lo agora mesmo e acabar com isso.

— E matar o filho deles junto?

— O filho deles pode estar sofrendo vários tormentos neste momento. Talvez nunca seja devolvido para eles. Não sabemos.

Ele voltou às orelhas de Sombra enquanto eu fumegava. Não consegui convencê-lo a se importar com a situação de Mord e Aslaug.

— Poderia ser pior — disse ele. — É improvável que Mord e Aslaug sejam vítimas desses carniçais da neve quando o tempo mudar. Parece que o destino só ameaça os apaixonados e ingênuos, e não tenho dúvidas de que eles foram destituídos de ingenuidade no que diz respeito ao amor.

Ele encarou meu rosto e soltou um de seus gemidos teatrais.

— Diga a eles para serem gentis.

Essa era a última coisa que eu esperava que ele dissesse.

— O quê?

— Eles mantêm a criança trocada trancada em um sótão. Mimar os pirralhos é a única maneira de apaziguá-los. — Ele tamborilou os dedos no joelho. — Como você faz com Poe. Sério, Em, pensei que você tivesse entendido isso.

Eu o observei.

— E é isso que os pais de crianças roubadas fazem na Irlanda, não é?

— Os mais espertos. — Ele esfregou o nariz. — Só não me peça para visitá-los de novo, por favor. Não suporto crianças, mortais ou do Povo.

15 de novembro

Nós a encontramos. Encontramos a árvore. Quando partimos para nossa expedição, eu esperava um triunfo científico ou uma catástrofe total. Bem, eu deveria ter esperado as duas coisas.

A manhã estava escura e o vento nos arranhava com seus cristais de gelo. Não fiquei surpresa ao encontrar Bambleby ainda dormindo na hora marcada. Foi quase impossível acordá-lo, e comecei a temer que teria de arrastá-lo para fora da cama. Não consegui determinar se estava vestindo alguma coisa, e esse era o problema.

— Agora entendo por que você falsificou o estudo da Floresta Negra — ralhei. — E eu aqui pensando que tinha sido pela brutalidade!

— Preguiça, Em — entoou ele, de sua pilha de cobertores. — Você sabe quão densa é aquela maldita floresta? E você está bem ciente de que tipo de terreno uma tropa de fadas pode cobrir em uma única tarde. Povo horrível e egocêntrico.

— Você bem sabe — disse eu brandamente.

Por fim, ele se levantou em meio a uma nuvem vulcânica de resmungos e protestos, e partimos.

No fim das contas, foi fácil.

Em minhas andanças anteriores, eu havia encontrado o rio ao lado do qual a árvore crescia, e, como Thora havia dito, ela podia ser encontrada rio abaixo, passando por uma curva em cotovelo. Descemos pelo rio, ainda que com vagar. A neve era muito rasa para justificar o uso de raquetes de neve nos pés, mas o derretimento parcial havia criado pequenos e desagradáveis riachos de gelo sobre os quais a neve se assentava como uma ponte feita de penas. Nossos pés permaneceram secos, graças às botas ljoslandesas de pele que havíamos comprado antes da partida, mas a caminhada foi desajeitada em um terreno tão problemático.

Foi Bambleby quem viu a árvore primeiro.

Ele estacou, franzindo a testa. Vi um brilho branco entre as árvores à frente, diferente em qualidade da neve ao redor. Sombra começou a choramingar.

— É ela? — Marchei adiante, praguejando quando minha bota quebrou outra placa de gelo. Empurrei um galho para o lado e respirei fundo.

Não havia dúvida de que a árvore diante de nós era *a* árvore; poderia ter saído dos contos de fadas para a floresta. Estava centralizada em uma clareira estranhamente arredondada, como se todas as outras árvores tivessem se sentido inclinadas a recuar, e era alta, mas esquelética, com um tronco apenas um pouco mais largo do que meu corpo, e seus muitos galhos arqueando-se e emaranhados acima, como uma pessoa pequenina sustentando um enorme guarda-chuva de muitas camadas.

No entanto, a coisa mais estranha sobre a árvore era a sua folhagem. Havia folhas verdes de verão misturadas com o fogo e o ouro do outono; botões bonitinhos abrindo a boca rosada e, aqui e ali, frutas vermelhas penduradas em cachos, pesadas e bem maduras. Não era possível identificar facilmente as frutas; eram mais ou menos do tamanho de maçãs, mas aveludadas como pêssegos.

Senti um brilhinho feliz começar em meu peito, pois a árvore – embora absolutamente aterrorizante quando observada de um ponto de vista objetivo – era tão clara e obviamente do Povo, enquanto ao mesmo tempo não era igual a nada que eu tivesse visto antes. Ah, eu queria aprender tudo sobre ela.

— Por Deus, o que você está fazendo? — falei para Bambleby, que não havia saído da margem do rio. — Venha cá e me diga se acha que realmente *existe* um rei preso aqui.

Eu conseguia vê-lo apenas em partes, através da floresta: uma mancha dourada, uma das mãos em uma das árvores, a ponta de seu manto preto.

— Emily — disse ele —, afaste-se daí.

Um estado onírico recaiu sobre mim, e quase dei um passo. Então, minha mão se fechou reflexivamente em torno da moeda de cobre que eu carregava no bolso – algo que pratiquei sempre que uma fada tentou me enfeitiçar.

Ele nunca tinha feito isso comigo antes. Era *ele* fazendo aquilo, não a árvore – eu conseguia ouvir em sua voz. De repente, fui tomada por uma fúria de tamanha força que minha visão se turvou, afugentando os últimos vestígios de seu encantamento.

— Não vou — respondi, cada palavra afiada como uma adaga.

Ele pareceu começar a retornar.

— Por favor, Em — disse ele, em sua voz normal. — Por favor, venha até aqui.

— Por quê?

Ele pareceu pensar.

— Você não confia em mim?

Aquela pergunta me surpreendeu, mas apenas por um momento.

— Claro que não.

Ele começou a resmungar, irritado, esfregando os braços e andando de um lado para o outro. Voltei-me para a árvore, segurando minha moeda. Apesar de minha raiva de Wendell, sua reação me deixou cautelosa. Andei lentamente ao redor da circunferência, tirando fotos. Não toquei na árvore e fiquei atenta às folhas errantes que poderiam cair sobre mim, me enfeitiçando de algum jeito medonho. Quando os galhos se moviam uns contra os outros, criavam um som estranho e agudo, como se alguém assobiasse desafinado.

— Bem, esse é um som perfeitamente comum para uma árvore fazer — disse Bambleby. — Nada com que se preocupar.

— Você já pensou — eu disse, tirando uma fita métrica da bolsa — que posso ser mais capaz do que você pensa? Escrevi dezenas de artigos, li centenas de análises. Também tive vários encontros imediatos com o Povo, de *hobs* a *bogles*, até um aristocrata extremamente esnobe.

— Não duvido que a maior parte do seu sucesso até agora seja resultado de sua inteligência. Mas já pensou em quanto deve à sua sorte?

Minha mão se crispou. Terminei as medições sem responder – base e copa. Então, peguei meu bloco de notas e comecei a fazer anotações. Raspei a neve e encontrei, preso sob ela, um fino tapete de folhas. Enquanto eu trabalhava, os resmungos e os passos de Bambleby atingiram um volume normalmente associado a uma parelha de cavalos.

— Se ao menos você me contasse com o que está tão preocupado — falei com tranquilidade. Para ser bastante sincera, estava me divertindo muito.

— Não posso — disse ele com a mandíbula travada.

— Não pode ou não vai?

— Real e fisicamente, não posso contar.

— Pare de ser dramático.

— Não estou sendo — ralhou ele, com o gemido mais dramático que já o ouvi proferir. Sombra parecia inspirar-se em seu histrionismo e choramingou mais alto.

Retornei à árvore. Eu quase conseguia *ouvir* a fumaça saindo dele. Bem, que fervesse. Peguei uma pinça de metal na mochila e cuidadosamente arranquei uma folha da geada. Era adorável, partida como um bordo e branca como o tronco e os galhos, embora também tivesse uma cobertura de pelos curtos e brancos, como uma espécie de animal. Coloquei a folha dentro de uma pequena caixa de metal que costumo usar para coletar essas amostras, muitas das quais encontraram guarida no Museu de Driadologia e Etnofolclore em Cambridge. Infelizmente, o vento escolheu aquele momento para agitar as folhas que eu havia descoberto. Saltei para o lado o mais rápido que pude, mas uma delas roçou meus dedos nus. Senti um choque de frio, como se tivesse mergulhado a mão no gelo derretido.

— Maldição — murmurei. — Apertei a moeda na mão imediatamente e a dor diminuiu.

— O quê? — disse Bambleby. A audição dele é inconvenientemente aguçada.

— Nada. Achei que você tivesse ido embora, mas depois vi que não.

— Não fui — disse ele. — Sombra, vá buscar sua dona suicida.

Eu ri.

— Sombra só obedece a mim. Você acha...?

Sombra irrompeu das árvores e saltou sobre mim. Caí em um monte de neve e, antes mesmo de saber o que estava acontecendo, ele agarrou minha capa com os dentes e começou a me arrastar.

— Sombra!

O cachorro parecia não ouvir meus gritos. Deslizei sobre neve e raízes, e meu traseiro bateu dolorosamente contra uma pedra. O terreno inclinava-se um pouco em direção ao rio e, com um puxão final, Sombra me deslizou pelo restante do caminho, como um trenó desajeitado, até pousar aos pés de Bambleby.

Levantei, me recompondo, ofegante.

— Sombra! — reclamei, cheia de fúria e sentindo-me traída, e ele abaixou a cabeça, aquela terrível culpa canina impressa em cada linha de seu corpo. Mas ele não se moveu de sua posição entre mim e a árvore.

— Bom garoto!

Bambleby agarrou minha mão e me arrastou pela margem do rio. Ah, eu ia matá-lo. Puxei-o com tanta força que ele tropeçou, mas não caiu, segurando-se com aquela graça irritante que sempre tenta esconder. Puxei-o de novo para que ficássemos frente a frente e agarrei seu outro braço, o melhor para jogá-lo no rio. Seus olhos verdes arregalaram-se de indignação quando ele percebeu o que eu pretendia, seu cabelo dourado caindo sobre eles – terrivelmente injusto que tivesse que parecer bonito mesmo quando estava com raiva, em vez de ficar com manchas vermelhas e olhos cintilantes como uma pessoa normal. Se eu não havia decidido jogá-lo no rio antes, nesse momento decidi.

Foi quando a terra se abriu, cobrindo-nos de neve e lama. Raízes abriram caminho para fora do solo, brancas e lisas como osso. Enroscaram-se em Bambleby e o puxaram de costas, depois o arrastaram em direção à árvore branca em um reflexo misterioso do que Sombra havia feito comigo.

— Wendell! — Lancei-me para a frente, tentando arrancar as raízes dele. Elas não mostraram nenhum interesse em mim, nem em Sombra, que as atacou e as mordeu até que recuassem. No entanto, mais delas se levantavam para tomar o lugar das anteriores.

— Por que ela quer você? — questionei.

— Por que você acha, sua lunática de sangue-frio? — gritou ele, arranhando o chão, o que foi seguido por uma série de imprecações no que presumi ser o gaélico irlandês.

Esfaqueei as raízes com meu canivete. No mesmo momento, porém, minha mente estava correndo por histórias, textos, diários.

— Você não pode... não pode falar?

Ele me lançou um de seus olhares raivosos e incrivelmente verdes. Estávamos nos aproximando da base da árvore, onde um buraco como uma boca havia se aberto, preto e contorcido com raízes como vermes brancos.

— Não!

— Ah — suspirei. Meu canivete estava surtindo pouco efeito, mesmo assim continuei a esfaqueá-la e creio que acertei Wendell uma vez por acidente, porque me dei conta do que estava fazendo. — Você não pode me revelar que é do Povo... deve ter sido parte do encantamento que o exilou de seu mundo. Não é isso? Já ouvi falar... sim, desse relato da criança trocada gaulesa. E não é um motivo periférico dentro do Ciclo de Ulster?[12] Segundo a teoria de Bryston...

— Ai, Deus — gemeu ele. — Ela quer discutir teorias em um momento como este. Estou perdido, não estou?

As raízes o estavam puxando mais para o fundo. Agarrei seus ombros e puxei, mas só escorreguei na neve e caí de lado. Sombra agarrou a manga de Bambleby com os dentes e pressionou as costas contra a árvore. Nenhum de nós causou o menor efeito.

— Bem, o que você quer que eu faça? — perguntei. — Sei o que você é, Wendell, já disse isso, então não precisa se revelar! Não pode usar sua magia agora? Posso ajudá-lo de algum jeito?

— Sim, você pode parar de me julgar por meio segundo para que eu consiga me concentrar — gritou ele por cima das raízes fustigantes. — Não faço isso há tempos. Nem sei se vou lembrar como fazer. E, se puder, por favor, faça seu parente canino parar de puxar minha capa!

Puxei Sombra de volta, o que custou toda a minha força, pois ele continuava uivando e investindo contra o corpo de Bambleby, que estava desaparecendo. Não sei o que esperava que ele fizesse, mas algo forte e

---

12 Existem, de fato, várias histórias da França e das Ilhas Britânicas que descrevem esse tipo de encantamento. Em dois dos contos irlandeses, que podem ter a mesma história de origem, uma donzela mortal descobre que seu pretendente é um exilado feérico nobre depois que ele inadvertidamente toca seu crucifixo e se queima (o Povo nas histórias irlandesas costuma se queimar em crucifixos, por algum motivo). Ela anuncia esse fato em voz alta, o que quebra o encantamento e permite que ele revele sua natureza feérica a quem escolher.

impressionante, com certeza. O que realmente aconteceu foi desanimador e totalmente aterrorizante: ele se dobrou para dentro da terra e desapareceu. Eu já tinha visto duendes domésticos e *trows* fazerem isso, claro, mas são duendes domésticos e *trows*, criaturas de folhas e musgo, não são Wendell. E, então, ele fez pior do que isso, saindo de uma árvore do outro lado do rio, criando uma confusão horrível dentro de mim enquanto minha mente tentava convencer meus olhos de que ele havia saído de trás da árvore, mas claro que não tinha.

Sombra agarrou minha capa de novo e começou a puxar, mas eu já estava correndo, então passamos pelo rio quase congelado como uma noiva fugindo de um pesadelo, com a cauda do vestido sustentada por um criado. O gelo rachou perto da margem oposta, mas não quebrou, e Bambleby me agarrou antes que eu caísse.

Ele tentou me puxar, mas firmei os calcanhares e me virei para observar o espetáculo que se desenrolava na margem oposta. A própria árvore branca estava imóvel, como em um sonho, enquanto abaixo dela as raízes se contorciam com uma raiva impotente. O rio era muito fundo, elas não conseguiam se enterrar embaixo dele.

— Quero um pedaço da casca — falei de repente.

Ele me lançou um olhar tão incrédulo que insisti:

— Pelo artigo! Precisamos de ilustrações, Wendell. Documentos. De que outra forma você espera que as pessoas entendam...

— Podemos voltar lá, e você pode ver aquela coisa abrir meu crânio e enchê-lo de monstruosidades — disse ele. — Talvez eu sirva de modelo vivo para você fazer um desenho depois... O que acha?

— Posso ir sozinha, já que ela não se importou comigo antes...

Ele me pegou pelos ombros e me sacudiu.

— Qual é o seu problema? Você é muitas coisas, que ficarei feliz em enumerar mais tarde, mas surda não é uma delas.

Com isso, meu velho hábito, aperfeiçoado com cuidado, reafirmou-se, e agarrei a moeda em meu bolso. O estranho desejo que me invadira diminuiu, e eu sabia que, claro, se eu voltasse, a árvore branca me agarraria, e Wendell teria de vir me ajudar.

Tirei a mão do bolso, mas não vi nenhuma evidência do frio que se apoderara de mim quando meus dedos roçaram a folha. Apenas... meu anelar tremeu. Afastei a mão de novo antes que Bambleby percebesse.

— O que o rei quer com você? — questionei, sem precisar de uma resposta, mas apenas expressando meus pensamentos enquanto eles repassavam as histórias bem antigas. — Claro... possuir você. Ele não tem mais substância que não seja a árvore.

— Sem dúvida. — Ele tremia tanto de frio que tive um pouco de pena. — Senti-o me alcançando no momento em que fiquei acima de suas raízes. Ele é muito antigo. As pessoas trancaram-no naquela árvore porque... bem, não sei. Ele acredita que foi terrivelmente injustiçado, óbvio. Há séculos está sentado lá, fantasiando sobre vingança, assassinato e todo o resto.

Imaginei como ele conseguia ser tão desdenhoso quando ele próprio era da realeza exilada, mas sua falta de empatia parecia bastante genuína.

— Fascinante. — Observei as raízes se contorcerem, já formulando o verbete em minha enciclopédia. Nota para mim mesma: devo indagar sobre esse tipo de encarceramento das fadas; é uma característica em outros contos dos Ocultos? — Sem dúvida, o Povo de Ljosland mantém distância dele.

Bambleby encarava a árvore com um olhar indecifrável.

— Ele é muito poderoso. Ele me deixaria usar esse poder depois de qualquer violência sangrenta que tenha planejado.

— Você não está pensando em voltar, está? — perguntei, o terror tomando conta de mim. — Você está enfeitiçado.

Ah, Deus, como eu o pararia se ele estivesse mesmo enfeitiçado?

— Não — disse ele, parecendo responder a mais questões que à minha pergunta. Ele se virou, com um tipo estranho de melancolia nos olhos. — Não. Vamos para casa.

Bambleby ficou quase em silêncio na longa e tediosa jornada de volta, o que não era do seu feitio. Imaginei que estivesse constrangido depois de se revelar para mim, mas claro que não era isso. Não acho que Bambleby ficaria constrangido nem se fosse despido e desfilasse pelas ruas de Londres.

Assim que passamos pela porta do chalé, ele desabou em uma das poltronas, quase inconsciente. Tirei suas botas e descobri que seus pés estavam tão brancos que pareciam estar azulando. Seu rosto também estava branco, e ele não conseguia mexer os dedos. Seus olhos estavam muito escuros, quase nada de verde neles agora – um fenômeno interessante que eu pretendia examinar mais a fundo, mas consegui reprimir o impulso acadêmico. Apenas quando acendi o fogo e o ajudei a entrar embaixo de três cobertores ele voltou a si e começou a reclamar do chá, do jantar e do chocolate. Eu não teria acatado suas exigências veladas, mas estava genuinamente preocupada com ele, então preparei um jantar adequado para nós com as sobras do ensopado que Aud havia doado pela manhã e o último confeito de Poe. Até, contra o meu melhor juízo, dei a ele o último pedaço de queijo de ovelha que estava guardando para o meu jantar – tinha me afeiçoado bastante a ele.

— Seu sangue é muito ralo — comentei, com regozijo, temo, pois não é todo dia que alguém se mostra mais forte que um príncipe das fadas. — Suponho que o Povo irlandês esteja adaptado apenas a tempestades sombrias e geadas ocasionais. E mais chuvas, é claro. Há outro clima na Irlanda?

Ele olhou para mim por trás da caneca – no fim das contas, eu tinha feito o chocolate para ele.

— Não podemos ser todos feitos de pedra e aparas de lápis — respondeu ele.

Depois do jantar, ele adormeceu na poltrona, e eu o ajudei a ir para a cama. Para minha grande diversão, uma de suas amantes apareceu logo depois, aparentemente para um encontro pré-combinado, uma garota bonita de cabelo escuro, mais uma das netas de Thora. Fiquei muito tentada a mostrar a ela o estado de seu amante depois de uma caminhada de apenas algumas horas e nada complexa, pois os ljoslandeses parecem valorizar a robustez acima de todas as coisas, e me diverti imaginando o impacto que isso causaria na atratividade de Bambleby para ela.

16 de novembro

Eu esperava que Wendell dormisse até tarde hoje, e ele não me surpreendeu. Quando se mexeu, eu já havia tomado o café da manhã e voltado de minha visita a Poe, cuja casa na árvore precisava ser escavada novamente. Voltou a nevar durante a noite, neve de verdade dessa vez. Eu mesma acordei com o som de uma batida muito estranha na porta, pesada e ritmada, e tive um momento de terror, minha mente indo para contos de antigos reis invernais que vinham para exigir barganhas desfavoráveis, apenas para descobrir que era Finn, gentilmente tirando a neve de nossos degraus. Em alguns lugares a neve chegava à cintura, com correntes rolando mais altas como ondas, profunda o suficiente para se afogar e com um brilho doloroso sob o céu sem nuvens.

Depois do café da manhã, Aud chegou com raquetes de neve, um pedaço de cera de abelha e uma cesta de velas. Desta última subia um cheiro forte, uma mistura de limões e algo apodrecido.

— Para as janelas — disse ela. — Acenda-as todas as noites. Vai manter os altos longe de sua porta.

— Entendi — falei e comecei a extrair dela a receita para o nosso artigo. As velas eram feitas de óleo de peixe, suco de limão, algas marinhas fermentadas, pétalas de rosa colhidas na lua cheia e ossos esmagados de corvos (quantidades a serem fornecidas no apêndice). Parecia um tanto fantasioso para mim – existem materiais conhecidos pelos humanos, metal, por exemplo, que o Povo desdenha quase universalmente, mas raramente assumem a forma de receitas poéticas (não que isso tenha impedido muitos charlatães de lucrar com elas). Mas Aud me garantiu que a música dos altos não entraria no chalé com as velas acesas.

Mostrei as velas a Wendell, e ele finalmente se mexeu, torceu o nariz para elas e falou:

— Óleo de cobra.

Assenti com a cabeça, aliviada por ele concordar com minha suposição. O cheiro delas apagadas fazia meu estômago revirar; não dava nem para imaginar a fumaça que liberariam quando queimassem.

Ele sugeriu que eu colocasse as velas na janela mesmo assim, para nos manter nas boas graças de Aud. A cera de abelha, porém, me pareceu uma precaução útil, dada a natureza auditiva do encantamento dos Ocultos.

— Vem comigo entrevistar a família de Auður? — perguntei.

— Não — respondeu ele. — Vou me oferecer em sacrifício para Aud hoje, eu acho.

Olhei para ele de soslaio. Aud estava organizando um grupo para limpar a neve, uma cena na qual eu não conseguia visualizar Bambleby.

Ele franziu a testa para mim por cima de seu café da manhã.

— O quê? Não deve ser tão difícil, certo?

Não me incomodei em responder que duvidava que fosse muito difícil, no entanto seria mais do que suas mãos macias aguentariam. De fato, quando o vi novamente, ele estava de pé em um pequeno grupo com Krystjan, Aud e vários outros dignitários da aldeia, bebendo vinho quente e conversando enquanto mantinham um olho em Finn e nos outros jovens envolvidos no trabalho pesado de limpeza da estrada e dos patamares.

Minha visita à família de Auður foi informativa, mas não particularmente útil. Ou seja, seus pais, Ketil e Hild – ambos resistentes e de feições gentis em igual medida, com aquele toque acinzentado de tristeza – responderam a todas as minhas perguntas, mas foi uma história com apenas um começo e um fim. Quando a filha deles fora levada pelos Ocultos? Dois dias depois do Natal, enquanto buscava cogumelos. Por quanto tempo ficou fora? Pelo tempo que a lua demorou para se erguer sobre as montanhas à noite, ou seja, pouco mais de uma semana. Onde foi encontrada? Um caçador encontrou-a vagando pela encosta da montanha, sua cesta cheia de um estranho tipo de cogumelo que derretia na palma da mão.

Durante todo esse tempo, a garota ficou sentada em sua cadeira perto do fogo, com o rosto vazio. Seu olhar vagava ao redor da sala, de vez em quando parando em mim. Nesses momentos, não pude deixar de estremecer, pois era como olhar pelas janelas de uma casa abandonada. Fiz perguntas sobre sua condição, claro. Além de ser incapaz de falar, ela não conseguia cuidar de seu bem-estar. Caso a mandassem colocar a mão no fogo, ela o faria; na verdade, sua palma esquerda tem uma cicatriz desde o momento em que sua mãe ordenou que ela fosse buscar uma frigideira, esquecendo-se de que ainda estava quente no fogão. A única coisa que fazia por iniciativa própria era vagar ao ar livre durante as noites mais longas, caminhando pelos campos cobertos de neve sem ao menos vestir uma capa. Ela agora fica amarrada à cama todas as noites desde a primeira nevasca até o degelo.

Ketil e Hild estavam ainda mais interessados em fazer perguntas do que eu, embora eu pudesse lhes dar pouco conforto. Não só desconhecia um remédio que pudesse tratar a filha deles como também não conhecia análogos à sua aflição.

A linda Lilja chegou à tarde para cortar nossa lenha, o que fico feliz em dizer que se tornou um favor constante. Assisti pela janela enquanto Bambleby flertava, fixando-a com muitos daqueles longos olhares verdes enquanto seu cabelo dourado esvoaçava à brisa, até mesmo pedindo a ela que o instruísse na técnica adequada, o que ela fez, pacientemente, embora ele não fosse melhorar sua técnica de jeito nenhum. Durante todo o tempo, ela permaneceu em sua alegria, alternando o corte da lenha e respondendo de forma superficial aos comentários dele enquanto enxugava o suor de sua linda testa. A certa altura, ri tanto que Bambleby se virou e fez uma careta para mim na janela. Eu tinha ouvido, de Thora, que Lilja estava feliz e comprometida com uma garota de um vilarejo vizinho, mas não vi necessidade de revelar essa informação a Wendell. De qualquer maneira, era culpa dele mesmo presumir que toda mulher que caminhava sobre a terra fosse ser arrebatada por seus encantos.

Passei o dia com meus livros e anotações. Bambleby entrava e saía, sem contribuir com absolutamente nada para o mundo acadêmico, embora ele tenha sacudido os tapetes depois de reclamar de seu estado encardido e pendurado algumas tapeçarias de lã inúteis que comprara de Groa. O efeito de suas ministrações simples sobre o local era quase alarmante, praticamente acolhedor. Nunca havia morado em um lugar que justificasse tal adjetivo, e não tenho certeza de como me sentir quanto a isso. E, de qualquer maneira, qual é o sentido de decorar um lugar que se vai habitar apenas temporariamente? Quando fiz a pergunta a Bambleby, ele respondeu com seu ceticismo característico que, se eu tinha que perguntar, nunca entenderia a resposta.

— Venha para a taverna — disse ele depois que escureceu.

— Não, obrigada — retruquei, levantando os olhos do diário de driadologia no qual eu trabalhava as minhas anotações e escrevia a bibliografia para minha enciclopédia. — Gostaria de dormir mais cedo.

— Não precisa ficar muito tempo. Prefere ficar sentada aqui com o nariz enfiado em um livro?

— Com certeza — falei, e ele balançou a cabeça para mim, não com desgosto, mas com total perplexidade.

— Muito bem, criatura estranha — disse ele e, para meu espanto, tirou a capa e se acomodou em outra cadeira.

— Não precisa ficar. Estou perfeitamente contente sozinha.

— Sim, percebi.

Dei de ombros. Não me importava que Bambleby ficasse. Na verdade, estou acostumada a tê-lo por perto, não só aqui, mas em Cambridge, onde está sempre metendo o nariz no meu escritório. Ele pegou aquele maldito kit de costura e consertou sua capa, enfiando uma perna embaixo do corpo como um menino faria e se inclinando na cadeira.

Sou praticamente incapaz de manter uma conversa de natureza pessoal. Felizmente, é raro eu ter essa tendência, mas já tive a chance de me ressentir da falta dessa habilidade humana específica, como aconteceu nesse momento. Quantos estudiosos tiveram a oportunidade de questionar um governante das fadas nobres? Nenhum, ou nenhum que tenha vivido para contar.

E, no entanto, não consegui me obrigar a perguntar. Suspeito que, se pudesse me convencer de que meu interesse era de natureza puramente intelectual, teria conseguido. Mas não era. Afinal, aquele era Bambleby – meu único amigo. (Minha nossa.)

— Em — disse ele sem levantar os olhos de seu trabalho, depois que lancei outro olhar furtivo em sua direção —, ou você está planejando a melhor forma de me matar e me empalhar para uma de suas exposições, ou ainda teme que eu esteja enfeitiçado. Você é tão contraditória que eu não ficaria surpreso se fossem as duas coisas ao mesmo tempo. Talvez você possa acalmar meus nervos.

— Só estou me perguntando o que, em nome de Deus, você está fazendo — comentei, refugiando-me na provocação familiar.

— O que parece? Você e seu cúmplice peludo acabaram com a minha capa. — Ele acrescentou mais alguns pontos na costura e passou as mãos pelo tecido, dobrando-o para um lado e para o outro; não consegui entender exatamente o que ele estava fazendo. — Pronto.

Ele experimentou a capa e assentiu com a cabeça. Na verdade, parecia ainda mais magnífica que antes, com uma elegante ondulação na bainha, como se o tecelão tivesse cortado o padrão em sua sombra. Ele viu a expressão no meu rosto e ergueu as sobrancelhas.

— Posso fazer a sua, se quiser. — Ele fez uma careta. — E esse... esse vestido.

Baixei os olhos para meu vestido de lã.

— Não tem nada de errado com a minha roupa.

— Não combina com você.

— Claro que combina.

Ele ergueu os olhos para o teto e murmurou algo que não consegui ouvir, exceto pelas palavras distintas *saco de papel*, o que não me ofendeu em nada, pois dou menos de um grama de importância à minha aparência e menos ainda à opinião dele sobre ela.

— Você disse antes que cerzir era algo de família — comentei depois de ele ter se acomodado novamente.

— Ah — disse ele —, sim. — Para minha surpresa, ele não parecia tão ansioso para falar sobre si como geralmente acontecia. — Bem. Deduzo que devo me preparar para a gozação. Sabe, tenho um pouquinho da ancestralidade de um duende doméstico. Do lado materno.

Encarei-o. Um sorriso lento surgiu em meu rosto.

— Um pouquinho — ele repetiu, com seriedade.

— Os *oíche sidhe* — disse eu, citando os feéricos domésticos irlandeses, que, como muitos de sua laia, operam como uma espécie de governanta amigável, saindo furtivamente à noite para limpar, arrumar e fazer reparos. O conhecido conto "Os corvos dourados" é de origem irlandesa e oferece um exemplo do típico desprezo dos *oíche sidhe* pela bagunça e desordem. Incluirei a versão mais famosa da história em minha enciclopédia e anexarei uma cópia a este diário.

— Isso é normal? — perguntei. — Um príncipe ter ascendência feérica é comum?

Ele me lançou um olhar perplexo.

— Como... ah, entendo. Poe lhe contou. Se não tomar cuidado, Em, essa criatura vai te amar tanto que não vai te deixar ir embora. — Ele voltou para sua costura. — Não, não é.

— E por isso você foi forçado ao exílio?

Ele ergueu as sobrancelhas para mim, parecendo divertir-se.

— Quer ouvir a história toda?

— Claro — respondi, incapaz de evitar a ansiedade em minha voz. — Cada detalhe sórdido, na verdade.

— Bom, lamento muito lhe dizer que há poucos desses — brincou ele. — Dez anos atrás, a terceira esposa de meu pai... minha mãe foi a segunda; a primeira era estéril... decidiu que preferia ver sua própria carne e sangue no trono. Você sabe como funciona.

Concordei com a cabeça. Esse tipo de crueldade é uma ocorrência comum com muitas das fadas nobres.

— Você tem irmãos?

— Cinco, na verdade. Todos mais velhos. Estes ela já havia executado. Ela me mandou sozinho para o exílio.

Fiz uma careta.

— Por que você era jovem?

— Não — respondeu ele. — Simplesmente aconteceu.

Eu entendi. Nos contos do Povo, independentemente da origem, nenhuma vitória ou derrota é certa. Sempre há uma brecha, uma porta que é possível encontrar se houver esperteza o bastante para sair. Para mudar a história. A madrasta perversa de Wendell não poderia matá-lo porque isso fecharia a última porta para sua própria derrota.

— Então, você deseja matar sua madrasta — afirmei. — E tomar seu lugar de direito no trono. É por isso que está procurando uma porta dos fundos para seu próprio mundo, uma que ela não estará vigiando.

Ele olhou para mim com espanto, então deu uma risada curta.

— Aquele traidorzinho. Devia ter imaginado que lhe contaria tudo.

— Não fique com raiva dele — falei, alarmada. Mas Bambleby apenas deu de ombros e dispensou Poe com um movimento dos dedos.

— Sim, desejo matá-la — confirmou ele. — O trono é irrelevante, exceto como um meio para um fim.

Esfregou os olhos – estavam úmidos, o que me assustou muito, pois não tenho a menor ideia do que fazer diante de lágrimas. Quase joguei meu lenço nele.

— Não sei se você vai entender, Em — disse ele, limpando o nariz. — Minha amiga de sangue-frio. Mas confesso que sinto muita saudade de casa. Não posso voltar enquanto minha madrasta estiver viva, óbvio. Ela não vai aceitar isso, nem seus aliados na corte. Portanto, meu único caminho de volta é assumir o trono, tornando-me tão poderoso que não possam se livrar de mim de novo.

Recostei-me na cadeira, refletindo sobre aquelas palavras. Meu cabelo estava mais uma vez saindo do coque, então desisti, soltando-o e deixando-o cair sobre os ombros.

— E até agora você não teve sucesso.

— Estou bem ciente de que vocês, mortais, têm várias teorias sobre como os reinos das fadas funcionam. Na verdade, a maioria do Povo não sabe muito mais do que você, porque não ligamos. Por que nós? As leis da natureza são facilmente alteradas por aqueles com magia suficiente para fazê-lo. Nada permanece igual. Os mundos podem se separar, se dissolver ou se tornar o mesmo lugar, como sombras sobrepostas... Mas sabemos que existem caminhos secretos, caminhos esquecidos, em nossos mundos. Como você diz, portas dos fundos. Viajei pelo reino mortal procurando por uma porta como essa. Não, não encontrei nenhuma. — Ele descansou a cabeça contra o punho e olhou para o fogo. — Entende por que é tão importante para mim ser impressionante na CIDFE? Preciso de dinheiro para continuar minha busca. Aquela pequena borrasca na Alemanha amorteceu o interesse dos investidores em minhas expedições. Nosso artigo pode reparar minha carreira e encher meus bolsos o suficiente para vasculhar o restante do continente.

 Minha mente zumbia, as páginas da minha biblioteca interna virando a toda velocidade de novo. Fiz pergunta após pergunta, pedi a ele que contasse sobre cada país, aldeia e floresta que visitara. Não pude deixar de tomar notas enquanto conversávamos – velhos hábitos etc. –, até que ele exclamou:

— Mas que porcaria você está fazendo aí?

— Se vou ajudá-lo, preciso de anotações — retruquei.

Ele piscou para mim.

— Se você o quê?

Lancei para ele um olhar irritado.

— Conhece alguém, mortal ou não, com uma compreensão mais profunda do Povo do que eu?

Ele não precisou pensar a respeito.

— Não.

— Então. Acho que posso encontrar sua porta. No mínimo, gostaria de tentar. Tenho certeza de que posso fazer um trabalho melhor que o seu. Minha nossa! Dez anos. — Não pude reprimir um pigarro.

Havia algo sombriamente divertido em um senhor das fadas – uma daquelas mesmas criaturas que se deleitam em levar mortais infelizes para as selvas escuras – ser incapaz de encontrar o caminho de casa.

Ele me observou, seu rosto ilegível novamente. Não acho mais que ele pretende ser ignorante quando faz isso, só que, às vezes, o que ele está sentindo é tão estranho que não consigo intuir.

— Por quê?

Foi a primeira vez que fiz uma pausa para pensar sobre a questão.

— Não sei — respondi, de forma sincera. — Curiosidade intelectual. Sou uma exploradora, Wendell. Posso me chamar de cientista, mas esse é o cerne da questão. Desejo conhecer os assuntos complexos. Ver o que nenhum mortal viu, para... como diz Lebel? Arrancar o carpete do mundo e tropeçar nas estrelas.

Ele sorriu.

— Acho que eu devia ter imaginado.

Ele pareceu triste. Acredito que ainda estivesse imaginando seu mundo feérico verde. Concentrei-me no rabiscar da minha caneta.

— Por um tempo, achei que você devia ter sangue feérico — comentou ele. — Você nos entende tão bem. Foi só quando a conheci. Logo percebi que é tão tonta quanto qualquer outra mortal.

Concordei com a cabeça.

— Meu sangue é tão terreno quanto o de qualquer um. Mas você está errado ao dizer que entendo o Povo.

— Estou?

— O Povo não pode ser compreendido. Eles vivem de acordo com caprichos e fantasias e são pouco mais que uma série de contradições. Eles têm tradições, guardadas com zelo, mas as seguem erraticamente. Podemos catalogá-los e documentar suas ações, mas a maioria dos estudiosos concorda que a verdadeira compreensão é impossível.

— Os mortais não são impossíveis. Os mortais são fáceis. — Ele descansou a cabeça na cadeira e me olhou de soslaio. — E, ainda assim, você prefere nossa companhia à deles.

— Se algo é impossível, é impossível ser péssimo nesse algo.

Minha mão apertou brevemente a caneta.

Ele sorriu novamente.

— Você não é tão terrível, Em. Só precisa de amigos que sejam dragões como você.

Virei a folha para uma página em branco, feliz que a luz do fogo tivesse escondido o rubor em meu rosto.

— Qual dos reinos irlandeses é o seu?

— Ah, é aquele que vocês, estudiosos, chamam de Silva Lupi — disse ele. — No sudoeste.

— Maravilha — murmurei.

Os reinos das fadas são nomeados por sua característica dominante – estatisticamente, a maior categoria é *silva*, floresta, seguida de *montibus*, montanhas – e um adjetivo escolhido pelo primeiro estudioso da documentação. A Irlanda tem sete reinos, incluindo o mais conhecido, Silva Rosis. Mas Silva Lupi – a floresta dos lobos – é um reino de sombras e monstros. É o único dos reinos irlandeses que existe apenas na história – não por falta de interesse, claro, pois vários estudiosos desapareceram em suas profundezas.

— Só você diria isso — comentou ele. — Não se preocupe. Não sou tão perverso quanto o resto deles... você deve ter notado. Não percebi a conspiração da minha madrasta chegando. Receio que não estava muito acostumado a fazer as coisas sozinho naquela época, e isso incluía pensar. Minha madrasta incentivou isso... ela garantiu que eu nunca ficasse sem criados para atender a todos os meus desejos, nem sem uma festa para me divertir.

Ele afundou em seu assento em um esparramado de membros longos, olhando carrancudo para o fogo.

— Conte-me sobre o seu mundo — pedi, inclinando-me avidamente para a frente.

— Não.

— Por que não?

— Porque você só vai escrever um artigo sobre isso, e não quero ser um registro na sua bibliografia. Pergunte outra coisa.

Bufei, batendo a caneta contra o papel.

— Muito bem. Se virar a roupa do avesso, você desaparece? Sempre me perguntei isso.

O humor sombrio desapareceu como fumaça, e ele me abriu um sorriso juvenil.

— Vamos tentar?

— Ah, sim — respondi, deixando uma risadinha improvável escapar de mim. Agarrei sua capa e a virei do avesso, e ele a vestiu.

— Ah — disse ele, o rosto impassível.

— O que foi? — Segurei o braço dele. — Wendell? O que foi?

— Eu não... não estou me sentindo bem.

Ele me deixou tirar a capa dele, e então desabou na cadeira. Só depois que fiz outra caneca de chocolate e voltei a acender o fogo é que ele começou a rir de mim.

— Imbecil — eu disse, o que só o fez rir ainda mais. Saí pisando duro para o meu quarto, já o tendo aguentado o suficiente por uma noite.

17 de novembro

Acordei poucas horas antes do amanhecer no silêncio de uma noite de inverno, a neve batendo na janela. Sombra estava encolhido contra minhas costas, sua posição favorita, reproduzindo o som de um assobio nasal.

Acendi o abajur em cima da mesa de cabeceira (tanto o abajur como a mesa tinham aparecido no início da semana, apesar de minhas objeções) e estendi a mão contra a luz.

Por um momento, vi algo – uma sombra em meu anelar. Era visível apenas de soslaio e só quando eu deixava minha mente vagar e não pensava nela. Minha mão estava muito fria. Tive que deixá-la sobre o lampião por alguns minutos até ela se aquecer.

Enrolei a mão em um punho da minha blusa e pressionei-a no peito enquanto um calafrio desagradável me percorria. Levantei as cobertas, pretendendo ir até Wendell imediatamente e admitir minha tolice. Mas, assim que o pensamento adentrou minha mente, voltou a se afastar. Mesmo agora, enquanto escrevo estas palavras, devo segurar minha moeda com firmeza para evitar que elas escapem de minha memória. Cada vez que abro a boca para contar a Wendell, uma névoa surge em meus pensamentos, e sei que, se ele perguntasse se fui enfeitiçada, eu mentiria de forma bastante convincente.

— Merda — falei.

Peguei minha moeda e apertei-a contra a mão. Não sabia com que tipo de encantamento o rei da árvore havia me enredado. O que estava claro era que eu estava enfeitiçada. Existem encantamentos de fadas que desaparecem com o tempo e a distância se não forem renovados. Eu só podia torcer para que fosse algo dessa natureza.

Se eu encontrasse meus pés me levando de volta para a árvore, teria que cortar minha mão.

Claro, passei o resto da noite desolada, com vergonha e preocupação, xingando a mim mesma. O pior de tudo era que Bambleby havia me avisado para ficar longe da árvore – se eu caísse em uma fúria assassina, ou me transformasse em uma árvore, ele ficaria ainda mais convencido.

Assim que a aurora invernal apareceu como um fantasma sobre a neve, me vesti e caminhei até a fonte com minhas raquetes de neve e Sombra em meu encalço. Ele não precisa de raquetes de neve nem de proteção contra qualquer clima.

A floresta tem uma qualidade diferente agora, cingida pelo inverno. Não cochila mais entre suas vestes outonais como um rei em lençóis de seda, mas se mantém tensa, vigilante, à espreita. Em momentos assim, lembro-me dos escritos de Gauthier sobre florestas e a natureza de sua atratividade para o Povo. Especificamente, a floresta como limiar, um "mundo médio", como Gauthier coloca, suas raízes enterrando-se profundamente na terra enquanto seus galhos anseiam pelo céu. Sua erudição tende ao tautológico e não raramente é tediosa (qualidades que compartilha com vários driadologistas continentais), mas há um sentido em suas palavras que só se apreende após se passar um tempo entre o Povo.

Fiquei feliz por chegar à fonte. Receio dizer que abandonei o decoro e passei a tomar banho nela, uma necessidade devida à dificuldade de aquecer água no chalé. Depois de me esfregar, me sequei rapidamente com a toalha que trouxera e me vesti, equilibrando-me em uma das pedras aquecidas.

Em geral, eu esperava que Poe aparecesse antes de limpar a neve de sua árvore, como manda a boa educação, mas ele estava excepcionalmente atrasado. Calcei minhas botas de neve e me arrastei até sua árvore, onde parei. A árvore havia sido queimada. Não por fora, mas por dentro, como se tivesse sido atingida por um raio. Vários dos galhos estavam quebrados sobre a neve.

Fiquei surpresa com a dor que tomou conta de mim, dispersando meus pensamentos. No entanto, havia esperança. Se Poe tivesse corrido para a floresta, podia ter se perdido. Era uma teoria corroborada por evidências anedóticas da espanhola *anjana*, uma espécie arborícola das fadas comuns, que raramente se afasta da terra cercada por suas raízes e pode nunca encontrar o caminho de casa se a necessidade a expulsar de seu territótio. Então, mergulhei na floresta, chamando meu pequeno amigo de dedos pontiagudos. Nada fácil não saber o verdadeiro nome de Poe e ser incapaz de usar seu idioma, por medo do que mais poderia me ouvir. Felizmente, porém, ele se mostrou alguns momentos depois de ouvir minha voz, rastejando para fora de uma raiz.

— Estou perdido — disse ele, torcendo as mãos pontudas. Meu velho chapéu, agora uma capa que ele tinha muito orgulho de escovar e de deixar a fonte fumegar, estava imundo e sujo de fuligem. — Eles chegaram à noite. Tentei me esconder, porque não queria dançar. Eles não gostaram disso e queimaram minha árvore.

Felizmente, não precisei perguntar a quem ele se referia – ficou claro em seu olhar que estava falando dos altos.

— Pronto, pronto — eu disse. — Vou te mostrar o caminho de casa.

Ele hesitou.

— E qual o preço?

Entendi seu medo. Tinha que dar um preço, claro, e ele esperava que fosse ótimo, dada sua necessidade. Muitas vezes é assim que o Povo age. No entanto, eu já havia preparado uma resposta.

— Você responderá a três perguntas sobre os altos — defini.

Ele se retraiu.

Eu sabia que ele odiava contar seus segredos a uma "bisbilhoteira" como eu, mas, como aquilo não dizia respeito a ele, e sim a seu mundo, não era um fardo pesado demais. Ele concordou, e eu o guiei pela floresta. Atrás de mim, ele ficou em perfeito silêncio, e uma Eurídice muito estranha ele fez para o meu Orfeu, ou uma de Grey para o meu Eichorn.[13]

---

13 É claro que me refiro aqui ao desaparecimento da pesquisadora Danielle de Grey enquanto investigava as sinistras fadas montanhesas com pés de cabra da Áustria, em 1861, e o subsequente ato de desaparecimento de Eichorn um ano depois, durante uma de suas muitas tentativas de resgate. (Eichorn estava convencido de que de Grey fora abduzida para o Reino das Fadas, descontando a narrativa comu-

Ele exclamou ao ver sua pobre árvore, desaparecendo por uma portinhola que eu vislumbrei apenas uma vez, e então apenas de soslaio. Em pouco tempo a neve escureceu com a fuligem que ele estava tirando do interior.

— Quebrei nosso acordo — disse ele de um jeito melancólico, entregando-me um pão queimado. — Mamãe ficaria muito desapontada.

Garanti que nosso acordo estava intacto, pois o pão não estava tão queimado e raspar um pouquinho o deixaria comestível. Ele se iluminou visivelmente e se acomodou ao meu lado.

— Não danificaram minha capa — disse ele orgulhosamente, seus longos dedos acariciando a pele de castor. — Está apenas um pouco sujinha.

Garanti que a capa ainda estava magnífica, e ele começou a vaporizá-la na fonte, pendurando-a em um galho que pendia baixo. Então, virou-se para sua árvore, pegando uma pequena pá de algum recanto que eu não consegui perceber, e começou a raspar a fuligem de dentro. Ele falava enquanto trabalhava, um murmúrio irritado e medroso, e a partir disso entendi tudo o que precisava saber. Prometendo voltar para ouvir minhas três respostas, despedi-me dele.

Corri a toda velocidade pela encosta da montanha, escorregando e deslizando por todo o caminho. No momento em que abri a porta, estava com o rosto vermelho e ofegante, e meu nariz escorria horrivelmente.

Quase trombei com Bambleby, que estava parado ao lado da mesa em seu robe, parecendo desamparado.

— Finn não apareceu com o café da manhã — ele comentou. O cabelo dourado desgrenhado completava a imagem de indolência enquanto seu olhar percorria minha mochila. — Ah! Nosso *pâtissier* silvestre fez pão. Você viu a geleia?

---

mente aceita de ter sofrido uma queda durante uma terrível tempestade.) Décadas depois, os aldeões dos Alpes de Berchtesgaden afirmam ter ouvido a voz de Eichorn chamando "Dani! Dani!" durante as tempestades de inverno, embora o fato de isso equivaler à evidência de que um ou os dois permanecem presos em algum reino alpino limiar é assunto de muitas conjecturas. Ver *Quando os folcloristas se tornam folclore: relatos etnográficos da saga Eichorn/de Grey*, de Ernst Graf.

— Eles levaram alguém — falei, de alguma forma conseguindo não bater na cabeça dele com o pão de Poe. — Alguém da aldeia.

— Sim, acho que sim.

Aquilo me surpreendeu. Não perdi o fôlego perguntando como ele sabia, assim como não o desperdiçaria questionando Poe por que ele queria que um mortal limpasse seu gramado, quando eu o vira andando na ponta dos pés agilmente sobre a neve.

— Quando?

— À noite — respondeu ele, inutilmente. — E, antes que pergunte, não, não sei quem foi. Deus, mas eu odeio o Povo *cantando*. Você não ouviu? Hum, talvez as velas diabólicas de Aud funcionem, no fim das contas. Maldita raquete rangente. Dê-me os sinos e os alaúdes de meus salões e enforque todos os menestréis pomposos que abrirem a boca para manchá-los. — Ele olhou para mim. — A geleia, Em.

Algo de meus sentimentos deve ter transparecido em meu rosto, pois ele recuou um passo, as mãos levantadas em um movimento de proteção. Abandonando o pão, virei-me e corri de volta para o inverno.

Quando atravessei as portas da taverna, encontrei quase metade da aldeia reunida ali, com Aud respondendo a perguntas em ljoslandês. Nenhum deles tinha interesse em espectadores estrangeiros em um momento de crise, e minha chegada foi amplamente ignorada. Amaldiçoando minha falta de fluência, consegui encontrar Finn no meio da multidão, e ele me puxou de lado para traduzir a situação.

Era Lilja. Mas é claro que era Lilja, a beldade da aldeia que podia derrubar árvores e cortar lenha com a mesma facilidade com que respirava. Disseram que ela estava voltando para Hrafnsvik com sua amada, a filha de uma chapeleira chamada Margret, que morava na cidade de Selabær. Foram levadas juntas, o cavalo que montavam vagando de volta ao pátio antes do amanhecer, a sela vazia e torta. Os outros cavalos tinham entrado em pânico quando ele foi colocado no estábulo entre eles, um sinal revelador de um esbarrão com os altos. Um grupo de busca estava sendo organizado, com tristeza. A mãe de Lilja, Johanna, que havia perdido o marido por afogamento apenas um ano antes, estava sendo cuidada por Thora e seus ajudantes, quase insensível ao luto.

Finn então me perguntou, baixinho, se havia algo que eu poderia fazer, dado meu vasto conhecimento do Povo. Infelizmente, Aud escolheu aquele momento para concluir seu discurso e se juntar a nós perto do fogo, e, com os dois olhando para mim com uma sombra desesperada de esperança, eu só podia prometer pensar a respeito.

Ao sair, Aud me pediu que conversasse com Bambleby. Pelo olhar que ela me deu, percebi que ela não era tola de esperar ajuda desinteressada de alguém do Povo, mas estava disposta a oferecer em troca tudo o que estivesse ao seu alcance. A perda de duas jovens, as duas sequer com vinte anos completos, pesava muito sobre a aldeia.

De fato, quando voltei para o chalé, encontrei Bambleby vestido e com o café da manhã (os mantimentos foram entregues por um dos lavradores de Krystjan), mas longe de se juntar à busca. Contei o que soubera na taverna, e ele ouviu educadamente (resultado, suspeito, do meu humor anterior, e não de alguma benevolência recém-descoberta de sua parte).

— Aud está disposta a pagar por sua ajuda — falei, sem rodeios.

— Ah, é? — Ele pareceu entretido. — Devo aceitar isso como uma oferta de valor monetário, ou ela entregará à minha porta uma ovelha nascida de uma vaca cuja lã se transforma em prata ao luar, ou algo assim?

— Acho que ela lhe dará o que você quiser, se estiver ao alcance dela e não colocar em risco a si mesma ou aos outros. — Falei no estilo cuidadoso que tenho para negociar com o Povo, o que ele pareceu reconhecer com uma espécie de divertimento exaustivo. Ergueu as sobrancelhas com desdém e voltou a olhar para o fogo.

Abandonei a cautela e falei com ele da minha maneira habitual.

— Wendell, seja mais direto, por favor. Você está impedido de alguma forma de interferir nos feitos de sua espécie?

— Não — disse ele, pensativo. — E eles não são particularmente da minha espécie, Em. Todas essas categorizações tolas inventadas por mentes mortais são tão úteis quanto nomes dados ao vento. Se quer a verdade, não sei se está ao meu alcance resgatar nossas jovens amantes, e não tenho vontade de arriscar meu pescoço tentando. Por que quer arriscar o seu? Você não liga para essas pessoas. — Uma expressão de surpresa surgiu em seu rosto. — Ou liga? Sente algo por Mord e Aslaug, acho. Será que minha amiga de sangue-frio passou a valorizar a companhia dessas pessoas?

Abri a boca para dar a resposta que ele esperava, para dizer que era motivada por erudição, pura e simplesmente, que a oportunidade de investigar esse bizarro ritual era de uma magnitude maior do que qualquer outra que eu já tivera antes, em termos das ramificações para nossa compreensão do Povo. Era inteiramente verdade, mas, por algum motivo, aquilo me fazia sentir inexplicavelmente solitária.

Olhei para o quintal. Vi o machado onde Lilja o havia deixado, empalado no toco – ela passara a vir quase todos os dias para reabastecer nossos suprimentos. Era uma visão tão sombria que rapidamente desviei o olhar.

Sim, sentia alguma coisa – não sou um monstro. Mas iria atrás delas apenas por causa delas, se não houvesse descobertas científicas a serem feitas?

Não. Não, eu não iria.

Minha vida tem sido uma longa sucessão de momentos em que escolhi a racionalidade em vez da empatia para confinar meus sentimentos e partir para alguma busca intelectual, e nunca me arrependi dessas escolhas, mas raramente elas me encararam com tanta franqueza como fizeram nesse momento.

— Por que não fingimos? — perguntou ele, me poupando de articular qualquer um desses pensamentos.

Pisquei para ele. Ele continuou:

— Não teríamos que ir a lugar nenhum. Vamos só andar de trenó por uma pequena distância neste deserto esquecido por Deus, acampar por uma ou duas noites e voltar com histórias de celebração fantástica. Juntos poderíamos inventar uma narrativa convincente, não tenho dúvidas. Os aldeões não vão lamentar muito o nosso fracasso, certamente já adivinharam que suas filhas estão perdidas. Aceitaremos sua gratidão por tentar, e então iremos à CIDFE e seremos elogiados por termos sido os primeiros estudiosos a documentar empiricamente um encontro com as fadas nobres de Ljosland. Conseguirei meu financiamento. Você criará um nome para si, seu querido cargo virá logo depois disso. Sabe quem foi nomeado recentemente para o comitê de contratação?

Ele cruzou as mãos e sorriu para mim.

Fixei seu olhar. Não vou mentir e dizer que não fiquei tentada por sua sugestão. Seria um esquema fácil de executar e do qual seria excepcionalmente fácil se safar. Eu era prática demais para não falar sobre minhas preocupações antes de descartar a ideia.

— Você já ganhou a reputação de falsificar pesquisas — falei. — Afirmações tão dramáticas não cairiam sob suspeita?

— Ah, é aí que você entra, minha querida Em. Sua reputação é impecável. Ninguém acreditaria que você participaria de uma falcatrua dessa magnitude. De qualquer magnitude. Você limpará minha reputação com a maior eficiência.

Acreditei nele. Mas não demorei mais do que um momento para tomar minha decisão. Talvez não me importasse – não pudesse me importar – tanto quanto deveria com o destino de duas jovens. Mas eu também não era alguém que colocaria a glória antes da descoberta, elogios vazios antes do esclarecimento. Tratava-se da enciclopédia, mas também de algo maior que isso – a coisa que me levou a criar a enciclopédia antes de mais nada.

— Não sabemos ao certo se Lilja e Margret estão perdidas — insisti.

Ele soltou um gemido e pressionou o rosto com as mãos. Esperei.

— Se quiser — ele disse por entre os dedos —, vou ajudá-la.

Examinei-o com cuidado, pois estou acostumada a fazer negociações com fadas e pude reconhecer uma em sua voz. No entanto, foi uma barganha feérica com apenas um lado, uma coisa singular de fato. Eu não conseguia compreender suas motivações.

— Quero isso — eu disse. — Devo dizer três vezes?

— Acredito que poderia, criatura infernal.

Eu fiz.

— Excelente — ele respondeu com amargor. — Bem, não espere que eu a ajude a fazer as malas. Estou fazendo isso contra meu melhor juízo. E, se as provisões se mostrarem inadequadas, dou meia-volta de toda essa expedição maluca.

18 de novembro

As provisões eram mais do que adequadas.
A aldeia inteira uniu-se em uma imponente demonstração de generosidade e eficiência. Por volta das nove da manhã, tínhamos dois cavalos e um trenó abastecido com comida, lenha, cobertores e inúmeras comodidades, suficientes para vários dias. De alguma forma, uma das mulheres encontrou tempo para tricotar uma jaqueta para Sombra que, combinada com os outros presentes, me deixou inexplicavelmente confusa – dado o tamanho do meu companheiro, teria levado horas. Bambleby e eu nos divertimos no chalé persuadindo um Sombra recalcitrante a vestir seu novo traje estampado com flores e equipado com um vistoso capuz. O cachorro baixou a cabeça em miserável embaraço até que seus algozes se dignaram a aliviá-lo desse pelourinho de lã, e ele passou a hora seguinte me ignorando enfaticamente.

Felizmente, o caminho percorrido por Lilja e Margret até o deserto gelado estava livre, pois não nevava desde o sequestro, e os marinheiros acreditavam que o céu permaneceria limpo por mais um ou dois dias. Enquanto os aldeões preparavam nossas provisões, Bambleby e eu caminhamos até a fonte uma última vez.

Poe havia feito pouco progresso com sua árvore, embora a neve estivesse salpicada de fuligem que ele havia removido do interior. Bambleby exclamou em desagrado ao ver a venerável árvore velha reduzida a uma casca.

— Estourada pela geada — ele murmurou. — Malditos *bogles* desrespeitosos. — Antes que Poe ou eu pudéssemos falar, ele tocou a árvore, e ela foi curada; rubicunda, saudável e radiante com aquele verdor em face da palidez invernal. Poe deu um grito e caiu de joelhos diante de Bambleby, tremendo, o que este não demonstrou perceber. Quando Poe lhe trouxe um magnífico pão como presente de agradecimento, Bambleby disse, de um jeito grosseiro: — Estou farto de pão. Traga-me algo que me mantenha aquecido neste lugar infernal.

— Ele pode fazer isso? — perguntei depois que Poe voltou aos tropeços para sua casa na árvore, de onde veio um estranho coro de batidas e raspadas e uma espécie de ruído borbulhante. Bambleby apenas acenou com a mão e voltou ao seu mau humor.

Poe reapareceu em uma hora com uma cesta tecida com galhos de salgueiro, protegida por um cobertor de lã grossa. Bambleby aceitou-a de forma rude e nem sequer olhou para o conteúdo, embora o que quer que estivesse sob a lã fumegasse de forma intrigante. Tive que tirar a cesta dele e vi que lá dentro havia meia dúzia de bolos com cobertura, não muito diferentes daqueles que vi os ljoslandeses consumirem em ocasiões especiais. Continuariam a fumegar até serem comidos.

Poe respondeu às minhas perguntas com algo que se aproximava da boa vontade, seus olhos pretos um pouco úmidos enquanto os dedos acariciavam amorosamente as raízes de sua árvore. Eram bastante simples: para onde os altos levaram as meninas? (Para o lugar onde a aurora sangra branca.) O que os altos mais temem? (Fogo.)

— Pergunta inútil — comentou Bambleby quando partimos. — São do gelo e da neve. Do que mais eles teriam medo?

— Obrigada pela opinião — eu disse. — Embora eu tenha percebido que você esperou voluntariamente até que sua utilidade tivesse passado. Qual você acha que é o lugar onde a aurora sangra branca?

— Não sei, mas mal posso esperar para descobrir. Você não fez sua terceira pergunta.

— Como você é observador. — Na verdade, eu não saberia explicar por que retive a terceira pergunta, a não ser por uma intuição de que seria importante mais tarde. É uma intuição em que passei a confiar, pois, quando passamos tempo suficiente estudando o Povo, ficamos cientes de como o comportamento deles segue o antigo fundamento das histórias e sentimos como esse padrão está se desenrolando diante de nós. A terceira pergunta é sempre a mais importante.

O trenó puxado por dois dos robustos e desgrenhados cavalos ljoslandeses nos esperava na aldeia. Os cavalos eram brancos, o que me pareceu um presságio de alguma coisa, embora eu não pudesse adivinhar se era bom ou ruim. Não eram cavalos comuns, mas animais acostumados a abrir caminho por campos abertos carregados de neve e até a escalar montanhas.

Aud surpreendeu-me antes de nossa partida me dando um abraço e me beijando nas duas bochechas. Corei e murmurei sobre a experiência. Ela chamou Bambleby de lado e falou com ele em voz baixa. Quando voltou para o trenó, ele estava carrancudo.

— O quê?

— Aud parece pensar que vou deixar você morrer ao primeiro sinal de problema — respondeu ele. — Ou isso ou devorá-la eu mesmo. Ela me ofereceu um presente em troca de sua segurança.

— Espero que você tenha respondido que sim — falei, imperturbável. — Pode ficar com o dinheiro. Eu reivindico a ovelha de prata.

Ele revirou os olhos. Momentos depois, após outra rodada de despedidas tediosas, estávamos a caminho.

O trenó deslizava suavemente sobre a neve. Seguimos a estrada durante a primeira hora. Dois dos aldeões foram à nossa frente a cavalo, homens que haviam feito parte do primeiro grupo de busca. Eles nos mostraram o lugar onde Lilja e Margret deixaram a estrada, um ponto onde Karrðarskogur descia pela montanha e projetava sombras azuis sobre os sulcos das rodas e pegadas. Lá os homens se despediram, pois Bambleby e eu continuaríamos sozinhos, tendo recusado a oferta de guarda de Aud.

A floresta parecia abrir caminho para nós enquanto seguíamos as marcas claras de pisoteio na neve, como se as árvores tivessem se afastado para dar lugar a quem ou o que quer que tivesse passado por ali antes. Apenas em alguns lugares nosso caminho foi bloqueado, uma vez por uma bétula alta que eu poderia jurar, à distância, que ficava ao lado da clareira. Os galhos rangiam e gemiam, e parecia que a floresta estava lentamente fechando o caminho de novo, como a cicatrização de uma ferida irregular.

Eu apeava e caminhava com Sombra sempre que o terreno subia uma colina, para dar algum alívio aos cavalos. Olhei para trás, para minhas pegadas na neve, obtendo uma forma primitiva de satisfação ao ver a marca que havia deixado naquele mundo desconhecido. Sombra, galopando ao meu lado, não deixava rastros. Nunca deixava.

Bambleby ficou parado no trenó, enrolado em dois cobertores e falando apenas para reclamar do frio. Seu nariz ficou vermelho brilhante de tanto assoá-lo, um som que sempre parecia coincidir com os momentos em que eu ficava encantada com a beleza silenciosa da floresta nevada. Por fim, exigi que ele comesse um dos bolos de Poe e fiquei aliviada com sua aquiescência, que me poupou o esforço de enfiá-lo goela abaixo.

O bolo estava quente ao toque, tão macio que parecia ter acabado de sair do forno, e transformou o humor de Bambleby. Ele caminhou ao lado do trenó pelo resto da tarde sem cobertores ou cachecol, o rosto corado pelo calor, passando as mãos distraidamente nos galhos desta ou daquela árvore. Tudo o que ele tocava florescia, espalhando sobre a neve folhas como esmeraldas batidas, bagas vermelhas, salgueiros e cones de sementes, uma profusão de cores e texturas crepitando naquele mundo branco. Em breve, nosso pequeno caminho selvagem poderia muito bem ser uma grande avenida enfeitada para a procissão triunfante de um general que retornava. Aves acocoradas para o longo inverno rastejaram para fora de suas tocas, piando de alegria alarmada enquanto se embriagavam com frutas. Uma raposa estreita disparou em nosso caminho, com um estorninho preso na boca, dispensando-nos um olhar desdenhoso enquanto se esgueirava de volta para o aveludado de uma sombra.

Esforcei-me ao máximo para não ficar impressionada com essa exibição extravagante de Wendell. Foi a primeira vez que o vi livre com sua magia, e isso me deixou irrequieta e nervosa. Percebi que estava acostumada a ignorar essa parte dele, ou pelo menos a olhar além dela. Ao chegarmos ao topo de uma elevação, virei-me para ver toda aquela cor se desenrolando na paisagem adormecida, árvores alegres e desafiadoras, mesmo quando os ventos frios arrebatavam suas folhas como lobos mordiscando.

Ao entardecer, chegamos a uma passagem na montanha. O primeiro grupo de busca havia parado ali – podíamos dizer pela neve revirada, uma confusão de marcas e pegadas de botas. Continuamos um pouco mais adiante, seguindo o sinistro contorno de um único par de cascos. As montanhas de ambos os lados eram vulcânicas, afiadas e maiores do que qualquer coisa ligada à terra deveria ter o direito de ser, seus picos gelados certamente mais próximos das estrelas do que de nós, manchas que caminhavam.

— Estavam sozinhas neste momento? — perguntei-me em voz alta.

Bambleby deu de ombros, perfeitamente despreocupado. Ele havia colocado o cachecol e as luvas novamente, mas um pouco do calor avermelhado permanecia em seu rosto.

— Vamos parar para pernoitar? Estou faminto.

Eu o fiz continuar por mais uma hora, até chegarmos ao coração da passagem. Bambleby suspirou de forma pesada, mas me ajudou a descarregar a barraca e colocá-la em uma dobra na borda da montanha, onde estaríamos protegidos das intempéries. Mais suspiros se seguiram enquanto fazíamos a fogueira e nosso jantar, uma mistura de carne-seca, temperos e vegetais que devíamos ferver com neve derretida. Ele ficou olhando para a panela como se nunca tivesse visto uma antes, até que perguntei se alguma vez na vida ele havia cozinhado a própria comida, pois certamente tinha sido servido com ainda mais ostentação em seu reino das fadas do que estava acostumado no reino mortal – e ele retrucou que não via que diferença fazia, o que foi uma resposta suficiente para mim. Deixei-o sozinho, e o gosto queimado do ensopado valeu o prazer que tive ao vê-lo se debater, queimando-se e derramando comida alternadamente. Depois disso, ele se retirou para a tenda para se cobrir com os cobertores que Aud havia fornecido, sacou agulha e linha e começou a consertar rasgos minúsculos em sua capa, resmungando para si mesmo e geralmente fazendo uma imagem que era como alguma bizarra inversão de uma das bruxas do Destino, tecendo o futuro em suas tapeçarias. Sua atividade parecia inútil para mim, sem ninguém para nos ver, exceto as raposas e os pássaros, mas a tarefa parecia elevar seu ânimo, ou pelo menos calá-lo, então me abstive de comentários.

19 de novembro

Passei o dia alternando entre a empolgação acadêmica neste território científico desconhecido em que estávamos entrando e o medo de chegarmos tarde demais – ou pior, de nunca termos tido a chance de começar. Lilja e Margret teriam viajado mais rapidamente do que nós, descarregadas como estavam, mas ainda assim me preocupei que talvez tivéssemos tropeçado e caído em uma armadilha feérica sem perceber e agora estivéssemos condenados a vagar pelo deserto invernal, perseguindo sombras e realizando exatamente nada.

— Isso não é uma armadilha — disse Bambleby, com tanta certeza no olhar verde que muito do meu medo se dissipou. — Apenas um frio miserável e quilômetros e quilômetros de desertos inabitáveis.

Ele parecia incapaz de apreciar a beleza absoluta de tudo aquilo: o terror selvagem das montanhas, as geleiras imponentes, as pequenas faixas do tempo que se agarravam à rocha na forma de cataratas congeladas. A aurora dançou acima de nós nas duas noites, verde, azul e branco ondulando juntos, um oceano frio lá no céu, e mesmo para isso ele mal olhou. Na segunda noite, usou sua magia para invocar uma espessa cobertura verde de azevinho espinhoso e um trio de mudas de salgueiro que envolveram nossa tenda como cortinas de dossel para impedir a entrada do vento frio.

— Veja só isso! — Não pude deixar de exclamar enquanto me sentava perto do fogo, olhando para o tumulto de luz. Admito que desejei que ele compartilhasse a visão comigo e fiquei decepcionada quando ele apenas suspirou.

— Dê-me colinas redondas como maçãs e florestas tão verdes que você poderia se banhar nelas — disse ele. — Nenhuma dessas bobagens hiperbóreas.

— Bobagens! — exclamei, e teria gritado com ele, mas seu rosto enquanto olhava para o fogo era franco e desamparado, e percebi que ele não estava tentando ser irritante; apenas sentia falta de casa. Ansiava por ela o tempo todo, e aquele lugar, tão estranho e hostil, afiou o desejo como a uma lâmina.

Como sempre, eu não tinha ideia do que fazer com esse tipo de percepção – questioná-lo aliviaria a tristeza ou pioraria? Devia (ai, meu Deus) tentar abraçá-lo? No final, apenas pedi que fizesse mais sebes para evitar o pior do vento, pois sabia que ele gostava de usar seu poder dessa maneira, e ele convocou uma sebe tão carregada de bagas brilhantes que me lembrou uma árvore de Natal, bem como um tapete inteiramente desnecessário de campainha-branca aos meus pés, com que sofri em silêncio.

Mantive a mão cuidadosamente escondida em minha luva – não que eu quisesse. Eu queria arrancá-la e acenar no rosto de Bambleby a faixa de sombra que rodopiava no meu anelar, distinta o suficiente agora que eu sabia o que era – um anel. Aquilo me encheu de um terror como eu nunca havia sentido antes, mas não pude contar a ele, nem dar qualquer sinal que pudesse levantar suspeitas. O encantamento, o que quer que fosse, tinha-me firmemente em suas garras. Ainda mais preocupante, às vezes eu mesma esquecia de tudo isso. Só esperava que não interferisse em nossa expedição.

Eu o observei com o canto do olho enquanto ele franzia a testa para o fogo, uma ruga entre suas lindas sobrancelhas escuras. Queria que ele me agarrasse e... e...

Um rubor subiu pelo meu pescoço. Que motivo ele teria para fazer isso?

Como sempre, Wendell riu de mim quando anunciei minha intenção de ir ao banheiro, mas não me importei; no deserto, é preciso se agarrar a toda a dignidade possível, sempre pensei nisso. Deixando Bambleby e Sombra para desfrutar do fogo, me afastei do acampamento e encontrei uma árvore grande o suficiente para me agachar atrás dela (tínhamos deixado a floresta, e tudo o que restava dela eram tristes bosques de bétulas aqui e ali). Fiz o que precisava fazer rapidamente e corri de volta pela neve.

Olhando para trás agora, me pergunto se fui observadora o suficiente. Certamente eu estava alerta – sempre estou durante o trabalho de campo –, mas suspeito de que o fato de a paisagem não ser familiar, as montanhas altas e escuras envoltas em neve, me levou a acreditar que aqui nenhum ser vivo poderia me abordar, certamente nenhuma criatura feérica, criaturas que passei minha carreira associando à vegetação, à água e à vida.

Felizmente, meus reflexos são aguçados. No instante em que a luz brilhou por entre as árvores, parei e agarrei minha moeda. Era uma luz acinzentada sem calor, como uma estrela. Um vento passou por entre as árvores e se ouviu um sussurro de sinos. Se eu não tivesse tocado o metal, poderia ter sido enfeitiçada; ainda assim, minha cabeça girou um pouco, mas estou acostumada a esbarrar nos encantamentos feéricos e me mantive firme.

Eram fadas em bando, e, como não caí no feitiço de sua música e me movi em direção a elas, as fadas ficaram intrigadas e me cercaram. Eu soube instantaneamente que estava em perigo, pois eram feéricos da variedade *bogle*, uma categorização contestada dada a todos os feéricos comuns com aparência mortal, baixo intelecto e disposição malévola. *Bogles* são universais e perpetuamente famintos, mas se deliciam em lugares desolados, levando a teorias de que gostam da sensação de sentir fome. Quando encontram seres vivos, têm todos os meios desagradáveis para devorá-los, geralmente assando-os parte por parte nas pequenas fogueiras que carregam para todos os lugares.

Eram altos para um feérico comum, embora alguns fossem da altura humana, o topo de suas cabeças perto dos meus ombros. Eram pouco mais que ossos com algo parecido com pele, mas tudo sobre eles era plano e angular como gelo lascado em forma de feérico. Não me deixavam vê-los claramente, derretendo-se dentro e fora das lufadas de neve tão facilmente quanto Poe fazia com sua árvore, mas o que eu via era pálido e cinzento pelo gelo, com capas tecidas com o luar, e tinham os dedos de agulha de Poe e dentes iguais. Alguns carregavam sinos, outros carregavam suas fogueiras em caldeirinhas, chamas cinza-azuladas alimentadas pelos galhos que quebravam das árvores ao passar. Circularam-me algumas vezes, avaliando-me enquanto sussurravam uns para os outros. Suas vozes eram como o vento agitando a neve, e eu não conseguia entendê-los. Não se sabe se *bogles* falam no sentido humano, pois as criaturas são muito próximas dos animais.

A estudiosa em mim já estava formulando perguntas em faie; queria saber se podiam me entender, e não só isso, queria prolongar o encontro para estudá-los. Mas então, de repente, uma das criaturas estava no meu ombro, sua mão fria e afiada apertando meu pescoço enquanto se inclinava para morder minha orelha.

Senti apenas o cheiro de sua respiração, que remetia a fumaça de pinho e sangue, antes de me afastar, cuspindo uma das Palavras de Poder.[14] Aprendi duas delas, extraídas por meio de suborno de um Povo antigo que habitava cantos abandonados do deserto.

Uma das palavras é totalmente inútil. Encontrei-a enquanto perseguia histórias de uma fada do tipo bruxa nas Ilhas Shetland – os habitantes locais não tinham certeza se era uma *banshee* ou algum tipo de cortesã fugitiva desgraçada das fadas nobres. Nunca descobri a verdade. Encontrei-a no crepúsculo em um amontoado de trapos claros na praia, onde era quase indistinguível de uma pilha de madeira flutuante. Ela me pediu abrigo, que lhe dei, claro, conduzindo-a de volta à hospedaria onde eu estava e oferecendo-lhe minha cama, enquanto dormia no chão. Até lavei os pés dela quando me pediu – eram muito pequenos e curvos, como conchas. Estava tão acomodada

---

14 Descritas pela primeira vez por Annabelle Levasseur. Encantamentos feéricos excepcionalmente poderosos que, curiosamente, podem ser lançados não apenas pelas fadas nobres, mas também pelas fadas comuns e mortais (embora seu poder seja bastante diminuído nesta última forma). Ninguém sabe a origem das Palavras de Poder. Em algum momento, alguma poderosa feiticeira feérica (um termo estranho, pois todos do Povo têm magia, mas eu simplesmente me refiro a uma fada particularmente habilidosa em encantamento), possivelmente Ivy Smith, que forma um motivo proeminente na arte das fadas do sul da Inglaterra, criou as Palavras, revelando-as apenas para alguns amigos e aliados favoritos. A coisa mais estranha sobre as Palavras (como Levasseur descobriu em sua entrevista com um membro moribundo da corte feérica) é o fato de que elas podem ser esquecidas pelo Povo que as aprende se não forem lançadas com frequência suficiente. Provavelmente por isso permanecem tão obscuras, mesmo para o Povo – caso contrário, por que todo monarca sedento de poder não as conheceria agora e as usaria contra seus inimigos? (Não que todas as Palavras tenham uma utilidade óbvia.)

em seus trapos, várias camadas de vestidos que podem ou não ter sido bons algum dia, e uma capa com capuz e vários xales, que nunca cheguei a olhar direito. Quando me perguntou que favor eu gostaria de receber como retribuição, eu disse que estava procurando por Palavras de Poder, especialmente aquelas que me fossem úteis – não esperando realmente que ela conhecesse alguma (poucos do Povo as sabem). Para minha surpresa, ela me deu uma sem discutir – apesar de que, depois que ela foi embora e eu descobri o que a palavra fazia, eu tenha ficado desapontada. A Palavra tem um único uso, que é recuperar botões perdidos. Basta dizer que raramente me preocupei com isso e não consigo explicar por que alguém se daria ao trabalho de inventar tal encantamento. Minha conclusão: essas são as fadas.

Na minha situação atual não adiantava muito invocar botões, mas, felizmente, a segunda Palavra que aprendi dá ao falante uma invisibilidade temporária – muito mais prática. Obviamente, foi muito mais fácil rastreá-la que a dos botões – alguns subornos criteriosos me levaram à árvore de um *kobold* enrugado, que me deu a Palavra em troca de um bezerro de um ano.

De qualquer forma, quando pronunciei essa palavra, os *bogles* se atrapalharam comigo, gritando de indignação. Infelizmente, o efeito da Palavra não dura muito.

Tenho meu orgulho. Se tivesse tempo, acredito que eu mesma poderia ter lidado com as criaturas – argumentado com elas, oferecido uma troca justa por minha segurança. Já fiz isso antes. Mas crenças e possibilidades não são muito reconfortantes em tais situações, e não sou arrogante o suficiente para arriscar minha vida por orgulho com ajuda tão próxima. Então, abri a boca e gritei:

— *Wendell!*

Os feéricos não deram atenção ao meu grito. Sem dúvida, estavam acostumados com viajantes perdidos gritando por socorro. Um deles agarrou-me pela capa e me puxou dolorosamente para a frente e para trás, como um animal querendo me arrastar para o chão. Mas não precisei chamar Wendell novamente.

Ele saiu de trás de uma árvore – ou talvez *da* própria árvore; não consegui ver. Estendeu a mão e quebrou o pescoço do feérico que me agarrava, o que eu não esperava, e cambaleei para trás dele e do corpo estraçalhado. Ele viu a marca no meu pescoço, e todo o seu rosto escureceu com algo que parecia ir além da fúria e o fazia parecer uma criatura selvagem. Os feéricos espalharam-se como folhas, embora estivessem intrigados demais e fossem estúpidos demais para fugir.

— Você está machucada?

— Não.

Não sei como me obriguei a falar. Já vi Wendell zangado antes, mas aquilo era algo que parecia surgir dentro dele como um raio, ameaçando queimar tudo em seu caminho.

Ele moveu a mão, e uma árvore horrenda ergueu-se da neve, escura e assustadora, cheia de espinhos e galhos afiados como facas.

Os galhos dispararam, e ele empalou os feéricos neles. Uma vez que todos estavam imobilizados, contorcendo-se e gritando acima do solo, ele se moveu de um para o outro, despedaçando-os com perfeita e calma brutalidade. Membros, corações e outros órgãos que não reconheci espalhavam-se pela neve. Ele não se apressou, mas os matou metodicamente enquanto os outros uivavam e se contorciam.

Não consegui me mover. Não era como assistir a pessoas morrerem, é claro – quando essas fadas da neve davam seu último suspiro, derretiam como bruxas no final de uma história, mas era ruim o suficiente. Como um gato diante de diversos pássaros feridos, ele não se preocupou em acabar com todos, mas deixou alguns se agitarem e sangrarem enquanto lidava com outros. Quando um se soltou do galho que quebrou sob seu peso, ele realmente riu, um som nada humano nele, e deixou o feérico pensar que havia escapado antes de calmamente se colocar em seu caminho e o rasgar em dois.

A fúria insana e concentrada o deixou assim que ele acabou com o último feérico para sua satisfação, e então ele estava tirando a capa e exclamando sobre manchas de sangue que eu não podia ver, pois, aos meus olhos, elas viraram água de novo. Wendell pisou fora da nascente próxima em alta indignação, deixando-me a olhar para os últimos corpos se contorcendo. Então, percebi que não poderia mais ficar lá, nem poderia encará-lo quando voltasse, e assim cambaleei floresta adentro.

Andei de um lado para o outro por cerca de meia hora, com bile na garganta e lágrimas que não conseguia explicar ardendo nos olhos. Lentamente

– muito lentamente –, os tremores cessaram. Eu me acalmei e pude compreender a situação racionalmente.

Meu problema era claro – ainda não havia aprendido a ver Bambleby como membro do Povo, não de verdade. Se tivesse feito isso, sua exibição não teria me chocado tanto. Para o bem da minha sanidade, sem mencionar nossa segurança, era melhor conciliar meus entendimentos sobre ele, e logo.

Quando voltei, ele estava na tenda, arrumando a capa mais uma vez. Não conseguia ver se havia algo de errado nisso e me perguntei se esse rumo obsessivo que seu hábito havia tomado era sintomático de sua incapacidade de satisfazer sua natureza, tornando nossa existência atual mais organizada e caseira em outros aspectos.

— Aí está você! — exclamou ele, olhando para mim com alívio quando entrei. Sua voz estava normal, como se o frenesi terrível e violento de uma hora antes tivesse sido pouco mais que um ataque de espirros, algo que certamente teria me aterrorizado até os ossos se não estivesse acostumada com seu humor volátil e o tivesse antecipado.

Isso não significa que não tenha sido assustador.

— Eu só estava andando — respondi, tirando minhas botas e me acomodando em meus cobertores. — Você não precisava ter se preocupado.

Ele continuou me olhando.

— Tem certeza? Quando voltei e você se foi, me perguntei se a tinha assustado. Perdi a paciência e sinto muito por isso.

Pisquei, agradavelmente surpresa com essa demonstração de autorreflexão, geralmente uma coisa que Bambleby parece repelir.

— Não precisa se desculpar. Você estava me protegendo com excesso de zelo, é verdade, mas eu seria tola em culpá-lo.

Fico feliz em dizer que minha voz tremeu apenas um pouco e que algumas respirações profundas foram suficientes para acalmá-la.

Ele me lançou um olhar estranho, impressionado, eu acho, mas, ao mesmo tempo, havia algo de triste nele. Realmente ele queria que eu *fugisse* dele gritando de horror? Minha nossa.

— Em — disse ele. — Meu dragão querido. E eu aqui pensando que teria que acalmar você de alguma forma. Receio que até tenha começado.

Segui seu olhar até meu travesseiro, sobre o qual repousava algo que não reconheci, de lã e em formato estranho.

Agarrei-o abruptamente, indignada. Era o meu suéter!

— Como... o que você...

— Sinto muito — disse ele, sem tirar os olhos do trabalho com a agulha. — Mas você não pode esperar que eu viva perto de roupas que mal merecem ser chamadas assim. É desumano.

Sacudi o suéter, boquiaberta. Eu mal podia dizer que era a mesma roupa. Sim, a cor era igual, mas a própria lã parecia diferente, tornando-se mais macia, mais fina, sem perder o calor. E não estava mal ajustado. Ficaria apenas um pouco largo em mim agora, enquanto comunicava claramente as linhas da minha figura.

— De agora em diante, você manterá suas malditas mãos longe de minhas roupas! — ralhei, em seguida corei, percebendo como aquilo soou. Bambleby não tomou conhecimento de nada disso.

— Sabia que existem homens e mulheres que entregariam seus primogênitos para que um rei feérico cuidasse de seus guarda-roupas? — perguntou ele, calmamente cortando uma linha. — No meu lar, todo aristocrata queria algumas horas do meu tempo.

— Rei? — repeti, encarando-o. E, no entanto, não fiquei muito surpresa, pois isso explicaria sua magia. Um rei ou rainha feérica, dizem as histórias, pode explorar o poder de seu reino. No entanto, esse poder, embora vasto, não é considerado ilimitado; há histórias de reis e rainhas que caem em truques de humanos. E o exílio de Bambleby é obviamente um testemunho adicional.

— Ah. — Ele enfiou a agulha e a linha de volta na caixa de costura. — Aquilo. Bem, durou apenas um dia. Minha coroação foi prontamente seguida de uma tentativa de assassinato... e, então, veja bem, minha querida madrasta me obrigou a fugir para o mundo mortal. — Ele se deitou e fechou os olhos. — Foi um dia agitado. Também consertei sua outra capa.

— Meu Deus! — Mas ele já estava dormindo, de modo que não pude discursar mais, permitindo-me o alívio. De repente me perguntei se esta não era sua intenção o tempo todo: eu estar zangada demais com ele para ter medo.

... ? Novembro

Odeio tanto ter que manchar estas páginas com melodrama, mas a realidade é que estas podem ser as últimas palavras que escrevo. Não sei quanto tempo tenho, nem quanto mais poderei segurar esta caneta, por isso tentarei ser concisa.

Ontem à noite (se é que realmente foi ontem à noite; o movimento do tempo é impossível de avaliar no Reino das Fadas), acordei com o som da árvore amaldiçoada que Bambleby convocou raspando o tecido da barraca e os ecos dos *bogles* em seus estertores de morte, como se a árvore tivesse recolhido seus gritos e os guardado como lembranças. Bom, tente dormir depois disso.

Procurei meu relógio de bolso e descobri que ainda não eram nem seis horas. O amanhecer estava muito, muito longe.

Procurei Sombra em volta e encontrei o vira-casaca encolhido contra Bambleby. Porém, o cachorro levantou a cabeça ao som da minha agitação. Wendell era pouco mais que uma pilha de cobertores – tinha a maior parte deles e ainda acordava reclamando do frio. Pude distinguir um tufo dourado saindo de uma fenda entre duas colchas.

Saí, pensando que poderia acender o fogo e tomar o café da manhã cedo. Os cavalos estavam pressionados uns contra os outros, as ancas viradas para as brasas.

Acima de nós, a aurora sangrava.

Fiquei paralisada. As longas fitas brancas se desenrolavam até o chão, ficando mais transparentes à medida que avançavam. O verde e o azul da aurora não eram afetados. Era como se algo estivesse atraindo a brancura prateada para a terra, como dedos puxando a tinta de uma tela, para um lugar um pouco além da curva da montanha – a menos de um quilômetro e meio de distância.

Por vários minutos, não fiz nada, apenas fiquei ali, analisando planos e possibilidades. Depois de escolher uma direção, pensei nela por mais alguns minutos. Então, voltei para a barraca e me vesti, enfiando meu diário no bolso por hábito. Peguei a corrente dourada que mantinha no fundo da mochila, que conseguira esconder de Bambleby esse tempo todo. Há muito tempo me diverte o fato de ele nunca ter suspeitado de Sombra.

Coloquei a coleira na ponta da corrente em volta do pescoço de Sombra. Ele se sentou, perfeitamente silencioso, entendendo minha intenção daquela maneira estranha dele.

Wendell não se mexeu e, devido a seus hábitos, duvido que o fizesse tão cedo. Coloquei meus próprios cobertores sobre ele, para aumentar ainda mais seu conforto. Além de seu cabelo, um cotovelo, uma maçã do rosto e um olho de cílios escuros estavam visíveis.

Passei os dedos por seu cabelo, em parte porque sempre alimentei um desejo tolo de fazê-lo e em parte como um pedido de desculpas. Afinal, eu poderia não voltar de minha missão, e, se voltasse, ele nunca me perdoaria. Ele pode não me perdoar se eu o fizer, mas não posso arriscar levá-lo junto depois de sua exibição ontem. Como todo o Povo, Wendell é imprevisível, e eu não tinha como saber se ele cairia em outra fúria enlouquecida se uma das fadas nobres encostasse um dedo em mim e nos colocasse em apuros dos quais não poderíamos nos livrar. Já antes ele havia admitido que não sabia se era páreo para elas. Apesar de seu poder, havia apenas um dele – e isso poderia facilmente ser demais, dada sua total falta de autocontrole.

Não, nesse caso eu precisava de equilíbrio e, para isso, só podia contar comigo mesma.

Coloquei minhas raquetes de neve no pé e parti com Sombra ao meu lado. A coleira manteve o cachorro perto de mim, não mais do que o espaço de três de minhas passadas. Olhei para trás apenas uma vez – um dos cavalos me olhou com uma espécie de desgosto aliviado. Eu estava louca, mas não o forcei a deixar o calor das brasas, pelo menos. A árvore assassina inclinava-se sobre a barraca como uma mãe amorosa, parecendo obscenamente gorda e de alguma forma satisfeita consigo mesma. A visão foi suficiente para abafar minhas dúvidas.

Caminhamos muito, minhas raquetes de neve triturando suavemente a crosta de gelo colocada sobre os montes de neve. As montanhas dormiam, perturbadas apenas pelo toque intermitente do vento, que deslizava pequenas névoas de neve de suas encostas. A aurora caía no chão em rajadas como chuva prateada. Deitava-se em um vale entre duas grandes raízes de uma montanha irregular.

Percebi que estávamos caminhando havia muito tempo sem que nosso destino se aproximasse. Estávamos fora do encantamento, e eu precisava de uma maneira de entrar. Deixei a coleira se desenrolar para que Sombra se afastasse quatro passos de mim, depois cinco. Lentamente, a luz se aproximou.

Entramos no reino delas.

Assim que tive certeza, puxei Sombra novamente para mim. À medida que nos aprofundávamos no mundo das fadas, Sombra crescia. Ele agora tinha o dobro do tamanho, sua bocarra chegando ao meu peito. O focinho ficou mais pontiagudo, de lobo, as patas enormes. Mas ele me seguia com a calma de sempre, seus olhos pretos confiantes.

Subi cuidadosamente a última encosta, curvando-me. Encontrei uma pedra vulcânica atrás da qual me agachar e espiei.

Abaixo de nós havia um lago congelado. Era perfeitamente redondo, um grande olho brilhante no qual a lua e as estrelas se refletiam. Lampiões brilhando com o mesmo branco frio da aurora pendiam de postes de iluminação feitos de gelo, que emolduravam caminhos desde a beira do lago até uma dispersão de bancos e barracas de mercadores, envoltos em toldos brilhantes de opala e azul. Aromas deliciosos flutuavam ao vento... peixe defumado, nozes, doces torrados no fogo e bolos condimentados. Uma feira de inverno.[15]

---

15 Fora da Rússia, quase todas as espécies conhecidas de fadas nobres, e muitas fadas comuns também, gostam de feiras e mercados; de fato, tais reuniões aparecem nas histórias como os espaços intersticiais entre seus mundos e o nosso, portanto não é particularmente surpreendente que apareçam em tantos encontros com o Povo. O caráter de tais mercados, no entanto, varia muito, de sinistro a agradável. As seguintes características são universais: 1) dança, da qual o visitante mortal

O Povo deslizando sobre o gelo e caminhando com facilidade de uma barraca para outra não era tão estranho quanto eu esperava. Na verdade, quando fixei os olhos diretamente neles, pareciam perfeitamente mortais, embora um pouco amáveis e graciosos demais. Mas, quando vistos de lado, eram figuras de gelo e cinzas, resíduos que se tornaram cinzas e congelados, fantasmas esguios que às vezes nem estavam lá, tornando-se características da paisagem, um fenômeno que observei com Poe. Seus cabelos eram universalmente sedosos e brancos, não como o cabelo humano, mas como o de uma raposa ou lebre, e suas sobrancelhas também, enquanto algumas tinham uma fina cobertura do mesmo cabelo, ou talvez fosse pelo, visível nas costas das mãos que desapareciam sob seus punhos.

Não ouvi nenhuma música. O Povo sobre o gelo dançava e deslizava ao som da mesma canção, isso estava claro, mas a presença de Sombra me deixou alheia a isso. Obviamente, havia uma parte de mim que desejava que fosse diferente, que eu pudesse ter sido como Ulisses amarrado ao mastro de seu navio. Mas eu não tinha navio nem marinheiros para me impedir de me afogar.

Eu ansiava por meu diário e minha câmera. Suponho que tenha sido frio da minha parte, com Lilja e Margret lá embaixo, possivelmente sendo devoradas, mas jurei ser honesta até o fim nestas páginas. Por algum tempo, simplesmente observei o Povo e não pensei nada sobre as garotas. Pensei na descoberta de Bouchard de uma curiosa placa de pedra em Roseta e em Gadamer espiando por entre as árvores a cidade dos duendes. Foi isso que sentiram? Era admiração, é claro, misturada com descrença atordoada. Suponho que, quando alguém passa a carreira trabalhando concentrado em um objetivo, construindo todo tipo de fantasia sobre como esse objetivo será e como realmente é fica um pouco sem sentido quando o andaime desaba ao seu redor.

Por fim, forcei meus pensamentos de volta para as garotas desaparecidas. Não demorou muito para encontrar duas mortais entre um mar de Povos

---

pode ser convidado a participar; 2) uma variedade de vendedores de alimentos e mercadorias dos quais o visitante não consegue se lembrar depois. Na maioria das vezes, os mercados acontecem à noite. Numerosos estudiosos tentaram documentar essas reuniões; os relatos mais amplamente referenciados são de Baltasar Lenz, que visitou com sucesso duas feiras na Baviera antes de seu desaparecimento, em 1899.

alternadamente belos e horríveis – lá estavam elas, deslizando juntas no gelo. Podiam ser duas jovens apaixonadas comuns, a linda cabeça de Margret descansando no ombro de Lilja. Mas o casal se movia como bonecos em cordas, e seus sorrisos eram vazios e insípidos. Às vezes Lilja olhava para cima, e uma carranca de confusão atravessava o sorriso. Fiquei animada com isso, que ainda pudesse haver algo delas para salvar.

Não tentei entrar sorrateiramente na feira – seria totalmente inútil. Simplesmente abri meu sorriso vazio no rosto e me aproximei.

A sorte estava comigo, e consegui encontrar um casal de fadas para seguir a princípio como uma criança atrás de seus pais, de modo que o outro Povo presumisse que aquelas duas tinham me levado. Elas sorriram para mim, e eu sorri de volta como se não visse a fome em seus olhos. Na verdade, fiquei sem fôlego e hesitei algumas vezes, sentindo-me mal. A certa altura, comecei a tremer, pois não havia diferença entre isso e passear em uma floresta cheia de tigres.

Sombra, rondando ao meu lado, me salvou de mais maneiras do que as óbvias. Contei suas respirações enquanto se enevoavam e o balanço de sua cauda enquanto caminhava. Era um velho truque que eu usava para limpar minha cabeça de encantamento, e agora usei para me impedir de correr gritando de volta para o deserto.

Nenhuma das fadas olhava para Sombra, nem mesmo quando ele virava a cabeça para abocanhar suas roupas elegantes por pura antipatia. Uma vez, um homem em um vestido cinza-marinho incrustado com joias com nuvens de tempestade (todos usavam vestidos sob seus mantos, com cinto) pulou quando Sombra agarrou seu calcanhar, mas, quando se virou para olhar para trás, sua mirada atravessou Sombra e se dirigiu à neve.

Existem poucos driadologistas que poderiam resistir à oportunidade de provar a comida das fadas, o tipo encantado servido nas mesas das fadas nobres – conheço vários que dedicaram suas carreiras ao assunto e dariam os dentes pela oportunidade. Parei em uma barraca que oferecia queijo tostado – um tipo muito estranho de queijo, coberto por um bolor brilhante. Tinha um cheiro divino, e o mercador feérico o envolvia em nozes trituradas antes de entregá-lo em um espeto, mas, assim que tocou minha palma, começou a derreter. O comerciante estava me observando, então o coloquei na boca, fingindo alegria. O queijo tinha gosto de neve e derreteu em segundos. Parei em seguida em uma barraca equipada com uma cabana de defumação. A fada entregou-me um delicado filé de peixe, quase perfeitamente limpo, exceto pelo defumado. Ofereci a Sombra, mas ele apenas olhou para mim com incompreensão nos olhos. E, de fato, quando coloquei na boca, também derreteu sem sabor nenhum contra minha língua.

Dei um passeio até a margem do lago, consciente da necessidade de evitar suspeitas. Parei no mercador de vinhos, que tinha a maior banca. Era mais clara que as outras, a neve empilhada atrás dela em uma parede que captava a luz do lampião e a projetava de volta em um brilho ofuscante. Tive que olhar para meus pés, piscando para conter as lágrimas, quando um membro do Povo deixou um copo de gelo em minha mão. Assim como a comida, o vinho tinha um cheiro delicioso, de maçãs açucaradas e cravo, mas deslizava misteriosamente dentro do gelo, mais como óleo do que como vinho. Sombra ficou rosnando para ele, de um jeito que não tinha feito com a comida feérica, então eu o derrubei na neve.

Ao lado do mercador de vinhos havia uma barraca que oferecia bijuterias, flores silvestres congeladas que muitos do Povo enfiavam nos cabelos ou teciam em casas de botão não utilizadas em suas capas, bem como uma variedade de joias com alfinetes. Eu não poderia compará-las com nenhuma joia que eu conhecesse. Eram principalmente em tons de branco e cinza de inverno, centenas delas, cada uma impossivelmente diferente da outra. Escolhi uma que sabia, sem entender como, ser da cor exata dos pingentes de gelo que pendiam das bordas de pedra das bibliotecas de Cambridge no inverno. No entanto, momentos depois de prendê-lo no peito, tudo o que restou foi uma mancha de umidade.

À beira do lago havia uma pequena praia de areia branca congelada na qual vários espectadores se reuniram. Avistei dois outros mortais na multidão, um rapaz e uma moça pendurados nos ombros de duas adoráveis damas feéricas. Não precisei observá-los por muito tempo para saber que estavam muito além de minha ajuda e me desviei de seus olhares vazios com um estremecimento.

O desespero tomou conta de mim enquanto eu olhava para o turbilhão de dançarinos. Como é que eu poderia retirar Lilja e Margret dali quando não conseguia ouvir a música que estavam dançando? Pisar no gelo me denunciaria imediatamente – tenho pés desajeitados, na melhor das hipóteses, mas duvidava que mesmo alguém treinado na arte da dança pudesse encaixar seus membros em um ritmo que não pudesse ouvir.

Enquanto analisava minhas opções, ouvi um farfalhar no meu cotovelo. Uma bela dama olhava para mim, seu cabelo branco como um coelho caindo em cascata em uma longa trança até a cintura, os olhos azul-acinzentados combinando perfeitamente com seu vestido de várias camadas, que era ornamentado com pingentes de gelo que pensei que deviam tilintar como sinos, mas não... ou eu não conseguia ouvi-los.

— Que capa linda — disse ela em ljoslandês. Lancei a ela um olhar vazio e disse, em inglês, que não conseguia entender, e ela sorriu e repetiu na minha língua. Seu olhar enquanto encarava minha capa era cheio de ganância.

A princípio pensei que houvesse acidentalmente vestido a capa em que Bambleby estava trabalhando – percebi, olhando para mim mesma, que ela fluía encantadoramente em torno de minhas pernas enquanto eu caminhava e me mantinha mais aquecida do que qualquer capa que já tive. Mas não era. Era a mesma velha capa que eu usava ontem, o que significava que ele devia ter acordado ontem à noite depois que eu a tirei, maldito seja, para consertá-la, exatamente como um de seus ridículos ancestrais rastejando pela loja do sapateiro e consertando as botas.

— O que esse pardalzinho de garota está fazendo com uma capa encantada? — perguntou a dama feérica, arrastando um longo dedo pela manga. Meu braço doeu de frio por horas depois daquele toque.

Fiz uma reverência para ela, pensando rápido. Por que não se conformaria com uma versão da verdade?

— Foi um presente, minha senhora. De *oíche sidhe*.

Não sabia se ela entenderia o termo irlandês, mas ela pareceu compreender, suponho, da mesma forma que o Povo consegue entender e falar inglês, mesmo que nunca o tenha ouvido antes.

— Belo acabamento, mesmo para as menores.

Sua atenção estava atraindo uma multidão – outras fadas pararam para falar *ooh* e *ahh* sobre a minha capa. Formaram um círculo ao meu redor, o que foi desconcertante. Eu podia olhar apenas uma de cada vez, o que significava que todas as outras, vistas de soslaio, assumiam suas formas espectrais intermediárias. Sombra soltou um rosnado do fundo da garganta. Nos olhos das fadas havia fome e avareza, e, de repente, me ocorreu que o que quer que as fizesse ansiar por vítimas humanas de sangue quente também poderia levá-las a ver alguém como Bambleby como um deleite particularmente raro.

Maldito seja, Wendell.

A única vantagem disso foi que Lilja também me notou e patinou lentamente com a mão presa à de Margret. Era uma menina magra, de cabelo escuro, mal chegando ao queixo de Lilja, e bonita de um jeito delicado. Usava uma coroa de pingentes de gelo que pendia torta e derretia devagar em seus olhos, de modo que ela estava sempre piscando, uma zombaria nojenta, pensei. Seu olhar era vazio, mas um lampejo de compreensão surgiu nos olhos de Lilja, e ela cambaleou em minha direção.

Fixei o olhar dela e balancei a cabeça levemente, então dobrei o dedo uma vez. Ela pareceu entender e diminuiu o passo. Ela e Margret flutuaram no gelo, graciosas como pássaros, e se aproximaram de mim, como se também estivessem simplesmente interessadas em minha capa. No momento em que se aproximaram, fiz Sombra ficar ao lado delas, esticando sua coleira, para que a magia dele as envolvesse e abafasse a música em seus ouvidos.

Lilja voltou a si primeiro. Era uma coisa estranha de observar, como se ela tivesse voltado aos próprios olhos depois de se esconder em algum canto escuro. Felizmente as fadas não estavam olhando para ela, mas continuavam me importunando com perguntas sobre a capa, querendo saber há quanto tempo eu a possuía, se eu tinha outras parecidas e assim por diante, e todo esse tempo eu respondia com uma voz cuidadosamente abafada.

— Deixe nossa querida hóspede em paz — disse uma voz calma. Um homem se aproximou, com olhos da cor cinza-violeta de uma madrugada de inverno. Ele era alto, esguio e mais bonito que os outros, e usava uma espada de gelo na cintura. Embora estivesse vestido de maneira mais simples, sem joias ou pingentes de gelo enfeitando suas roupas, ele se movia com uma graça arrogante e sem pressa que reconheci muito bem, como se o mundo fosse um vasto divã para ele descansar.

Minha respiração ficou presa na garganta. Não sabia o que ele era, príncipe ou senhor ou algo entre os dois, mas não importava muito. A multidão se afastou, alguns com mesuras ou murmúrios de respeito, e ficamos a sós com ele.

— Caminhe comigo — disse ele em uma voz que era tão próxima da música que eu certamente teria sido enredada por ela sem Sombra ali. Ele nos conduziu ao longo da margem do lago, convocando pequenas flores de gelo para cobrir nossos pés, como se a simetria entre ele e Wendell já não fosse impressionante o suficiente. Assim que deixamos a multidão para trás, ele se virou para mim.

Embora estivesse olhando diretamente para ele, às vezes parecia que eu estava olhando diretamente para as estrelas e montanhas atrás dele. Eu só conseguia ver malícia em seu olhar, o que me assustou mais do que a maldade que vi em muitos dos outros, embora não pudesse dizer por quê. Tudo naquele homem me fazia sentir absolutamente insignificante, como um bibelô que atraiu seu olhar e que ele poderia a qualquer momento decidir, à toa, esmagar entre os dedos.

— Você não está enfeitiçada — disse ele, com calma. — Não vou me incomodar em perguntar como... Por que você me contaria? E na verdade não me importo. Os humanos têm seus truques, assim como os cachorros. Tudo o que quero é essa capa.

Era muito para assimilar de uma vez, mas parei por um momento para me firmar antes de dizer:

— Então, por que me incomodar pedindo? Por que simplesmente não pega?

Eu já havia adivinhado a resposta, só queria que ele me achasse ignorante e ainda mais desinteressante do que já achava. Ele respondeu exatamente com o tipo de voz entediada que eu esperava:

— Isso tem pouco valor para mim assim. Quero que seja dado de bom grado.

Claro que sim, as fadas roubam quando querem, mas a maioria prefere receber presentes.[16]

— E em troca...

---

16 Embora seja considerado um fato estabelecido que as fadas comuns são fortalecidas por dons mortais, se as fadas nobres mais poderosas experimentam o mesmo benefício é uma questão de muita suposição. De minha parte, nunca vi nenhuma razão para que não fosse assim; o fato de que isso desafia a lógica humana não é um contra-argumento suficiente no que diz respeito ao Povo.

— Não vou revelar você — ele terminou, seu tom acrescentando um *obviamente* no final.

Lancei um longo olhar para ele. Não vou mentir, eu estava absolutamente morta de medo dele, parado ali com os olhos da cor do amanhecer e sua espada de gelo com a luz das estrelas refletindo em seu rosto (quero dizer literalmente; seu rosto era pelo menos parcialmente feito de gelo e captava reflexos das estrelas como um punhado de sardas). Acho que, apesar de toda a minha experiência com o Povo, eu teria me acovardado diante dele ou talvez simplesmente cedido aos meus instintos e fugido se ele não lembrasse tanto Wendell. E, de alguma forma, isso me deixou firme o suficiente para dizer:

— O senhor também abrirá um caminho diante de nós para nos levar para fora de seu mundo.

Pela primeira vez, ele olhou para mim como se eu o tivesse surpreendido. Acho que nunca teve muitos motivos para barganhar com os mortais quando podia simplesmente cantar até deixá-los sem sentido e então drenar seus corações até secar. Então, ele sorriu levemente e se abaixou para colher uma das flores que havia feito. Balançou-a algumas vezes, e as pétalas se desenrolaram como água derretendo em sua mão. Quando a água se solidificou, ele segurava uma capa de pele branca. O pelo era áspero – talvez de um urso? – e grosso como meu punho.

Ele a ofereceu a mim e estendeu a outra mão para pegar minha capa. Fiquei tão surpresa que não pensei antes de deixar escapar:

— Não foi isso que eu pedi.

Ele me lançou um olhar tão ancestral e inflexível quanto o inverno e, de repente, não havia nada nele que se parecesse com Wendell.

— Para que serve um caminho se você morrerá congelada? Suas chances de fuga já são baixas o suficiente. Aceite e seja grata.

Deixamos o lago o mais rápido que pudemos, abrindo caminho de volta pelas barracas. Nós nos escondemos atrás de uma, e eu ajudei Lilja e Margret a virarem suas capas do avesso. Não me preocupei em inverter a minha, feita por um feérico.

Em seguida, ensinei a elas a Palavra, embora funcionasse apenas temporariamente nas fadas comuns, o que não inspirou confiança de que seria eficaz contra aquelas criaturas. Lilja parecia ela mesma novamente, mais calma do que eu diante do perigo, fazendo o que eu dizia sem questionar. Margret ainda estava com os olhos vazios, embora agora houvesse pelo menos uma ruga de confusão em sua testa. Sua coroa de gelo derretia, mas nunca diminuía, e, quando tentei tirá-la, quase congelou na minha pele.

— Você pode ajudá-la? — Foi a única pergunta que Lilja me fez. Quando olhei para Margret, vi Auður, e sabia que Lilja também via.

Eu não sabia o que dizer, então simplesmente acenei para elas. Murmurando a Palavra, passamos pelas últimas barracas. Embora a Palavra não tenha nos tornado invisíveis para essas criaturas, certamente nos tornou menos interessantes. Mantivemos nosso passo lento e despreocupado, como se estivéssemos apenas dando um passeio. Não havia razão para esse Povo pensar diferente – além daquele com as estrelas no rosto, estava claro que nenhum deles jamais havia considerado a possibilidade de um mortal escapar de sua magia. Talvez nenhum jamais o tenha feito.

A princípio fiquei aliviada por deixar a feira para trás. Mas não fazia muito tempo que caminhávamos pela floresta quando percebi que algo estava errado. As pegadas que eu havia deixado tinham desaparecido, como se alguém tivesse me seguido com uma vassoura e as varrido, e, embora tenhamos caminhado por uma hora ou mais, não vimos nenhum sinal do pequeno acampamento que Wendell e eu havíamos montado. A manhã não chegava. A aurora brilhava acima de nós em todas as suas cores, as estrelas agrupadas como enxames de abelhas brilhantes num jardim ondulante.

Eu andava com as mãos enfiadas nos bolsos da minha ridícula capa feérica. A certa altura, meus dedos roçaram em algo frio e macio. Peguei o item e me vi segurando uma bússola.

Com toda a sinceridade, eu estava cansada demais para apreciar aquela magia impossível.

— Acho que a capa dá ao usuário aquilo de que ele precisa — disse eu a Lilja, minha voz quase desdenhosa. Afinal, o que realmente precisávamos era de uma porta, e você não poderia colocar uma *dessas* no bolso. Ela pegou a bússola e a usou para nos guiar para o sul e para o leste, de onde Bambleby e eu tínhamos vindo.

— Tem mais alguma coisa aí? — perguntou ela.

Procurei nos bolsos novamente, mas minhas mãos estavam vazias quando as retirei. Ela engoliu em seco e voltou a atenção para a bússola.

Fiz com que continuássemos, mesmo com o passar das horas e ficando cada vez mais claro que ainda estávamos enredadas no mundo das fadas, como uma mosca se debatendo em uma teia. Sombra também sentiu. Ele rosnava e andava à nossa frente e depois voltava, seu focinho fungando na neve, procurando uma saída, como uma dobra na cortina de um palco sob a qual ele pudesse deslizar.

Depois de um tempo tivemos que descansar, pelo menos por pura exaustão. Enfiei Lilja e Margret em minha capa ridícula, que tinha uma espécie de calor que coçava e formigava, como se a vestimenta estivesse irritada com o uso que fiz dela. Isso me fez ansiar ainda mais por minha velha capa, ainda que Bambleby a tivesse deixado ostensiva. Mas pelo menos encontrei um frasco de água no bolso do manto feérico, que dividimos entre nós três. Parecia claro que a capa havia sido realmente encantada para fornecer ao seu dono tudo de que ele ou ela precisasse, embora concedesse esses presentes da maneira mais mesquinha – um pouco de comida teria sido bom, junto com a água, ou um acendedor com pederneira. Talvez fosse apenas avarenta quando forçada a servir aos mortais.

Margret tropeçava cada vez mais, e só conseguimos caminhar mais uma ou duas horas antes de termos que parar de novo. E aqui estamos nós, escondidas em uma caverna na encosta da montanha. Lilja e Margret estão encolhidas na capa, Lilja esfregando furiosamente os braços da pobre Margret, enquanto Sombra continua sua busca do lado de fora por uma porta para o reino mortal. Tenho fé nele, meu amigo mais antigo e leal – se houver uma saída, ele a encontrará. Tive que me forçar a considerar a alternativa – que talvez precisemos rastejar de volta para os Ocultos apenas para permanecermos vivas; quantas horas de vida isso vai nos poupar não é algo que desejo contemplar. Vou deixar a caneta de lado por enquanto e descansar um pouco.

20 de novembro

Bem, que pesadelo absoluto é esta terra – ainda pior do que eu supunha anteriormente, o que é uma façanha, pouco mais que gelo e escuridão e coisas nojentas e famintas rangendo os dentes. Claro que você me arrastou para isso.

Não tenho dúvidas, minha querida Em, de que você enlouquecerá de gratidão quando descobrir que preenchi a próxima entrada em seu diário. Quando a informei de minhas intenções, acredito que você tenha me encarado mesmo durante o sono, outro superpoder seu. Você está roncando agora no trenó, e Margret e Lilja estão igualmente cansadas, e assim, sem outras opções para me ocupar além de admirar a paisagem enquanto os cavalos nos levam de volta a Hrafnsvik, uma perspectiva duvidosa, na melhor das hipóteses, farei isso por você. Pode me agradecer quando acordar.

Obviamente, pensei em dar uma olhada no que você escreveu, pelo menos para procurar meu nome, mas algo me impediu. Sem dúvida foi da minha natureza cavalheiresca. Certamente não posso imaginar o que mais seria. Ah, você está se mexendo um pouco. Estranho como você sempre mantém a mão esquerda enfiada no bolso, mesmo durante o sono. Tentei ver se havia se machucado e recebi uma cotovelada no rosto.

Enfim. Acho que devo continuar de onde você parou, certo? Embora tenhamos que recuar um pouco para definir o cenário.

Era quase meio-dia quando acordei e descobri que você havia desaparecido, e Sombra também. Ah, como odeio este lugar. Normalmente, ao acordar, experimento alguns segundos felizes nos quais penso que estou novamente em casa, que a qualquer momento ouvirei o farfalhar da sorveira-brava que chora murmurando para si mesma perto da minha janela ou o tamborilar das patas do meu gato quando vem me cumprimentar. (Sabia que eu tinha um gato no reino feérico? Não é o tipo que você gostaria de conhecer. Eu lhe contaria mais, mas você só escreveria um maldito artigo sobre ele.) Mas, neste lugar imundo, é tão frio que não consigo me enganar pensando que estou em casa, e por isso me é negado até mesmo aquele breve momento de paz.

Você sem dúvida ficará feliz em saber que não corri atrás de você de imediato. É claro que imaginei que tivesse arquitetado algum esquema durante a noite, que sem dúvida executaria com sua habitual eficiência reptiliana, sem a ajuda necessária do rei das fadas que você arrastou consigo como uma boneca meio esquecida. Não quero dizer que fui insultado. Fiquei mais do que feliz por ter ficado para trás com a fogueira e os cobertores. Mas logo fiquei entediado de esperar e de me preocupar que seus planos tivessem dado errado, como às vezes costuma acontecer até mesmo com os planos de dragões cuspidores de fogo, Em.

Então, peguei um dos cavalos e segui suas pegadas, e pegadas muito interessantes. Elas me levaram a um lago congelado onde não havia absolutamente nada para ver, mas claro que eu sabia que estava do lado de fora da porta para o que tenho certeza de que é um reino encantado das fadas, sem dúvida cheio de Povos com pingentes de gelo no cabelo ou algo igualmente grotesco. Não me preocupei em procurar uma maneira de trocar gentilezas com os habitantes locais, pois pude ver por seus rastros que você tinha chegado e partido, mais ou menos, pois os rastros levavam para dentro e para fora do reino das fadas, e dentro e fora de novo, como se você tivesse vagado por algum tempo sem conseguir se desvencilhar das fronteiras de seu reino. Quando vi isso, fiquei muito preocupado, pois não tinha como saber há quanto tempo você estava vagando, embora apenas algumas horas tivessem se passado no mundo mortal. Finalmente fui alertado de sua presença quando aquele seu cachorro diabólico veio do nada, uivando loucamente. Pelo som que estava fazendo, você estava morta ou morrendo congelada em uma sobremesa para algum *bogle*, então, em vez de procurar uma porta adequada para o reino deles, simplesmente abri um buraco e continuei abrindo até encontrar você naquela caverna.

Sim, sim. Talvez não tenha sido a escolha mais sábia, principalmente considerando o que aconteceu depois. Você pode me deliciar com suas palestras quando voltarmos para casa.

Sacudi você para acordá-la, e você disse "Wendell!" de um jeito de que gostei bastante, nada parecido com seu tom de sempre. Mas é claro que, em vez de me agradecer por tirá-la de algum outro mundo desesperadamente desagradável, você começou imediatamente a me atormentar com exigências, ou seja, que eu curasse a jovem Margret.

— Posso curá-la — eu disse a você —, mas não posso deixá-la inteira de novo — ao que você apenas me lançou um olhar como se dissesse *Já entendi, continue*. Talvez para você tenha sido bom o suficiente, mas Lilja me olhava com sombras sob os olhos como hematomas, e pela expressão dela eu poderia dizer que ela me daria qualquer coisa por minha ajuda, até mesmo a própria alma, se quisesse ser mesquinho e fazer exigências a ela, o que não fiz. Como me disse mais tarde, ela não pregara o olho, mas passara as horas esfregando os braços de sua amada e soprando calor em suas mãos. Falei com ela baixinho, e ela deu seu consentimento, e então toquei a testa de Margret e derreti a coroa que os Ocultos haviam colocado ali. Deixou para trás uma cicatriz bastante bonita na testa e nas maçãs do rosto, um padrão de flocos de neve irregulares que brilham como gelo quando a luz da lua incide sobre eles.

Bem, achei isso extremamente gracioso da minha parte, curando a amada da única mulher que já me rejeitou, mas não fui imprudente o suficiente para esperar elogios vindos de você. De qualquer forma, Lilja apertou minha mão com força suficiente para machucá-la enquanto Margret enterrava seu rosto lacrimoso no pescoço dela, e a imagem encantadora que formaram foi o suficiente para mim.

— Como? — perguntei, e você deve ter percebido pelo espanto em meu rosto que eu estava desamparadamente surpreso com sua façanha, marchando para algum reino feérico de gelo e fugindo com duas cativas, e tudo isso sem sofrer um arranhão. Mas você desviou o olhar e parecia estar evitando encarar Sombra também, de modo que imediatamente comecei a pensar sobre como foi ele quem me levou até você e, em seguida, sobre todos os seus modos misteriosos, não menos do que são os dele, que escolhe uma criatura como você como dona. Dei um tapinha na cabeça dele, tateando em busca do encanto, como nunca tinha me preocupado em fazer antes – e por que deveria? não tenho o hábito de olhar embaixo dos animais de estimação das pessoas para ver se há um monstro escondido lá –, e, com certeza, lá estava ele, e, quando movi a magia para o lado, um maldito cão de caça olhou para mim, cheio de olhos brilhantes e presas reluzentes.

Você parecia preocupada, por algum motivo, mas se acalmou quando comecei a rir.

— Onde você o conseguiu? — perguntei.

— Na Escócia — você respondeu. — É um Grim. Eu o salvei de um bicho-papão que o estava atormentando por diversão.

Então, você me contou como enganou o bicho-papão, fazendo-o pensar que você era uma parente havia muito perdida do último mestre dele – uma façanha que exigiu uma extensa pesquisa sobre a tradição local –, depois o subornou com conchas exóticas, pois se lembrou de uma história obscura sobre um bicho-papão cuja fantasia secreta era viajar pelo mundo, com os bichos-papões presos às suas ruínas desmoronadas, enquanto eu ouvia meio atônito. Digo meio porque estava apenas olhando para você, observando a maneira como sua mente estala e ronca como um fantástico relógio. Verdadeiramente, nunca encontrei *ninguém* com uma compreensão melhor de nossa natureza, e isso inclui o Povo. Suponho que em parte seja por...

Ah, mas você realmente me mataria se eu profanasse seu receptáculo científico com o fim *dessa* frase.

Bem. Saímos da caverna para a luz púrpura; já era noite naquela hora, e eu pensava com ansiedade no jantar. Na verdade, também estava pensando com saudade em meus aposentos em Cambridge: o fogo crepitando na lareira, meus criados trabalhando de um jeito árduo, preparando minha refeição, e uma de minhas damas, vestida de maneira elegante, com quem compartilhar tudo aquilo – em outras palavras, tudo como deveria ser. Lembro que você comentou algo com uma voz aguda sobre a maldita aurora, que parecia estar caindo no chão bem na nossa frente, e então de repente eu estava caído de costas com uma flecha atravessada no peito.

Nunca fui alvejado antes, então teremos que adicionar isso à lista de prazeres que experimentei desde que a conheci. Você gritou, o que eu apreciei, e Sombra enlouqueceu, também gentil, não muito mais útil, mas felizmente Lilja estava com a cabeça no lugar e arrancou a flecha, depois se jogou com Margret no chão.

Era uma flecha feita por uma fada, claro, um fragmento de puro gelo e magia, e com ela removida eu pude usar minha magia de novo. Felizmente, as margens do reino dos Ocultos rolavam sobre nós novamente quando o vento aumentou – suponho que seja intrigante, esse reino das fadas itinerante, por menos que seja do meu gosto –, e, como todos os monarcas, posso quebrar as regras quando estou nesse reino, mesmo que apenas por um instante. Através da agonia, consegui sair do bolsão do tempo em que estava e desemaranhar alguns fios. Tenho certeza de que não estou explicando bem o suficiente para você entender, mas essencialmente voltei no tempo, ao momento em que a flecha voou em minha direção, e a peguei. É um talento limitado, receio; posso afetar o tempo apenas dentro de uma pequena área – qualquer um que esteja a muito mais que um braço de distância não é afetado –, e só consegui desfazer um punhado de segundos. Porém, bastante útil nesse caso.

A fada que havia atirado a flecha logo fez sua presença conhecida, caminhando arrogantemente contra o vento para sorrir para mim. Eu poderia dizer de pronto que ele não tinha visto meu pequeno truque, só me vira pegar a flecha. Tinha olhos como a aurora e vestia algum tipo de coisa cinza horrível que pendia dele como um lençol – muito ao seu estilo – e uma capa feita de algum tipo de animal morto – traje horrível, mas perfeitamente prático, suponho, para um sincero como ele.

— Você está muito longe de casa, criança — ele me disse em faie, com um tom condescendente que não apreciei. Infelizmente era muito velho, mais velho até do que alguns dos conselheiros mais tediosos da minha corte, então suponho que tivesse motivos para ser condescendente comigo. No entanto, nenhuma razão para colocar uma flecha no meu peito.

Você estava ao meu lado, recontando com rapidez toda a história da capa e o interesse dos Ocultos por mim – desnecessário, na verdade, pois eu já havia percebido que o homem havia sido atraído para o grande buraco que eu fizera em seu reino e que ele pretendia fazer de mim uma refeição, me esvaziando como uma laranja, como havia feito com Auður. Nossa, que destino infame teria sido! Posso imaginar a reação de minha madrasta. Acho que ela teria se machucado de tanto rir. Isso não a teria surpreendido.

De qualquer forma, eu não queria muito lutar com ele – parecia um tipo mesquinho, e eu estava ressentido porque, depois de todo o esforço que fizera, havia mais uma tentativa de me impedir de jantar –, então simplesmente lhe expliquei com quem eu estava e lhe dei uma pequena demonstração do meu poder para afastá-lo, convocando um jardim de rosas muito bonito no meio de seu inverno desolado, completo com um punhado de abelhas.

— Você foi expulso? — perguntou ele com desgosto, me olhando de cima a baixo. — Sim, temos crianças como você em nossa corte. Pavões indolentes, exibindo-se com joias e perfumes, provocando uns aos outros com encantamentos vazios. Sua madrasta fez um grande favor ao seu reino.

Não tive tempo de ficar zangado com isso, pois, antes mesmo de ele terminar sua sentença, estava me atacando com sua espada.

Empurrei-o para fora do caminho primeiro, o que me custou um corte na manga da minha capa. Depois tive que desaparecer na paisagem, um truque que odeio muito por aqui, porque até as árvores parecem gelo quando piso nelas. Ele me seguia aonde eu fosse, de modo que eu girava e pulava sem parar e me esquivava de sua espada, de um jeito meio ridículo. Tentei jogar minha própria magia nele, mas a espada a engoliu. Claro que não era uma espada comum – era um encantamento poderoso, provavelmente aprimorado ao longo de todos os anos em que ele esteve vivo, para minha sorte.

— Wendell! — você estava gritando, tentando por algum motivo ímpio chamar minha atenção enquanto eu me esquivava e ziguezagueava, como se precisasse de outra coisa em que pensar. — Wendell, do que você precisa?

Acho que respondi algo desagradável sobre calar a boca, é tudo um pouco nebuloso. Consegui acertar um golpe normal quando o feérico estava procurando por mim em uma aveleira que convoquei – eu estava convocando todo tipo de árvore e arbusto, mais para distraí-lo do que qualquer outra coisa, e a encosta gelada da montanha estava começando a parecer o domínio de alguma bruxa louca da sebe. Minha mão ainda arde com aquele golpe enquanto escrevo isto. Foi como socar gelo sólido.

No entanto, você simplesmente continuou gritando.

— Pense nas histórias, Wendell... sempre há uma brecha, uma porta! Posso encontrá-la se me disser do que você precisa!

— Uma espada! — gritei de volta, meio histérico nesse momento e sem pensar por um segundo que você realmente puxaria uma espada da neve. Estava começando a me perguntar se teria que abrir um buraco no próprio tempo para me livrar daquele maldito homem do gelo, e, nossa, que bagunça seria para limpar. Não é algo que eu tenha feito antes, então quem sabe poderia ter me despedaçado no processo, deixando você para me recompor de novo, o que não tenho dúvidas de que você teria feito com perfeito distanciamento.

Quando reparei em você, estava chorando na neve. Bem, pensei, finalmente está sendo sensata. Então, percebi que estava chorando porque havia se cortado no braço, e não por preocupação com minha morte iminente. Percebi que suas lágrimas congelavam quando atingiam o solo gelado e se acumulavam na forma de uma espada.

Bem, isso quase me matou. Quero dizer, congelei por um segundo inteiro, durante o qual nosso amigo Pé Grande quase me empalou. Esquivei-me mal, minha cabeça girando. Um dia eu gostaria que me explicasse como ouviu falar da história de Deirdre e seu marido feérico, um antigo rei, que é uma das histórias mais antigas do meu reino. Os mortais contam essa lenda como nós? Quando os filhos assassinos do rei planejaram roubar seu reino, deixando-o morrer de fome em torpor com um inverno sem fim, Deirdre recolheu as lágrimas de seu povo moribundo e as congelou em uma espada, com que ele finalmente foi capaz de matar seus filhos. É uma história que muitos de meu povo esqueceram – eu a conheço apenas porque aquele pobre e estúpido rei é meu ancestral.

Senti a história em meu sangue e deixei minha magia fluir para a espada que você estava moldando. Infelizmente, nosso inimigo percebeu que havia truques e avançou em sua direção, então você deixou a espada cair na neve. Lilja, porém, estava mais uma vez jogando em todas as posições – ela agarrou a espada antes que o feérico pudesse destruí-la e a jogou para mim.

Eu a peguei, obviamente, e no mesmo instante me interpus entre você e ela, acertando a lâmina de sua espada com a minha. A partir desse momento, as coisas ficaram muito mais agradáveis. Gosto de esgrima – comecei minhas aulas quando ainda estava praticamente no berço, como fazem todos os membros da realeza em meu reino. Não matei o homem de imediato, mas o fiz dançar um pouco primeiro, percorrendo vários dos meus padrões favoritos, forçando-o a recuar, e recuar de novo. Não era ruim, embora também não fosse um grande desafio – poucos Povos são. É uma pena que a luta de espadas não seja mais *de rigueur* no mundo mortal. Eu poderia encerrar todas as discussões tediosas com o chefe do departamento desafiando-o para uma disputa no pátio.

Bem. Por fim, fiquei entediado com a coisa toda e tirei a espada da mão dele. Então, arranquei sua cabeça com um golpe certeiro, bom, limpo e extremamente satisfatório. Na verdade, gostei tanto que voltei no tempo e fiz de novo, só para ouvir o belo *baque* de sua cabeça batendo na neve. Tinha acabado de decidir fazer uma terceira tentativa – pois nós, do Povo, você sabe, gostamos de coisas que vêm em três – quando você gritou para eu parar. Virei-me e vi que Lilja estava passando mal na neve, o que me afligiu, pois decidi que gosto bastante dela. Não tenho certeza se foi devido à bagunça geral que acompanha a decapitação, ou ao fato de que os mortais não estão acostumados a ver o tempo se mover para a frente e para trás como as páginas de um livro, mas senti pena de qualquer maneira. Terei que fazer as pazes com ela quando voltarmos para Hrafnsvik – talvez ela queira uma árvore que frutifique o ano todo ou um vestido que mude de cor conforme o seu gosto, que não manche nem enrugue? Vou pensar nisso.

Suponho que este seja um lugar tão bom quanto qualquer outro para encerrar, pois vejo que você está se mexendo – espero que não se importe por eu não tê-la desalojado quando caiu sobre meu ombro durante o sono. Não, que tolo sou eu. Claro que você vai se importar, mas talvez eu não me importe.

22 de novembro

Pensei muito e por muito tempo em jogar tudo isso no fogo. Bem, não por *tanto* tempo nem *tanto* assim. O relato de Wendell é útil, admito, e de fato colocou cerca de uma dúzia de questões de pesquisa em minha cabeça – entre elas, a capacidade dos monarcas feéricos de manipular o tempo –, mas se eu conversasse com ele sobre isso, Wendell apenas sorriria e faria alguma piada sobre bibliografias. Por mais que me enfureça quando alguém toca em meu diário, ainda mais quando tem a ousadia de preenchê-lo com sua caligrafia perfeita (pois claro que sua caligrafia é linda, mesmo quando escrita em uma carroça puxada por cavalos), não vou deixar minhas irritações de estimação terem precedência sobre o conhecimento.

Dormi a maior parte do caminho de volta para Hrafnsvik, o que me surpreendeu. Durante um dos meus poucos momentos acordada, Wendell explicou que eu havia me permitido participar de um poderoso encantamento – a fabricação da espada –, e, como eu não tinha poderes mágicos, o encantamento absorveu muito da minha força vital, e levaria tempo para que eu a recuperasse. Essa declaração fascinante de imediato me encheu de perguntas: foi isso que Deirdre fez, sacrificando sua própria força pelo bem de seu marido feérico, e foi por isso que ela morreu pouco depois? Por qual alquimia a força mortal contribui para a magia dos feéricos, e são apenas as fadas nobres que têm acesso a isso? Mas eu estava dormindo de novo antes que pudesse perguntar a ele.

Assim que voltamos para o chalé, caí na cama e dormi por mais uma noite e uma manhã, e, quando acordei, me senti inteira novamente.

— Wendell? — chamei. Não sei por que fiz isso; eu ainda estava à beira do sono e, por algum motivo, o silêncio do chalé me assustou. Mas ele entrou no quarto, sorrindo de um jeito presunçoso.

— Estou acordado há horas — disse ele, no que não acreditei nem por um segundo. — Devo pedir o café da manhã?

— Ah, sim.

Ele já havia tomado café, mas isso não o impediu de se servir da comida trazida por Finn e Krystjan – pão preto farto, peixe defumado, ovos de ganso, uma variedade de queijos e mirtilos frescos em calda, que tinham sido misturados em aveia e iogurte e empilhados com açúcar torrado. Foi um café da manhã mais elaborado do que qualquer outro que tinham nos servido antes, e ainda mais estranho, pois tanto Finn quanto Krystjan o serviram. Bambleby convidou-os para comer conosco, proposta que foi imediatamente aceita. Foi ótimo para mim, pois pude comer em paz enquanto Bambleby se divertia direcionando seus encantos a duas pessoas dispostas, ambos cheios de perguntas sobre nossas façanhas. Eu soube que Lilja e Margret haviam sido entregues em segurança por Wendell à casa da família de Lilja, e ambas estavam de bom humor. Os pais de Lilja ficaram loucos de tanto alívio e gratidão, enquanto os irmãos mais novos de Lilja ficaram encantados com a estranha, mas adorável, cicatriz na testa de Margret. Fiquei mais que contente por Bambleby ter absorvido o ataque inicial de elogios, o que sem dúvida pesou em seu atual bom humor. Ele respondeu às perguntas de Finn e Krystjan de forma elaborada, e, de algum jeito, uma matilha de lobos e uma temível tempestade de gelo encontraram seu caminho em nossa jornada para a feira dos Ocultos, como se a história precisasse ser enfeitada. Os homens prestavam atenção em cada palavra dele, com o que eu estava acostumada, mas havia algo na maneira como hesitavam em falar, como se cada palavra dirigida a Bambleby precisasse ser cuidadosamente selecionada, e a maneira como Finn lançava olhares nervosos para Krystjan sempre que sua rudeza natural surgia era inteiramente nova.

— Eles sabem sobre você — disse eu, sem rodeios depois que Finn e Krystjan finalmente partiram. — A aldeia toda?

Ele se serviu de mais iogurte.

— Lilja e Margret são garotas espertas, mas, de qualquer forma, não precisaria de muita esperteza para somar dois mais dois depois do que elas viram.

Tamborilei os dedos na mesa.

— Que inconveniência. Os aldeões verão você como uma espécie de fada-madrinha agora. Você já trabalha pouco sem que eles o abordem noite e dia pedindo favores.

O sorriso desapareceu de seu rosto.

— Acha que vão fazer isso?

— Não tenho ideia. Os ljoslandeses não fazem as associações mais gentis com as fadas nobres, talvez isso diminua as expectativas em relação a você. Você não poderia ter tirado as lembranças das meninas?

Ele me encarou, incrédulo.

— Gostaria que eu tivesse confundido suas mentes depois do que passaram? Ah, Em!

— Não confundido *inteiramente* — disse eu, na defensiva. — Mas você poderia ter tirado a lembrança do que viram naquele vale.

— Não funciona assim.

— Como funciona, então? — Inclinei-me para a frente, ansiosa.

— Não tenho a menor ideia. Nunca me preocupei em mexer na mente dos mortais.

Recostei-me com um suspiro.

— Você não ajuda em nada.

— Não desejo ser *útil*. — Bambleby ergueu os olhos para o teto. — Desejo terminar nosso trabalho e usá-lo para deslumbrar as mentes brilhantes da CIDFE em um estupor magnânimo. Depois, desejo pegar o dinheiro deles e usá-lo para contratar um exército de estudantes e equipamentos para encontrarmos uma porta de volta ao meu reino. Falando nisso, acredito que temos material suficiente para concluir o nosso rascunho do livro, não acha?

Meu ânimo aumentou com a última frase.

— Mais do que o suficiente.

— Também tem isso — disse ele, pulando da cadeira com um sorriso. Quando voltou, estava com o manto branco que a fada me dera no braço.

Olhei para ele. À luz do chalé, sua artificialidade aumentava – o pelo parecia menos com cabelo e mais com lâminas de gelo.

— Você fez algo com isso?

— Deus, não. Prefiro encher meu colchão de neve a costurar qualquer roupa deles. Não que não pudesse usá-lo. — Ele examinou a capa criticamente. — Tenho guardado do lado de fora, pois derrete um pouco dentro de casa. Mas se a embalarmos no gelo...

— Poderíamos exibi-la na conferência. — Minha cabeça deu um rodopio. Coletamos um artefato de uma espécie feérica que nunca havia sido estudada antes. Um que diz *fada* em cada ponto e vinco. Não era nada menos que um triunfo.

Ele sorriu para mim.

— Com certeza.

Ele saiu e deixou a capa de volta no frio, em seguida me trouxe um de seus cadernos, encadernado em couro com páginas que amassaram muito e tinham lavanda esfarelada nelas (claro). Para minha surpresa, continha um rascunho do resumo e um esboço em sua caligrafia irritante.

— Você pensou que eu deixaria você fazer todo o trabalho? — perguntou, em resposta ao meu olhar.

— Claro que sim. — Folheei o esboço e adicionei minhas próprias notas aqui e ali. Não estava nada mal. Por outro lado, Bambleby já foi publicado antes, dezenas de vezes. Acho que sempre presumi que seus alunos fizessem tudo por ele.

— Você não incluiu nada sobre seu encontro com o príncipe das neves — disse eu. — Se é que isso que ele era.

— O que eu diria? Que lutei e o matei com uma espada forjada com lágrimas? Gostaria de deixar as pessoas extasiadas na CIDFE, mas não por esse motivo.

Não respondi. Na verdade, não gostei de relembrar aquela cena da caverna. Estava acostumada a registrar histórias do Povo – não esperava me tornar uma, nunca desejei. Deveria ficar de fora das histórias com minha caneta e meu diário. Dava para perceber que isso não incomodava Wendell nem um pouco, e por que incomodaria? Ele fazia parte da história; e provou isso quando pegou a espada de gelo e repeliu nosso inimigo com a facilidade de uma respiração, sua lâmina brilhando rápido demais para que eu a acompanhasse. Eu não tinha ideia de que ele era capaz de fazer algo assim, ou seja, de conjurar algum tipo de magia. Demonstrações de habilidade física, o tipo que requer treinamento e esforço? Não. Desde aquela noite, sinto como se o chão tivesse mudado um pouco embaixo de nós dois, como se eu não pudesse enxergá-lo precisamente do mesmo ângulo de antes do ocorrido.

— A propósito, você ainda não se explicou — disse ele, puxando um fio solto de seu suéter. — Como soube tirar aquela espada da neve? Às vezes, Em, você é tão capaz ao lidar com o Povo que começo a suspeitar que seja uma feiticeira.

Eu bufei.

— Ninguém precisa de magia se conhece histórias suficientes. — Eu o examinei. — Tem alguma dúvida sobre tudo isso? E se a comunidade acadêmica descobrir o que você é? A maioria terá medo e desconfiará de você. Alguns poucos selecionados podem tentar matá-lo e empalhá-lo como um dos duendes domésticos de Davidson.

Ele inclinou a cadeira nas pernas traseiras.

— Ninguém em Cambridge vai acreditar, no caso improvável de algum deles descobrir o que Hrafnsvik acha de mim. Por via das dúvidas, vou me antecipar quando voltar e lhes direi que nossos inocentes aldeões ficaram tão impressionados com o nosso sucesso no campo que pensaram que nós dois fôssemos fadas. Isso vai fazer a CIDFE rir. A maioria de nossos colegas titulares raramente exige muito convencimento quanto à credulidade dos camponeses. Você sabe disso, Em... Lembra-se do problema que teve ao dar o crédito de coautor àquele pastor galês por seu artigo sobre montes de fadas? Seus avaliadores não permitiram que fosse impresso.

Eu me lembrava muito bem e pensei que provavelmente ele estava certo. Então, com o que eu estava preocupada? E por que estava preocupada? Certamente seria de pouca importância para mim se o segredo de Bambleby vazasse. Mas ele era meu amigo, e achei que ele estava lidando com o assunto com tranquilidade demais.

Fomos interrompidos por uma batida na porta. Era um dos filhos de Aud com uma entrega de flores silvestres secas, conchas polidas e uma variedade colorida de cogumelos que devem ter custado dias de trabalho para serem colhidos. Bambleby aceitou de um jeito indiferente e fechou a porta na cara do jovem.

— Mas que inferno vou fazer com isso? — murmurou ele, colocando a cesta sobre a mesa com um tilintar. — Abrir uma farmácia?

— Eles não sabem o que você quer — disse eu, sufocando o riso. — Só sabem o que dão ao seu Povo em troca de seus serviços. Você poderia simplesmente dizer a eles que prefere prata.

Pois essa é a oferta habitual na Irlanda, pelo menos para as fadas nobres. Quase todas as espécies de Povo desdenham dos metais humanos, mas as fadas irlandesas são únicas em sua capacidade de tolerar – e, de fato, amar – a prata. Dizem que elas enchem suas vastas e escuras florestas com espelhos de prata como joias, que bebem do pouco sol e da luz das estrelas que penetram nos galhos e os refletem de volta à vontade do Povo; dizem também que usam a prata para construir escadas fantásticas que serpenteiam por aqueles enormes troncos e pontes que pendem entre elas como delicados colares.

— Não importa, não posso aceitar nada disso — disse ele, mal-humorado. — Não fiz nenhum acordo com essas pessoas. Fui para essa caçada maluca por você.

Franzi um pouco as sobrancelhas, lembrando do nosso estranho acordo unilateral.

— Então, comprarei para você um bom conjunto de talheres quando voltarmos — falei. — Quanto a Aud e os demais, recomendo que demonstre uma forte predileção por fungos e declare a dívida com você paga.

— Tudo isto é culpa sua! — gritou ele. — Se tivéssemos apenas *fingido* ter ido atrás daquelas duas, como eu queria...

— Lilja e Margret estariam mortas, ou talvez tivesse acontecido algo pior — disse eu. — Era *isso* que você queria?

Ele passou um tempo pensando nisso.

— Não, não é isso. Embora eu não consiga imaginar que esse pensamento *a* perturbe muito, Em. Lilja passou duas vezes aqui para agradecer e voltará mais vezes, pode apostar. Não me preocupei em dizer a ela que seus motivos não eram nada bondosos.

Senti uma pontada de inquietação. Afinal, era verdade que eu havia resgatado Lilja e Margret não pelo bem delas, mas por erudição. Dessa perspectiva, não havia nada para me agradecer. Na verdade eu é que tinha muitos motivos para agradecê-las por terem sido capturadas e me dado a oportunidade de testemunhar a feira dos Ocultos.

Voltei a tamborilar com as pontas dos dedos. Algo estava me incomodando. Reconheci a sensação, embora não soubesse o que significava, exceto que estava perdendo algo importante. Havia um padrão ali em Hrafnsvik. Podia sentir que o estava tateando.

Eu precisava de tempo com minhas anotações.

— Ai, meu Deus — falou ele. — Conheço esse olhar. Que terrível imposição está reservada para mim agora?

Sem dúvida Bambleby sempre se considera o centro dos meus pensamentos.

— Não há imposição nenhuma. Gostaria que me deixasse em paz por algumas horas, se isso estiver ao seu alcance.

— Suponho que sim — disse ele, de má vontade, embora eu não tenha ficado lisonjeada com sua relutância em sair do meu lado. Bambleby odeia ficar sem companhia para conversar. Bem, sem dúvida encontraria ouvintes prontos na taverna se ficasse entediado.

Ele me surpreendeu, porém, quando me informou depois do café da manhã que pretendia dar um passeio.

— Pensei que tivesse perdido a esperança de encontrar sua porta aqui — disse eu. Assim havia presumido, visto que ele havia apenas se esforçado superficialmente.

— Falei alguma coisa sobre portas? — disse ele por cima do ombro enquanto vestia a capa.

Eu grunhi.

— Por que ser misterioso agora? Há algum segredo seu que eu não saiba?

— Ah, eu diria que há alguns excelentes.

Revirei os olhos e voltei para minhas anotações. Não poderia me chatear com ele agora.

— Bem, não volte a assediar o pobre Poe. É improvável que você encontre uma porta dessas no Karrðarskogur. As fadas nobres de Ljosland movem seu reino, certo? Mas apenas espacialmente; elas moram todas para sempre no inverno. A porta que você procura deve ser consertada, dado que seu próprio reino é consertado – eu digo *deve*, embora esteja falando em termos teóricos, claro, já que nunca vi tal fenômeno pessoalmente e só posso extrapolar a partir da literatura... Então é lógico que, se estiver em algum lugar, será em um local de inverno permanente. Ou seja, uma geleira ou um pico alto que nunca perde sua camada de neve. Devo observar aqui, claro, que acho altamente improvável que uma porta como a que você procura esteja neste país. Há muito pouca afinidade entre o seu reino e o dos Ocultos. É mais provável que seja encontrada em uma paisagem de floresta semelhante, verde e úmida, com muitos bosques de carvalho para absorver as pequenas magias das fadas comuns e criar espaços para tais portais se manifestarem... se de fato sua existência for o resultado de mero acidente ou acaso. Esses tipos de portas de toca de coelho... portas dos fundos, se preferir... costumam ser considerados acidentais nas histórias. O norte da Europa é o local mais provável, talvez uma das florestas mais quentes da Rússia.

Ele ficou imóvel com a mão na porta, olhando para mim.

— Sim, eu sei que é um monte de suposições — continuei, interpretando mal o olhar em seu rosto. — Não tive tempo de pensar muito nisso.

Ele sorriu para mim, seus olhos brilhando um pouco demais, como às vezes acontecia.

— Formaremos uma equipe muito boa, Em.

Bufei para cobrir o calor que subiu em meu rosto.

— Até agora, nosso trabalho em equipe parece distribuído de forma bastante desigual.

— Ainda posso ser útil para você, meu querido dragão.

Ele me deixou, fechando a porta suavemente atrás de si.

23 de novembro

Depois de fazer uma visita a Poe esta manhã, voltei e notei que Bambleby havia desaparecido mais uma vez. Claramente, ele ainda está procurando sua porta – por que se preocupa em ser tão reservado sobre isso? E por que não me recruta para ajudar?

Sentindo-me incomodada, vaguei pelo chalé por um tempo, observando as várias bugigangas com que ele havia bagunçado o espaço e desejando poder ficar mais incomodada com elas. Corri o dedo sobre a lareira – nem uma partícula de poeira. Lembrei-me de como o lugar estava sujo quando me mudei, mas nunca o observei tirando o pó.

Talvez, antecipando meu desagrado, ele tenha deixado vários diagramas completos de formações rochosas de basalto sobre a mesa, aquelas que os aldeões diziam serem habitadas pelos "pequenos". Essa era a seção do artigo que eu tinha atribuído a ele, e pelo menos ele fizera alguma coisa. Li o resumo que ele deixara abaixo dos diagramas – era breve, mas aceitável.

Sentei-me para trabalhar, mas percebi que minha mente estava longe. O tempo lá fora tinha uma suavidade que só desperta no inverno, nuvens flutuavam para lá e para cá, como em um sonho, soltando punhados de branco. O vento vinha do norte e trazia o cheiro de enxofre de alguma fonte invisível na montanha.

Larguei a caneta e vesti a capa e as botas. Tínhamos um suprimento saudável de madeira, mas eu queria um pouco de esforço.

O primeiro tronco acabou se partindo, embora eu tenha tido que dar alguns golpes nele. O segundo estava crivado de nós e saiu voando para o lado quando o machado o atingiu. Quando fui retirá-lo da neve, ouvi o som suave de passos de botas.

— Emily! — gritou Lilja. Margret vinha atrás, as duas sorrindo para mim. — Acabamos de ajudar Ulfar a descarregar suprimentos no cais e viemos ver se gostaria de se juntar a nós para tomar um pouco de vinho. Thora está reclamando de novo das bebidas, então ele pensou em tentar pedir algumas garrafas francesas.

— Obrigada — disse eu —, mas não gostaria de interromper suas tarefas. Além disso, prefiro não beber tão cedo assim.

O rosto de Lilja ficou triste. Só quando as palavras saíram da minha boca percebi como soavam.

— Não quero dizer que é muito cedo para beber — esclareci. — Só que geralmente não bebo muito, portanto para *mim* é muito cedo. Mas é provável que aqueles que bebem habitualmente discordem.

Elas olharam para mim, as sobrancelhas franzidas. Pensei: *Ah, muito bem.* Como é que, ao tentar fazer uma emenda, eu invariavelmente conseguia piorar ainda mais o soneto?

Comecei a balbuciar outra coisa, mas felizmente Lilja falou primeiro.

— Parece que você está melhorando — disse ela, apontando para o machado. — Gostaria que lhe desse uma aula?

Quase chorei com sua bondade.

— Obrigada — sussurrei.

Parecendo se divertir, ela tirou o machado da minha mão.

— Vou te mostrar como faço, então você pode tentar de novo.

Margret sentou-se em outro toco para observar. Lilja arrumou o pedaço de madeira, girando-o um pouco de maneira automática, mudou de posição e bateu o machado em um arco rápido. A madeira se partiu, embora não ao meio.

— É assim que eu gosto de fazer — explicou Lilja enquanto pegava a metade maior e a colocava de volta no toco. Em suas mãos calejadas e hábeis, o machado parecia leve e pequeno. — É mais fácil dividir se você atingir a borda, não o centro. Agora posso fazer isso...

Ela balançou novamente, e a peça se partiu em duas.

— E aí está. Cabem no seu fogão?

Concordei com a cabeça. Admito que não teria pensado que poderia ficar impressionada com esse tipo de habilidade rústica, mas Lilja fazia parecer uma arte.

— Você deve ser muito requisitada na aldeia — disse eu.

— Posso partir mais de três metros cúbicos em uma hora — disse ela, não se gabando, mas como uma resposta. — Faço isso desde os sete anos. Não gostaria de ter nenhum outro trabalho.

— E você também gosta dessa forma de atividade? — perguntei a Margret, que estava sentada em silêncio, balançando os pés com um sorrisinho no rosto.

Margret fez uma careta.

— Prefiro ficar dentro de casa, ao piano, ou lendo um livro. Cortar lenha é o trabalho de Lilja. Ela me mantém aquecida.

Lilja corou e olhou para mim com tanto calor e gratidão que me peguei perguntando com fervor:

— E existem diferentes tipos de machado?

Lilja foi muito paciente comigo. Mostrou-me como segurar o machado – eu estava fazendo tudo errado, aparentemente, brandindo-o como uma machadinha.

— Vê essas linhas? — disse ela, apontando para o lado cortado de um tronco, onde uma rede de rachaduras cortava o grão. — É onde você mira. Por mim, iria nesta aqui. — Ela a traçou com o dedo. — Assim você evita o nó. Entendeu?

— Você pode estar superestimando minha habilidade se espera que eu mire em algo menor que a própria tora.

Ela deu risada.

— Apenas dê o seu melhor.

Havia algo na maneira confortável como ela disse aquilo que me fez sentir mais relaxada. Dividi o tronco em apenas dois golpes. Consegui acertar uma das rachaduras na peça seguinte, e ela se dividiu com um único golpe.

Margret bateu palmas.

— Muito bem! — exclamou Lilja, radiante como se eu tivesse concluído uma maratona. Na verdade, eu estava me sentindo muito orgulhosa de mim mesma naquele momento. É engraçado como a prática de habilidades tão simples e antigas pode deixar alguém à vontade.

Meu progresso, porém, foi bastante desigual. A pontaria começou a melhorar sob as instruções de Lilja, mas eu não tinha a força dela, e não conseguia me sentir confortável batendo com algo tão mortal, principalmente depois do fiasco com Wendell. Depois que acumulamos uma pequena pilha entre nós, ela e Margret me ajudaram a carregá-la para dentro e me peguei convidando-as para ficar para o chá, embora minhas anotações estivessem me olhando de forma acusadoramente feia da mesa.

— Que aconchegante! — exclamou Margret, e as duas olharam ao redor do chalé com admiração. Por alguma razão, não lhes informei que o conforto era obra de Wendell. Nenhuma vez fui elogiada por meus apartamentos em Cambridge. Bem, passo a maior parte do meu tempo na biblioteca ou no gabinete, então de que importa?

Lilja perguntou se Wendell estava, e as duas pareceram aliviadas quando fiz que não com a cabeça.

— Vocês não estão com medo dele, estão? — perguntei.

— Ah, não! — respondeu Margret, um pouco rápido demais. — Somos muito gratas a ele por ter nos ajudado.

— Sim — disse Lilja, e entendi que elas *estavam* com medo de Wendell, muito mesmo, e ansiosas para evitar ofendê-lo de alguma forma.

Senti que Margret queria prosseguir com o assunto de Wendell de alguma forma, mas ela não disse mais nada enquanto eu preparava o chá. Fiquei aliviada por não terem mencionado a taverna de novo – duvido que algum dia eu vá me sentir à vontade em tais lugares, principalmente quando todos os presentes insistem em me abordar para uma espécie de conversa calorosa, cheia de elogios e gratidão, com os quais não tenho mais ideia do que fazer do que com um dos novelos de lã de Thora e algumas agulhas de tricô.

Conversamos sobre minha pesquisa e minha próxima apresentação na CIDFE com Bambleby, e, enquanto eu servia o chá, Margret disse, um pouco apressada:

— Então, você e Wendell não são... um casal?

Pisquei para ela.

— Não. Claro que não. Somos colegas. E amigos, suponho — acrescentei, a contragosto.

— Foi o que pensei — disse Lilja, dando a Margret um olhar de *não falei?*. — Por causa do jeito como ele se comporta com as garotas da aldeia.

Mas a testa de Margret estava franzida.

— Só pensei porque... a maneira como ele olha para você.

A maneira como ele olha para mim? Às vezes eu pensava na maneira como Wendell olhava para mim, principalmente quando achava que eu não percebia, e então sentia calor, depois frio, depois calor de novo.

— Não sei o que isso significa. — Eu me virei para esconder meu rubor. Meu Deus, naquele momento qualquer um imaginaria que eu era uma garota de dezesseis anos.

Lilja chutou Margret.

— Ela provavelmente tem alguém a esperando em casa, intrometida.

— Tem? — questionou Margret.

— Ah, não. — Ocupei-me com o pão torrado, um dos pães mais claros e macios de Poe. — Estou sempre muito ocupada para esse tipo de coisa.

Margret piscou.

— Então... nunca houve *alguém* de quem tenha gostado?

— Ah, claro — disse eu, muito aliviada pelo assunto Wendell ter mudado. — Houve Leopold... ficamos juntos por um ano. Estudamos juntos para o doutorado em Cambridge. Depois ele conseguiu uma bolsa e foi para Tübingen. Pediu que fôssemos juntos, mas obviamente estava fora de questão.

Lilja esperou, como se aguardando que eu continuasse.

— E... é isso? — Quando olhei para ela inexpressivamente, ela pareceu envergonhada e disse: — É isso. Entendi.

Margret não era tão diplomática.

— Apenas *um*? É isso? Já estive com mais homens do que isso e nem gosto deles. E você é... — Ela semicerrou os olhos, claramente tentando avaliar minha idade, mas a ruga em sua testa pressagiava uma conclusão desfavorável. Lilja deu uma cotovelada nela.

— Acho que sou apenas... — Pensei no que eu era. — Exigente.

Lilja sorriu.

— Exigente. Gosto disso.

Margret recostou-se com uma gargalhada roncante.

— Gostaria que esta aqui tivesse sido um pouco mais exigente antes de eu aparecer.

Lilja a chutou.

— Que grosseria.

— Sabe o que mais é grosseiro? — Margret se inclinou para mim. — Incendiar o celeiro de uma estranha por causa de um coração partido.

— Erika não queimou seu celeiro! — disse Lilja. — Ainda está de pé.

— Graças à tempestade, não a ela. — Para mim, Margret acrescentou: — Lilja tem o hábito de namorar mulheres loucas.

— Eu não!

— Ou isso ou você as deixa loucas. Suponho que vou ser trancafiada no devido tempo. Talvez depois que eu incendiar a aldeia.

Lilja jogou um pano de prato nela. Tinha a cadência de uma velha discussão, e me peguei rindo junto com elas.

Depois do chá, Margret voltou a me convidar para ir à taverna, sendo bastante insistente, de maneira bem-humorada, quando recusei. Depois de olhar para mim, Lilja pousou a mão em seu braço.

— Está tudo bem — disse ela. — Nós precisamos voltar para casa de qualquer jeito. Minha mãe gosta que a ajudemos com o jantar. — Ela fez uma pausa. — Por que não venho amanhã para outra aula? Acho que, com um pouco mais de instrução, você vai ficar perfeita. Pode encaixar essa história em sua pesquisa?

Assegurei a Lilja que sim – fiquei surpresa com o quanto gostei da experiência, bem como da companhia delas, principalmente porque não envolveu a companhia de uma dúzia de outras pessoas. Ela me deu outro sorriso caloroso, e ela e Margret partiram.

26 de novembro

Passei a maior parte do dia debruçada sobre minhas anotações e relendo meu diário, incapaz de me concentrar nele ou em minha enciclopédia, ainda atormentada pela certeza de que estava perdendo alguma coisa. Por fim, me voltei para meus livros, em particular para as coleções de antigas histórias de fadas em várias iterações que os driadologistas adoram mais do que qualquer coisa debater – qual versão deve receber primazia, se contos semelhantes contados em diferentes regiões compartilham um progenitor. Bambleby havia fugido de novo, e fui deixada com minha preocupação até depois do meio-dia, quando ouvi uma batida na porta.

Esperando Lilja e a distração bem-vinda de outra aula de corte de madeira, fiquei surpresa ao encontrar Aud, parecendo determinada.

— Ele não gostou de nossos presentes — disse ela, sem preâmbulos.

Suspirei. Pensei em dizer a ela que Bambleby não exigia presentes, mas ela não entenderia isso – os favores concedidos pelo Povo sempre devem ser retribuídos de uma maneira que os satisfaça, o que não é o mesmo que dizer que os valores devem ser iguais pelos padrões humanos. Lancei meu olhar ao redor da sala, e ele pousou sobre o kit de costura de Wendell.

— Você tem agulhas de prata? — perguntei. Havia observado que as de Wendell eram feitas de osso.

Aud assentiu devagar, parecendo intrigada.

— Será que isso basta?

— Acho que ele gostaria de um espelho ou dois — disse eu. — Para pendurar na parede. Mas só se forem bonitos. E chocolate — acrescentei com algum ressentimento, porque certamente *eu* também merecia um presente pelo meu esforço.

    Aud assentiu, parecendo satisfeita. Foi embora e, uma hora depois, tudo o que eu havia pedido foi entregue por uma das conquistas de Bambleby, a pequena de cabelo escuro, que parecia ao mesmo tempo aliviada e decepcionada ao ver que ele não estava lá. Entendi como ela se sentia, pois finalmente havia descoberto o que me incomodava e estava doida de entusiasmo para compartilhar com ele.

    Mas a noite caiu, e ainda não havia sinal dele. Resolvi descer até a taberna – sem dúvida o encontraria lá, alegremente abrigado em reverência e admiração. Mas, quando empurrei a porta, apenas os rostos familiares dos aldeões olharam para mim. Para meu horror, explodiram em aplausos e começaram a me dar tapinhas nos ombros. Várias das mulheres me abraçaram – não percebi quais, pois meus sentidos foram temporariamente sobrecarregados por esse ataque.

    — Deixem-na em paz, deixem-na em paz — a voz de Thora resmungou, e sua mão ossuda envolveu meu pulso e me puxou para seu recanto aconchegante e afastado perto do fogo.

    — Obrigada — murmurei, caindo na outra cadeira.

    Ela deu uma gargalhada estrondosa.

    — O jeito como você ficou paralisada! Parecia um texugo assustado.

    Não discuti com sua escolha nada lisonjeira de metáfora, apenas afundei mais na cadeira.

    — A senhora viu Wendell?

    — Por que eu saberia aonde aquela criatura foi parar? Ele é seu feérico. Qual o problema?

    Quase mordi a língua em consternação. Meu feérico! Minha nossa.

    — Não tem problema nenhum. Só acredito ter descoberto a razão por que sua aldeia perdeu tantos para os altos nos últimos anos. E por que isso continuará acontecendo se nada for feito para impedir.

    Não tinha a intenção de dizer a ela, mas as palavras simplesmente saíram de mim em minha excitação. O rosto de Thora endureceu e ela ergueu a mão.

    — Espere um momento, garota.

Segundos depois, Thora arrastou Aud para se juntar ao nosso *tête-à-tête*.

— O que significa isso, Emily? — disse ela, segurando minha mão calorosamente.

— A criança trocada — disse eu. — Antes da chegada dela a Hrafnsvik, sua aldeia perdeu alguns jovens para os Ocultos. Todas as suas histórias concordam sobre isso, uma vez em uma geração, talvez, muitas vezes até com menos frequência. As aldeias vizinhas não foram afetadas da mesma forma, o que significa que há algo em Hrafnsvik que os atrai.

— Então, eles desejam levar a criança de volta? — perguntou Aud, intrigada.

— Não. É um tema que aparece frequentemente na literatura, que tem sido chamado de teoria da lanterna... — Estaquei aí. Como explicar isso para as pessoas comuns? Como explicar que as histórias que elas contavam para as crianças, ou para diversão nas noites frias passadas ao lado do fogo, continham a mais profunda das verdades – que eram, de fato, as chaves para desvendar os segredos do Povo? — É como se... o Povo fosse atraído para lugares de grande magia. Crianças trocadas requerem a maior magia de todas, para pegar uma criança feérica e incorporá-la ao reino mortal de forma tão segura que ela não possa ser removida. E sua criança trocada é especialmente poderosa. E, assim, as fadas nobres são atraídas para cá, mesmo que elas próprias não tenham nenhuma conexão com ela, talvez sem perceber que estão sendo atraídas.

As sobrancelhas de Aud crisparam-se.

— Uma lanterna. Sim. Mas como apagamos essa luz?

— Só há um jeito. — A voz de Thora era firme, mas ela estendeu a mão envelhecida e a pousou no ombro de Aud. — É o que venho dizendo há anos, Aud. Você disse que não, quando eram apenas Mord e Aslaug que aquela criatura estava fazendo sofrer. Mas é toda a aldeia agora. Qual dos nossos filhos será levado a seguir se não fizermos nada?

— Ari — disse Aud enquanto soltava a respiração. — Sou madrinha dessa criança.

— Sim. — A voz de Thora não se suavizou. — E de quantas outras crianças você é madrinha?

Aud pressionou os olhos com as mãos. Quando as tirou, parecia muito mais velha, e vi o parentesco entre ela e Thora ali como um reflexo esgotado.

Mas Aud não concordou; em vez disso, me lançou um olhar duro, como se dissesse: *E então?*

— Se soubéssemos o nome dele — comecei, insegura. — O verdadeiro nome da criança trocada. Poderíamos usá-lo para bani-lo.

Thora recostou-se na cadeira com um tom de desdém.

— Nós sabemos *disso*. Não acha que tentamos enganá-lo para nos contar quando chegou aqui? Eles guardam seus nomes a sete chaves.

Aud não disse nada, apenas manteve os olhos em mim.

— Deixe-me pensar sobre isso — eu disse. — Não façam nada por enquanto. Por favor.

— Não pense muito — disse Thora, com o rosto sombrio. — Ouvimos os sinos novamente ontem à noite. Nunca soaram tão regulares antes. Vão levar outra criança, e logo.

26 de novembro - tarde

Não sei o que fazer com esse acontecimento, que me enervou mais do que qualquer criança trocada ou besta feérica jamais poderia. Talvez colocar meus pensamentos em papel e caneta ajude.

Após minha conversa com Aud e Thora, voltei para o chalé. Wendell ainda não havia retornado, e, após cerca de uma hora, decidi procurá-lo. Quase nos esbarramos no caminho que subia a montanha. Ele veio passeando do crepúsculo com as mãos enfiadas nos bolsos e o olhar cabisbaixo, carrancudo e perdido em pensamentos. Cristais de neve estavam aninhados em seu cabelo dourado, o que era muito perturbador. Estou acostumada a ignorar sua boa aparência, mas esse cabelo dele é uma questão difícil. Já observei que a maioria das pessoas se deixa levar por seu sorriso ou seus olhos, mas para mim é aquele maldito cabelo – não dá para deixar de imaginar como é tocá-lo, esse é o problema.

Ele ergueu os olhos quando ouviu meus passos, e seu rosto se iluminou.

— Aí está você, Em! Esgueirando-se na penumbra, isso é bem típico seu.

Não me incomodei em perguntar onde ele esteve. Se queria ser discreto, que fosse. Deixando de lado meu alívio com seu retorno, que me encheu de uma sensação inexplicável de leveza, eu disse:

— Preciso de sua ajuda.

— Claro que precisa. Podemos sair deste maldito frio, pelo menos? Você não vai acreditar, mas estou com vontade de comer uma das costeletas de carneiro de Ulfar...

Agarrei sua mão e o arrastei de volta para o chalé. Ele pareceu um pouco surpreso, mas se deixou arrastar, seus dedos graciosos se fechando nos meus.

— Preciso do nome dele — disse eu assim que entramos. — O verdadeiro nome da criança trocada. Como faço para que ele me diga qual é?

Ele me lançou um olhar perplexo.

— Se você ainda não descobriu isso, duvido que algum dia descubra.

Ergui as mãos.

— Me diga.

— Não sei como. Por isso eu disse que, se *você* ainda não descobriu, eu...

— Ai, meu Deus. — Eu me joguei em uma das poltronas. — Se tentasse, não poderia ser mais inútil. Achei que estivesse tentando.

— Não especialmente. — Ele se sentou à minha frente. — Por que o nome da criatura importa?

Contei a ele o que havia dito a Aud e Thora. Ele grunhiu.

— Então, agora temos que resgatar a aldeia toda, não é? — Ele cruzou as mãos e fez uma careta. — Obrigado, mas já estou farto de filantropia.

— Isso não é filantropia. Ainda não sabemos nada sobre essa criança trocada... de onde vem, por que está aqui. É uma lacuna em nossa pesquisa. Se pudermos preenchê-la...

Ele acenou com a mão.

— Já fizemos descobertas suficientes para impressionar toda a academia. Escreveremos "Mais pesquisas são necessárias, blá-blá-blá" em nossa conclusão.

— Não se trata apenas do artigo. É sobre o meu livro, Wendell. Nosso conhecimento sobre crianças trocadas é incipiente... não apenas as de Ljosland. Há mais a ser aprendido aqui, e não posso sair sem revirar cada pedra.

Ele não respondeu a isso, apenas deu um suspiro tremendo e apoiou a cabeça na mão.

— Nas histórias, o Povo é levado a revelar seus nomes — eu disse. — A de Linden Fell, por exemplo... sua esposa fingiu dar à luz e depois trouxe para ele um cordeiro envolto em panos para parecer uma criança, tudo para que ele escrevesse seu nome na certidão de batismo.

Wendell riu.

— Prefiro morrer congelado a escrever meu nome verdadeiro com tinta, mesmo que minha esposa engravide de uma dúzia de pirralhos meus. Essas coisas não são tão fáceis quanto nas histórias.

Levantei-me e andei de um lado para o outro.

— Poderíamos ameaçá-lo.

— Ameaças devem ser reforçadas com ações. Não estou interessado em atormentar crianças, não importa o quanto seus pais mereçam.

Ele franziu a testa para mim ao dizer isso, o que ignorei, pois não me deixaria ser repreendida por Bambleby sobre questões de moralidade. Senti pouco pesar sobre meu interrogatório inicial da criança trocada, dada a angústia que ele infligiu a seus pais adotivos.

Parei à mesa, brincando distraidamente com um dos pacotes que Aud havia entregado.

— A propósito, isto é para você.

Ele se limitou a suspirar novamente.

— Já te disse, não posso aceitar a gratidão deles.

— Eu os escolhi — eu disse. — Não Aud. Pode pensar neles como presentes meus.

Ele pareceu intrigado e um pouco alarmado.

— Seus? Estão cobertos de espinhos?

Ele desembrulhou os espelhos primeiro, surpreendendo-se com eles. Realmente eram bonitos, como eu havia pedido, com molduras feitas de troncos branqueados pelo sol e esculpidas com padrões intrincados de folhas completas com gotas de orvalho peroladas. Pensei que Aud tinha sido inteligente em suas escolhas. Wendell passou quase uma hora imaginando onde pendurá-los, primeiro colocando-os em um local e depois movendo-os para outro ponto. Claro, ficavam lindos em todos os lugares e, quando ele finalmente terminou, o chalé estava ainda mais aconchegante do que antes.

— Ah, Em — disse ele, olhando para o espelho que pendurara atrás da lareira, onde capturava a luz bruxuleante e a transformava em algo dourado e estival. Sem dúvida, não é um efeito que mãos mortais poderiam ter alcançado. — Você tem um coração, afinal, em algum lugar enterrado bem aí no fundo do peito. Muito no fundo.

— Tem estes aqui também — falei a contragosto, tentando evitar qualquer mal-estar. Infelizmente, não aconteceu assim, pois Wendell mal conseguia olhar para as agulhas de costura de prata, enxugando uma lágrima.

— São como as do meu pai — disse ele, maravilhado. — Lembro-me do brilho delas na escuridão quando todos nos sentávamos juntos ao lado do fogo *ghealach*, com as árvores que nos rodeavam. Ele as levava para todos os lugares, até mesmo para a Caçada do Frostveiling, que é a primeira caçada do outono, a maior do ano, quando até mesmo a rainha e seus filhos vagam pela selva com lanças e espadas, montando nossos melhores... ah, não sei como chamariam em seu idioma. São uma espécie de raposa feérica, preta e dourada, que fica maior que um cavalo. Meus irmãos e irmãs e eu nos amontoávamos em volta do fogo para vê-lo tecer redes com arbustos e teia de aranha. E todos os animais do brejo e cervos com cabeça de bruxa se encolhiam ao ver aquelas redes, embora mal piscassem ao assobio de nossas flechas.

Ele ficou em silêncio, encarando-as com os olhos muito verdes.

— Bem — disse eu, previsivelmente sem uma resposta para isso —, espero que sejam úteis para você. Apenas mantenha-as longe de quaisquer roupas minhas.

Ele tomou minha mão e, antes que eu percebesse o que estava fazendo, levou-a à boca. Senti o roçar mais breve de seus lábios contra minha pele, e então ele me soltou e voltou a exclamar sobre seus presentes. Virei-me e fui para a cozinha com pressa e sem rumo, procurando algo para fazer, qualquer coisa que pudesse me distrair do calor que havia subido pelo meu braço como uma brisa errante de verão, e resolvi preparar uma refeição leve com os restos de nossas provisões.

Depois de comermos, observei-o brincar com os espelhos. Quando ele os tocava, coisas estranhas apareciam – por um instante, vi uma floresta verde refletida de volta para mim, galhos balançando. Pisquei e ela se foi, mas um pouco de seu verde permaneceu nas bordas do vidro, como se uma floresta ainda espreitasse em algum lugar além da moldura.

— São essas as árvores que você via em seu reino? — perguntei.

Ele soltou a respiração e afastou a mão.

— Não — ele disse, com calma. — Foi apenas uma sombra do meu mundo.

Olhei para ele por mais um momento. Seu luto era uma coisa tangível que pairava no ar. Nunca amei um lugar como ele e senti sua ausência como sentiria a de um amigo. Mas, por um momento, desejei ter feito isso e senti isso como uma perda.

Uma certeza estranha fluiu através de mim como um gole de água fria.

— *Evidente.*

Ele se virou.

— O quê?

Mas eu já estava me movimentando. Peguei o manto feérico lá fora com as mãos trêmulas. O fogo estava alto, como Bambleby gostava, e a capa começou a *pingar, pingar, pingar* nas tábuas do assoalho. Vasculhei os bolsos, os dedos roçando nas bordas das coisas que estalavam ou farfalhavam.

Foco. Respirei, mergulhei a mão dentro novamente, colocando cada grama de vontade e pensamento em imaginar do que eu precisava. E, finalmente, minha mão se fechou em algo.

Retirei-a. Segurava uma boneca. Era esculpida em osso de baleia e tinha pelos de galhos de salgueiro. Seu vestido era de lã suja e não tingida da cor da neve, a velha neve que fica para trás na primavera. E, no entanto, a boneca era claramente do Povo, pois mudava – só um pouco – de um momento para outro e sob diferentes luzes. Quando a virei para a luz do fogo, ela pareceu banhar de ouro o vestido claro.

Wendell pegou-a de mim e a virou várias vezes na mão, franzindo a testa.

— É um símbolo da casa de Ari — disse eu. — Da casa da criança trocada, quero dizer. Algo que ele reconhecerá.[17]

Wendell piscou por mais um momento.

---

[17] Tais símbolos são um tema do folclore da criança trocada. Nas histórias, são comumente encontrados na posse da criança trocada; se arrancados, ele ou ela enfraquece ou desaparece completamente, mas também podem ser usados para ameaçar ou persuadir a criatura a se comportar bem. Era comum na Grã-Bretanha do início ao meio do século XIX que os museus mantivessem coleções de supostos "símbolos de crianças trocadas", muitos dos quais eram de procedência questionável; Danielle de Grey escreveu um artigo contundente sobre o assunto. Infelizmente, para provar sua opinião, ela também roubou vários símbolos da Universidade de Edimburgo e os substituiu por um boné e sinos. O reitor não achou graça, e o resultado foi uma curta estada na Prisão de Edimburgo para de Grey, seu segundo, mas, infelizmente, não o último contato com a prisão.

— Ah. Entendo. Mas não acho...

— Teremos que descobrir — disse eu, com uma voz fria, enquanto meu coração palpitava loucamente.

Aslaug abriu a porta para nós. Mord estava passeando à beira-mar, ela disse, algo que me pareceu estranho, pois não só estava escuro como também Mord não gosta de deixar a esposa sozinha em casa. Ela não nos deixou entrar, simplesmente ficou parada na porta, franzindo a testa enquanto o vento de inverno soprava lá dentro e agitava seu vestido fino – fino demais para aquela época do ano.

— Podemos entrar, Aslaug? — perguntou Wendell, estreitando os olhos em um sorriso encantador. Deve ter colocado magia nele, pois ela piscou como se tivesse sido atingida por uma rajada de chuva de verão e deu um passo para trás.

A casa estava tão fria que era possível enxergar a névoa da minha respiração. Aslaug voltou a acender o fogo. O chão diante da lareira estava cheio de fósforos e gravetos gastos, e a própria lareira estava repleta de neve. Apesar disso, Aslaug havia empilhado lenha nela, como se não pudesse ver a neve ou esperasse que ela acendesse de qualquer maneira.

— Há quanto tempo ela está nisso? — perguntou-se Wendell. — Aslaug, querida, saia daí. Vamos aquecê-la de novo.

Ele se apressou, colhendo a neve em uma panela, acendendo o fogo e fazendo caretas com a bagunça – pois o lugar era um labirinto de pratos sujos, cinzas e pedaços de coisas do exterior espalhados pelo chão não varrido. Embora ele tenha feito pouco que eu pudesse ver além de sacudir um tapete e arrumar a confusão de pratos e xícaras, a sala pareceu se iluminar. Aslaug permaneceu de joelhos perto do fogo, olhando para as chamas, sem dar mais atenção à nossa presença. Pelo menos seus tremores pararam.

Enquanto isso, peguei uma das panelas de ferro fundido e a enchi com brasas e gravetos – fui inspirada, veja, pelos *bogles* e suas caldeirinhas.

Poe dissera que os altos só temiam o fogo. Bem, veríamos quão profundo era esse medo.

Segui até a escada, de onde saía um vento frio, de alguma forma conspirando para trazer consigo a escuridão que lutava contra a nova luz na sala de estar.

— Você vai parar com essas besteiras? — gritei para trás, pois não estávamos ali para arrumar nada. Lançando uma última olhada feia por cima do ombro para a bagunça, Wendell me seguiu escada acima.

A criança trocada estava agachada em um canto, e, quando entrei no quarto, ela deu um grito horrível, enviando um bando de lobos brancos rosnando para cima de mim de uma parede de neve com seus focinhos incrustados de sangue. Embora esperasse visões assustadoras, a rapidez do ataque me fez recuar um passo. Bambleby me segurou antes que eu caísse escada abaixo.

— Pronto, pronto — disse ele, parando na minha frente. Os lobos desapareceram instantaneamente. — Birrinhas não o levarão a lugar nenhum. Ela é perfeitamente insensível e não terá nenhuma pena de você. Falo por experiência própria.

Ele falava em faie. As palavras vibravam no ar como uma canção, um efeito que eu nunca poderia alcançar, não importava o quanto trabalhasse em meu sotaque. A criança trocada parou, seu rosto pálido voltado para cima como o de um filhote de pássaro, e pude ver que ouviu um eco de sua própria espécie na voz de Wendell.

— Vá embora — disse ele, mas havia uma esperança tristonha nisso. Wendell virou-se para mim com um olhar de desgosto que ignorei.

Tirei a boneca da minha capa. O ar esfriou ainda mais, e cada centímetro do corpo da criança trocada ficou tenso. Ele sussurrou algo que soou como "Mersa". Então:

— Onde conseguiu isso?

— Quer de volta? — eu disse. Coloquei o pote de chamas bruxuleantes no chão.

— Se nos der seu nome, você pode ficar com ela.

A criança trocada parecia muito atordoada para falar. Ainda parecia um ser feérico, muito pálido e de traços finos, mas havia mais da criança nele agora, os olhos arregalados e o desejo confuso. Mas parei apenas um momento antes de jogar a boneca nas chamas.

A criança trocada gritou. Lançou-se sobre mim e possivelmente teria me feito em pedaços se Wendell não estivesse lá para segurá-la.

— Emily! — Wendell disse, com a voz escandalizada, porque é claro que ele poderia ter prazer em uma *decapitação* sangrenta, mas algo assim o angustiava. Ele não precisava ter medo, porém, porque eu havia arrancado a boneca das chamas antes que ela pudesse sofrer danos mais sérios. Derreteu apenas um pouco.

— Vou perguntar de novo — disse eu sobre os lamentos da criatura. — Qual é o seu nome?

No final, foi fácil. A criança trocada chorou e se enfureceu conosco. Fez o lugar escurecer e se encher de uma neve que nos atingia como pequenas lâminas. Então, levantei a boneca novamente, o único sinal de casa que ele tinha visto em todos os anos desgraçados que passara em Hrafnsvik, separado de sua própria família e do mundo, e a joguei nas chamas, e ele finalmente gritou:

— *Aðlinduri!*

Tirei a boneca no ato e a entreguei a ele. O feérico apertou-a contra o peito, ainda soluçando. As lágrimas não caíam, mas regelavam em seu rosto em trilhas trançadas como um rio congelado.

Wendell estava balançando a cabeça para mim.

— Você é ainda mais fria do que eu pensava, Em — disse ele, mas, misturado com sua reclamação, ainda havia algo como carinho. Ele não discutiu quando fomos buscar dois dos cavalos de Krystjan e até se ofereceu para cavalgar com a criança trocada. Aslaug não ergueu os olhos do fogo quando saímos de casa, a não ser para estremecer quando a porta se abriu, e Mord não voltou, então nenhum deles teve a chance, caso quisessem, de se despedir da criatura que abrigaram e de quem cuidaram durante os anos mais sombrios de suas vidas.

Uma neve suave caía enquanto caminhávamos para as montanhas. Aðlinduri fungou e não falou nada além de quando lhe ordenamos pelo nome que conduzisse nossos cavalos. Mas, à medida que avançamos, ele se endireitou e esticou o pescoço para olhar em todas as direções. Tristeza misturada com uma espécie de desejo desesperado em seus olhos.

— Aí está — disse Wendell a ele. — Você realmente tem motivos para se alegrar. Está indo para casa.

A criança trocada começou a chorar novamente, e Wendell me lançou um olhar perplexo.

Cavalgamos por talvez uma hora com a neve batendo em nossas bochechas antes de chegarmos a uma pequena ravina onde a encosta da montanha se dobrava em torno de um bosque de salgueiros disformes. Mesmo que a criança trocada não tivesse nos direcionado para lá, eu teria pensado que era algum tipo de porta feérica. Embora existam muitos tipos delas, todas têm uma qualidade semelhante que pode ser mais bem – e inadequadamente – descrita como *incomum*. Um círculo redondo de cogumelos é o exemplo óbvio, mas também é preciso estar atento a árvores grandes e antiquíssimas que ofuscam suas vizinhas, a troncos retorcidos e cavidades escancaradas, a flores silvestres fora de sincronia com os habitantes florais da floresta, a padrões de coisas, a montes e depressões e clareiras inexplicáveis. Qualquer coisa destoante. Os salgueiros à nossa frente inclinavam-se uns para os outros como dedos entrelaçados, com uma abertura estreita em cada extremidade. Tinham um aspecto doentio, esquelético, e eram meio cobertos por uma espécie de líquen.

Wendell apeou e baixou a criança trocada até a neve. Ele ainda segurava sua boneca com força contra o peito – alguns de seus cabelos pareciam ter congelado de novo, mas não todos. A culpa me atingiu em cheio, e eu não poderia anulá-la dessa vez, então fiz o que estava acostumada a fazer com sentimentos problemáticos e empurrei-a bem fundo até que fosse enterrada por outras coisas.

— Onde estamos? — perguntei, pois fui atingida por uma certeza inexplicável de que havíamos chegado mais longe do que deveríamos em uma hora. Não percebi quando as montanhas deixaram de ser familiares, quando entramos naquele vale entre duas longas geleiras azuis. Atrás de nós havia uma fenda na paisagem através da qual a terra exalava sua fumaça sulfurosa, quente e úmida contra minha bochecha. — Não estamos no Karrðarskogur?

— Não mais — disse Wendell distraidamente, como se esse fato não tivesse importância material. E suponho que não, contanto que pudéssemos voltar.

A criança trocada parou hesitante diante do bosque de salgueiros. Por um instante, pensei ter visto um corredor entre os galhos, iluminado com lanternas da cor da lua, além do qual uma escada conduzia à terra e outra espiralava em direção a uma torre feita de gelo. Então, uma fada saiu do bosque.

Era ao mesmo tempo parecida com e diferente do Povo que eu vira na feira de inverno. Era alta, adorável e tinha traços afilados, e a luz das estrelas refletia nela estranhamente enquanto se movia, como um lago com pedrinhas jogadas sobre seu corpo. Mas seus ombros estavam curvados como se estivessem sob um peso, e sua roupa era cinza, esfarrapada e tão normal que ela poderia estar vestindo um saco de várias camadas. Seu cabelo preto estava amarrado e cheio de geada.

Seu olhar atônito foi primeiro para a criança e depois para Wendell, que estava mais perto que eu.

— Quem é você? — questionou ela. — Por que trouxe esse pesar sobre nós?

— *Mãe* — soluçou a criança trocada, e avançou.

A fada pegou-o em seus braços e o cobriu de beijos.

— Pronto, pronto, meu amor. Pronto, pronto.

— Desculpe, minha senhora, se me excedi. — Wendell fez uma reverência para ela. — Minha amiga e eu achamos melhor devolver seu filho, que estava, lamento dizer, bastante infeliz onde a senhora o deixou.

— Idiota — cuspiu ela. — Quem é você para se intrometer em nossa vida? Algum andarilho irresponsável das terras de verão, com pouco mais que musgo entre as orelhas. Estava entediado, é isso?

— Você não está sozinha ao me caracterizar assim — disse Wendell, imperturbável. — E, no entanto, por que tanto barulho por nada? No fim, teria que trazê-lo de volta a senhora mesma.

As mãos dela apertaram as costas do filho. Ela murmurou para ele, e ele correu entre as árvores sem olhar para trás. Um sussurro de música infiltrou-se no bosque, e eu caí em um torpor momentâneo. A fada encarou Wendell com fúria fria nos olhos, e então... não consigo descrever o que aconteceu em seguida, a não ser dizer que ela foi como que atingida por alguma coisa, talvez uma onda. Embora não fisicamente – eu sei, está fazendo pouco sentido. Já desorientada pela música, cambaleei em algum tipo de transe e voltei a mim nos braços de Wendell – ele me pegou antes que eu pudesse cair e me manteve de pé.

A fada, enquanto isso, desabou graciosamente de joelhos. Ela colocou as duas mãos na neve e pressionou todo o rosto nela.

— Perdoe-me, alteza — murmurou ela.

— Não, não, não — Wendell disse. — Nada disso. Não sou mais a alteza de ninguém.

Ela olhou para ele com confusão nos olhos, que lentamente clarearam.

— Você é apenas uma criança.

— Minha nossa! — disse ele. — Quero que todos saibam que, pela medida do mundo mortal, estou avançado em anos.

Ela olhou para mim pela primeira vez, franzindo o nariz. Então, para meu horror, disse:

— E quem é esse seu animal de estimação?

Wendell deu uma risada nervosa.

— Não recomendaria seguir por essa linha de investigação.

— Bom, o que você quer? — ela disse, mudando, à maneira estranha do Povo, da humildade para a grosseria no espaço de um estalo. — Você está aqui a pedido deles?

— Não sei a quem você se refere, mas, independentemente disso, a resposta é não. Esta situação com seu filho é parte do meu plano de retornar ao meu reino, do qual fui banido.

— Uma missão? — questionou ela, notavelmente desconcertada pela falta de lógica da declaração dele.

— De certo modo. — Ele me lançou um breve olhar furioso. — Um tanto sinuoso e divagante, mas nem sempre se pode ter sorte nesses casos.

— Quem amaldiçoou suas árvores? — interrompi. Não era o que eu queria perguntar primeiro, mas muitos do Povo valorizam esse jeito indireto. Fiquei satisfeita com a frieza em minha voz, pois ainda estava vacilante com qualquer encantamento que a fada houvesse nos lançado, e meu orgulho também estava ferido com o absurdo de *bicho de estimação*.

— Não são apenas as árvores — disse ela, depois de me olhar com curiosidade por um momento. — Somos todos amaldiçoados. Raiz e galho, flocos e geada, jovens e velhos. Todos os aliados do velho rei partilham de sua queda e desgraça. — Ela abraçou o próprio corpo. — Quem dera tivesse ficado presa em uma árvore, como meu senhor. É um destino mais gentil do que ver seus filhos murcharem como gelo no mar de verão.

— Então foi por isso que você o mandou embora — murmurei. Minha mente percorreu as histórias, uma após a outra, tentando encaixá-las em um padrão que eu reconhecesse. — Então, Ari... seu filho... ele é filho do velho rei?

Wendell, que estava apenas ouvindo sem muito interesse, batendo os pés e soprando calor nas mãos, olhou para mim boquiaberto. A mulher deu uma risada curta.

— Sua amante mortal tem uma mente como um cristal — ela disse. — Afiada e fria. Gostaria de tê-la para mim.

— É muito atencioso da sua parte — foi tudo o que ele disse em resposta a essa declaração, que era terrível em muitos níveis.

— De verdade — a mulher pressionou. — Você a trocaria? Seu poder é das terras do verão, mas vou presenteá-lo com a mão do inverno.

— Obrigado — disse Wendell. Ele parecia estar lutando para conter o riso. — Mas estou satisfeito com minhas mãos como estão. E, a menos que tenha uma chave para meu reino na floresta d'além-mar, não trocarei minha amante mortal hoje.

Eu ia matá-lo.

— Em — disse ele —, talvez você possa me explicar tudo isso, já que parece ter captado instantaneamente a situação com sua mente cristalina.

— Não é difícil de entender — retruquei, com a voz mais gelada que tinha em mim. — Ela é leal ao rei da árvore. O Povo que a derrubou amaldiçoou a ela e a sua casa, então ela mandou o filho embora para mantê-lo seguro. Mas ela nos disse que tem mais de um filho, portanto desejaria preservar o mais valioso de sua prole... e por que outro motivo ele seria mais valioso do que os outros? Talvez ele também esteja em maior perigo, e o vínculo da criança trocada o manteria seguro.

A mulher assentiu.

— Ele é um bastardo. Ainda assim, a rainha matou muitos dos bastardos de seu marido para salvaguardar sua reivindicação ao trono.

Fiz uma careta.

— Então, a atual monarca é, ou foi, casada com o rei da árvore?

— Ela foi a primeira esposa dele. Ele a colocou de lado e se casou com outra. Ela buscou vingança e conseguiu, pois grande parte da nobreza a preferia tanto à segunda rainha quanto ao rei. Ela o trancou para sempre e matou sua noiva.

Minha cabeça girava, analisando tudo isso, embora estivesse acostumada a ouvir histórias do complicado emaranhado de assassinato e intriga das cortes das fadas.

Wendell não parecia particularmente interessado nessa informação. Ele levantara a gola da capa e voltara a soprar as mãos.

— Bem, vamos pegar de volta a criança mortal agora, por gentileza. Receio que meu sangue esteja muito fino para longas reuniões com este tempo.

A mulher fada, com uma mutabilidade característica com que eu suspeitava que nunca me acostumaria, agora parecia ver o retorno indesejado de seu filho após uma ausência de anos como algo semelhante a um pequeno inconveniente. Com sua fúria inicial esquecida, ela deu de ombros e se virou para o bosque.

— Espere — disse eu. A fada parou às margens das árvores, me encarando com seu olhar cinza-azulado. — Por que a nobreza ficou do lado da rainha?

Ela me observou por mais um momento, e eu não conseguia ler sua expressão mais do que poderia nomear todas as cores da neve.

— O velho rei era cavalheiresco — disse ela finalmente. — Ele obedecia às antigas leis estabelecidas por nossos ancestrais. Ou seja: devemos ter relações justas com os mortais desta terra. Bondade é respondida com bondade, maldade com maldade. Ele nos proibiu de trazê-los para nosso entretenimento.

Minhas mãos se fecharam.

— E a atual rainha não.

— A rainha? — Ela sorriu. — Ah, a rainha e seus filhos têm... apetites peculiares. Eles arrancam os mortais de suas casas como maçãs maduras da árvore, depois os secam. É o tipo de esporte que agrada a muitos da nobreza.

Fizemos uma boa viagem de volta, pois eu havia anotado e memorizado todas as instruções dadas a nós pela criança trocada, até mesmo os menores comandos que ele deu ao cavalo, levando-o para a esquerda ao redor de uma poça congelada em vez de para a direita, por exemplo. Ari – o verdadeiro Ari – voltou para nós em um transe encantado e logo caiu no sono envolto em cobertores contra o peito de Bambleby. Ele estava pálido e claramente desnutrido, como é comum com crianças humanas mantidas pelo Povo, pois o tempo não é o mesmo nos reinos das fadas, e os do Povo também são considerados cuidadores infantis irresponsáveis. Mas ele parecia bem diferente, vestido com uma capa de lã de carneiro finamente tecida e botas recheadas de palha.

Ninguém respondeu à nossa batida na porta de Mord e Aslaug – já era quase meia-noite –, mas estava destrancada, então entramos e deitamos a criança na cama da criança trocada, que também, fazia muito tempo, havia sido de Ari.

Enquanto arrumávamos os cobertores, Mord voltou para casa. Ele estava tremendo e com a barba por fazer, e carregava uma longa faca em seu cinto, e eu me perguntei quantas noites tinha passado a vagar pelos campos e penhascos depois de escurecer. Ele não pareceu entender o que estava vendo, e, enquanto piscava para nós do batente da porta, Aslaug apareceu, ainda usando suas roupas diurnas. Algo em seu rosto se partiu, e ela se jogou na cama, explodindo em soluços, o que acordou Ari, que começou a chorar, confuso. Seu choro, porém, era um som maravilhosamente mundano, diferente de tudo que a criança trocada já havia proferido. Mord deu um grito e tentou separá-los, talvez presumindo que tudo isso fosse outro truque horrível das fadas, mas Wendell e eu conseguimos detê-lo. Ele se sentou pesadamente no chão, com as pernas dobradas sob si como uma criança, e simplesmente olhou para sua esposa e seu filho como Aslaug olhava para o fogo. Acho que ele já havia decidido dentro de si que seu filho estava perdido, e talvez suas longas caminhadas tivessem algo a ver com a faca que carregava consigo, pronta para ser usada em um propósito que ele nunca poderia se levar a compreender.

Wendell deu uma boa vasculhada com uma vassoura que encontrou em algum lugar, ou talvez tenha conjurado uma para si, derrubando sincelos e geadas das paredes, que ele mais tarde me explicou serem os restos de encantamentos tecidos pela criança trocada, deixados para trás como teias de aranha. Eu não fazia ideia do que fazer, então simplesmente dei um tapinha desajeitado no ombro de Mord e fui embora. Com isso, ele se levantou de repente e me envolveu em um abraço muito estranho (eu estava de costas para ele, meu braço de alguma forma preso entre nós – não tenho instinto para esse tipo de coisa) e, então, ainda sem dizer uma palavra, ele me soltou e foi até a cama da criança.

— Bem! — disse Wendell depois que voltamos para o chalé. — Que cena emocionante! Pude sentir o gosto dessa bobagem de filantropia.

Bufei.

— Você vai sentir o gosto dela em raras ocasiões, quando for adequado aos seus caprichos e se não precisar se esforçar muito.

Ele balançou a cabeça, rindo.

— Não somos todos iguais, Em. Você não pode simplesmente me comparar com o que você sabe sobre o Povo.

— Estava comparando você com *você mesmo*.

Ele riu e me entregou uma taça de vinho. Congelei, meu olhar caindo no espelho atrás dele.

— Você o encantou! — exclamei, dando um passo à frente. O espelho estava repleto de árvores, uma floresta crepuscular que se curvava ao vento, balançando seus galhos. Folhas tremulavam no vidro como pássaros brilhantes, e luzes piscavam aqui e ali entre as sombras. Eu poderia estar olhando através de uma vidraça, e, por um momento, minha cabeça ficou confusa com a dissonância daquilo tudo.

— Não há nada verde neste lugar — disse ele, em tom de reclamação. — Até a floresta é representada em preto e branco; sinto-me como se estivesse em um filme. Preciso ter alguma coisa em que pousar os olhos.

Olhei para a floresta um pouco mais, para o balanço e o brilho dela. Era... bem, hipnotizante. Tinha uma forte semelhança com minha floresta favorita no sul de Cambridgeshire, para onde Sombra e eu costumávamos fugir nos belos dias de verão. Além do conhecido carvalho curvo na borda da moldura, devia haver um pequeno riacho.

— É uma floresta feérica?

— Ah, não sei — respondeu ele. — Tem folha, tronco e cheiro de pinho. Isso é tudo que me importa.

Na verdade, agora que estava pensando naquilo, senti um leve aroma de agulhas de pinheiro... Agulhas de verão no chão de uma floresta, com uma fragrância cálida enquanto estalavam sob os pés.

Acomodei-me ao lado do fogo, embora estivesse exausta; na verdade, sentia-me um pouco tonta. O passeio nevado por aquele território selvagem, a conversa com a fada – em si um triunfo maior do que a maioria dos driadologistas poderia esperar em toda a sua carreira. As coisas que havia aprendido em uma única noite me dariam material para um ano de trabalho. Bebi o vinho e afundei na minha cadeira, minha mente já dançando com as adições que faria em minha enciclopédia.

Ele se sentou comigo, tagarelando sobre nosso retorno triunfante a Cambridge e à CIDFE, e inúmeras outras coisas, sem esperar nada substancial em resposta, o que considero ser uma de suas melhores qualidades. Parece estranho admitir que acho relaxante a companhia de uma pessoa tão turbulenta, mas talvez seja sempre relaxante estar perto de alguém que não espera nada de você além do que está em sua natureza.

Depois de um tempo, porém, senti uma culpa inesperada.

— Não precisa ficar comigo — eu disse. — Pode ir até a taverna e presentear os aldeões com a história do nosso sucesso.

— Por que eu faria isso? Prefiro sua companhia, Em.

Ele disse isso como se fosse óbvio. Bufei de novo, presumindo que ele estivesse me provocando.

— À companhia de uma taverna cheia de um público extasiado e agradecido? Tenho certeza que sim.

— À companhia de qualquer outra pessoa.

Mais uma vez, ele disse isso com certo ar de deboche, como se estivesse se perguntando o que eu estava fazendo especulando sobre algo tão evidente.

— Você está bêbado — eu disse.

— Devo provar para você?

— Não, não deve — disse eu, alarmada, mas ele já estava indo ao chão, dobrando o joelho e pegando minha mão entre as dele.

— Pelo amor de Deus, o que você está fazendo? — disse eu por entre os dentes. — E por que está fazendo isso agora?

— Devo marcar hora? — perguntou ele, então riu. — Sim, acredito que *você* faria isso. Bem, diga o momento em que seria conveniente receber uma declaração de amor.

— Ai, Wendell, levante — disse eu, agora furiosa. — Que tipo de brincadeira é essa?

— Não acredita em mim? — Ele sorriu, todo travesso, um olhar que eu tinha visto de outros do Povo o suficiente para saber que não deveria confiar nele de jeito nenhum. — Peça meu nome verdadeiro e darei a você.

— Mas por que eu faria isso? — questionei, puxando minha mão de volta.

— Ah, Em — disse ele, em tom desesperado. — Você é a idiota mais inteligente que já conheci.

Olhei para ele, meu coração palpitando forte. Claro, não sou uma idiota em sentido nenhum; eu havia suposto que ele sentisse algo por mim e esperava que guardasse para si mesmo. Para sempre. Não que outra parte de mim não desejasse o contrário. Mas foi aí que presumi que seus sentimentos a esse respeito fossem equivalentes aos que ele experimentava por qualquer uma das mulheres anônimas que entravam e saíam de sua cama. E por que eu me rebaixaria a isso, quando ele e eu já tínhamos algo muito mais valioso?

Mas ele estava me oferecendo seu *nome*?

Certa vez, enquanto seguia uma trilha de amoreiras azuis na floresta a leste de Novosibirsk, tropecei em uma raiz e caí de ponta-cabeça na lateral de uma ravina, aterrissando com um grande *splash* no pequeno riacho no fundo. Felizmente, caí em uma pilha de folhas encharcadas presas em um canal lateral pela corrente, e não nas rochas pontiagudas apenas alguns centímetros à minha esquerda. Mas fiquei sem fôlego nenhum, e simplesmente permaneci ali, dolorida, com inúmeros hematomas, por vários minutos – e, mesmo assim, não fiquei atordoada como agora.

Ele suspirou.

— Bem, não espero que faça nada com essa informação. Acostumei-me bastante com o desejo, então não vai me incomodar continuar sentindo, acredito.

— Eu ordenaria que você fizesse todo tipo de coisa terrível — consegui dizer, embora minha voz soasse muito distante.

— Você já parece ter talento para isso.

— Faria você me acompanhar em todos os estudos de campo — falei. — Faria você acordar às seis e carregar minhas câmeras e equipamentos para todos os lugares. Você nunca escaparia de um dia de trabalho duro de novo. E, também, certamente teria que se retratar de todos os estudos que falsificou.

Ele olhou para mim.

— Sim, você faria tudo isso, não faria? Então por que simplesmente não se casa comigo?

Fiquei calada por vários minutos. Os únicos sons eram o crepitar do fogo e o bater da neve nas janelas.

— Essa é uma sugestão mais sensata — respondi.

Ele caiu numa enorme risada. Quando terminou, estava enxugando os olhos.

— Sensato, ela diz. *Sensato*.

— Bem, é — ralhei. — Não disse que iríamos nos casar. Mas por que eu ia querer seu nome? Não quero lhe dar ordens como a um criado. Você pode guardá-lo, e sua lógica feérica insana, para si mesmo.

— Excelente — ele disse. — Então é isso? Sua resposta é não?

— Não disse isso — retruquei, irritada e desesperadamente perturbada. Pensei que esse tipo de coisa nunca teria acontecido com Leopold. Ele era previsível em todos os sentidos e transparente como água da nascente. "Vou embora", ele anunciava em um jantar do qual não estava gostando, e então o fazia. "Parei de ouvir", ele diria a um colega prolixo, e depois voltaria ao seu livro. Sabia que as pessoas o achavam peculiar por causa disso, mas me servia bem. Um beijo sempre seria precedido por "vou te beijar". Não sei por que alguém se importaria com isso – é muito relaxante saber o que outras pessoas estão prestes a fazer. Acho que foi por isso que nos demos tão bem. Claro, Wendell tem tanto em comum com Leopold quanto uma pedra tem com um galo.

O calor do fogo aumentou de repente, tanto que quase começou a empapar minha blusa de suor.

— Bem... eu... minha nossa, como deveria responder?

Ele jogou as mãos para cima em exasperação.

— Você *quer* se casar comigo?

— Isso... isso não vem ao caso. — Uma resposta sem sentido, mas foi a que mais se aproximou de expressar como eu me sentia.

Eu nunca tinha nem sequer considerado *me casar* com Wendell – por que pensaria nisso? Wendell Bambleby! Certamente eu imaginava estar com ele de outras maneiras, principalmente desde que me acostumara a tê-lo por perto – viajando com ele pelo continente, sem dúvida discutindo metade do tempo, realizando pesquisas, vasculhando florestas e charnecas em busca de portas perdidas para os reinos das fadas. E, sim, eu gostava da perspectiva de estar com ele com frequência, ou mesmo o tempo todo, e sentia uma espécie de vazio me tomar quando pensava em nossos caminhos separados. Mas não poderia *me casar* com um membro do Povo, especialmente um *rei das fadas*, mesmo que fosse Wendell.

— Esse é todo o caso, sua louca — disse ele. — Você não me acha bonito? Posso mudar minha aparência para se adequar a qualquer direção que seu gosto mandar.

— Ai, meu Deus. — Afundei o rosto nas mãos. — Você não está ajudando.

Fiquei calada por um tempo, e ele me deixou pensar sem interrupção. Parte do problema, percebi, era que não estava acostumada a pensar nele dessa maneira. E, então, peguei sua mão – timidamente, como se alguém pegasse uma concha que achava que poderia estar quente. Em seguida, me abaixei sobre as lajotas perto do fogo para que ficássemos um ao lado do outro, nossos joelhos se tocando.

— O que acha que está fazendo? — perguntou ele, meio esperançoso, meio alarmado. Bem, fiquei feliz por tê-lo perturbado; bem feito para ele, depois de jogar tudo *isso* em mim do nada.

— Estou só fazendo um teste.

Ele suspirou.

— Claro. Eu deveria ter imaginado que você gostaria de manter o sangue-frio sobre esse assunto.

— Estou tentando não manter.

— Você não fez nada além de retrucar desde que eu disse que a amava.

— Isso é um problema? — Pois ele não disse isso como se fosse. — Você estava esperando que eu me atirasse em você? Então você teria dito uma dúzia de coisas bonitas sobre meus olhos ou meu cabelo?

— Não, teria sido: "Saia de cima de mim, impostora, e me diga o que você fez com Emily".

— Tudo bem, fique quieto.

O fogo maldito sibilou e crepitou, e uma gota de suor escorreu pelo meu pescoço. Querendo acabar rapidamente com aquilo, me inclinei para a frente e o beijei.

Quase. Perdi a coragem no meio do caminho, por volta do momento em que notei que ele tinha uma sarda perto do olho e me perguntei ridiculamente se isso era algo que ele removeria se eu lhe pedisse, e, em vez de um beijo adequado, apenas toquei de leve meus lábios nos dele. Foi a sombra de um beijo, frio e insubstancial, e eu quase gostaria de poder ser romântica e dizer que foi de alguma forma transformador, mas, na verdade, mal senti. Então, seus olhos se abriram, e ele sorriu para mim com uma felicidade tão inocente que meu coração ridículo deu um pulo e teria respondido instantaneamente, se fosse o órgão encarregado de minhas decisões.

— Decida quando quiser — disse ele. — Sem dúvida, primeiro você precisará elaborar uma lista de prós e contras, ou talvez uma série de gráficos. Se quiser, posso ajudá-la a organizá-los em categorias.

Limpei a garganta.

— Parece-me que tudo isso é especulação sem sentido. Você não pode se casar comigo. Não vou ficar para trás, ansiando por você, quando você retornar ao seu reino. Não tenho tempo para sentir saudade.

Ele me deu um olhar surpreso.

— Deixar você para trás! Como se você fosse consentir nisso. Eu esperaria ser queimado vivo na próxima visita. Não, Em, você virá comigo e governaremos meu reino juntos. Você planejará e criará estratégias até que todos os meus conselheiros comam na sua mão tão facilmente quanto Poe, e eu lhe mostrarei tudo... *tudo*. Viajaremos para as partes mais sombrias do meu reino e voltaremos, e você encontrará respostas para perguntas que nunca pensou em fazer e material suficiente para preencher todos os diários e bibliotecas com suas descobertas.

E foi nesse ponto que paramos. Nem sei por que estou incluindo isso aqui, pois Deus sabe que não desejo preservar os detalhes de minha vida romântica para a posteridade (e seria uma nota de rodapé muito curta), mas acho que escrever tudo isso me deixou um pouco mais calma. Talvez eu rasgue esta anotação mais tarde.

Sei que, se colocar este diário de lado e tentar dormir, simplesmente repassarei todos os argumentos e contra-argumentos na mente, mas o que mais posso fazer? Sombra está olhando para mim por sobre suas patas dianteiras de um jeito triste, como se, de alguma forma, eu o tivesse decepcionado. Traidor.

2 de dezembro (?)

Não tenho nenhuma ideia de qual é a data, então decidi adivinhar. Acredito que isso possa me ajudar a manter a sanidade aqui, se é que alguma coisa pode. Agora tudo se mistura, mas me lembro nitidamente de ter feito aquela última anotação, de como estava zangada, como se tivessem passado apenas um ou dois dias – talvez tenha sido isso.

Devo ter rolado para lá e para cá por uma hora, pelo menos. Como deveria me concentrar na pesquisa agora, com uma proposta de casamento de um membro do Povo pairando sobre minha cabeça? Quase consegui me imaginar como uma donzela em uma das histórias, mas histórias não deixavam xícaras de chá sujas espalhadas pelo chalé, nem sublinhavam passagens em livros – com *tinta* –, não importava quantas vezes eu ordenasse que não o fizessem.

Claro que eu queria me casar com Wendell. Essa era a coisa mais irritante de toda a situação – meus sentimentos conspiravam contra minha razão. Não vou mentir e dizer que meu desejo era puramente romântico, pois eu não conseguia parar de imaginar o cartaz que faríamos em Cambridge – apesar de suas controvérsias, Wendell Bambleby ainda era um estudioso célebre, e, sim, seríamos de fato uma equipe temível. Eu duvidava que fosse ter que me preocupar novamente em garantir financiamento para futuros trabalhos de campo ou em ser negligenciada quando se tratasse de convites para conferências.

Foi a ideia de convites – sim, *essa* ideia – que me fez levantar da cama. Abri a porta, com a intenção de pisar no corredor e, bem, me jogar sobre ele. Queria ver o que ele faria, mas, o mais importante, precisava saber se era algo de que eu iria gostar. Não me casaria com alguém sem ter certeza *disso*.

No entanto, antes que pudesse dar um passo em sua direção, uma calma recaiu sobre mim como um sonho. Em vez de ir até a porta de Wendell, voltei para meu quarto e vesti roupas quentes. Sombra permaneceu adormecido ao pé da minha cama, embora fosse um sono estranho – ele se contorcia e gania, suas patas enormes batendo em inimigos invisíveis. Saí do meu quarto e vesti minha capa.

Ao fazer isso, por acaso olhei para minha mão. O anel estava lá, mas não era mais um anel de sombra. Era um anel de gelo polido e com padrão de pequenos cristais azuis.

Eu sabia exatamente o que estava acontecendo, claro. Recebi magia de fada o suficiente ao longo dos anos e acredito que me tornei um tanto acostumada a ela – no mínimo me treinei para reconhecer quando o encantamento está me afetando; a ausência de tal reconhecimento é o que condena a maioria dos mortais. A verdade é que não é impossível se livrar de feitiços de fada se você tiver a mente focada. Mas a maioria das pessoas não tenta, porque falha em reconhecer que é o encantamento que as leva a dançar até seus pés sangrarem, ou assassinar suas famílias, ou qualquer outro tipo de horror infligido a infelizes mortais pelo Povo.

Infelizmente, nesse caso, o conhecimento de meu encantamento foi de pouca utilidade, pois era uma magia extraordinariamente forte e me prendia como um torno de ferro.

Fiz o que pude para afastá-la, para sentir se havia falhas. Não pude deixar de calçar as botas, mas consegui desacelerar o processo me atrapalhando com os cadarços. No entanto, por fim, os cadarços estavam amarrados, e então eu estava abrindo a porta e entrando na noite.

Dei uma olhada para trás, e meu olhar encontrou minha enciclopédia, páginas empilhadas ordenadamente sob meu peso de papel, pequenos marcadores saindo dos lados indicando as seções que precisavam de revisão. Esse auge do conhecimento das fadas, que eu tinha apenas algumas semanas atrás comparado a uma exposição de museu do Povo, cuidadosamente identificado e rotulado pela maior especialista no assunto – isto é, eu –, repleto de relatos meticulosamente documentados de mortais tolos que se atrapalharam em enredos e jogos feéricos. A ironia era aguda demais para ser apreciada.

Tentar chamar Wendell foi, obviamente, ineficaz. Fazia sentido, observou a parte racional e livre-pensadora da minha mente, que fosse o caso. Meus pés estavam sendo conduzidos para algum lugar – para o rei na árvore; o destino queimava em minha mente como uma marca –, e, claro, o encantamento não desejaria que eu fizesse nada que colocasse obstáculos em meu caminho.

E, no entanto, ele não queria que eu me sentisse desconfortável no caminho – então, me obrigou a me agasalhar e a calçar botas para evitar queimaduras de frio. E talvez esse aspecto do encantamento possa ser manipulado para meus propósitos.

Concentrei-me em minhas mãos. Estavam frias, e ficariam mais ainda quanto mais eu andasse. Imaginei as pontas dos dedos ficando brancas, dormentes de forma que não conseguisse mais levantá-los. Não tentei mover as mãos – em vez disso, empurrei o desejo para o encantamento.

E funcionou. Enquanto descia os degraus do chalé, enfiei a mão no bolso, onde ontem havia colocado as luvas, e as calcei. Digo *eu*, mas na verdade foi o encantamento que me fez tomar essa atitude, assim como me vestiu como uma marionete. O que fiz não foi estender a mão para puxar as cordas eu mesma, mas sim discutir com o marionetista.

Minha exultação foi entorpecida pela percepção do que eu teria que fazer a seguir. Consegui desacelerar meus passos pelo gramado em um esforço para me fortalecer, embora suspeite que os segundos adicionais de atraso tenham tido o efeito oposto. Imaginei se o encantamento estava controlando meu estômago também, ou se estaria dentro de minhas habilidades vomitar.

E, então, diante de mim estava o machado, ainda cravado no tronco. Eu mesma o havia deixado lá no dia anterior – parecia muito tempo atrás. Eu já não era mais uma lenhadora tão patética quanto antes, graças às lições pacientes de Lilja, embora dizer que eu era uma *especialista* fosse um grande exagero.

— Merda — disse, ou melhor, murmurei, para que o encantamento me permitisse *murmurar* xingamentos: que consolo.

Consegui desviar meu caminho para me levar ao toco, novamente convencendo o encantamento de que esse era o caminho mais fácil, descendo a encosta em vez de subir. Esse encantamento era de um tipo cavalheiresco. Mas eu não o convenceria tão facilmente dos méritos de minha próxima decisão.

Comecei imaginando lobos. Sim, havia lobos na floresta – que assustador. E ali estava eu, uma mulher indefesa, vagando em suas profundezas sozinha e desprotegida. Não faria sentido carregar uma arma, tanto quanto calçar minhas luvas? Sim, claro que faria.

De forma lenta e sonhadora, levantei o machado. A lâmina... ai, meu Deus. A lâmina era afiada. Isso era bom, do ponto de vista prático, mas não era possível para mim enxergar naquele momento.

O encantamento já me compelia a enfiar o machado debaixo do braço e agir como o fantoche bem-comportado que ele ainda pensava que eu era. Bobagem, realmente, pensar no encantamento como uma *pessoa*, mas parecia uma.

Coloquei a mão sobre o tronco e levantei o machado – ah, apenas para verificar se a lâmina não estava cega, claro. Melhor erguê-lo um pouco mais alto para captar o luar.

Continuei assim até o último momento, quando joguei minha vontade contra o encantamento com todas as minhas forças.

Por um breve segundo me libertei. Achei que o encantamento ficou surpreso, mas provavelmente foi apenas minha imaginação. Eu sabia que não teria mais do que aquele único segundo – certamente não me daria uma segunda chance – e dirigi o machado em direção ao meu dedo.

Fiz do jeito que Lilja havia me ensinado – fixando os olhos no alvo, deixando o peso do machado fazer o trabalho. Dobrei meus outros dedos contra a lateral do tronco para mantê-los fora do caminho. Estava um tanto convencida de que erraria e acertaria o machado na minha mão – não era o mesmo que mirar na rachadura de um tronco, não importava o que eu tentasse dizer a mim mesma –, mas ouvi a voz de Lilja em minha cabeça, seu bom humor improvisado, como se não houvesse nada no mundo mais comum do que o que eu estava fazendo, e não hesitei. Minha pontaria foi certeira e, de repente, eu estava olhando para o meu dedo, e ele não estava na minha mão.

Foi a sensação mais curiosa. A princípio, eu estava consciente apenas do encantamento me deixando – parecia uma queda, aquela sensação de sonho em que não há chão para bater, apenas a vigília. Acordei e, imediatamente depois disso, a dor passou por mim em uma onda vermelha.

Cambaleei, alternando entre a consciência e a inconsciência. Acho que em um momento acabei vomitando. Mas, de alguma forma, quando voltei totalmente aos meus sentidos, descobri que havia arrancado a luva e pressionado meu cachecol contra a cavidade onde meu anelar estava.

Chorei ali na neve por alguns instantes, tanto de alívio quanto de dor. Quando terminei com aquilo, voltei para o chalé e enfaixei minha mão.

Então, parti novamente para a árvore branca.

3 de dezembro (?)

Acabei de ler novamente sobre isso. Parece irracional, se não insano – mas garanto a você que minha mente estava bastante lúcida.

Claro que pensei em acordar Wendell. Mas aquilo teria me delatado – o rei na árvore saberia que eu não estava encantada se chegasse com Wendell. Como regra geral, o Povo não gosta de mortais que encontram maneiras de quebrar seus encantamentos. Eles veem isso como uma afronta à sua habilidade, portanto viajar para lá em um estado não encantado seria realmente uma perspectiva arriscada.

Suponho que a maioria perguntaria por que eu queria ir até o rei. Não posso responder a isso adequadamente, a não ser fazendo mais perguntas. Se alguém der a um astrônomo um telescópio através do qual ele pode ver uma galáxia desconhecida, mas permitir apenas um vislumbre de uma única estrela, ele ficará satisfeito? Ao libertar o rei na árvore, eu testemunharia não apenas a ascensão de um rei das fadas, mas também o final de uma história que ouvi ser contada muitas vezes antes e de várias maneiras. Afinal, as histórias são tão fundamentais para o mundo deles; não se pode esperar entender o Povo sem entender suas histórias.

Quanto a uma motivação secundária, admito que me agradou pensar que poderia libertar Aud e Thora e todos os outros de seu medo dos altos, pois, se o rei proibiu a captura de jovens mortais antes e foi derrubado por isso, eu não tinha dúvidas de que faria isso de novo assim que fosse libertado, mesmo que apenas por despeito. Em geral, o Povo fica cego de orgulho e é incapaz de aprender com seus erros, e, mesmo que um modo de pensamento ou comportamento os coloque em problemas repetidamente, cada um pior que o anterior, eles simplesmente continuarão como sempre fizeram, o que talvez explique um pouco do caos e do absurdo que caracterizam muitas histórias de fadas e, de fato, seus reinos.

Deixei um bilhete para Wendell, pelo menos, informando-o de que tinha ido libertar o rei na árvore, que havia quebrado o encantamento no qual caí (não dei muitos detalhes sobre como, caso ele voasse para uma das suas fúrias homicidas e começasse a decapitar ovelhas ou algo do gênero), mas que estava fingindo que não tinha, e, se ainda estivesse fora quando ele acordasse, era melhor que ele não fizesse nada para entregar o jogo.

Primeiro, fui ver Poe. Caminhei rapidamente, ou o mais rápido que pude, pela neve até os joelhos, com um pacote recém-chegado ao chalé debaixo do braço.

Ele rastejou cautelosamente para fora de sua árvore, a perplexidade estampada no rostinho afilado – eu nunca tinha vindo vê-lo à noite antes. A nascente e o bosque eram agora um lugar diferente, cheio de pequenas luzes que podiam ser estrelas, refletidas na água corrente ou no gelo que dourava a neve. Mas não pensei assim, pois, quando me aproximei da nascente, elas desapareceram e depois reapareceram muito mais fundo na floresta.

— Vim para a minha terceira pergunta — falei.

Ele acenou com a cabeça, embora seus olhos continuassem vagando para o pacote debaixo do meu braço. Para poupá-lo do suspense, coloquei-o diante dele. Ele ficou um pouco intrigado com o papel de embrulho, até que eu disse que era para ser rasgado – o que ele fez com um dedo afiado e silencioso. Ele gritou ao ver a pele de urso preta que meu irmão – a contragosto e com muitas expressões de desânimo por qualquer bobagem de fada em que eu tivesse me metido dessa vez, pois não acreditava que eu quereria tal adorno para meu uso pessoal – finalmente tinha enviado de uma das lojas de peles de Londres.

— Isso vai encantar minha senhora, pois realçará sua beleza e dignidade com grande efeito — comentou Poe. E então ele acrescentou, da maneira típica do Povo, que distribui informações como um avarento faz com sua moeda, exceto nas ocasiões em que fornecem mais esclarecimento do que alguém gostaria: — Embora ela prefira a pele dos mortais.

Escolhi reter meus pensamentos sobre a segunda metade daquela caracterização.

— Sua senhora?

Ele corou e baixou os olhos.

— Sua Majestade me abençoou com um lar maravilhoso. Tive Povos batendo na minha porta noite e dia, exigindo se casar comigo. Escolhi a mais bonita, claro.

— Parabéns — disse eu, satisfeita de verdade. — Posso conhecê-la?

Houve um sussurro de movimento na borda da fonte. A amada de Poe estava lá o tempo todo, me observando. Não havia nada que a distinguisse de Poe, embora ela fosse talvez um pouco mais alta e vestisse uma roupa estranha, pálida e transparente que não me importei em examinar de perto. Ela me contornou e se aproximou de Poe, onde passou os dedos pela pele de urso. Os dois mantiveram uma conversa murmurada.

— O que você quer em troca de tal presente? — disse Poe.

— Nada agora — disse eu. — Reivindicarei meu pagamento em uma data posterior.

A esposa de Poe me encarou, inquieta, sem dúvida temendo que eu batesse à sua porta de novo com exigências pesadas, mas Poe murmurou algo para ela, e ela pareceu relaxar.

— Disse a ela que você é minha *fjolskylda* — disse ele. — Ela entende. Ela também teve *fjolskylda* em outra aldeia, antes de vir para cá, e sempre fizeram trocas justas com ela e seus parentes. Você também será justa.

Ele disse tudo isso sem nenhuma emoção particular, apenas como se estivesse afirmando algo evidente. Mesmo assim, senti as lágrimas brotarem em meus olhos. Já fiz acordos com o Povo antes e não sei dizer por que as palavras dele me afetaram tanto, mas afetaram.

— Partirei destas costas antes que o inverno acabe — falei. — Não seria melhor para você encontrar uma... *fjolskylda* entre os ljoslandeses?

— Não importa onde você estará — respondeu ele simplesmente.

Fechei o punho em torno da pele de urso e em seguida deixei a duende levá-la embora. Ela se fundiu na floresta tão facilmente quanto um urso vivo.

— Como o rei foi preso na árvore? — perguntei.

Poe ficou imóvel.

— Foi há muito tempo — disse ele em voz baixa —, eu era apenas um sincelo em um galho[18] na época.

— Ah — disse eu, decepcionada. — Então você não se lembra.

— Ah, sim, eu me lembro... por que não lembraria? E, mesmo que não lembrasse, a floresta não se cala sobre isso, nem as neves. Elas ficaram muito aborrecidas quando Sua Majestade foi trancada. Claro, a neve tem uma memória terrível e esqueceu quase tudo no ano seguinte, exceto o fato de que estava com raiva, e então cobriu tudo com um granizo desagradável em vez de flocos decentes. Tudo se transformou em lama e lodo cinza, foi horrível.

Poe falava muito mais comigo agora do que quando nos conhecemos, e, por mais informativo que eu achasse ouvir as suas divagações normalmente, agora eu não tinha tempo. Não haveria como convencer o rei de que eu ainda estava encantada se demorasse demais.

— Como foi feito? — insisti. — Algum encantamento complicado, acredito. — Porque, claro, eu precisava saber como prendê-lo de novo se ele se mostrasse totalmente louco e perverso, não apenas louco e perverso pelos padrões do Povo.

— Na verdade, não — disse Poe, pensativo. — A primeira rainha deu a ele uma capa com todas as estações, e então, quando ele adormeceu nela certa noite no Lago das Estrelas Dançantes, como costumava fazer, ela cortou o inverno e costurou tudo de volta. Em seguida, ela o envolveu bem na capa e fechou todos os botões. Aquilo o prendeu, veja bem, ninguém poderia escapar de um ano sem inverno, nem mesmo o rei. Ela plantou os pés do rei na floresta e transformou a seda, a lã e o fio de ouro que usara para tecer o manto em

---

18 Que comentário intrigante, esse. Inicialmente, considerei uma vitória para Blythe ouvir um dos feéricos comuns vincular sua existência ao mundo natural (nesse caso, um sincelo). Após refletir, no entanto, acredito que essa interpretação seja incerta. O Povo costuma falar por meio de metáforas. De fato, vários anos atrás, tive uma conversa com uma *kobold* alemã em que ela se referia a si mesma como um "botão", significando uma criança. No entanto, sei que ela não se originou dessa forma, pois conheci seus pais vários dias depois. E, de fato, Poe fez referência à própria mãe inúmeras vezes durante nossas conversas.

casca e folhas. Desde então, a árvore cresceu muito e ele ainda está dentro dela, preso para sempre.

— Ah — disse eu fracamente. — Então é isso.

Minha mão estava pulsando ferozmente no momento em que cheguei à árvore, cada passo enviando uma sacudida de fogo pelo meu braço. Minha bandagem estava ensanguentada, mas não havia nada que eu pudesse fazer a respeito a não ser manter a mão enfiada na luva e rezar para que o rei não notasse.

Parei diante da árvore, que sussurrava e cantarolava para si mesma. Eu não estava mais encantada, mas aquilo não importava muito, pois a árvore estava realmente transbordando de encantamento – eu já havia notado isso antes, com Wendell. Acho que o rei estava dormindo – provavelmente estava dormindo o tempo todo, mas não tenho dúvidas de que ainda estava consciente de mim em seu sonho.

Estremeci de empolgação e terror. Mantive a mão envolta com firmeza em minha moeda, mas permiti que um pouco do encantamento se infiltrasse em minha mente – apenas relaxando meu foco, o que não foi fácil, já que estava acostumada a me defender dos encantamentos das fadas, não os deixando entrar. No entanto, era necessário, pois eu não tinha a menor ideia de como deveria tirar o rei de lá. O anel encantado não havia se importado se eu levaria ou não o machado, então devia haver algum outro jeito.

A magia murmurou para que eu movesse as pernas. Movi. Isso me fez caminhar pelo bosque, fazendo uma pilha de neve e depois moldando-a com minhas mãos. Desci até o riacho, quebrei o gelo, encontrei um cacho de casca de árvore e o enchi de água. Derramei o líquido sobre o boneco de neve – sim, o rei me fez construir um boneco de neve, do qual talvez eu fosse rir mais tarde, mas foi bastante perturbador no momento, torcendo memórias despreocupadas da infância com alguma magia enorme e aterrorizante – e observei enquanto ele congelava, em fitas prateadas como a indicação de cabelo.

Fiquei olhando para o feio boneco de neve que havia feito, sentindo-me um tanto tola e imaginando se o rei na árvore realmente pretendia entrar no boneco de neve e usá-lo como instrumento. Wendell havia dito que o corpo do rei havia se deteriorado, então ele precisava usar *alguma coisa*, mas eu realmente não conseguia imaginar o quê. Claro, o rei ainda estava preso, então o corpo em que ele desejava entrar era um ponto de especulação.

Comecei a me perguntar se tudo aquilo era um engano. Talvez o rei tivesse apenas a intenção de encantar Wendell, mas, desde que apareci, ele decidiu que poderia se divertir um pouco comigo. Arrastar uma mortal para fora da cama para fazer bonecos de neve no meio da noite parecia uma brincadeira de muito mau gosto, mas suponho que ficar preso em uma árvore por séculos não oferecesse muitas oportunidades de entretenimento. Enquanto eu pensava em tudo isso, porém, um corvo voou para fora das árvores e pousou no ombro do boneco de neve.

Mais dois vieram. Eles giraram em torno do boneco de neve, bicando e arranhando. Quando terminaram, parecia mais um homem – um pouco mais. Ainda era estranho, porém não mais horrível. Então, para meu horror, os pássaros caíram mortos no chão, com sangue escorrendo pela neve de feridas que eu não conseguia ver. Mancharam os pés do boneco de neve como uma oferenda, o que suponho que fossem.

A árvore murmurou, e a magia me cutucou novamente. Mas não me estimulou a me mexer, estimulou minha *mente*. E foi aí que percebi – o rei não sabia como se libertar. Ele esperava que eu apresentasse uma solução.

Bem, aquilo fez meus pensamentos girarem. Embora, na verdade, já estivessem entrando e saindo de histórias e trabalhos acadêmicos, confrontando-os com o que eu sabia sobre os Ocultos e seu rei caído em desgraça.

A Palavra.

A Palavra inútil, ridícula e colecionadora de botões que eu havia muito valorizava como uma trivialidade esotérica, uma nota de rodapé, talvez, em um artigo que ainda não escrevi. Bem, as notas de rodapé na driadologia são, às vezes, como o próprio Povo, saltando sobre a pessoa do nada.

Uma emoção percorreu meu corpo. Em retrospecto, esse teria sido um momento muito bom para parar e pensar na sabedoria do que estava fazendo, mas eu estava muito cheia do prazer da descoberta acadêmica (e, suspeito, de minha própria presunção) para parar. Virei-me para a árvore branca e falei a Palavra.

E sabe o que aconteceu? Um botão saiu voando de algum lugar entre os galhos. Eu o peguei e o examinei contra a palma da minha mão. Era branco e ressecado, como um osso velho, espalhando um pó fino contra a pele, com uma bolota esculpida em um dos lados. O botão começou a derreter sobre a palma da minha mão, e eu o deixei cair na neve. A árvore estremecera quando o botão se soltou, mas agora estava imóvel de novo.

Repeti a Palavra, e outro botão apareceu. Esse tinha uma flor. O botão seguinte tinha um veleiro pairando entre suaves ondas.

Ao todo, falei a Palavra nove vezes, e, quando o nono botão se soltou, o tronco da árvore branca se abriu como a frente de um manto, a casca ondulando – por um momento, tornou-se seda e lã fina, agitando-se ao vento que havia enchido o bosque, e em seguida parou. A árvore soltou um suspiro e deixou caírem suas folhas, brotos e frutas na neve com um baque surdo.

Olhei para o buraco cavernoso que se abrira na árvore, meu coração palpitando como o de um coelho, em expectativa. Quando ouvi passos atrás de mim, gritei.

— Não há necessidade disso — uma voz disse. — Mas não me importo. Faz muito tempo que ninguém tem medo de mim.

O Rei Oculto estava ajoelhado na neve, estalando a língua para os pássaros mortos. A princípio, parecia se assemelhar à figura de gelo e neve que eu havia construído com a ajuda deles, mas, a cada respiração que dava, a vida entrava em seu corpo e sua aparência se tornava mais mortal. Era um pouco como observar alguém subindo em direção à superfície de águas turvas; em um momento seu rosto era pouco mais que planos indistintos de gelo, no seguinte estava piscando seus olhos azul-claros para mim e sorrindo. Claro que era lindo – é preciso enfatizar isso? Seu cabelo era preto com mechas brancas, as maçãs do rosto acentuadas acima de uma boca larga com um sorriso natural. No fim das contas, o branco em seu cabelo eram contas de opala, e sua roupa era de um azul escurecido com uma sobreposição como gelo, batido fino com um padrão rendado, e ele usava uma coroa branca e camadas de colares de joias que brilhavam de um jeito atraente na luz difusa. E, no entanto, tudo o que ele usava era tão elegante quanto bonito, exatamente a quantidade de adornos que se esperaria de um rei, nem mais nem menos.

— Coitados — disse ele. — Este mundo é terrivelmente cruel com os animais, não é? Aqui vamos nós.

Ele os tocou, e os corvos ganharam vida – por assim dizer. Seus movimentos eram espasmódicos e eles ainda estavam cobertos de sangue – um deles estava com o pescoço quebrado e a cabeça inclinada em um ângulo inquietante. Este pousou no ombro do rei e bicou seu dedo quando ele o acariciou, tirando sangue. Ele riu.

— Olá, meu amor — disse ele, caminhando até mim. — Minha querida salvadora, que devolveu meu corpo, meu trono e me libertou de meu cativeiro eterno.

Antes que eu pudesse me recuperar do meu espanto, ele me beijou. Era como pressionar vidro congelado em meus lábios, como respirar no inverno puro. Cambaleei um passo para trás, tossindo, e, por muito tempo depois, senti como se tivesse gelo nos pulmões.

— Eu... — comecei. — Eu não sou seu amor. Não sou ninguém.

— Ah, não se preocupe, eu sei quem é você. Anos atrás, quando eu era menino, um vidente me disse que um dia eu seria preso pelo meu próprio povo, e apenas uma ratinha estudiosa poderia me tirar de lá novamente. E eu me casaria com a ratinha... o que forma um contraste muito poético, não acha? E juntos governaríamos meu reino. — Ele se espreguiçou. — Bem! Estou feliz por ter saído de lá. Acho que minha primeira tarefa será um bom banho e um banquete de ameixas salgadas com caviar. Você gosta de ameixas salgadas, querida?

Não foi fácil, naquele momento, voltar a pensar como uma estudiosa. A pensar em tudo, na verdade. Como é que, de repente, eu tinha reis feéricos, no plural, pedindo para se casar comigo? Mas me forcei a ser racional, a responder da maneira que imaginei que ele gostaria – *Sim, adoro ameixas salgadas, obrigada* – e a perguntar sobre a vidente.

— Não sei de mais nada — disse o rei. — Nunca dei uma boa olhada nela... ela estava toda maltrapilha. Não era daqui, era uma das pessoas errantes, que andam por toda parte.

Pensei cuidadosamente antes de dizer:

— É gentil de sua parte se oferecer para se casar comigo, Majestade. Mas não sou como vocês, nem mesmo próxima.

Ele me lançou um olhar condescendente, como se eu fosse uma criança que tivesse contado até dez corretamente.

— Devo satisfazer todos os seus desejos, querida, começando com o nosso casamento. Porém, sua modéstia lhe dá crédito; tenho um grande amor pela modéstia. Mas o que é isso?

Ele tocou minha mão ferida, envolta em uma bandagem que agora pingava sangue escuro sobre a neve.

O terror tomou conta de mim. Não havia como fingir que ainda estava sob seu feitiço agora.

— Eu... eu desejei libertá-lo por vontade própria, Majestade. Como sinal de meu respeito por sua pessoa.

Ele pareceu intrigado com isso, mas, felizmente, parecia ter pouco interesse em questionar minhas motivações. Com um dar de ombros, desembrulhou a bandagem – dei um suspiro alto quando a dor rolou pelo meu braço – e então, como um mágico tirando flores de um lenço, revelou minha mão, totalmente curada e imaculada. O dedo ainda faltava, e sua ausência era uma dor, mas parecia uma dor antiga. Perguntei-me se ele também tinha algum poder de manipular o tempo.

— Eu... eu desejo permanecer solteira — gaguejei. — Como disse, Alteza, eu o libertei por respeito, não porque desejasse algo em troca. Tenho um noivo, sabe?

— Ah, veja bem, isso não é problema — disse ele, acenando com a mão cheia de anéis. — Providenciarei para que reponhamos adequadamente seu dote. Ele não ficará triste, pois isso o liberará para se casar com alguém mais bonita que você.

Percebi que a ideia de que talvez preferisse não me casar era completamente incompreensível para ele. Havia alguma lógica nisso, suponho, dado o que a vidente lhe dissera, embora eu saiba o suficiente sobre a obsessão própria do Povo para adivinhar que ele teria dado por certa minha devoção de qualquer forma. Por isso, abandonei essa abordagem.

— Como Vossa Majestade mesmo disse, não sou bonita. — Foi uma objeção sólida, pois o Povo nunca se casa com mortais que não são bonitos, a menos que tenham sido forçados a isso por meio de trapaça (e, mesmo assim, os mortais são frequentemente revelados como bonitos no final, tendo sido encantados para parecer feios). Ele não conseguia achar nada atraente em minha normalidade, especialmente agora, com meu vestido sem graça manchado de sangue e suor e meu cabelo em uma desordem excepcional, mesmo para mim, a maior parte dele caindo solta nas minhas costas.

— Isso é verdade — disse ele, olhando-me de cima a baixo com uma expressão de incômodo. Ele olhou para si mesmo depois, como se precisasse acalmar seus olhos com sua própria beleza. — Mas veremos o que pode ser feito.

Antes que pudesse dizer qualquer coisa, minhas roupas farfalharam, e um novo vestido e uma capa se derramaram de meus ombros como água. Era tudo em azul-escuro para combinar com os trajes dele. A capa era a mais escura dos dois, com o mesmo padrão de rendas geladas e opalas como constelações rodopiantes. Minhas botas cresceram até os joelhos e viraram uma pele de carneiro branca pura com fivelas de azeviche.

Imediatamente comecei a tremer – ele não se preocupara em fazer nada quente; a capa era de pele, mas era fina e mais adequada para um dia de primavera do que para uma noite de inverno. Ele passou um bom tempo pensando, circulando-me para me ver por trás e colocar pérolas extras em minha capa, ou adicionar outro par de brincos – eu usava dois, um par de um longo pendente de esmeraldas e o outro um conjunto de pérolas em forma de pomba.

Ele declarou que havia terminado, parecendo satisfeito.

— Pronto... você está quase bonita agora.

— Quase não é bom o suficiente, não é? — disse eu batendo os dentes, minha mente a todo vapor. — Um rei tão bonito quanto Vossa Majestade não deveria se casar com alguém como eu.

— Ah, não! Veja bem, a beleza da mente e do espírito é o que é mais importante para mim em uma esposa — comentou ele. — Adoro poesia, e os poetas dizem que esse é o tipo de beleza que mais importa. Bondade. Generosidade. Perdão. — Ele se encolheu. — Admito, eu mesmo lido com essas coisas. Mesmo agora, estou cheio de desejos de vingança contra aqueles que me colocaram naquela árvore, incluindo minha primeira esposa, cujo sangue eu gostaria muito de usar para alimentar meus lobos, xícara por xícara. Mas... — Ele me deu um sorriso que iluminou todo o seu rosto. — Vou resistir. Pois odeio a crueldade e todas as outras formas de feiura, e não as tolerarei em mim mesmo.

Atrás dele, um dos corvos que ele havia reanimado começou a assustar um coelho, que guinchou de forma alarmante – o animal parecia ter pouco interesse em matá-lo e apenas se divertia, rasgando a pelagem do coelho. Nunca vi um pássaro se comportar assim, mas o rei não deu atenção.

— Que tipo de palácio você gostaria de ter, meu amor? — perguntou ele, tomando minha mão. — Devemos ter um lugar para receber nossos cortesãos. Eles saberão que estou livre e estarão a caminho para prestar suas homenagens.

Acho que não teria respondido se ele tivesse colocado uma espada na minha garganta. Havia imaginado muitas possibilidades depois de libertá-lo de sua prisão – essa não era uma delas. Senti terror, mas misturado a isso havia algo que se parecia ridiculamente com exultação. Não é que eu quisesse ser uma rainha, ou qualquer outra coisa. Mas tente dedicar sua vida a um campo de estudo tão ambíguo que é quase inteiramente feito de boatos e especulações, e em seguida peça a alguém que lhe diga casualmente, tudo bem, agora lhe darei um livro que responderá a todas as perguntas que você já teve, e veja se não sente o mesmo.

Senti-me mal. Estava começando a me perguntar se me colocar em perigo havia se tornado uma espécie de vício.

O Rei Oculto deu um tapinha em minha mão com condescendência, pensando que eu era muito humilde ou muito estúpida para responder. Então, virou-se para as montanhas, que espreitavam suas faces rajadas de neve por entre as árvores de inverno, e inclinou a cabeça para o lado.

Um grande estrondo começou quando uma série de estalos soou tão alta que quase me joguei no chão, com medo de um raio. Uma névoa de cristais de gelo desceu sobre a montanha mais próxima e, dentro dela, um castelo apareceu. Por um momento, pareceu um fantasma, um enorme fantasma espalhado feito de gelo brilhante, construído em níveis para caber na encosta, e então a névoa se abriu, e era real.

Ocupava quase metade da encosta da montanha. O rei fez um ruído insatisfeito, olhando para ela, e várias das torres se reorganizaram e uma fileira de edifícios anexos apareceu onde não havia nenhum. Outro olhar de soslaio, e de repente havia uma estrada que conduzia ao castelo, larga e pavimentada em enormes paralelepípedos de gelo, cada um com uma flor diferente presa dentro dele. Era possível ver as flores, porque ele trouxe a estrada até nossos pés, jogando as árvores no chão da floresta. O impacto sacudiu o chão de modo que quase caí, e logo estava tossindo no redemoinho de neve que as árvores caídas haviam levantado. A estrada estava ladeada de lampiões, todos cintilando com o mesmo brilho do luar das feiras de inverno.

Não observei apenas o castelo surgindo do nada – também observei o rei, aterrorizada e fascinada. Quando ele não está falando ou se movendo, fica perfeitamente imóvel. *Isso mesmo – perfeitamente.* Imagino que, nesses momentos, ele volte a ser o que é, um pedaço de inverno ganhando forma. É a mesma quietude que se encontra em um lago congelado ou em árvores carregadas de neve pesada.

Num último gesto de extravagância, ele ergueu a mão e, com uma espécie de roçar, afastou o punhado de nuvens no céu. A aurora brilhou, principalmente verde esta noite, ou talvez ele a tenha convocado junto com todo o restante, não sei.

— Sim — comentou ele, examinando o espetáculo monstruoso diante de nós. — Sim, é um começo, suponho.

Sua voz parecia distante; minha audição tinha sido amortecida pelo tumulto de

4 de dezembro (?)

De alguma forma, vaguei para longe do meu diário sem terminar a última frase – não é do meu feitio. Não me lembro de ter decidido parar. Tenho tanto medo de um dia esquecer completamente meu diário que decidi carregá-lo para toda parte.

Qualquer inclinação que eu tenha sentido a me deleitar com a emoção da minha situação desapareceu como um raio. Isso porque logo percebi que o castelo evocado pelo Rei Oculto havia causado uma avalanche, que soterrou várias fazendas distantes nos limites de uma das aldeias vizinhas.

— Lamentável — ele disse, de forma empática, quando eu lhe contei. — Bem, darei aos mortais um grande banquete para compensar. Vai durar dias e dias, até que estejam quase gordos demais para se mover. Vai ajudar?

— Acho que não — eu disse —, já que eles provavelmente estão mortos.

— Ai, minha querida! — Ele pareceu muito triste por um momento, mas então um dos criados chegou com um trio de lobos brancos em uma coleira feita de osso e luar (um presente enviado pelo senhor de uma das propriedades das fadas na costa norte), e ele se esqueceu de todo o restante, inclusive de mim, enquanto pulavam em cima dele para lamber seu rosto.

Tentei não pensar muito sobre a rapidez com que os criados feéricos chegaram. Eu estava com medo de que ele os tivesse conjurado da neve, e, por algum motivo, isso me perturbou mais do que qualquer outra coisa. Embora houvesse muito de perturbador ali e o palácio não fosse o menos preocupante.

Não tivemos que percorrer a longa estrada até o palácio, pavimentada com flores cobertas de gelo. Apareceu uma carruagem feita de madeira preta coberta de geada escorregadia e puxada por dois graciosos cavalos feéricos, um branco e um preto, que pareciam mudar ligeiramente de um momento para o outro – juro, em um ponto eles até trocaram de cor. O cocheiro e o lacaio pularam da carruagem e se jogaram aos pés do rei com tanta pressa que um deles se cortou no gelo.

— Brethilde, Deminsfall — disse o rei devagar, como se saboreasse seus nomes. — Onde estiveram? Certamente não estavam cuidando da minha árvore depois que minha rainha me trancou. Ah, alguns criados ficaram, mas seu número diminuiu, e por muito tempo fiquei sozinho.

Os criados abriram e fecharam a boca, tremendo, mas ele apenas sorriu e colocou a mão em suas cabeças.

— Eu os perdoo — disse ele, calorosamente, e então me ajudou a entrar na carruagem.

— Como seus criados sabem que o senhor foi libertado? — perguntei enquanto os cavalos nos levavam ao longo da estrada.

Ele me lançou um olhar perplexo.

— Como os mortais sabem que o inverno chegou? — Ele virou o rosto para o castelo, e seus olhos claros brilharam. Os corvos mortos-vivos voavam à frente de vez em quando, descendo para bicar os criados, apesar das advertências do rei (embora fossem poucas e distantes entre si). — Meus cortesãos chegarão em breve. Estou ansioso para apresentá-los à minha noiva. — Ele beijou minha mão.

Em meio ao meu terror, uma parte de mim estava fascinada.

— Então, o senhor não acredita que alguém de seu povo permanecerá leal à atual rainha?

— À impostora? Não. — Ele não pareceu aborrecido com minha pergunta, nem notei qualquer amargura nele para desmentir sua confiança. — O inverno me conhece, as montanhas e geleiras, a aurora e os pássaros. Posso ser confinado temporariamente, mas não posso ser derrubado, não da maneira que os mortais pensam.

Notei que ele não disse que não poderia ser morto, pois certamente as histórias sugerem que os monarcas fadas podem ser eliminados dessa maneira, não que não seja uma tarefa difícil. Rapidamente eu disse:

— Perdoe minha ignorância de seus caminhos, Majestade. Achei que seu povo poderia preferir a rainha. Só porque fui informada de que o senhor os proibiu de praticar um tipo específico de esporte com mortais, e muitos povos se ressentiram de Vossa Majestade por isso.

— Tenho certeza de que se ressentiram de mim por diversas razões diferentes — disse ele. — O objetivo de ser rei não é ser *apreciado*. É demonstrar uma nobreza de caráter que seu povo tomará como modelo para moldar seu próprio comportamento.

Digeri aquelas palavras.

— Portanto, o senhor vai mais uma vez proibi-los de roubar mortais de suas casas?

Ele me abriu seu sorriso beatífico.

— Farei mais que isso, minha querida. Farei com que libertem todos os mortais atualmente em suas posses. Pobres criaturas! Os mortais são terrivelmente fracos, e é uma coisa desonrosa para os fortes atacarem os fracos, sempre achei. — Ele apertou minha mão. — Isso a deixa feliz?

Assegurei-lhe que sim, e ele me beijou novamente e disse:

— Sua natureza é generosa, pois me pediu isso antes de exigir joias ou outros presentes. Ficarei feliz em chamá-la de minha esposa.

Bem, essa troca me deu algum alívio, embora eu tenha ouvido a voz de Wendell na mente, zombando de minha filantropia. E, na minha atual situação, regelada, entorpecida e encarando a prisão eterna no reino das fadas, achei difícil apreciar minha suposta boa ação.

Os cavalos nos conduziram pelas enormes portas brancas do palácio até um pátio ladeado por galerias de pedra preta. O palácio era uma coisa profundamente inquietante – descobri que só conseguia vê-lo com o canto do olho; se olhasse de frente, suas linhas se dissolviam no padrão irregular de neve e rocha da encosta da montanha. Felizmente, assim que entramos, minha visão se acalmou um pouco.

O próprio palácio era surpreendentemente simples em sua arquitetura; eu havia previsto um labirinto de grandes escadarias e corredores que poderia localizar uma vez e nunca mais. Mas era como o inverno de Ljosland, rigoroso e minimamente adornado, mas dolorosamente belo. A escala disso, porém, era enorme. O pátio, ladrilhado de gelo, poderia ocupar toda Hrafnsvik, e a galeria oposta ficava tão distante que seu contorno era suavizado pelos cristais de gelo no ar. Alguns membros do Povo estavam lá para nos receber, e eram como flores flutuando em um mar vasto.

É nesse ponto que minha memória começa a se deturpar. Lembro-me do rei me apresentando, todo sorridente, enquanto os súditos prestavam suas homenagens, o que faziam com uma polidez frágil e obsequiosa. Mas então, de repente, eu estava nos aposentos que o rei me cedera, olhando para o vale, sem me lembrar de como havia chegado ali. A vista é magnífica, mas assustadora, pois meu quarto fica na parte sul, que dá para a extensão aberta do céu e da névoa entre a montanha e o fundo do vale bem abaixo. Posso ver o brilho da floresta coberto de neve e, em algum lugar além dela, uma mancha cinza que é como tinta molhada sobre uma tela, que imagino ser o mar. As montanhas me encaram, sombrias e indiferentes.

17 de dezembro (?)

Acho que nunca estou sem criados por perto. Parece que sempre há algo sendo colocado em minhas mãos, seja comida, bebida ou peles aquecidas, embora eu tenha parado de sentir frio no momento em que pisei no palácio feérico, e foi assim que tive certeza de que estava encerrada nos encantamentos que unem seu mundo.

Claro que fiz várias tentativas de fuga. Tento ser sistemática quanto a isso, o que não é fácil quando sua mente está sendo constantemente confundida pela magia. Mas me agarro à minha moeda o tempo todo, o que ajuda, assim como escrever neste diário.

Primeiro, simplesmente tentei passar pelos portões – não porque pensasse que seria simples, mas por um desejo de meticulosidade, de esgotar todas as possibilidades. Assim que o fiz, encontrei-me novamente em meu quarto, e não apenas isso, mas sentada em uma banheira de água termal que não existia antes, escavada no chão em uma série de degraus largos pavimentados com conchas. Duas mulheres feéricas estavam sentadas ao meu lado, uma tecendo fios de algas marinhas opalescentes em meu cabelo, que ondulavam como cobras, a outra tagarelando sobre bardos arrogantes ensinando a neve a cantar suas canções, o que agora fazia o tempo todo. Meus músculos estavam fracos, como se eu estivesse ali havia muito tempo.

Tentei pedir a meus criados que me levassem para as montanhas, ou para a floresta – qualquer lugar que não fosse o palácio. Eles nunca se opuseram, mas não me lembro de terem me obedecido; parecia que, assim que eu fazia o pedido, me via novamente no banho ou no café da manhã com o rei enquanto ele contava alegremente seu progresso nas melhorias do palácio.

O rei envia um fluxo constante de artesãos e serviçais até mim para a preparação do nosso casamento. Fui questionada sobre o cardápio por dois membros apressados do Povo que cheiravam a bolo e tinham sincelos espetados em suas barbas – se eu preferia, por exemplo, vinho feito com estrelas ou cerveja temperada com sal do mar embaixo do mar, e perguntas sem sentido semelhantes.

Mantive minha serenidade o melhor que pude, sabendo que o pânico era a maneira mais correta de perder a cabeça em qualquer reino feérico, mas admito que perdi a paciência algumas vezes.

— Detesto vinho — retruquei para um dos pobres *chefs* feéricos, que se afastou de mim como se eu tivesse cuspido fogo nele. — Você vai servir cerveja de cevada que cresce apenas durante a lua nova, que foi preparada junto com os ossos de peixes cantores alimentados com uma dieta composta apenas de mel.

— Sim, Alteza — o feérico sussurrou várias vezes, curvando-se, e foi embora chorando. Recusei-me a falar com as costureiras que entraram no quarto depois que ele saiu e as mandei embora antes que pudessem tirar minhas medidas.

22 de dezembro (?)

Ocorreu-me hoje, enquanto olhava pela minha janela, que compunha toda a parede sul do meu quarto, que toda a floresta estava quase enterrada na neve. Em alguns lugares, a neve cobria tudo, exceto as pontas das árvores.

— Houve uma avalanche? — questionei o pequeno exército de floristas que naquele momento enchia meus aposentos, oferecendo-me amostras desta ou daquela flor.

A experiente florista, uma mulher baixa com olhos pretos como tinta e um vestido feito inteiramente de pétalas vitrificadas, franziu a testa para as árvores.

— É inverno, Alteza — respondeu ela.

— Sim — falei entredentes. — Mas parece que há *mais* inverno que antes.

Ela trocou um olhar nervoso com outro florista, um homem magro segurando uma braçada de rosas pretas e cinza.

— O rei voltou — disse ele devagar, como se não tivesse entendido minha pergunta e estivesse apenas dando um tiro no escuro.

Uma pequena gota de medo deslizou pelas minhas costas. Quando vi o rei novamente – creio que tenha sido durante o jantar, embora seja inteiramente possível que o tenha visto antes disso –, trouxe à tona essa questão.

— Sim, será um inverno como nunca visto antes em Ljosland — disse ele, com alegria, servindo-se de mais peixe. O povo tirava seus peixes de um lago congelado na montanha e os servia crus em suporte de gelo ou flutuando em um molho doce e cremoso com um leve sabor de maçã. Várias espécies foram espalhadas diante de nós; as menores – vibrantemente listradas de cinza e verde –, ainda com cabeça e ossos, deviam ser comidas juntas. Estávamos sentados em um salão de banquetes cavernoso com paredes de pedra preta e outro piso de pedras de gelo, dessa vez com folhas e galhos de abeto presos no interior, e era como se estivéssemos caminhando no topo de uma floresta. A mesa estava lotada de membros do Povo – no que parecia ser uma mistura de corte e povo, embora seus rostos muitas vezes se misturassem à luz cor de osso. Percebi um sorriso de escárnio aqui, um olhar suplicante ali; os menestréis tocavam suas flautas e, embora o rei tivesse ordenado que não me encantassem, suas canções muitas vezes faziam minha cabeça girar.

— Mas o que será das aldeias mortais? — questionei. — Você não pode enterrá-las na neve!

Ele tocou minha mão de forma tranquilizadora, seu lindo rosto cheio de adoração.

— Aqui os mortais estão acostumados com o inverno, minha querida.

— Não estão acostumados com quinze metros de inverno sendo depositados em suas portas — ralhei, com punhos cerrados sobre minhas saias.

— Vai durar apenas enquanto ocorrerem as festividades da minha coroação — prometeu ele, o que *realmente* me preocupou, pois sugeria que ele planejava estender o inverno até que terminasse de se deleitar com seu triunfo... e qualquer um que soubesse alguma coisa do Povo saberia facilmente que duraria um tempo substancial.

— Você tem que tirar a neve do mundo mortal — falei. — Os animais deles morrerão. Os filhos deles vão morrer de fome.

Ele ouvia sem nenhum interesse, então fez um gesto para um dos menestréis, e eles mudaram para uma música de que ele gostava mais.

— Filhos! — disse ele, sorrindo. — Estou feliz que os tenha mencionado. Eles adoram o inverno... Sabia que costumavam deixar oferendas para nós no centro de lagos congelados no solstício para nos pedir montes de neve no Natal? Como se soubéssemos alguma coisa sobre o Natal, tolinhos. Eu me pergunto se ainda fazem isso.

Então, a música aumentou, e eu esqueci o que estávamos falando.

23 de dezembro (?)

A **pior parte** do meu dia é quando o rei recebe visitas. São suplicantes, na maioria das vezes, tanto fadas quanto cortesãs comuns que chegam com presentes e parabéns expressos em vários graus de desespero. De vez em quando tais presentes incluem cabeças dos inimigos do rei, que conspiraram para prendê-lo na árvore ou fecharam os olhos para as armações da rainha. As cabeças não sangram – pelo menos fui poupada disso –, mas derretem, o que pode parecer mais fácil de suportar como visão, mas se a pessoa testemunhar um cadáver cujo nariz ou olhos simplesmente derretem saberá o absurdo que é.

A cada vez, o rei se exaspera com a crueldade desses atos. Em uma ocasião exclamou por tanto tempo que vários dos criados começaram a bater os pés, os olhos vidrados de tédio. Os lordes e ladies aguentam seu descontentamento de forma notável, curvando a cabeça humildemente e pedindo desculpas, o tempo todo parecendo satisfeitos consigo mesmos. Invariavelmente, encontro a cabeça transformada em alguma decoração medonha em algum lugar, geralmente posta sobre um pedestal e decorada com joias para deixá-la bonita, enquanto o lorde ou a lady que tanto irritou o rei com sua barbaridade de repente é convidado para jantar à mesa do rei e recebe sinais de sua preferência na forma de peles, menestréis ou encantamentos menores. Quando ressaltei que isso não daria um bom exemplo a eles, ele balançou a cabeça e sorriu para mim.

— A capacidade de perdoar é uma grande virtude — disse ele. — De fato, existem poucas qualidades mais requintadas ou mais raras.

Ele também costumava discorrer sobre os terríveis castigos que aplicaria à sua ex-esposa, agora rainha deposta, que entendi estar escondida em algum lugar, se sua natureza não fosse tão magnânima. Do jeito que as coisas estavam, disse o rei, ele desejava apenas que ela fosse levada até ele para que pudesse perdoá-la publicamente e presenteá-la com uma pequena propriedade para curar a ferida que existia entre eles. Comecei a temer a chegada de todos os mensageiros, certa de que trariam notícias de que a ex-rainha havia sido eliminada de várias maneiras de revirar o estômago, talvez até trazendo como prova algo pior que sua cabeça decepada – eu não sabia o que poderia ser pior do que isso, mas não tinha dúvidas de que os cortesãos do rei resolveriam. Fiquei quase aliviada quando finalmente soube que ela havia sido dilacerada pelos lobos do rei, que escaparam misteriosamente de seu canil em uma noite sem estrelas no céu. O rei chorou por mais de uma hora, e, então, em seu banquete seguinte, a lady que o presenteara com os lobos estava sentada à sua direita, sorrindo com uma expressão vitoriosa para os convidados reunidos, muitos dos quais a encaravam de cara feia, revelando uma admiração ressentida.

25 de dezembro (?)

Sempre que posso, tento inventar razões para que ele não se case comigo. Tentei dizer a ele que sou muito enfadonha, pois não conheço nada de poesia e tenho uma voz horrível para cantar. Argumentei que não sabia nada sobre a política de seu mundo e certamente faria uma tremenda bagunça.

— Sua consideração não conhece limites, minha querida — disse ele. — Mas não importa para mim que você seja tola ou ignorante, já que vocês, mortais, não vivem muito... dificilmente é preciso virar vocês para descobrir que morreram. Quero que aproveite o pouco tempo que tem neste mundo e, em seguida, me casarei com uma mulher de minha estatura. Não precisa se preocupar.

Estou ficando cada vez mais desesperada. Embora eu não saiba quanto tempo se passou no reino mortal, sei que a data do meu casamento está cada vez mais próxima. Não que o Povo dê muita atenção a *datas* – eles se movem com o vaivém das estações. Assim que todos os detalhes forem decididos e tudo estiver pronto, nos casaremos, e quase tudo está pronto. O Povo está se reunindo de todos os cantos do reino para testemunhar nossas núpcias, e o palácio ressoa com risos e música a qualquer hora do dia e da noite.

Tenho mais uma ideia para testar. Gostaria de poder pensar em algo diferente de fugir – uma maneira de limitar este inverno cruel em que ele mergulhou a terra –, mas a verdade é que minha mente fica cada vez mais confusa com o passar dos dias. Sei que preciso encontrar uma maneira de desfazer o que o rei fez – o que *eu* fiz –, mas também sei que, se ficar aqui por muito mais tempo, vou me perder completamente.

30 de janeiro

Esta é a data. Sei qual é a data. Sinto como se tivesse tocado em terra firme pela primeira vez depois de anos no mar.

Quando as costureiras se anunciaram esta manhã, depois que o rei e eu tomamos o desjejum e ele me deu um beijo casto, coloquei meu plano em ação.

Eu havia observado que, ao contrário dos criados que me perseguem o tempo todo, os artesãos enviados para elaborar meu absurdo casamento não são do palácio. Eles vêm de longe – alguns nem mesmo são do continente de Ljosland, mas de ilhas remotas do Ártico na costa norte sufocada pelo gelo. Esses membros do Povo são menores e têm um sotaque estranho. Considerando que não fazem parte do palácio e de seus muitos encantos, pensei que talvez houvesse uma maneira de um deles me tirar daqui.

— Vocês não são da corte do rei? — perguntei.

— De jeito nenhum, milady — respondeu o alfaiate. — Somos... humildes demais para tanto.

Havia dois deles, mas apenas um falava – o homem, que agora se curvava para medir meus pés. Era pequeno, com grandes olhos pretos e um rosto pontudo, o cabelo cor de poeira e os dedos longos com muitas juntas. Sua companheira, uma mulher um tanto atrapalhada, cujo semblante era uma estranha mistura de embaraço e melancolia, entregou-lhe um par de sapatos prateados. Chutei-os para o lado.

— Vossa Majestade dificulta a determinação do tamanho — disse o alfaiate, com a voz seca.

— Vossa Majestade tem um pedido a fazer — respondi, com frieza.

— Tem mesmo? Bem, Vossa Majestade não precisa se preocupar com pedidos, mas apenas com exigências, com que ela certamente está acostumada.

Enquanto falava, ele fez sinal para meus criados, que estavam por perto como sempre, para ajudarem a mulher muda a trazer metros e metros de tecido. Ele selecionou um grampo, que – graças a Deus – não era nem preto nem branco-azulado, mas verde-esmeralda com brocado preto e branco.

— Desejo um véu muito específico — falei —, que seja tecido com o pelo branco de uma lebre que matei com minhas mãos. Você tecerá para mim lá na floresta, enquanto o sangue ainda estiver fresco em minhas mãos, pois desejo fazer do meu véu uma oferenda ao meu querido marido.

Bem, eu havia calculado meu pedido cuidadosamente e sabia que era sensato para o Povo, que é dado a tais predileções horríveis. Mas o alfaiate apenas olhou para mim em silêncio, com o rosto afiado indecifrável.

— E então? — questionei. — Isso está além de suas capacidades?

— Não, minha senhora.

— Então, me leve até a floresta. Desejo caçar agora.

Tentei me aproximar da imperiosidade impensada de meu noivo, embora não tivesse seu bom humor para combinar com ela.

O alfaiate olhou brevemente para meus criados, que haviam removido um metro de tecido para sua inspeção. Ele pegou e começou a prendê-lo no meu vestido.

— Sua Majestade aprecia muito milady — disse ele, movendo-se atrás de mim para adicionar mais alfinetes. — E o que é estimado deve ser guardado de perto e protegido com encantamentos como correntes de ouro.

Senti um aperto no peito e estendi a mão para segurar a cabeceira da cama e me firmar. Entendi as palavras cuidadosas do alfaiate, embora ele não falasse abertamente para não ser interpretado como uma crítica ao rei.

O rei usava sua magia para me trancar no palácio. Cada vez que tentei escapar, me vi frustrada e, se tentasse novamente, os resultados não seriam diferentes.

— Se milady perdoasse a temeridade de seu humilde criado — disse o alfaiate —, eu teria outra proposta.

— Qual é? — Eu mal estava ouvindo. O quarto parecia ter ficado frio e onírico, como os anos se estendendo diante de mim, trancada naquele palácio de gelo.

— Vossa Majestade declarou amanhã um dia de troca de presentes. — A agulha de costura do alfaiate brilhou à luz enquanto ele acrescentava uma manga ao vestido com incrível rapidez. — Povo e mortais foram convidados de longe para prestar homenagens ao rei e sua nova noiva. Gostaria de oferecer à senhora um véu modelado a partir do que minha mãe usou em sua noite de núpcias. Acredito que gostará mais.

— É muito gentil de sua parte — comecei a dizer, mas parei. A agulha de costura era extraordinariamente pequena e delicada, forjada de uma prata muito pura que entrava e saía do tecido como um peixe em um riacho.

Dei um puxão súbito e involuntário, e meu braço esbarrou na agulha. Soltei um uivo de dor. Quando o fiz, a outra fada alfaiate, que segurava o kit de costura e a tesoura de seu companheiro em um silêncio lamentável, grunhiu.

— Cale a boca, sua vira-lata descerebrada — chiou o alfaiate para ela. — Foi só uma picadinha. Ela está bem.

Meus criados feéricos não notaram essa conversa bizarra. Então, continuaram a pairar, quase inutilmente, desenrolando mais tecido do rolo para que ele se arrastasse no chão e acumulasse rugas desagradáveis. Virei-me para eles.

— Deixem-nos — ordenei, em minha melhor imitação de arrogância real. Eles trocaram olhares confusos e recuaram alguns passos.

O alfaiate olhou para o teto e depois se virou para os criados com um sorriso que de alguma forma conseguia ser encantador, apesar de sua feiura.

— Sua Majestade é decente — disse ele. — Devo despi-la agora, e ela prefere que tenhamos um pouco de privacidade.

Ai, meu Deus. Se eu não soubesse que era Bambleby antes, agora sabia. Mesmo em meio ao meu choque e à minha confusão, não pude deixar de olhar feio para ele.

Os servos riram e saíram, todos menos a mais velha, que disse, em uma demonstração de lealdade:

— Devo ficar, pois o rei decretou que milady precisa sempre ter alguém por perto para satisfazer todos os seus desejos.

— Por mais atencioso que isso seja — disse o alfaiate —, os desejos de nossa lady são frequentemente absurdos e agora ela deseja que a senhora *não* os cumpra.

Ele passou a mão pelo rosto da criada, e sua expressão se tornou sonhadora e desconcentrada. Com um suspiro, ela caiu de costas na cama.

— Wendell! — exclamei, correndo para a frente. — Você não pode assassinar meus criados! O rei vai...

— Por mais que eu tenha sentido falta de ser repreendido por você, Em — disse ele —, ela só está dormindo. Não precisamos nos preocupar com a ira do seu rei.

Encontrei a criada, como ele disse, cochilando com os olhos semicerrados. Fiquei tão aliviada, feliz e atordoada, uma mistura de sentimentos, que poderia tê-lo agarrado ali mesmo num abraço. Na verdade quase o fiz, mas, por algum motivo perverso, descobri que precisava discutir com ele. Na verdade, às vezes me pergunto se algum encantamento está em ação para deixá-lo o mais desagradável possível.

— Ele não é o meu rei — retruquei.

— Não? Mas você o libertou. — Ele balançou a cabeça. — Como pode saber fazer amizade com cães feéricos selvagens e descobrir Palavras de Poder, mas se esquecer de uma das regras fundamentais da driadologia, ou seja, não arrancar reis perversos de árvores?

— Aprendi minha lição, obrigada — retorqui. — Se você acabar preso em uma, não o deixarei sair.

— Vai ter que me libertar. Conheço você muito bem, Em. Nunca conseguiria sobreviver sem ter alguém por perto com quem brigar.

A outra alfaiate tinha caído de quatro e fungava aos meus pés. Eu abracei ela – ou melhor, abracei *ele*, pois na verdade era Sombra sob um encanto. Ele me lambeu, uma experiência desagradável, e empurrei sua cabeça para trás para evitar novas tentativas.

Encarei Wendell. Ele não parecia nada consigo mesmo – nem mesmo *soava* como ele mesmo, sua voz engrossada e áspera. Só nesse momento olhei com mais atenção, vi sua familiar inclinação despreocupada, a maneira como olhava para mim com uma mistura de perplexidade e preocupação. Estava vários centímetros mais baixo que eu agora, e, com sua aparência nada atraente e a paleta de cinza que usava, poderia passar despercebido no fundo de qualquer sala.

— Ah — respirei, em entendimento repentino. — Você se transformou em um *oíche sidhe*.

— Obviamente — disse ele. — O sangue da minha avó corre em minhas veias, então consigo assumir a aparência deles se me convier, embora o processo tenha sido bastante desagradável. — Fazendo uma careta, ele olhou para seus dedos, antes graciosos, agora magros e com articulações extras. — E, pior do que isso, tenho que *olhar* para mim mesmo todos os dias.

— Você não poderia ter usado um encanto?

— Bem, talvez, mas pensei que os encantamentos do nosso rei da neve poderiam destruí-lo. Este lugar está cheio deles. Arrisquei colocar um em Sombra, porque, se alguém o revelasse, não importaria muito. Ele não é inimigo de ninguém.

Olhei para ele.

— E você é?

— Tentei várias vezes libertá-la à força, o que não deu muito certo. No entanto, matei vários dos lordes e ladies do rei.

Minha boca se abriu.

— Ele nunca me contou nada disso.

— Por que contaria? De qualquer forma, acabei tendo essa ideia — ele gesticulou amargamente para seu eu feio —, e, depois de conversar sobre essas coisas com Aud, decidimos...

— Aud! — quase gritei. — Aud está trabalhando para... para *me resgatar*?

— Toda a aldeia está trabalhando para resgatá-la, minha querida. De certa forma, nos divertimos muito planejando tudo.

Tentei imaginar Aud, Thora, Krystjan e o restante deles na taverna discutindo ideias para me libertar do Reino Feérico, mas minha imaginação falhou por completo – em especial porque eu não conseguia imaginá-los se importando comigo.

— Por quê? — disse eu, suavemente.

— Por quê? — Seus olhos se enrugaram, como se ele estivesse se divertindo. — Você resgatou três de seus filhos... e muitos mais serão poupados, sem dúvida, agora que a criança trocada foi expulsa.

— Também libertei um rei feérico que está exultante em condená-los ao inverno eterno.

— Sim, mas consegui convencê-los de que suas intenções a esse respeito eram nobres.

Ele disse isso de um jeito espontâneo, sem se importar se era verdade ou não. Estremeci, embora não sentisse frio havia dias.

— Não eram — falei. — Não na maior parte. Eu queria... — Olhei para mim mesma, para meu vestido ridículo. — Queria entender a história. Acho que pensei em ajudar Aud e os outros, mas não vou mentir dizendo que não pensei primeiro na ciência. Não deveriam arriscar a vida para me ajudar.

— Emily, Emily — disse ele. — Estou extremamente surpreso por você ter decidido ajudar essas pessoas, quer elas venham em segundo, terceiro ou décimo quarto plano em sua mente. Já fez algo assim antes? Quer dizer, pensou em alguém que não fosse você e sua pesquisa?

Olhei feio para ele.

— Você está me chamando de egocêntrica? Você?

Ele deu de ombros, imperturbável por uma ofensa a algo a que dava pouca importância, ou seja, seu caráter.

— De qualquer forma, são pessoas práticas e se preocupam mais com *o que* você fez do que com o *porquê* de tudo isso. Você deveria ter visto a cara de Thora quando eu disse a eles que tinham levado você. E Lilja e Margret estavam prontas para declarar guerra por você. Sem mencionar Aud. Ela ama aquele garoto que você resgatou como se fosse seu filho. E, quanto a Ulfar, ele jurou sobre o túmulo da mãe que a trariam de volta... ele só soltou cerca de meia dúzia de palavras no total antes de voltar àquela carranca sombria dele, mas ainda assim é mais do que consegui dele em semanas.

Senti uma pressão inesperada atrás dos olhos, imaginando as cenas que ele descrevera para mim. Estava me imaginando sozinha naquele palácio de gelo, com apenas minha inteligência entre mim e o encantamento eterno, enquanto todos estavam sentados na taverna, o ensopado de Ulfar borbulhava no fundo e o vento assobiava pela fresta no parapeito da janela que Aud nunca conseguira consertar, debatendo a melhor maneira de me resgatar. Como quando chorei por causa do ferimento de Wendell, minha reação me assustou. Não consigo me lembrar da última vez que chorei antes de vir para Hrafnsvik – provavelmente eu era criança. Não serei piegas, mas não pude deixar de sentir que algo dentro de mim se soltara – algo pequeno, mas problemático, como uma pedrinha incomodando dentro do sapato.

— E... e o que vocês decidiram? — perguntei.

— Aud e os outros farão uma visita ao rei amanhã, durante a entrega de presentes. Mortais foram convidados, então o rei levantará temporariamente o véu de seu reino. Ofertarão a ele e a sua noiva um presente de casamento, contendo um veneno que o deixará inconsciente. As coisas ficarão um pouco confusas depois disso, mas não se preocupe, o caos acobertará nossa fuga.

Sentei-me de uma vez na cama, ao lado da minha criada encantada, que sonhava tão profundamente que parecia estar babando.

— E este inverno vai acabar. Está ruim lá fora, em Hrafnsvik?

— Absolutamente terrível. — Ele rolou a fada para fora do caminho e se sentou ao meu lado. — Neva dia e noite, o que é muito tedioso. Minhas roupas não são mais suficientes, então tive que pegar emprestado um manto de pele de foca de Ulfar. Suponho que seja quente o bastante, e o ajustei adequadamente, mas não consigo tirar o cheiro de ensopado de peixe. E, depois, é claro, há as botas.

Não tenho dúvidas de que ele teria falado por um bom tempo sobre a degradação de seu guarda-roupa se eu não o tivesse interrompido:

— Mas esse veneno não vai matar o rei?

— Hum? Não. — Ele me abriu um sorriso inadequado para uma discussão sobre regicídio. — Colocar veneno entre os presentes foi ideia de Aud. Formamos uma equipe e tanto. Rastreei a antiga rainha, que estava escondida nas montanhas com seu primogênito. Os aliados dela na corte forjaram sua morte.

— Você conseguiu encontrá-la? — repeti, assustadiça.

— Sim. Bem, estava procurando desde que o rei encantou você durante nossa deliciosa expedição à prisão dele na árvore.

— Você sabia! — exclamei.

— Claro que sabia. Tenha um pouco de fé em mim. De qualquer forma, pensei que a rainha poderia saber como quebrar o domínio de seu ex-marido sobre você, então fui procurar uma porta para sua corte. Encontrei uma porta estreita e antiga no alto de um pico esquecido, que não se abriu para mim, mas, por coincidência, era a mesma pela qual ela fugiu depois que você libertou o rei. Achei que ela poderia usá-la e, de fato, a encontrei escondida bem perto.

— Você poderia ter me contado que sabia que eu estava encantada — ralhei. — Poderia ter dito algo naquela mesma noite, na verdade, quando voltamos da árvore. Ou a qualquer outro momento, pois estávamos passando todos os dias juntos.

— Qual teria sido o propósito? Você teria negado... o encantamento teria forçado você a negar. Deixei muitas dicas naquele seu maldito diário.

Lembrei-me de como o encantamento me frustrava toda vez que eu abria a boca para revelá-lo, quantas vezes havia esquecido que estava encantada. Tive que admitir que ele provavelmente estava certo – bem, não, eu não precisava *admitir* nada.

Fechei a mão em punho. Estava envolta em uma luva branca, habilmente costurada com dobras e plissês elaborados para mascarar a ausência do anelar. Senti a dor fantasma que já me era familiar.

— E qual será o papel da rainha nisso? — perguntei.

— O rei não ficará preocupado com ela, já que acha que ela foi dilacerada por lobos, e ela se esgueirará disfarçada para a cerimônia de entrega de presentes. Assim que ele for distraído pelo veneno, ela o matará, com a ajuda e a cumplicidade de seus aliados entre a nobreza, que são poucos, embora tenham sido temporariamente coagidos a serem subservientes ao rei.

Minha boca estava seca.

— Como?

Ele deu de ombros.

— Deixei a cargo da imaginação fértil deles.

Abaixei minha cabeça sobre as mãos. Minha mente havia parado de girar desde a chegada de Wendell – eu me perguntei se ele estava fazendo algo para neutralizar os encantamentos do rei –, mas ainda me sentia muito leve, como se pudesse desaparecer a qualquer momento.

— Bem, você nunca mais me enganará.

— O quê?

— Nunca mais acreditarei que você é incapaz de trabalhar pesado.

Ele estremeceu.

— Ser *capaz* não é o mesmo que estar determinado a fazê-lo, Em.

— Você poderia me libertar sem matá-lo? — perguntei. — Poderia prendê-lo de novo?

— Não — respondeu ele, depois de uma pausa confusa.

— Você pode voltar no tempo — insisti, frustrada.

Ele fez que não com a cabeça.

— Sua crença em mim é lisonjeira. Mas, na minha idade, a maioria do Povo apenas começou a compreender a extensão de seus poderes. Este rei é mais velho que as montanhas. E, pior, estamos no reino dele, não no meu. E por que isso importa? Com certeza você não tem pena dele. Você sabe que ele matará todos de fome em Hrafnsvik, enterrando-os em seus campos embaixo de metros de neve, mesmo no auge do verão, se for deixado por conta própria.

Fiz que não devagar com a cabeça.

— A antiga rainha e sua corte voltarão a sequestrar mortais. Aud e os outros ouvirão mais uma vez sua música chamando por eles em uma noite de inverno.

— Ouso dizer que estão acostumados com isso.

Abandonei rapidamente essa linha de argumentação – era tolice minha esperar que ele se importasse com a maldade do Povo, quando o Povo dele é culpado de coisas piores do que os Ocultos, se as histórias forem verdadeiras. Puxei uma mecha solta de cabelo – os servos o haviam prendido com alguma engenhoca de fitas e alfinetes, mas parecia que nem mesmo a magia das fadas conseguia domá-lo.

— Eles *realmente* planejaram isso... esse resgate?

Ele sorriu.

— Eu sabia que você não acreditaria. Só porque *você* tem um coração cheio de poeira de mil estantes de biblioteca não significa que todos têm. Aqui.

Ele me entregou um pequeno livro com capa de couro, com uma simplicidade aparentemente cara. Seu diário.

— Não me preocupo em escrever nele com frequência — começou ele.

— Poderia contar nos dedos de uma das mãos quantas vezes escreveu — falei. — Se tivesse perdido metade dos meus dedos.

Ele me ignorou.

— Mas fiz um esforço para documentar as coisas de forma mais consistente depois que você fugiu com o rei. Sua obsessão em registrar tudo sobre nosso tempo aqui é tão grande, achei que gostaria. Marquei as entradas detalhando minhas conversas com os aldeões.

Fiquei tentada a fazer alguma observação para responder ao comentário sobre a poeira da biblioteca, mas na verdade fiquei um tanto envergonhada por sua consideração.

— Obrigada — disse eu por fim. — Vou... limitar minha leitura às entradas indicadas.

Ele estava me ouvindo com certa indiferença, sua atenção absorvida pelo espelho pendurado ao lado da minha cama, no qual franzia a testa para seu reflexo e puxava a capa de um lado para o outro.

— Pensei que você tivesse apenas uma *pequena* ascendência feérica comum — falei, tentando segurar o quanto estava me divertindo, embora não estivesse tentando muito, admito.

Ele fez uma careta.

— *É* pequena. Tenho outros três avós, todos nobres, incluindo um rei e uma rainha.

Balancei a cabeça, fingindo refletir sobre isso. Então, disse:

— Há uma protuberância no seu nariz agora.

Ele olhou para mim com raiva.

— Não *há*.

— Sua boca está torta.

Ele abriu a boca para argumentar, mas soltou apenas um gemido cansado.

— Qual é o propósito disso? Estou horrível. Mal posso esperar para me transformar novamente.

— Não. Prefiro você assim.

Ele pareceu surpreso e começou a sorrir.

— Prefere?

— Sim — respondi. — Você se integra ao resto. Quase poderia me esquecer completamente de você. É revigorante.

Claro que ele encontrou uma maneira de transformar isso em um elogio.

— E normalmente eu sou uma distração para você, Em?

Ele se levantou para sair, sacudindo os dedos para a criada, que resmungou e começou a se mexer.

— Seus criados ficarão desconfiados se eu demorar muito mais — disse ele. — Enviarei um bilhete com seu véu para esclarecer seu papel nos eventos de amanhã. Talvez acalme sua consciência saber que será um papel pequeno.

Enquanto ele recuava, parecia se fundir nas sombras cinzentas da luz do dia, e senti uma pontada de terror repentina. Não queria que ele fosse embora.

Na verdade, queria que ele ficasse, o que era quase a mesma coisa, mas não exatamente. Percebi com uma clareza horrível que havia sentido falta dele.

— Que dia é hoje? — perguntei.

Ele fez uma pausa e me disse.

— Um mês se passou — murmurei. — Fiquei fora por um mês.

Ele ergueu as sobrancelhas.

— Nada mal. A maioria dos mortais pode ver anos passarem no Reino Feérico e considerá-los meros dias.

— Wendell — eu disse. — Eu deveria... quer dizer, tudo que você fez por mim, eu...

— Ah, querida — disse ele. — É assim que sei que você realmente se encantou... você está amolecendo. Vai me matar mais tarde se eu desfrutar o momento, então vou deixar você professar sua gratidão às paredes. E, de qualquer forma, devo terminar seu vestido.

Não vi nem Bambleby nem Sombra saírem da sala, embora soubesse que haviam partido. Minha criada apoiou-se em um cotovelo, piscando os cílios gelados em confusão. Antes que tivesse a chance de abrir a boca, eu a repreendi por ter adormecido e pedi que mandasse meu próximo visitante entrar.

30 de janeiro - mais tarde (possivelmente)

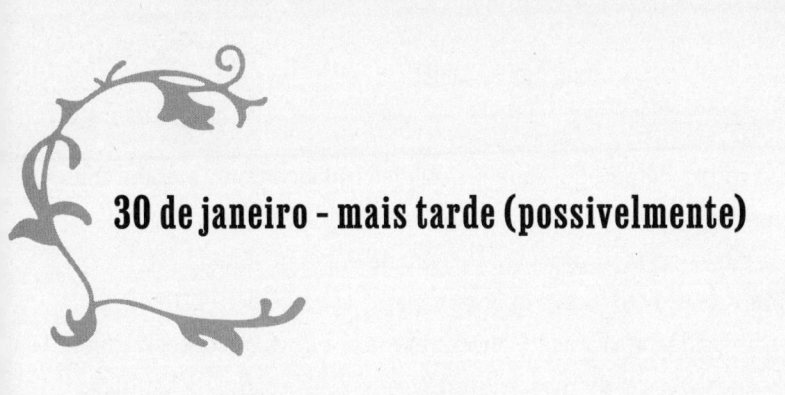

Levei algum tempo até conseguir escapar dos visitantes e de suas intermináveis perguntas sobre meu casamento – às quais não me lembro de ter respondido, embora suponha que deva ter respondido. Em seguida, bani meus criados para a porta do meu quarto e me sentei perto da janela, em uma cadeira branca estofada que parecia um bolo congelado, para ler o diário de Wendell.

O diário tinha uma fita de seda presa à lombada, claro, com que ele havia marcado a página. Embora eu tivesse prometido limitar minha leitura às passagens relevantes, não pude deixar de folhear seus escritos anteriores. Não o subestimei – havia pouco a falar: algumas descrições desconexas da casa na árvore de Poe e várias formações rochosas que os aldeões devem ter apontado para ele e que provavelmente ele só anotou porque os referidos aldeões estavam parados, olhando-o com expectativa; algumas passagens que ele copiou de minhas notas de campo, talvez para se lembrar de colocá-las em nosso artigo; um punhado de histórias de fadas locais que me lembro de ele ter coletado com Thora. Ele só se preocupou em descrever alguns de seus dias no início de nossa estada, e eu de certa forma esperava encontrá-los cheios de reclamações sobre minhas exigências tirânicas ou as privações de nosso alojamento, mas suponho que ele considerasse as críticas por escrito um esforço inútil, pois essas entradas eram factuais, embora extremamente abreviadas. Ele tinha o hábito de rabiscar anotações à margem que eu tendia a ignorar, já que metade desses esboços era da minha imagem, incluindo um que me deixou imóvel. Nele, eu estava curvada sobre meu diário, o cabelo caindo sobre os ombros como costuma acontecer à noite, o queixo apoiado na mão e um sorrisinho no rosto.

Era um trabalho muito detalhado, cada pincelada cuidadosamente escolhida. Eu conseguia ver os lugares onde ele havia borrado a tinta com o polegar para criar sombra – a curva do meu pescoço; a cavidade entre minhas clavículas.

Virei a página – meu rosto estava quente, e pequenos arrepios correram por mim como os rabiscos de uma caneta. Concentrei-me nos outros esboços, alguns dos quais eram de árvores medonhas, enormes e envolventes, mas desenhadas com uma mão amorosa, e outras eram de uma criatura que acabei entendendo ser um gato. Não foi uma dedução fácil; ele só o desenhou com insinuações, alguns traços de tinta preta, como se não fosse um ser totalmente material. No entanto, havia algo nesses traços que me perturbava. Não sabia dizer se ele era péssimo desenhando gatos ou se simplesmente tinha um gato péssimo.

Por fim, me voltei à entrada que ele havia marcado, o dia em que teria dado falta de mim. Para meu espanto (falta de confiança em si mesmo não é um adjetivo que eu atribuiria a Wendell Bambleby), ela começava com muitos riscos, as palavras ilegíveis agora, embora eu pudesse ver a forma do meu nome sob os rabiscos várias vezes.

27/11/09
Tudo bem. Vou simplesmente começar. Você gostaria que eu fosse acadêmico nesse sentido, não é? Para tratar seu desaparecimento como a porcaria de um apêndice.

Vou pular minha descoberta sobre sua carta. Basta dizer que não deixarei Krystjan entrar até que eu esteja arrumado. As coisas parecem um pouco distorcidas, como se, em minha fúria, eu tivesse colocado uma dobra no véu entre o Reino Feérico e o reino mortal. Pobre Sombra! Ele ficou tão assustado que fugiu para a taverna. Não tema, dei muitos tapinhas carinhosos nele, bem como uma tigela inteira de molho do Ulfar, e acredito que ele tenha me perdoado.

(Nesse ponto, ele parecia ter esfaqueado a página várias vezes.)

Bem, isso não foi muito acadêmico, certo? Só que não consigo parar de imaginar você lendo isto. Acho que preciso imaginar você lendo isto, caso contrário, vou enlouquecer. Mas me deixe tentar de novo.

Assim que terminei de ler sua carta – obrigado por ser tão direta sobre essa sua missão suicida, nem parece que acabei de implorar para você se casar comigo, portanto você poderia estar inclinada a alguma emoção sobre a coisa toda –, e depois que me acalmei, obviamente parti para a taverna a fim de pedir ajuda aos moradores. Bem, na verdade, tentei partir; quando abri a porta do chalé, uma pequena avalanche de neve entrou com tudo, fazendo-me cambalear para trás. Ótimo: tinha havido uma nevasca durante a noite, tanto que um monte de neve se acumulou até a metade da porta. Eu me recompus e desci as escadas rápido demais, tropecei e mergulhei de cara no gramado coberto de neve. O vento era cruel – estava frio como eu nunca havia sentido antes, nem mesmo em Ljosland. Levei apenas uns quinze minutos para percorrer a estrada, e, quando cheguei à taverna, havia tanta neve em minhas botas e mangas que eu estava ensopado e tremendo. Que lugar encantador!

Felizmente, Aud e Thora estavam presentes, assim como vários outros jovens, tendo sido arrancados da cama para tirar a aldeia de debaixo da neve. Aud pareceu preocupada com minha aparência, dizendo algo sobre minha cor, e foi só então que percebi que havia esquecido de vestir minha capa antes de sair para o frio ártico. Aud e Thora ficaram o tempo todo tentando me conduzir para o fogo, conversando sem parar sobre chá e café da manhã, ignorando meus protestos, que eram um tanto confusos por causa de meus lábios congelados, até que por fim peguei a bandeja do café da manhã e a atirei contra a parede, onde se quebrou em uma nuvem de folhas e pinhas (eu não pretendia fazer aquilo, só que minha magia estava queimando de um jeito errático). Agora me sinto muito mal com isso – acredito que as assustei, embora Aud não tenha demonstrado, apenas me empurrou para uma cadeira ao lado da lareira com mais força que o necessário.

— Não quero chá — eu lhe informei quando ela deixou uma caneca em minha mão.

— Beba ou vou entorná-lo na sua cabeça, feérico maluco — respondeu ela, lançando um cobertor no meu rosto.

Foi uma luta segurar a caneca, e então percebi o estado em que estava. Estou tão isolado das minhas florestas e dos meus lagos aqui nesta terra de inverno, e isso me enfraquece demasiado. As pontas dos meus dedos estavam roxas, era provável que meu nariz também estivesse. Aud deve ter pensado que eu estava morrendo. Sombra aproximou-se de mim e colocou a cabeça no meu joelho, tudo perdoado, como sempre acontece com os cachorros. Se eu assustasse minha gata como fiz com Sombra, ela me ignoraria por dias, ou possivelmente me amaldiçoaria... os gatos têm amor-próprio.

Por fim, consegui falar com coerência novamente. Naquele momento, a maior parte de Hrafnsvik havia se reunido na taverna, a população sentindo que algo estava acontecendo naquele jeito osmótico do povo da aldeia.

— Agora — disse Aud —, vamos começar do começo.

Era possível ouvir a neve batendo nas janelas enquanto eu contava o que você tinha feito. Quando terminei, esperava ter uma longa pausa, os aldeões atordoados em silêncio. Mas Aud disse, depois de apenas uma pequena hesitação:

— Devemos tirá-la de lá, então.

Lilja começou a chorar, enterrando o rosto no ombro de Margret. Afundei na cadeira, tomado pelo alívio, pois não sei se conseguiria trazer você sozinho, Em. Tenho apenas uma sombra de meus poderes neste mundo. Mas, com a ajuda dos aldeões, tenho uma sensação de esperança.

Finn parecia pálido, mas determinado, e fez um aceno de cabeça.

— Vou colher as amoras silvestres — disse ele, e deu de ombros, entrando na tempestade como se não fosse nada.

— Para quê? — perguntei.

— Uma antiga tradição — disse Aud. — Ancestral. Nos dias em que o rei na árvore governava o povo de Ljosland, nós, mortais, o convocávamos queimando amoras secas em nossas lareiras.

Achei muito divertida a ideia de qualquer monarca de um Reino Feérico respondendo a uma convocação mortal, e por uma ninharia como fumaça perfumada, mas Aud insistiu.

— Ele nem sempre ouvia — disse ela. — Mas às vezes sim. Vale a tentativa. Se não conseguirmos chamar sua atenção dessa maneira, tentaremos sacrificar um cordeiro.

Parecia mais promissor. Eu nunca me incomodaria com algo tão bobo, mas alguns membros do Povo gostam que os mortais façam alvoroço por eles, como se os tratassem como um deus pagão.

— Muito bem. Enquanto você estiver fazendo isso, tentarei libertá-la à força.

Aud piscou.

— Como você vai encontrar a corte dele?

— É fácil.

Na verdade eu já tinha uma noção de onde estava, apertado na paisagem mortal como uma semente presa entre dois dentes.

Eles trocaram olhares, mas não insistiram mais para ter elaborações tediosas.

— Devemos primeiro tentar falar com o rei no... com o rei — disse Aud. — Talvez ele não pretenda segurá-la por muito tempo.

Eu ri disso com amargura.

— Ele pretende torná-la sua esposa.

Aud recuou.

— Como sabe?

Senti-me repentinamente cansado.

— É certo que sim. Ela o libertou. Que outra recompensa ele lhe daria? O que mais poderia ser uma recompensa suficiente?

— Que loucura — murmurou Ulfar.

Aud ergueu a mão, pois os aldeões começaram a murmurar entre si.

— E você acredita que pode libertá-la do rei sozinho?

— Posso tentar — respondi.

Eles me olharam com desconfiança. Suponho que não estivesse causando uma imagem impactante sentado ali perto do fogo com meu cobertor e meu chá como uma avó idosa, e meu nariz constantemente precisando ser assoado. Já havia acabado com dois lenços de Aud.

— Ajudaremos no que pudermos — disse Aud. Acredito que ela tenha pensado que estava poupando meus sentimentos. Ela não precisava ter se preocupado. Como eu disse, não estou otimista sobre minhas chances de sucesso. Preciso muito desses aldeões.

Aud começou a atribuir tarefas, tudo com eficiência. Amoras silvestres deviam ser colhidas e queimadas em cada lareira, e vários jovens foram enviados para a aldeia vizinha para consultar seu bardo, pois eles têm um lá, e ele coletou muitas histórias que podem nos dar algumas ideias para lidar com esse rei. Fui designado para mostrar a um punhado de homens o caminho para a corte do rei da neve, mas não iria, disse Aud, até que eu estivesse com uma cor normal de novo – minhas pontas dos dedos ainda estavam um pouco roxas. Ela tentou me forçar a comer torradas e peixe defumado, mas eu não conseguia comer nada.

Em parte para me aquecer e principalmente para me distrair, andei de um lado para o outro da taverna algumas vezes, até me enfiando nos fundos, onde Ulfar preparava uma enorme quantidade de ensopado para nossa sessão estratégica. Ah, Deus, aquela cozinha. Nunca vi tamanha confusão. Voltei ao fogo enquanto todos olhavam para mim, provavelmente preocupados que eu tivesse enlouquecido, mas não conseguia parar de imaginar aquela cozinha. Era agradável pensar em outra coisa além de sermos obrigados a dançar até desmaiar ou estar trajado com um vestido de gelo, então comecei a reorganizar as panelas e a colocar tudo em ordem. Quando Ulfar voltou para mexer o ensopado, eu havia limpado a maior parte do espaço, embora continuasse longe de estar satisfatório. Com certeza, muito longe dos padrões de meu pai.

— Como alguém consegue grudar uma torrada no teto? — reclamei, e não era o exemplo mais ofensivo da desordem da cozinha, mas era o mais desconcertante.

Ulfar não parecia me ouvir. Ele olhou para sua cozinha, aquelas sobrancelhas loiras dele quase desaparecendo na parte de trás de sua careca. Meus dedos coçaram para mexer em seu avental, que estava imundo e rasgado, uma das tiras presa ao corpo com um alfinete, mas me contive. Aud seguiu um momento depois, e ela também parou, olhando. Era de se pensar que nenhum deles reconhecia a cozinha.

Por fim, Aud pareceu se lembrar de si mesma.

— Você parece bem agora — disse ela, um pouco nervosa, como se eu realmente a tivesse assustado, o que era absolutamente ridículo. Se um dia você quiser assustar uma pessoa, Aud, é só mostrar a ela sua cozinha.

Muito bem. Ela me ajudou a embrulhar algumas das coisas de Ulfar, e eu me preparei para outra expedição medonha, dessa vez para mostrar aos aldeões como chegar à corte do rei. Pelo menos tinha parado de nevar.

A essa altura, eu estava passando os olhos e folheando lentamente as páginas. A cada dia, ao que parecia, os aldeões tentavam alguma coisa. Depois que suas amoras queimadas não deram em nada, eles fizeram um sacrifício de uma dúzia de cordeiros, e, em seguida, várias mulheres teceram uma colcha de pelo de urso-polar, que, de acordo com um conto antigo, o rei uma vez aceitou como uma troca justa por uma garota roubada da aldeia. Depois disso, houve uma série de tentativas de entrar furtivamente na corte do rei com Wendell, um esquema elaborado para capturar uma das fadas nobres na esperança de algum tipo de troca de prisioneiros – inspirado por um conto semelhante compartilhado pelo bardo –, e, na sequência, quando essa empreitada terminou em desastre, várias apostas com várias fadas comuns para obter informações que poderiam ser usadas para me libertar. E tudo continuava.

Uma gota caiu nas costas da minha mão e percebi, para meu espanto, que eu estava *chorando*. Nunca em minha vida adulta tive alguém cuidando de mim. Tudo o que eu queria ou precisava fazer, eu mesma fazia.

E por que não? Nunca precisei de resgate antes. Suponho que sempre presumi que, se precisasse, teria duas opções: me salvar ou morrer.

A aldeia inteira trabalhando por semanas. Deixando de lado a vida e interesses para me ajudar. No começo fiquei terrivelmente envergonhada. Mas, ao mesmo tempo, havia algo que me aquecia até o âmago, mesmo em um palácio de gelo.

Eles estão vindo me resgatar.

Não estou sozinha.

3 de fevereiro

Gastei os últimos quinze minutos simplesmente olhando para esta página. Devo escrever o que aconteceu naquele dia no palácio do rei, mas é tudo um emaranhado de horrores e impossibilidades tão grande que parece quase inútil tentar.

Para a cena de um assassinato sangrento, a cerimônia de entrega de presentes do rei foi notavelmente monótona. Imagino se esse é o contexto em que todos esses eventos se desenrolam, se todos os grandes assassinatos e intrigas da história foram precedidos por uma série de momentos em que homens grisalhos conversavam por muito tempo sobre nada ou grandes grupos de pessoas simplesmente esperavam, brincando com o cabelo ou tirando fiapos de suas roupas.

Sentei-me, inquieta, em meu trono ao lado do rei enquanto uma longa procissão de pessoas se aproximava uma a uma para depositar ali seus presentes aos nossos pés, depois fui me juntar à multidão de espectadores. O trono era feito de lâminas delicadas de gelo, encaixadas juntas para se assemelhar à caixa torácica de algum animal enorme e empilhadas com peles para me manter confortável. O rei estava sentado em um trono idêntico, embora sem as peles, com as mãos cruzadas no colo de um jeito polido. Estávamos em uma sala do trono que não era uma sala, mas o vasto pátio no coração do palácio, onde às vezes havia dois tronos, um estrado e uma longa alameda alinhada com estátuas de gelo carrancudas representando o Povo, e às vezes não havia nenhum.

O tempo era uma mistura estranha e adorável de nuvens de neve e céu de inverno. Sempre que as nuvens se separavam, ainda derramando seus flocos, arco-íris pousavam sobre os picos das montanhas. A luz do sol transformava tudo em prata e pérola.

Eu usava o vestido verde que Wendell havia feito. Ele o havia enviado para mim naquela manhã com um bilhete dizendo que tinha decidido não ser apropriado para um casamento, então por que eu não o usava naquele dia? Havia outras coisas no bilhete, claro, e eu o rasguei em pedaços e joguei montanha abaixo depois que terminei de ler. O vestido era perfeito, cada centímetro dele, cobrindo-me com um tecido verde-esmeralda que fluía como os galhos de um salgueiro-chorão, o corpete enfeitado com pérolas esmagadas que faziam um som sussurrante quando eu me movia. E com ele havia um véu combinando que eu usava puxado para trás, sem cobrir o rosto. Meu cabelo havia sido preso pelos criados e trançado com joias, mas vários pedaços já me caíam nos olhos, provando mais uma vez que nem mesmo a magia é suficiente para me manter arrumada. As pérolas do véu roçavam minha testa, frias e duras.

Uma mulher feérica alta e esguia como a sombra da noite colocou uma jaula aos pés do rei. Ele acenou para um criado, que abriu a porta da gaiola, e dela saiu um corvo branco.

— Um albino! — exclamou o rei, inclinando-se sobre a mão estendida, os cotovelos nos joelhos. Ele tinha um jeito infantil em tais momentos que me fazia pensar na descrição que Wendell fizera dele: *mais velho que as montanhas*. Mas não me questionei por muito tempo. Esses momentos eram apenas vislumbres, as gotas de luz do sol atravessando as florestas mais profundas e escuras. Ele se acomodou em seu trono, ficando novamente muito quieto, sua magia envolvendo todos nós como o vento. Ele é mais mágico que uma pessoa normal, essa é a verdade. É isso o que acontece com todos os membros do Povo à medida que envelhecem, seu poder os esvaziando como as fissuras em uma geleira antiga?

Muitos dos presentes eram para mim. Havia joias, vestidos, peles e pinturas – feitas em telas de gelo que faziam tudo borrar muito mais que aquarela – e uma estranha caixa vazia com uma base de algum tipo de veludo claro que a fada afirmava que faria brotarem rosas-brancas com diamantes se deixada do lado de fora ao meio-dia, e rosas azuis com rubis se deixada do lado de fora à meia-noite. Havia outros presentes absurdos nesse sentido, inclusive uma sela de couro cinza disforme que me permitiria cavalgar na névoa da montanha, embora nenhuma explicação tenha sido dada quanto a *por que* eu iria querer fazer isso. Os únicos presentes que realmente apreciei vieram na forma de sorvete, pelo qual os Ocultos são obcecados, coberto com sal marinho e néctar de suas flores de inverno.

 O rei virava-se para sorrir para mim amorosamente a cada poucos momentos, e eu forçava um sorriso de volta enquanto minhas mãos, escondidas nas mangas, se fechavam em punhos. A breve clareza que senti durante a visita de Wendell desaparecera, e meus pensamentos estavam nebulosos. Sempre me sentia pior na presença do rei, e com isso quero dizer que era mais difícil impedir que minha mente ficasse confusa e evitar aqueles momentos inquietantes em que me perdia por períodos inteiros. Suponho que fizesse sentido. Ele era a fonte dos encantamentos que mantinham o palácio unido, que isolava seu mundo dos olhos mortais e que, sem dúvida, alterava o tempo de acordo com sua vontade. Eu era como um pequeno planeta que, quando se aproximava demais de uma estrela gigantesca, começava a se desintegrar.

 Quanto mais eu pensava sobre nosso plano, mais errado parecia, e mais esse *erro* ficava congelado dentro de mim. Não era só o fato de que seria apenas substituir um rei das fadas perverso por uma rainha ainda mais perversa; não parecia de jeito nenhum o final adequado para tal história. Donzelas mortais forçadas a se casar com reis feéricos nunca cortam a cabeça deles e vão embora – elas são mais espertas que isso. Pensei na história de Gottland sobre a cabeleireira que tecia maldições em suas tranças, de modo que, toda vez que seu marido a tocava, um de seus queridos cães de caça – que vinham ameaçando os camponeses – se transformava em uma raposa ou algo assim (as transformações ficam progressivamente mais ridículas conforme a história se desenrola, culminando em um grilo); também no épico prolixo que é um conto popular em Yorkshire que se narra ao pé da lareira sobre a pastora que contou com a ajuda de uma fada comum dos campos para atormentar seu marido perverso, transformando pedaços de lã em bonecas tão estranhas que por fim o deixaram louco.

 O plano que Wendell havia elaborado com os outros parecia pegar a história em que eu caíra e dobrá-la para me agradar, colocando vincos feios no meio. E, no entanto, por mais que eu estivesse convencida de que havia outra saída para a história em algum lugar, não conseguia enxergá-la.

Meu olhar flutuou sobre o povo reunido – brilhavam como um lago cheio de luz solar, ainda mais metamorfos como multidão do que individualmente. Onde estava a rainha?

Havia membros do Povo de outros lugares, além de Ljosland, o que não pareceu surpreender ninguém. Aos meus olhos, pareciam ainda menos distintos que os Ocultos, pouco mais que sombras em lindos vestidos e mantos de pele, embora eu não saiba se isso era minha visão mortal defeituosa ou algo que o rei havia feito para elevar o esplendor de seus súditos.

Eu ansiava pelo meu diário. Se este Povo tem ou não relações regulares com o Povo de outros reinos é o tipo de questão que os estudiosos discutem por horas em conferências, e lá estava eu, observando casualmente a resposta se aproximar e me dar presentes.

O próximo convidado tirou todos esses pensamentos de minha mente. Wendell subiu na plataforma, baixo, monótono e indistinto, e fez uma reverência para mim e para o rei. Os lordes e ladies que estavam observando os procedimentos voltaram para suas fofocas sussurradas, desprezando-o por completo. Vi o rei franzir a testa por um instante, como se alguma lembrança tivesse sido acionada. Wendell parecia perfeitamente à vontade, até um pouco entediado, enquanto colocava um par de sapatos em meus pés.

Prendi a respiração. Os sapatos eram de couro branco e pele, com saltos pouco práticos que acrescentariam uns quinze centímetros à minha altura, mas, ao contrário de todos os outros adornos com que já haviam me presenteado, não brilhavam com geada ou joias incrustadas de gelo. De alguma forma, ele havia tecido a pele com as pétalas de flores de cerejeira, como se o animal pálido que carregava aquela pele tivesse se esfregado contra uma árvore. Quando os toquei, uma brisa de primavera vibrou contra meus dedos, e senti o cheiro de chuva e vegetação crescendo.

— Se me permite a honra, Majestade? — perguntou Wendell. Em um movimento rápido e gracioso, tirou as botas dos meus pés e as substituiu pelos sapatos. Eles se encaixavam perfeitamente e, ah, eram tão quentes. Fiquei surpresa por não ter percebido como meus pés estavam frios antes.

— Obrigada — respondi, tentando ler o significado desse presente em seu rosto não familiar. Mas ele não me ajudou, apenas sorriu, fez outra reverência para o rei e voltou à obscuridade.

O rei estava me olhando com a testa franzida entre os lindos olhos azuis.

— Você está bem, minha querida? Seu coração está palpitando como se quisesse escapar de você.

Engoli em seco – seria um eufemismo chamar seu conhecimento da minha frequência cardíaca de surpresa desagradável.

— Os sapatos são lindos.

— Ah — disse ele, sorrindo.

Eu não o achava um idiota, apenas suas expectativas em relação a mim eram tão limitadas que nunca achei difícil mentir para ele. Tive a sensação de que ele via todos os mortais como seus corvos de estimação, cujas vidas giram em torno dos petiscos que ele joga em seu caminho, o que me fez pensar se ele já havia recebido uma punição antes, e não quero dizer de um colega monarca. Afinal, a literatura está repleta de exemplos de lordes feéricos arrogantes que receberam o que lhes era devido por donzelas ingênuas e camponeses práticos.

— Eu deveria ter adivinhado — disse ele. — Errei ao mimá-la com joias e criados, não é? Nunca tema. Depois do nosso casamento, mandarei meus sapateiros encherem seus aposentos com botas de couro de bezerro e pele de coelho, tudo coberto de diamantes, flores e geada; você terá um par diferente para cada dia da vida.

Não me importei com a maneira como ele disse aquilo, como se a vida de um mortal, medida em sapatos ridículos, fosse uma coisa tão insignificante que não houvesse nada de extravagante em tal presente. Ele voltou sua atenção para os três convidados que se aproximavam de nossos tronos.

Se antes meu coração palpitava de forma suspeita, agora era um cavalo de corrida assustado a galope. Os mortais destacavam-se contra a adorável aquarela reunida do Povo como manchas acidentais de tinta em uma tela. Aud, Finn e Aslaug caminhavam com firmeza, olhando para a frente, embora, conforme os tronos se aproximavam, eu conseguisse ver sua resolução vacilar.

Aud foi a mais corajosa. Manteve-se um pouco à frente dos outros, vestida de forma simples, mas bem em suas peles, com o cabelo trançado de um jeito intrincado. Dada sua pequenez, era ainda mais impressionante, e pude ver o rei abrir um sorriso. Finn estava pálido, mas consegui ver que, ao lado de seu medo, havia diversão, como se ele não visse outra maneira de reagir a uma situação tão impossível.

Aslaug foi a que mais me surpreendeu. Ela havia engordado, e seu olhar havia perdido a nebulosidade – parecia uma pessoa completamente diferente. Quando encontrou meu olhar, ela sorriu – uma coisa rápida e poderosa que também era uma promessa.

— Você os conhece? — perguntou o rei, acenando com educação para os aldeões enquanto se curvavam e faziam reverências.

— Sim — disse eu, pois não havia razão para mentir sobre isso. — Eles são... meus amigos.

— Você nos honra, Majestade — disse Aud, e me fez outra reverência perfeita. — E estamos honrados em ser convidados aqui para prestar nossa humilde homenagem a Vossa Majestade e a sua futura esposa, bem como para dar as boas-vindas ao que espero que seja uma nova era de amizade entre mortais e o Povo. Já fazia muito tempo que não éramos honrados com um convite para o seu reino.

— Concordo plenamente — disse o rei. — E você colocou isso muito bem também... sei muito bem que não houve convites para mortais durante o intervalo, apenas abduções. Tenha certeza de que tais ocorrências não serão mais toleradas.

Ele lhe deu um de seus sorrisos lindos e gentis, e pude ver que Finn e Aslaug estavam deslumbrados; Aud sorriu de volta, embora eu a conhecesse bem o suficiente agora para detectar certa opacidade no sorriso.

— Se eu pudesse ter a ousadia de presentear Vossa Majestade com um símbolo do reino mortal — comentou Aud. — Não é nada tão bom quanto os presentes que recebeu até agora.

— Então, tenho certeza de que vou gostar ainda mais — disse ele, com uma condescendência tão graciosa que várias ladies na plateia desmaiaram.

Aud ergueu a garrafa que carregava.

— Este é o nosso melhor hidromel, que amadureceu durante quase um século dos nossos anos. Posso atestar que não há safra melhor no mundo mortal.

O rei pareceu extremamente encantado com um presente tão humilde. Copos foram trazidos por criados feéricos, e Aud os encheu, esvaziando a garrafa entre os cortesãos mais próximos do rei. Eles beberam educadamente e não mostraram efeitos nocivos além de algumas caretas – e por que deveriam? O vinho na garrafa não estava envenenado.

Aud fez menção de oferecer um copo ao rei, fez uma pausa, sorriu e entregou-o primeiro a mim. Minha mão tremia quando agarrei a haste, derramando vinho em minha manga. Então, o *erro* do que estávamos fazendo me oprimiu, deixando-me tonta. Aquelas outras histórias passaram pela minha mente como pássaros obscuros.

Eu tinha que ser resoluta. Se não continuasse com nossa trama, ficaria presa para sempre, perdendo devagar mais e mais de mim mesma, enquanto Hrafnsvik e todas as outras aldeias assistiriam a seus animais morrerem e suas pás quebrarem contra terras congeladas.

Com os dedos brancos contra o vidro, tomei um gole e, ao fazê-lo, joguei o cabelo para trás. Um gesto habitual, para impedir que entrasse na bebida – meu cabelo, claro, está sempre espalhado para todo lado. Mas também puxei para trás o véu que Wendell havia feito para mim, soltando uma única pérola. A pérola pousou no vinho com um respingo insubstancial e se dissolveu.

Eu deveria ter sentido alívio. Era isso – minha parte estava feita. Eu só precisava passar o vinho envenenado para meu noivo, esperar que ele caísse em convulsões e que a rainha e seu filho e quaisquer outros aliados que estivessem entre os cortesãos avançassem e acabassem com ele. Wendell já estava se movendo – ele caminhou ao longo da multidão, aproximando-se dos tronos, como se para melhorar sua visão. Ele me agarraria quando o rei morresse, e nós fugiríamos com Aud e os outros no caos que se seguiria.

E, no entanto, lá estava eu sentada, ainda segurando o vinho.

Finn e Aslaug começaram a parecer preocupados. Apenas Aud estava à vontade, com um sorriso caloroso ainda pairando nos lábios. Mas não era seu sorriso habitual, eu sabia, que era frio e vivo; aquele sorriso era uma encenação.

Inclinei-me para a frente sob o pretexto de dar um beijo de gratidão em Aud. Ela me espelhou, pressionando calmamente a bochecha na minha, embora eu a sentisse enrijecer um pouco com inquietação.

— Não consigo — murmurei. Meus pensamentos se confundiram, e tive que cravar minhas unhas na palma das mãos para me impedir de escorregar no tempo novamente. — Não é assim que deveria terminar.

Acho que balbuciei outra coisa, sobre histórias ou padrões ou não sei o quê, pois minha memória é ruim. Sei que Aud me beijou e senti seus lábios tremendo. Fitei seus olhos, tentando transmitir a ela que eu queria que me dissesse o que fazer, que me ajudasse, mas ela apenas olhou de volta em um silêncio perplexo. E como não me olharia assim? Havia planejado todo esse intrincado esquema com Wendell, e agora ali estava eu, ameaçando destruí-lo.

Aud rapidamente se controlou, escondendo seu choque sob uma surpresa educada.

— O elogio de Vossa Majestade é muito gentil.

Todo o incidente – minha hesitação, o abraço de Aud – durou apenas alguns segundos. O rei ainda sorria, perfeitamente ignorante, enquanto murmurava para um de seus cortesãos. Ele se virou para mim, estendendo sua mão graciosa – as unhas muito brancas e mais estreitas nas pontas, como se formassem pontas se não fossem aparadas – para aceitar o vinho.

O olhar de Aud me atravessou. Eu podia ver que ela não tinha entendido uma palavra do que eu havia dito – o que não era surpreendente, dada minha tagarelice sem sentido. Sem dúvida ela pensou que eu tivesse enlouquecido. E talvez eu tivesse mesmo, trancada por tanto tempo naquele mundo de inverno, envolta em encantamentos como camadas de sonhos. No entanto, naquele momento, eu sabia – eu *sabia* – que, se continuasse com nossa trama, seria a ruína de nós todos. Eu não tinha nenhuma prova para corroborá-la, mas a convicção tinha suas raízes na razão, de alguma forma, não em nada específico, mas em meu conhecimento acumulado do Povo, o ressoar de centenas de histórias. Aquele assassinato era dissonante, uma corda de instrumento quebrada.

Fiz um movimento com a taça de vinho, não sei bem qual. Provavelmente eu teria derrubado a taça, quebrando-a, ou talvez em minha agitação estivesse motivada o suficiente para o drama e a tivesse atirado longe. Mas, com esse leve movimento, Aud saltou para a frente, derrubando a taça da minha mão.

A surpresa disso me fez levantar, um grito inarticulado em meus lábios – era como se eu tivesse acordado de um sono, e um grande terror pelo que eu estava prestes a fazer cresceu dentro de mim. O rei olhou para mim, depois para Aud, depois para o vinho embebido no gelo. A bebida borbulhou e formou espuma, e, em seguida, um filete de fumaça subiu, como se o vinho contivesse uma chama oculta, agora apagada.

Um murmúrio de horror ergueu-se entre os cortesãos.

— Perdoe-me, Majestade — disse Aud, com sua habitual calma fria. — Mas, quando Vossa Majestade moveu o copo para a luz, notei que o vinho tinha adquirido uma cor estranha. Conheço bem nossa safra. Acredito que a própria taça estivesse cheia de veneno. Sem dúvida, uma trama suja arquitetada por aliados da antiga rainha. — Ela fez uma pausa como se para processar um choque, mas vi as engrenagens girando em sua mente. — É uma sorte que sua noiva seja mortal. Sem dúvida o sangue dela é quente demais para ter sido afetado.

Aud lançou-me um olhar breve e penetrante, e eu desabei de volta no meu trono, ainda olhando para ela. Ela não havia entendido minha hesitação – eu via isso claramente estampado em seu rosto. Mas, longe de me achar louca, confiou em mim de todo o coração e agiu, distorcendo a história em uma nova versão. Um som inarticulado surgiu dentro de mim, quase um soluço.

E, no entanto, quase não funcionou.

O rei olhou de Aud para o vinho derramado, ainda fumegante, então seu olhar varreu os cortesãos e convidados reunidos, cujo choque rapidamente se transformou em terror. Em uníssono, eles se afastaram dele, esbarrando um no outro. Não os culpo – a expressão do rei estava contorcida, e toda a luz do sol e os arco-íris divertidos se dissolveram em um redemoinho de cristais de gelo. Ele olhou para mim, e eu sabia que meu choque transparecia claramente no rosto, enquanto minha boca se abria de uma forma idiota – não intencional, mas, em retrospecto, era o melhor álibi que eu poderia ter dado a ele. Seu rosto suavizou-se, e ele apertou minha mão.

— Pronto, pronto, meu amor — disse ele. — Saí totalmente ileso. Não precisa se preocupar.

Então, tudo começou a acontecer. Houve uma série de gritos, e uma fada desmazelada de cabelo preto foi puxada para o meio da reunião e jogada aos pés do rei.

— A rainha traidora, Majestade — declarou um de seus captores. — Ela estava disfarçada!

O rei fez um gesto ríspido e, de repente, a fada encolhida não era mais tão desmazelada, mas indescritivelmente bela, todas as linhas nítidas e a pele brilhando como gelo e cabelos brancos que se espalhavam até o chão. Ao seu lado, ela carregava uma espada, quase da sua altura e maravilhosamente incriminadora. Ocorreu-me que as duas fadas que haviam arrastado a rainha diante do rei não seriam capazes de identificá-la através de seu encanto se o rei não pudesse, e também notei a maneira como seus tons indignados contrastavam com o modo como engoliam em seco e lançavam olhares para o rei. Mas ele não lhes concedeu um olhar. Seu olhar nunca se desviou da rainha.

— Pensei que a tivesse matado, minha querida — murmurou para a rainha, com uma voz que era quase uma carícia. Encolhi-me para longe dele, não me importando com minha aparência.

— Você pensou, você pensou — soltou ela. Sua voz era tão adorável quanto seu rosto, mesmo em sua fúria. — Seu poder é igualado apenas por sua estupidez, meu marido. Duas vezes já fiz de você um tolo. Me erguerei e o enganarei uma terceira vez.

Não pude deixar de admirar seu autocontrole, embora sua ameaça me parecesse improvável, especialmente porque, de repente, havia muitas mãos sobre a rainha, golpeando-a e empurrando-a, arrancando-lhe a espada e entregando-a ao rei.

A essa altura, vários membros do Povo corriam para as portas. Alguns dos guardas do rei os derrubavam com suas espadas de gelo, embora fosse impossível saber se sua fuga era resultado de culpa ou do simples pânico. Os convidados gritavam e se ouvia o ruído intermitente do clangor das armas. Era o caos – pelo menos essa parte do plano dera certo.

De repente, Wendell estava ao meu lado com um dos guardas do rei.

— Devemos colocar Vossa Majestade em segurança — disse ele ao rei. Ele poderia muito bem não ter falado, pois o rei não deu nenhuma atenção a ele nem a mim. Ficou diante da rainha, batendo sua espada contra o chão, aproveitando o momento para sua própria satisfação.

— O espetáculo acabou, Majestade — murmurou Wendell, me arrastando para longe do trono enquanto jogava uma capa sobre meus ombros. — Hora de guardar seu diário.

Aud, Aslaug e Finn caminharam atrás de nós enquanto corríamos. A certa altura, Wendell puxou o guarda do rei para trás de uma parede, acariciou o rosto do guarda com os dedos, como havia feito com minha criada, e o guarda desabou quase comicamente, como se fosse uma marionete cujas cordas tivessem sido cortadas.

Parei de repente. Tínhamos acabado de passar pelo primeiro conjunto de portas, além das quais havia um corredor que deveria nos levar às portas externas do palácio. Mas, em vez disso, nos encontramos em meus aposentos horrivelmente familiares.

— Ainda estou presa aos encantamentos do rei — disse eu a Wendell. — Leve os outros... você poderá escapar se eu não estiver com você.

— Cale a boca — disse Aud, e me deu um abraço breve e doloroso. Em seguida, olhou para Wendell. — Existe algo que você possa fazer?

— Possivelmente — disse ele. — Sim, você ainda está presa, e isso seria muito mais fácil se ele estivesse morto. — Ele olhou para mim e para Aud. — Mas agora ele está bastante distraído, o que significa que seus encantamentos estão vacilando. Talvez eu consiga encontrar uma saída.

— Aqui. — Quase não reconheci a voz de Aslaug. Ela tirou minha capa, virou-a do avesso e a colocou de volta em mim. — Ele é um grande nobre, eu sei, mas talvez isso ajude um pouco.

Wendell assentiu com aprovação. Andou de um lado para o outro na frente da porta, examinando-a como se fosse... bem, algo diferente de um trecho vazio de ar. Observei Aslaug.

— Imagino que esteja arrependida de ter vindo — eu disse.

Ela bufou.

— Estou arrependida desde que vi aquela criatura de beleza terrível em seu trono. Como manteve as mãos longe dele? — Ela me deu um olhar malicioso que eu nunca poderia ter imaginado em seu rosto antes. — Ou você...?

— Por favor — Wendell disse. — Peço para ser dispensado de qualquer descrição de intimidade conjugal. Essa coisa toda é injusta: pedi você em casamento primeiro.

— Ah, isso foi profundo! — exclamei, e estava prestes a lembrá-lo de seus muitos flertes, dos quais ele nunca hesitou em me *contar*, mas ele pareceu sentir a tempestade chegando e disse:

— Não podemos demorar. Venham, acho que encontrei uma porta.

Ele me arrastou para fora, e os outros vieram logo atrás. Saímos em uma vasta caverna cheia de pequenas piscinas termais onde os cortesãos gostavam de se banhar. Wendell murmurou algo para si mesmo, e continuamos correndo, até deixarmos a caverna para trás e chegarmos a um salão que eu nunca tinha visto antes, cheio de estátuas de gelo.

— Pensei que tivesse encontrado a porta! — gritei, ofegante.

— Encontrei — disse ele por cima do ombro. — Mas é muito estreita, uma lacuna entre muitas camadas de encantamento, e requer alguma manobra. *Vamos!*

Chegamos ao lado de uma porta lateral que nos conduziu de volta ao pátio, onde o gelo agora corria vermelho de sangue, então ele nos fez pular por uma janela que nos levou a um jardim de inverno, cheio de flores da cor do crepúsculo pontuadas com sebes violentas, suas folhas pretas e pontiagudas e suas bagas brilhantes de tanto veneno. Outra porta nos levou ao salão de banquetes, que tinha mais uma dúzia de portas. Wendell hesitou por um instante e em seguida correu para a terceira porta à esquerda. Parecia ser uma saída de serviço, mas, assim que passamos, tropecei em um monte de neve e teria caído montanha abaixo se Wendell não tivesse me segurado.

— Pronto — disse ele, presunçoso e satisfeito. — Agora devo explicar o seu presente?

Eu queria dizer a ele que se danasse o presente, pois estávamos parados em uma saliência estreita com apenas o vento forte e a queda da encosta da montanha ao nosso redor, e eu não conseguia ver como descer, mas meus dentes batiam forte demais para forçar quaisquer palavras através deles.

Ele sorriu e levantou a bainha da minha saia. Os sapatos que me dera haviam se transformado – agora eram botas que iam até os joelhos, o pelo tão grosso e quente que dobrava o diâmetro de minhas panturrilhas, terminando em fortes raquetes de neve de madeira.

 Ele parecia tão presunçoso nesse momento que eu quis arremessá-lo pela lateral da montanha, mas, em vez disso, falei:

 — Obrigada. — E beijei aquela boca torta. Isso teve o efeito de atordoá-lo e calá-lo, o que eu adorei quase tanto quanto o resto.

 — Por aqui — disse ele, parecendo confuso pela primeira vez desde que o conheço, e então nos conduziu vale adentro.

4 de fevereiro

Reli minha última entrada, pensando em riscá-la e começar tudo de novo, por algum desejo equivocado de tornar o material mais plausível. Mas Wendell e eu chegaremos a Londres amanhã, e um dia não é tempo suficiente para fazê-lo – um ano seria insuficiente, suspeito.

Minhas lembranças da viagem de volta a Hrafnsvik são nebulosas. A neve, levantada da encosta da montanha enquanto descíamos para formar uma névoa gelada, parecia de alguma forma se misturar com os encantamentos que me ligavam ao rei. Em um canto da minha memória, a viagem durou horas; em outro, ficamos presos naquelas montanhas por dias, vagando ao acaso. Eu me lembro de Wendell praguejando em irlandês e faie enquanto tentava me desenredar; embora tivéssemos conseguido sair do palácio, pedaços de encantamento ainda se agarravam a mim como os filamentos quebrados de uma teia de aranha. Não me lembro de os outros estarem lá, e, mais tarde, Aslaug me disse que Wendell aparecia e desaparecia, conduzindo-os através do reino mortal enquanto gradualmente me tirava do reino das fadas. Suponho que tenham caminhado ao meu lado o tempo todo, a um mundo de distância.

Minha primeira lembrança clara é de despertar no chalé – eu estava deitada perto do fogo em uma montanha macia de cobertores. A princípio fiquei confusa com aquilo, pois minha cama teria sido mais confortável, até que percebi que, apesar do fogo ardente e das camadas de peles, ainda tremia um pouco. Era um frio que não me abandonou por vários dias e que ainda sinto às vezes, quando o vento do mar abre caminho escorregadio pelas frestas da minha cabine do navio.

Sombra estava encolhido ao meu lado e rolou para se deitar com um ronco de prazer quando sentiu que eu estava acordada. Enfiou o enorme focinho no meu rosto e me lambeu, enquanto eu meio que lhe dava tapinhas e meio que o afastava. Receio que seu hálito seja imune ao encantamento e tenha o mesmo cheiro que se esperaria do hálito de um cão de caça – um tanto fatal.

— Aí está você — disse Wendell, a cabeça aparecendo acima do meu pequeno ninho de cobertores. Parecia alegre e presunçoso de um jeito extremo. — E como estamos nos sentindo?

— Como se eu pudesse dormir até a primavera.

— Temo que não haja tempo para isso. Partiremos amanhã cedo para Loabær.

— Amanhã?

— Deseja aguardar as consequências do que aconteceu no palácio ontem? — Wendell fez que não com a cabeça. — Não, é muito mais seguro partirmos. Em Loabær, procuraremos uma passagem em um navio mercante para Londres comandado pelo irmão de Ulfar... Temo que não seja normalmente um navio de passageiros, por isso as acomodações serão espartanas, mas é nossa única opção, pois perdemos o cargueiro. Ulfar nos acompanhará a Loabær para organizar as coisas.

— O quê? — disse eu vagamente. Centenas de pensamentos passaram pela minha mente confusa, e me agarrei ao que parecia mais familiar. — E o artigo?

— Estou bem — respondeu ele, relaxando na poltrona mais próxima com as mãos cruzadas. — Um pouco cansado de arrastar todos vocês daquela montanha, mas, tirando disso, estou basicamente feliz por ir embora desta terra gelada. Aud, Aslaug e Finn estão todos bem.

Olhei com raiva para ele.

— Eu estava prestes a...

— Tenho certeza de que estava. — No entanto, não pareceu irritado; havia uma qualidade em seu sorriso, enquanto olhava para mim, que eu não conseguia interpretar. — Aud voltou ao palácio para pedir um favor ao rei — disse ele. — Deve estar de volta ao anoitecer, tudo está indo bem.

— Um *favor* — repeti, incrédula. Em seguida, pensei a respeito. — Ah! Claro. Ela vai pedir a ele que acabe com esta neve.

Ele assentiu com a cabeça.

— Ele lhe deve, por isso suspeito que dará o que ela desejar, embora nunca se possa ter certeza. Talvez ele a empurre para o trono em seu lugar.

— Isso é muito bom — comentei. — E eu que tenho o coração de pedra?

Ele deu de ombros.

— Já lhe dei conselhos sobre isso. Muito bem! Vou pegar um chá para você.

Eu *estava* com sede, percebi, e com fome. Ele me trouxe uma xícara fumegante e um prato do pão de Poe, macio, fresco e coberto de geleia. Depois que devorei tudo, ele se levantou de novo e ouvi um farfalhar; em seguida, ele jogou algo em meu colo. Uma pilha de páginas, cuidadosamente unidas e cobertas com sua elegante caligrafia.

— Pagaremos alguém para datilografar quando chegarmos a Paris — disse ele, apontando.

— Você não sabe usar uma máquina de escrever? — murmurei, distante, olhando para o título.

— Existem limites, Em.

No título, lia-se:

De gelo e fogo: um estudo empírico do Povo de Ljosland
Dra. Emily Wilde e Dr. Wendell Bambleby

— Você terminou — disse eu assim que recuperei a voz.

— Leia inteiro — pediu ele, de alguma forma conseguindo parecer ainda mais presunçoso.

— Com certeza — respondi, de forma tão enfática que ele riu.

— A bibliografia é um pouco confusa, mas esse é o seu forte, não é? E toda a seção central sobre os hábitos dos feéricos comuns foi copiada quase literalmente de suas anotações. Mas você pode dizer — ele acrescentou, examinando suas mãos — que fiz a maior parte do trabalho.

— Com certeza eu *não* diria isso.

Ele me ignorou e começou uma longa dissertação sobre seus esforços enquanto eu estava longe, e eu folheei as páginas, ouvindo apenas mais ou menos o que ele falava. Ele foi sincero ao confessar sua confiança em minhas anotações – a maior parte do trabalho era composta delas. Mas ele juntou tudo de maneira inesperada, cheio de especulações vivas e frases inteligentes que eu não poderia ter alcançado. O efeito era erudito, mas glamoroso, mais bojudo do que o que era habitual para Bambleby, porém muito mais envolvente do que minha escrita.

— Devo permanecer assim por enquanto, ao que parece — ele disse, com um peso a mais, esfregando a mão no rosto. — É um processo longo e cansativo mudar de forma, e não sei se tenho paciência para iniciar hoje. Mas voltarei a ser eu mesmo a tempo para a conferência.

— O quê? — perguntei, lançando para ele um olhar vazio. Então pisquei, observando sua aparência simples, inalterada, de antes. — Ah, sim, claro.

Ele me encarou.

— Você não percebeu?

Respondi que não, e ele saiu pisando duro para a cozinha com grande ressentimento. Na verdade, *notei*, meio sonolenta, quando acordei pela primeira vez, que seu cabelo não havia voltado às suas ondas douradas, e senti uma pontada de decepção. Mas por que eu diria isso a ele?

Minha enciclopédia estava exatamente onde eu a havia deixado, cuidadosamente arrumada na mesa sob o peso de papel de pedra feérico, como se ela também tivesse passado as últimas semanas em uma bolsa do tempo separada. Descansei a mão sobre a pilha, pressionando de leve, saboreando o farfalhar familiar do papel. Então, notei alguma coisa.

Tirei o peso de papel. Ali, na margem da primeira página, estava a familiar garatuja de Wendell. Folheei o restante do manuscrito um pouco boquiaberta. Ele não havia acrescentado suas opiniões a cada página, mas tinha lido claramente de ponta a ponta. Até tomara a liberdade de reorganizar certas seções e riscar outras.

Abri a boca para chamá-lo de volta à sala, com a intenção de registrar minha insatisfação, pois não precisava de um coautor para algo que passara grande parte da minha vida adulta compilando. Mas então a fechei de novo enquanto folheava as notas. Algumas de suas ideias eram muito boas. Bem, suponho que não haja nada de errado com um pequeno comentário, mesmo que seja do tipo ditatorial.

Alguém bateu à porta e eu me arrastei para atender, com um dos cobertores enrolado no corpo. Lilja e Margret estavam na soleira, e no caminho abaixo estavam Mord, Aslaug e Finn. Pisquei, assustada com tantos rostos à minha porta.

Lilja me deu um abraço breve e leve.

— Sei que você sai de manhã e não terá tempo para festas de despedida — disse ela. — Então, pensamos em vir trazer alguns cozidos e ajudá-la a fazer as malas.

— Que maravilhoso — disse Wendell, deixando-se cair na cadeira com uma xícara de chá. — Odeio fazer malas. Entrem.

Percebi que eu já deveria ter dito isso e recuei para deixá-los entrar, batendo a neve das botas. Mord e Aslaug trouxeram um bolo de amêndoa chamado *hvitkag*, enquanto Finn trouxe um pedaço de pão ljoslandês escuro, assado na terra quente, além de alguns chocolates com sal.

Mord olhou ao redor do chalé.

— Krystjan arrumou o lugar desde a última vez que o vi. No passado, chamá-lo de chalé teria sido generoso.

Ele parou diante do espelho da floresta, olhando de boca aberta para a vegetação ondulante.

— Parece a floresta em que eu costumava brincar quando menino, nos arredores de Loabær. Olhe! Ali está o salgueiro com o rosto no tronco.

— Onde estão as coisas para o chá, Wendell? — perguntou Aslaug. — Trouxe uma garrafa de vinho tinto também, caso alguém queira alguma coisa mais forte.

— Vou começar com os livros — disse Finn.

E foi assim, de repente, que o lugar ficou tão barulhento e movimentado quanto uma estação de trem. Finn voltou à casa principal para buscar malas extras, retornando com Krystjan e várias caixas de madeira. Wendell e eu acumulamos uma variedade de coisas ao longo de nossa estada, desde os presentes de Aud até a capa das fadas, o que gerou muita curiosidade e discussão. Wendell flutuava pela sala, conversando com um e outro, dando a impressão de contribuir sem fazer nenhum trabalho de fato.

O tempo todo me preocupei que Aslaug ou Mord explodissem em lágrimas de gratidão ou oferecessem algum presente extravagante de agradecimento e tentei bolar uma estratégia de como eu poderia responder. Felizmente não fizeram isso, apenas correram alegremente com os outros, dobrando e empacotando e fazendo perguntas para mim e para Wendell. Por fim, comecei a me preocupar se talvez *eu* devesse ser aquela que faz algum grande gesto de agradecimento. Afinal, todos me salvaram, tão certo quanto Wendell e eu salvamos o pequeno Ari.

— Que há com você? — perguntou Lilja em um sussurro para mim enquanto manobrávamos o espelho encantado, tentando colocá-lo em uma caixa forrada com lã. — Wendell não a curou?

— Não, eu... — Fiz uma pausa. Wendell *havia* me curado? Eu me sentia perfeitamente eu mesma, exceto pelo frio. — Não é isso. Não consigo pensar no que deveria dizer.

— Por que você precisa dizer alguma coisa?

— Bem... — Eu não esperava por isso. — Porque vocês me resgataram. Todos vocês, mas especialmente Finn e Aslaug...

— Como? — Aslaug aparecera atrás de mim sem que eu percebesse. — Você me chamou?

— Emily sente-se mal porque quer nos agradecer, mas não sabe como — disse Lilja, e eu fiquei vermelha e comecei a gaguejar ao ouvir tudo ser dito tão sem rodeios.

— Ah! Não seja boba — replicou Aslaug simplesmente e me deu um abraço. — Estamos tão unidos quanto uma família agora.

Então, ela voltou a se movimentar como se nada tivesse mudado. Como se o que ela dissera não houvesse sido nada.

Lilja sorriu e apertou meu braço.

— Quer bolo?

Assenti em silêncio. Lilja me empurrou até uma cadeira e me passou um prato de bolo, que comi. Estava muito bom.

A garrafa de vinho foi terminada por Mord, que passou a maior parte da noite sorrindo em silêncio para todos, principalmente quando perguntavam por seu filho, e contando a mesma história várias vezes, sobre como Ari começara a enfiar objetos inesperados na boca, incluindo a cauda de seu gato havia muito sofredor. Ninguém parecia se importar.

No momento em que todos os *hvitkag* tinham sido consumidos, eu estava bastante cansada, e o clamor de tanta companhia não estava ajudando em nada.

Para meu alívio, Wendell escolheu aquele momento para começar a conduzir todos para fora do chalé, e um por um foram vestindo capas e botas e caminhando alegremente para o vento forte, redemoinhos de flocos de neve girando pelo chalé em seus rastros. Wendell olhou para a neve e fechou a porta com uma careta.

— Mais um — disse ele, com desânimo, e não tive que perguntar o que ele queria dizer. Embora não estivesse tão aliviada por deixar Ljosland quanto ele, o que sentia era um complicado emaranhado de emoções, a principal delas a melancolia. Sentiria falta de Lilja, Margret e dos outros. Quando foi que isso aconteceu antes? Eu começava a me questionar se o rei das fadas havia me mudado de alguma forma.

— Wendell — chamei enquanto ele ajustava neuroticamente o capacho —, acho que sei por que o feitiço do rei... porque ele *pegou* quando veio.

Ele ergueu as sobrancelhas. Era interessante – ele não estava exatamente feio daquele jeito, se a pessoa realmente parasse para analisar sua aparência. Era mais que ele estava silenciado, mas aquilo não afetava sua graça natural, ou mesmo seu ego.

— Bem. — Atrapalhei-me com as palavras enquanto pensava naquela noite. — Eu estava indo para... Depois que você me pediu... bem...

— Depois que pedi você em casamento — completou ele, em um tom que achei ser mais alto que o necessário.

— Sim — concordei, tentando ao máximo manter minha voz normal, como se estivéssemos falando sobre nossa pesquisa. Parecia ridículo. Qualquer pessoa sã já teria recusado a proposta dele. Se há uma coisa na qual as histórias, independentemente da origem, concordam, é que se casar com membros do Povo é uma péssima ideia. O romance geralmente é uma ideia ruim no que diz respeito a eles, e quase nunca termina bem. E a minha objetividade científica? Está parecendo muito esfarrapada ultimamente.

— Eu... naquela noite... estava pensando nisso. E suponho que essa seja a minha resposta. Que eu gostaria de... bem, continuar pensando.

Ele olhou para mim com uma expressão impossível de decifrar. Então, para minha surpresa, ele sorriu.

— O que foi? — perguntei, desconfiada.

— Estava pensando que o fato de você não ter me torrado vivo por minha presunção nem me rejeitado abertamente é praticamente um milagre.

— Bem, se você só vai me provocar em relação a isso — murmurei, virando-me. Fiquei surpresa ao sentir sua mão roçar na minha. Ele atravessara a sala sem um sussurro, seu aperto leve como uma pluma.

Congelei, percebendo que ele estava prestes a me beijar apenas um segundo depois que percebi que *eu* o beijaria. Inclinei-me para a frente, mas ele pousou a mão na lateral do meu rosto, com muita gentileza, seus dedos acariciando a ponta do meu cabelo. Um pequeno arrepio atravessou meu corpo. Seu polegar estava no canto da minha boca, e isso me fez pensar na vez em que eu o tocara ali, quando pensei que ele estivesse morrendo de tanto sangrar. Por um instante, todos os outros momentos que compartilhamos desapareceram, deixando para trás apenas o punhadinho de vezes em que estivemos próximos assim, conectados de alguma forma como uma constelação brilhante. Ele roçou os lábios na minha bochecha, e senti o calor chegar aos meus ossos, expulsando o gelo da corte do rei da neve.

— Boa noite, Em — murmurou ele, sua respiração vibrando contra minha orelha e enviando um rio de arrepios pelo meu pescoço.

E então ele entrou em seu quarto e fechou a porta.

Por um momento olhei para a porta como se ela fosse se explicar. Em um sobressalto, voltei a mim e peguei os cobertores do chão, depois caminhei atordoada para meu quarto.

Claro, encontrei-o ridiculamente limpo.

Wendell e eu estávamos tremendo no cais na manhã seguinte, observando o barco de pesca comandado por um dos inúmeros netos de Thora estender a corda enquanto os dois marinheiros o preparavam para nossa jornada até Loabær. Sombra estava caído ao meu lado, soltando grandes bocejos caninos, sem parecer muito satisfeito por ter sido acordado de sua cama quente a uma hora daquelas. O mundo era um borrão de sombra e gelo, do mar agitado às montanhas carrancudas que emolduravam a aldeia. Aud disse-nos que o tempo estava bom o suficiente para fazer a viagem com segurança e que os ventos haviam diminuído do outro lado do pontal, uma avaliação que eu podia aceitar intelectualmente enquanto todos os meus instintos me asseguravam que nos afogaríamos.

Aud, que havia retornado conforme planejado na noite anterior, deu instruções aos marinheiros em ljoslandês, parecendo alegre. Também, pudera: Aud havia salvado sua aldeia – na verdade, todo o seu país. O rei, que acabara de se vangloriar da vingança que havíamos deixado para ele como presente de casamento e estava com um humor excepcionalmente agradável, atendeu imediatamente ao seu pedido de fim do inverno cruel e início da primavera.

Quanto ao meu paradeiro, Aud dera poucas pistas ao rei, além de dizer que me vira fugindo do palácio em direção ao vale, em pânico ao pensar na perseguição dos asseclas da rainha. Balançando a cabeça, ela comentou que, se eu tivesse sucumbido às intempéries ou caído de um penhasco, pobre e tola como sou, seria mais um crime a ser atribuído à ambição traidora da rainha. O rei mal pareceu capaz de esconder sua alegria com essa ideia e imediatamente considerou minha morte uma justificativa para outra rodada de execuções, que, sem dúvida, levou ainda mais nobres – aqueles que ainda estavam de posse de sua cabeça – a se esconderem na região desértica. Quanto a mim, fiquei mais que feliz por minha morte ter sido aceita como uma dádiva por meu noivo, principalmente porque isso lhe deu amplo incentivo para desistir de me procurar. No entanto, era bom que partíssemos rapidamente – eu queria evitar que qualquer indício de minha sobrevivência chegasse à sua corte.

Apesar da madrugada, toda a aldeia veio despedir-se de nós no embarque, até mesmo o pequeno Ari, que enterrou a cabeça no ombro de Mord quando me despedi, tão tímido quanto ficaria com qualquer estranho.

— Aqui está — disse Aslaug, entregando-me uma cesta de queijo de ovelha de que eu gostava. — É um presente bobo, não é? Depois de tudo que você fez.

Murmurei minhas *despedidas* e *agradecimentos*, mas ninguém parecia se importar mais. Lilja e Margret abraçaram-me forte.

— Aqui — disse Lilja, colocando uma cesta em minhas mãos. Levantei a cobertura de pano e encontrei cinco tortas de maçã cuidadosamente empilhadas. — Finn disse que você gosta delas.

— Ah — comecei estremecendo um pouco, pois cada torta pesava tanto quanto um tijolo. — Isso é muito gentil, embora não tenha certeza se conseguirei...

— Por favor — Lilja disse, com um brilho de desespero nos olhos. — Aquela árvore, ela simplesmente... ela não para. Já tenho conservas para durar uma década. Os vizinhos estão tão cansados de maçãs que se escondem quando bato na porta deles.

Fiz que não com a cabeça. Claro, Wendell, à maneira típica das fadas, deu a Lilja um "presente" que criou mais problemas do que resolveu. Eu sabia que Lilja ficaria com medo de desperdiçar uma única maçã por medo de que ele se ofendesse.

— Jogue o excedente para os porcos — sugeri, porque seria uma boa lição para ele, certo?

Ela pareceu tão horrorizada que me senti culpada.

— Ou você pode negociá-las — eu disse. — Talvez com um marinheiro ou um vendedor ambulante. Talvez você se surpreenda com o que pode receber em troca.

Na verdade eu conhecia meia dúzia de histórias como essa – pobre e sofredor mortal se livra de um presente problemático feito por fadas em troca de algo mundano, mas que revela usos inesperados. Às vezes *esse presente* é trocado por algo ainda mais maravilhoso, e assim por diante. Eu esperava que Lilja acabasse com uma roda que transformava palha em ouro.

O abraço de Aud foi o mais longo, e, quando ela se afastou, seu rosto estava tomado de lágrimas. Felizmente, Thora parou antes que eu tivesse que pensar em como responder. (Como alguém responde a lágrimas?)

— Duas coisas — disse ela, pegando-me pelos ombros. — Primeiro, se cuide. Homens sábios fazem barganhas com o Povo. Só idiotas fazem amizade com eles, ou o que quer que ele seja para você.

Deus amado, fiquei enrubescida com o comentário.

— Acha que eu sou idiota?

— Mesmo os mais inteligentes entre nós são idiotas de uma forma ou de outra — disse ela. — Segundo, espero que você volte aqui na primavera para o casamento de Lilja e Margret. Minha neta não gosta de se impor às pessoas, mas sua presença a deixaria feliz, então vou dizer isso por ela.

Eu sorri.

— Claro que estarei aqui.

— Boa menina. — Ela me deu um tapinha nas costas. — Apresse-se, então. Vou lhe enviar a minha... como é que chama? Revisão por pares?

— Obrigada — disse eu. Thora havia prometido ler um rascunho do capítulo final da minha enciclopédia e fornecer opiniões e acréscimos. — E, por favor, não se preocupe em ser educada com suas críticas.

Ela piscou para mim, e, então, enquanto um sorriso se abria de leve em meu rosto, ela me deu um empurrão de uma firmeza surpreendente.

— Você tem a boca parecida com a de um dos meus netos.

Meu olhar desviou-se para a aldeia, encolhida na costa noturna, enquanto minha mão ia para a pequena bugiganga que Poe havia me dado como presente de despedida. Ele o havia chamado de *chave*, embora não se parecesse em nada com uma e fosse, na verdade, uma pequena e impossível espiral de osso. Em algumas luzes, parecia se curvar no sentido anti-horário; em outras, no sentido horário. Eu a havia colocado em uma corrente em volta do pescoço.

Wendell apareceu ao meu lado, tendo acabado de dar instruções aos marinheiros, e contorceu o rosto disforme em um sorriso. Havia consertado suas mãos misteriosas e acrescentado alguns centímetros à sua altura, mas ainda estava muito longe de seu antigo eu deslumbrante.

— Pronta? — perguntou ele.

Os aldeões recuaram um pouco. Todos haviam aceitado que aquele estranho feérico acinzentado era o energético Wendell Bambleby, mas isso não os assustava menos, embora o rosto que ele usava agora fosse muito menos intimidador que o antigo, que era dolorosamente bonito.

Quanto a mim, quase não notei a diferença. A beleza dele nunca me serviu para nada, e ele permanecia inalterado em todos os outros aspectos, incluindo sua capacidade de antagonizar – ajustou todos os meus vestidos enquanto eu estive presa no reino das fadas.

Demos o último adeus e pisamos no deque flutuante. Wendell gastou um tempo ainda acenando para os aldeões e admirando a visão de Hrafnsvik desaparecendo na noite. Afastei-me assim que pude e não acenei nem olhei para trás. Se tivesse feito isso, teria visto Aud e Lilja enxugando as lágrimas.

Também teria visto o contorno de nosso chalé, que normalmente tinha uma coluna de fumaça saindo da chaminé, mas agora estava quieto e escuro, como em um sonho. Sombra bufou, olhando para mim como se tivesse certeza de que havia algo errado. Meus olhos estavam úmidos, e tive de enxugá-los com a manga da capa, virando-me para que Wendell não visse. *Maldito vento*, pensei.

 Abracei as tortas de maçã de Lilja contra o peito enquanto olhava para o mar branco-acinzentado, minha mão apertada em torno da bugiganga de Poe. O navio começou a avançar quando o sol inclinou sua luz no horizonte.

13 de fevereiro

No final, perdemos a plenária.

Não importava muito, é claro. Wendell esteve em três painéis e fez um encantamento para ter lugar em um quarto, e fez um encantamento para *eu* entrar em outro. Passei pelos jantares intermináveis sem odiá-los abertamente. Estava familiarizada com os estudiosos e até gostei de algumas de minhas conversas, pois eram pensamentos reais, nada a ver com conversa fiada ou convenções sociais.

E então chegou a hora da nossa apresentação. Andei de um lado para o outro na salinha atrás do palco. Pela porta entreaberta, pude ver os dois púlpitos, bem como estudiosos entrando na sala em seus ternos e vestidos desmazelados. Muitos deles usavam casacos, pois se há algo que une os estudiosos é reclamar da temperatura das salas de conferência.

Wendell finalmente apareceu, resplandecente, todo afiado e elegante em seu terno preto, tão simples quanto o de qualquer outro estudioso, mas de corte imaculado. Seu olhar passou por mim em uma avaliação educada, embora eu pudesse ver que ele estava suprimindo o sorriso. Encarei-o de volta. Eu usava um dos vestidos que ele havia arrumado – apenas por necessidade, pois não tinha dinheiro para comprar novos em Paris e não tivemos tempo de passar em nossos apartamentos em Cambridge.

Ele levou dois dias inteiros para retornar à sua antiga glória, e os passou principalmente em sua cabine no navio, olhando para um espelho e resmungando para si mesmo enquanto movia o nariz para um lado e para o outro ou alongava os braços. Foi um processo terrível, e passei o mínimo de tempo possível em sua companhia durante a viagem de volta para casa.

— As exposições estão prontas — disse ele, e eu assenti. Esperando-nos atrás do púlpito estavam três baús: um contendo os restos do manto feérico, agora muito derretido, mas ainda reconhecível; outro com o colar que o rei me dera, uma delicada teia de aranha de correntes de gelo que, ao contrário do manto, não derreteu; e o último, um pináculo irregular de rocha vulcânica de um dos campos de Krystjan, no qual havia uma pequena porta de madeira que desaparecia sob a luz do sol. Senti-me como uma mágica.

Ele estendeu a mão para mim. Aceitei, sentindo um pequeno arrepio ao fazê-lo, e ele sorriu. Nos últimos tempos ele parecia especialmente feliz consigo mesmo. Imaginei que a fonte de seu prazer devia ser sua transformação de volta em seu antigo eu.

— Estamos prestes a criar uma grande comoção — disse ele, parecendo confuso com essa perspectiva. — E, pense só, se você tivesse terminado de refletir sobre minha proposta agora e dissesse sim, poderíamos tê-la apresentado como sra. Wendell Bambleby. Eles nunca parariam de falar sobre nós.

Lancei a ele um olhar longo e pensativo.

— O que foi? — perguntou ele.

— É o seu queixo. Ainda está um pouco torto.

Sua mão foi imediatamente para o local.

— Não está.

Dei de ombros.

— Talvez seja minha imaginação.

Enquanto ele cutucava a mandíbula, olhei para a multidão, os estudiosos reunidos discutindo em voz baixa uns com os outros ou sentados teimosamente com os braços cruzados, como se já estivessem repassando suas críticas na cabeça. Respirei fundo, segurando minhas anotações. Então subimos ao palco.

Este conto em particular é um dos mais antigos da Irlanda e é contado em todos os condados do noroeste em várias iterações. Anexado aqui para referência futura. — E. W.

Os corvos dourados
ou A serva e suas fadas governantas domésticas

Era uma vez um reino montanhoso e sombrio no norte da Irlanda chamado Burre, que era governado por uma velha rainha com doze filhos e filhas, incluindo um que era meio-membro do Povo. Esse príncipe era o mais jovem do grupo e menos provável de herdar o trono; assim, à maneira típica dos feéricos, ele começou a melhorar suas chances de uma maneira indireta que, no entanto, provou ser bastante eficaz. Soltou na natureza três corvos dourados da rainha, que haviam sido presenteados a ela por uma bruxa poderosa para lhe dar sorte, e isso causou uma grande tristeza que se espalhou pela terra. Os outros filhos da rainha começaram a brigar entre si, culminando em traiçoeiras intrigas e assassinatos.

Depois que os corvos dourados foram soltos, os camponeses comuns de Burre também enfrentaram um infortúnio após o outro. As colheitas fracassaram, e crianças amaldiçoadas se tornaram mais comuns. Uma delas era filha adotiva de uma humilde criada. A filha era estranhamente desajeitada e levava consigo a desordem aonde quer que fosse, o que tornava muito difícil a vida da mulher. Mãe e filha eram demitidas de trabalho em trabalho, sendo incapazes de manter qualquer casa limpa, apesar de seus melhores esforços.

Em um inverno sombrio, a mãe morreu, deixando a filha recém-criada para se virar sozinha. Todos na cidade conheciam a reputação da filha, e ela não conseguia encontrar trabalho. Em desespero, ela se aventurou nas montanhas brancas selvagens até chegar a um castelo que pertencia a uma duquesa, a irmã da rainha. Morando em um local muito afastado, a duquesa e sua família sempre tiveram poucos criados, então a duquesa contratou a menina para trabalhar no local.

A duquesa deu à criada uma tarefa simples: esfregar o chão da cozinha, cuidando especialmente dos cantos onde as aranhas teciam suas teias. Mas essa tarefa não era simples para a criada amaldiçoada, e, assim que esfregou o chão para brilhar, ela tropeçou e virou a prateleira de temperos. As especiarias se espalharam por toda parte, misturando-se com a umidade do chão recém-lavado e formando uma lama temperada. A criada imediatamente começou a limpar tudo de novo, mas não adiantou: ela parecia apenas mover a sujeira de um lugar para outro. A menina foi para a cama chorando, certa de que seria dispensada novamente.

No entanto, quando entrou na cozinha pela manhã, encontrou a duquesa em estado de deleite. A cozinha brilhava como nunca, até mesmo os cantos, cada última aranha tendo sido realocada em uma teia luxuosamente intrincada no alto das vigas. A duquesa e sua família imploraram para saber como a criada havia feito o chão brilhar tanto, como um lago de inverno à luz das estrelas, e o que havia feito com os temperos, que enchiam a cozinha de perfume como se tivessem sido moídos recentemente.

A criada percebeu que o castelo devia ser o lar dos *oíche sidhe,* os pequenos zeladores e governantas feéricos. Eles deviam ter arrancado cada grão de tempero um por um com seus dedos hábeis e os secado com seu sopro. A garota manteve a boca fechada, assustada por sua boa sorte.

Com o passar dos dias, o respeito da família pela criada só crescia. Nunca tiveram pisos tão brilhantes, janelas tão cristalinas como se fossem feitas de ar, roupas de cama tão perfumadas e perfeitas. Não sabiam que só tinham essas coisas porque os *oíche sidhe* tinham que trabalhar duas vezes mais para limpar a bagunça feita pela criada, que não conseguia atravessar um andar sem deixar um rastro de imundície, nem abrir uma janela sem manchá-la com marcas de mãos, nem prender a roupa de cama para secar do lado de fora sem que ela fosse soprada pelos campos e fosse parar em alguma poça de lama.

Mas, então, uma série de estranhos eventos começou. Depois que a criada espanou os retratos, de alguma forma conseguindo reunir mais poeira neles que antes, na manhã seguinte não apenas os objetos estavam livres de poeira como também todos neles tinham os cabelos penteados, as roupas escovadas e alisadas. No dia seguinte, depois que a criada lavou os cachorros da duquesa, eles foram encontrados com os pelos em cachos elaborados. A reorganização dos móveis fazia salas e janelas mudarem de forma, assumindo uma simetria rígida e artificial. As roupas para lavar eram o pior de tudo: depois que a criada as lavava com o melhor de suas lamentáveis habilidades, as roupas não apenas ficavam perfeitas mas também criavam fios de ouro e botões de marfim, ou às vezes se transformavam em peças novas, pijamas transformando-se em vestidos de noite e meias de lã em meias de seda. Se a criada limpasse o galinheiro, as galinhas apareceriam na manhã seguinte com os bicos polidos e as penas lustradas, parecendo muito satisfeitas consigo mesmas. A duquesa e seu marido começaram a observar a criada com olhares preocupados e a incentivá-la a fazer pausas frequentes para tomar chá e descansar. Eles não a mandaram embora – na verdade, mais que dobraram seu salário para garantir que ela nunca desejasse partir.

A criada começou a temer que estivesse deixando os *oíche sidhe* enlouquecidos com suas bagunças impossíveis – sabia que as pobres criaturas abominavam a desordem. Outra prova disso veio de forma inesperada e desagradável, como tapas úmidos repentinos em seu rosto quando ela estava trabalhando, como se fosse golpeada por um pequeno esfregão invisível. A criada vivia com medo de que os *oíche sidhe* um dia a matassem.

Por fim, a criada escapou para a floresta onde uma velha bruxa vivia e implorou por ajuda. Em troca de uma das galinhas cheias de pomada, a bruxa a informou de que a maldição da criada tivera origem na família real, com o príncipe mais novo, e que só ele poderia desfazê-la.

Felizmente, a criada conhecia a rainha, e todos os seus filhos deveriam fazer uma visita à irmã da rainha em breve. Na noite anterior à chegada deles, a criada pegou seu vestido mais surrado, recém-manchado com gordura de cozinha, e o rasgou em pedaços, que espalhou pelo chão.

Quando a criada acordou pela manhã, encontrou no lugar de seu antigo vestido a mais linda e excêntrica peça que se podia imaginar. Ficou bem claro que os *oíche sidhe* estavam de fato enlouquecendo, pois o vestido estava em desacordo consigo mesmo, em um momento decidindo ser verde-lago escuro e no seguinte azul-mar ou marrom-claro. Era enfeitado com quinquilharias e fitas como uma árvore de Natal, incluindo um cristal que mostrava flashes do futuro de estranhos e um ouriço vivo, que com suas garras minúsculas subia de bolso em bolso conforme o humor o levava (o vestido tinha um número infinito de bolsos).

Em dúvida, a garota vestiu a roupa e desceu as escadas. O castelo estava cheio de criados reais e vários puxa-sacos, todos caminhando com grande importância, e, em seu vestido ridículo, todos presumiram que ela fosse parente da duquesa. Ela perguntou a uma das criadas onde o príncipe mais jovem poderia estar, e foi informada: no jardim.

Encontrou o príncipe vagando pelo jardim com um olhar descontente no rosto, pois aqueles cujo sangue é meio Povo e meio mortal vivem em estado de perpétuo desprazer – os jogos típicos do Povo os deixam perplexos, enquanto eles acham as atividades mortais monótonas. Na verdade, o príncipe estava apenas planejando conseguir o trono por falta de algo melhor para fazer consigo mesmo.

O príncipe deu uma olhada na criada e se apaixonou instantaneamente por ela, exatamente como ela esperava. A maioria dos rapazes apaixonava-se imediatamente por ela quando não estava vestida com farrapos ou suja, pois a criada era linda, com olhos escuros, cabelo dourado-claro e pele de um ouro mais escuro, uma combinação estranha, mas irresistível. A duquesa ficou furiosa quando o príncipe expressou sua intenção de se casar com sua querida criada, mas ela não podia contrariar o filho favorito da rainha.

No dia do casamento, a criada estava exultante. Assim que se casassem, ela planejava ordenar ao príncipe que desfizesse sua maldição – se não o fizesse, como seu marido, ele teria que compartilhá-la e suportar uma vida de problemas e desordem. Ela estava certa de que a maldição que atormentara cada momento de sua vida logo seria quebrada.

De certa forma, a criada estava certa. Os *oíche sidhe* confeccionaram para ela um magnífico vestido de noiva – embora também fosse bastante lunático, tendo não um, mas oito ouriços vagando pelos bolsos, bem como um corpete que era um portal para o reino das fadas se virado do avesso e um trem com um fantasma escondido nele que interrompia o serviço com gargalhadas. No banquete depois de suas núpcias, a criada evidentemente conseguiu derramar todo o conteúdo de uma molheira sobre si mesma, e foi a visão de suas melhores obras em ruínas que finalmente derrubou os *oíche sidhe*. Eles enxamearam à vista de todos como os *oíche sidhe* nunca fazem normalmente, pequeninos e pequeninas da cor de poeira, e começaram a espancar a criada com seus esfregões feéricos. Ninguém nem nada conseguia detê-los, e os convidados do casamento começaram a temer que sua nova princesa fosse ser espancada até a morte. Sempre que o príncipe tentava puxar sua noiva para um lugar seguro, os ouriços o mordiam. Penas douradas começaram a voar pelo ar, e os convidados do casamento não conseguiram entender a princípio. Os *oíche sidhe* continuaram batendo e batendo, até que a criada se partiu como uma ameixa madura e se tornou o que era havia muito tempo, embora nem ela nem a mãe que a criou tivessem adivinhado – um corvo dourado, um dos três pássaros encantados que o príncipe tinha liberado para trazer conflitos ao reino.

A criada saiu voando pela janela, finalmente livre, enquanto os *oíche sidhe* limpavam as mãos e voltavam sorridentes para o esconderijo. Eles pararam de passar pomada para engomar as galinhas e de transformar pijamas em roupas de noite, o que acabou sendo um alívio para a duquesa, a quem restava apenas uma última camisola.

Quanto ao príncipe, o desaparecimento da criada finalmente deu a ele um propósito na vida. Ele se retirou para o deserto a fim de aprender magia com bruxas e qualquer Povo que lhe ensinasse. Por fim, conseguiu se transformar em um corvo, e então voou em busca de sua amada. No nordeste da Irlanda, dizem que ele procura pela noiva de ouro até hoje e que, se você ouvir com atenção, poderá escutar o nome dela no crocitar dos corvos.

Agradecimentos

Um agradecimento enorme à minha brilhante editora, Tricia Narwani, e à minha maravilhosa agente, Brianne Johnson, bem como a toda a equipe da Del Rey. Obrigada a Nadia Saward e a Orbit, a Soumeya Bendimerad Roberts e todos da HG Literary, a Anissa, da FairyLoot, Jenny Medford, Mandy Johnson, Bree Gary e Becky Maines.

Agradeço aos profissionais incríveis com quem trabalhei e aprendi, tanto no passado quanto no presente, incluindo Alexandra Levick, Jessica Berger e a equipe da Writers House, Kristin Rens e Lauri Hornik. Obrigada aos meus amigos e familiares pelo apoio.

E, finalmente, obrigada a você que me lê por ter escolhido esta história. Espero que tenha gostado da viagem.

Sobre a autora

Heather Fawcett é autora dos romances infantojuvenis *Ember and the Ice Dragons*, *The Language of Ghosts* e *The School Between Winter and Fairyland*, e também escreveu a série para jovens adultos *Even the Darkest Stars*.

Mestre em literatura inglesa, Heather trabalhou como arqueóloga, fotógrafa, redatora técnica e assistente de bastidores de um festival de teatro shakespeariano. Ela mora na Ilha de Vancouver.

heatherfawcettbooks.com
facebook.com/HeatherFawcettAuthor
Instagram: @heather_fawcett

Leia também

Brie odeia os feéricos e se recusa a se envolver com eles, mesmo que a consequência disso seja passar fome. Mas, quando sua irmã mais nova é vendida para o sádico rei da Corte Unseelie como forma de quitar uma dívida, Brie fará o que for necessário para resgatá-la – até mesmo firmar um acordo perigoso com o próprio soberano.

O plano é se infiltrar na corte inimiga, a dos Seelie, para então roubar
uma série de artefatos desejados pelo rei. Sua única chance é se candidatar à noiva do príncipe dos Seelie, Ronan, mas ela logo se dá conta de que o jogo de sedução está afetando seus próprios sentimentos.

Para piorar, Brie precisa contar com a ajuda do líder de um grupo rebelde, tão sedutor quanto misterioso, e acaba percebendo que sua missão pode se tornar ainda mais difícil do que parece.

Dividida entre duas cortes perigosas e com a vida da irmã em risco, Brie precisará decidir quem será o merecedor de sua confiança.

E de seu coração.

GRISHAVERSO
SOMBRA E OSSOS

LEIGH BARDUGO

Planeta minotauro

Em um país dividido pela Dobra das Sombras – uma faixa de terra povoada por monstros sombrios – e no qual a corte real está repleta de pessoas com poderes mágicos, Alina Starkov pode se considerar uma garota comum. Seus dias consistem em trabalhar como cartógrafa no Exército e em tentar esconder de seu melhor amigo, Maly, o que sente por ele.

Quando Maly é gravemente ferido por um dos monstros que vivem na Dobra, Alina, desesperada, descobre que é muito mais forte do que pensava: ela é consegue invocar o poder da luz, a única coisa capaz de acabar com a Dobra das Sombras e reunificar Ravka de uma vez por todas.

Por conta disso, Alina é enviada ao Palácio para ser treinada como parte de um grupo de guerreiros com habilidades extraordinárias, os Grishas. Sob os cuidados do Darkling, o Grisha mais poderoso de todos, Alina terá que aprender a lidar com seus novos poderes, navegar pelas perigosas intrigas da corte e sobreviver a ameaças vindas de todos os lados.

TRICIA LEVENSELLER

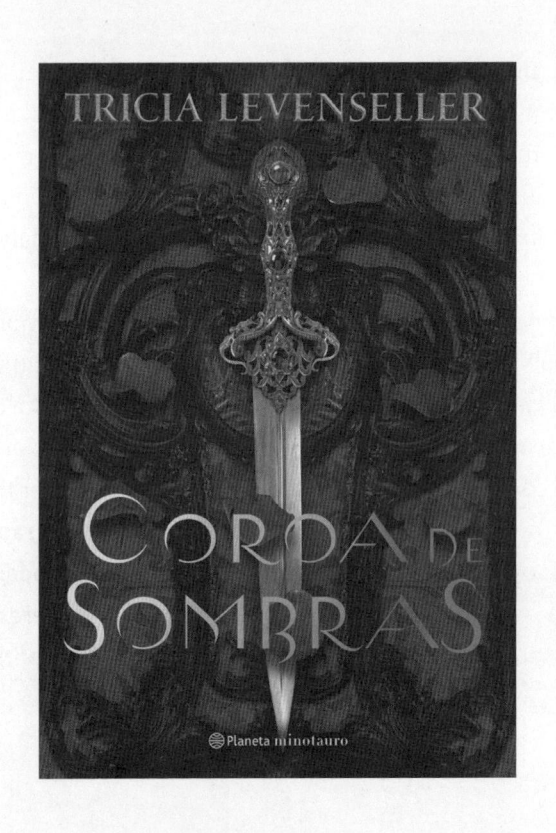

COROA DE SOMBRAS

Planeta minotauro

ELA NÃO É A TÍPICA MOCINHA.
ELE NÃO É O TÍPICO VILÃO.

Se prepare para mergulhar nas intrigas da corte (e do coração) neste enemies to lovers - inimigos que se tornam amantes, que conquistou o TikTok.

Alessandra Stathos está cansada de ser subestimada, mas ela tem o plano perfeito para conquistar mais poder:

1. cortejar o Rei das Sombras,
2. se casar com ele,
3. matá-lo e tomar o reino para si mesma.

Ninguém sabe qual é a dimensão do poder do Rei das Sombras. Alguns dizem que consegue comandar as sombras que dançam em volta de si para que façam seus desejos. Outros dizem que elas falam com ele, sussurrando os pensamentos de seus inimigos. De qualquer maneira, Alessandra é uma garota que sabe o que merece, e ela está disposta a tudo para alcançar seu objetivo.

Mas ela não é a única pessoa que tenta assassinar o rei. Enquanto o soberano sofre atentados que vêm de todas as partes, Alessandra se vê tendo de protegê-lo por tempo suficiente para que ele faça dela sua rainha... Mas ela não contava que a proximidade entre os dois poderia colocar o próprio coração em risco. Afinal, quem melhor para o Rei das Sombras do que uma rainha ardilosa?

IRMÃOS GRIMM & HANS CHRISTIAN ANDERSEN

DE ONDE VÊM AS PRINCESAS?

OS CONTOS QUE DERAM
ORIGEM ÀS HISTÓRIAS
MAIS AMADAS DO CINEMA

Planeta minotauro

Como histórias contadas há gerações ainda são capazes de nos mover e emocionar?

Nos identificamos com princesas e príncipes, sereias e duendes. Tememos os mesmos vilões que assustaram nossos avós (e os avós de nossos avós), torcemos pelos "felizes para sempre" dessas histórias atemporais.

Nossas brincadeiras infantis de faz-de-conta se transformam em fantasias de amor, sorte e poder, e autores como Jacob e Wilhelm Grimm e Hans Christian Andersen foram capazes de compreender os segredos de nossos desejos, criando contos-de-fada universais.

Editora Planeta Brasil | 20 ANOS

Acreditamos nos livros

Este livro foi composto em Rogliano e
Job Clarendon e impresso pela Geográfica para
a Editora Planeta do Brasil em agosto de 2023.